読んでわかる俳句
日本の歳時記
The Shogakukan Haiku Compendium
秋
小学館

編集委員・季語解説・名句鑑賞・例句鑑賞

宇多喜代子
西村和子
中原道夫
片山由美子
長谷川櫂

季語解説・例句鑑賞

大石悦子
茨木和生
小島健
藤田直子
井上弘美
西宮舞
髙田正子
山西雅子
岩田由美
上田日差子
小川軽舟
日下野由季
大谷弘至

例句鑑賞

稲畑廣太郎
黒川悦子
井越芳子
石田郷子
谷口智行
辻内京子
押野裕

俳人紹介

大谷弘至

挿画

中島千波
カバー「秋季紅葉図」四曲一隻屏風
本文扉「萩の花」、項目扉

装幀

芦澤泰偉＋児崎雅淑

目次

凡例

季語

一、春（立春から立夏の前日）、夏（立夏から立秋の前日）、秋（立秋から立冬の前日）、冬（立冬から立春の前日）、新年（新年に関するもの）の五つに区分した。

一、各季は、時候、天文、地理、植物、動物、生活、行事の七部に分けた。

一、見出し季語の表記は原則として歴史的仮名遣いとし、振り仮名は、右傍に現代仮名遣い、左傍に歴史的仮名遣いで付した。

一、重要季語は赤色で表示した。

一、見出し季語の下には、時節と、俳句でよく使われる傍題を表示した。

季語解説

一、平易でわかりやすい解説を心がけ、関連する季語との違い、句作での留意点などにも触れるよう努めた。

一、常用外漢字には振り仮名を付した。

一、解説文中に、見出し季語として立項している季語が出る場合、✚で表示した。ただし、あまりに一般的な季語（秋、九月など）や参考にならない場合には表示しなかった。

一、年号は和暦を用い、必要に応じて西暦を添えた。

一、おもに季節や部分けの異なる関連季語を、関連として表示し、掲載頁を付した。当巻以外の巻に収録の季語は、該当巻のみを示した（冬など）。

例句

一、漢字表記は新字体を原則とした。

一、近世の例句は読みやすくするため、平仮名を漢字に、漢字を平仮名に変更した場合がある。踊り字は使用しなかった。また、必要に応じて振り仮名を付した。

一、近世の俳人は号のみで記した。

例句鑑賞

一、すべての例句に「鑑賞のヒント」を▼以下に添えた。

一、執筆にあたっては、作品の背景や作者の紹介などを中心に、俳句を読む楽しみが増すような内容となるように努めた。

名句鑑賞

一、じっくりと鑑賞したい秀句を取り上げ、鑑賞文を付した。

一、執筆者名を文末の［ ］内に表示した。

俳人紹介

一、物故した著名な俳人の紹介を、本文左頁の下欄から横書きで掲載した。掲載順は生年順、師系とした。

写真・図版

一、季語の理解をたすけるため、写真、浮世絵、日本画などを多数掲載した。

索引

一、巻末に秋の「全季語索引」と春、夏、冬／新年の「見出し季語総索引」を付した。

付録

一、巻末付録として、二十四節気・七十二候表、行事一覧、忌日一覧を付した。

＊本書は、二〇一二年に弊社より刊行された『日本の歳時記』をもととし、大幅に加筆修正、増補したものである。

時候
天文
地理

秋（あき） 三秋

白秋・白帝・素秋・金秋・三秋・九秋

立秋（八月八日頃）から立冬（十一月七日頃）の前日までをいう。旧暦では文月、葉月、長月にあたる。「白秋」の白は陰陽五行説で定めた秋の色で、「素秋」の素も白のこと。また、五行説では、木、火、金、水の気が四季を生成するとされ、秋は金なので「金秋」ともいう。実りの季節、山野が色づく時、夜が長くなり灯火親しむ候、しみじみと物思う時節、芸術の季節でもある。

此秋は何で年よる雲に鳥　芭蕉
くろがねの秋の風鈴鳴りにけり　飯田蛇笏
彼の女今日も来て泣く堂の秋　河野静雲
秋淋し綸を下ろせばすぐに釣れ　久保田万太郎
秋いくとせ石鎚山を見ず母を見ず　石田波郷
金秋は海へ駈け降り島海山　宮木忠夫

▼身の衰えを実感した心中吐露が、雲に消えゆく鳥の孤影に託される。死の前月の作。▼鉄の風鈴。秋には秋の音がある。▼「も」の一語が女の境遇を想像させる。作者は僧籍の人。▼この「綸」は太い釣り糸。すぐ釣れるのに淋しいと感じるのは、理屈を超えた秋の感情。▼石鎚山は四国第一の高峰で、作者の故郷、愛媛県の山。▼金秋は日本海へと勇壮に駈け降りる。美しい島海山の紅葉期である。

名句鑑賞

秋の航一大紺円盤の中　中村草田男

秋の航海。見わたす限り紺色の海。三六〇度展けた視界を「一大紺円盤」と大胆に表現して迫力がある。「紺円盤といふ言葉が、自ら胸中へ浮んで来た」と自註にあるが、ンの音が連なるこの一語が、秋天の下に広がる海面の硬い印象をあらわして成功している。水平線まで澄みわたった大気、秋潮の深い紺、甲板に立つ爽快な気分——他のどの季節でもない、秋だからこそ生まれた句。［西村］

初秋（はつあき） 初秋

初秋・新秋・秋口

秋の初めの昼間の気温はまだ高い。八月中は夏休みの延長として秋を感じることは少ないが、朝夕の空の様子や明け方の風、夜の虫の音などに秋の始まりを知る。高原ではすでに芒が穂をなびかせ、雲が空高く流れてゆく。「秋口」という言葉には独特の季節感がこめられている。

初秋や障子さす夜とささぬ夜と　太祇
初秋や余所の灯見ゆる宵の程　蕪村
初秋や木かげの砂の水の紋　島村元
秋口のすはやとおもふ通り雨　飯田蛇笏

▼エアコンなどなかった時代、人々は紙一枚で温度調節をしていた。何とこまやかな体感。▼宵のうちはまだ戸が開け放たれている。夜風が涼しくなるとよその灯は見えなくなる。▼清らかな砂に浅く刻まれた水の文様にデリケートな季節感が投影。▼「すはや」は、さては、という感動詞。秋の気配と通り雨との両方に感応。

秋袷河東聴く夜となりにけり：河東とは河東節のこと。江戸吉原となじみ深い浄瑠璃。

文月（ふみづき）

初秋

文月（ふづき）・七夕月（たなばたづき）・文披月（ふみひらきづき）

旧暦七月の異称。「文ひらき月」または「文ひろげ月」の転じたものとされている。文（ふみ）との関わりは、旧暦七月七日の七夕に短冊や梶（かじ）の葉に歌を書いて星に手向（たむ）ける風習と結びついている。七夕にしても盆にしても、想像力がおおいに働く行事である。しのび寄る秋の気配に、人々は天上の恋や亡き人の魂を感じとってきたものだろう。

初秋

文月や六日も常の夜には似ず　芭蕉

文月や空にまたるるひかりあり　千代女

拭き清めたる文月の机さびしけれ　高柳重信

▼七夕の前夜だけに、常とは異なる情趣を覚える。『おくのほそ道』の旅中、直江津（なおえつ）（新潟県）での作。▼待たるる光とは、天の川を隔てた二星の光か。浪漫的空想。▼夢のある「文月」という言葉。拭（ふ）き清められた机に、夢を信じなくなった現代人の淋（さび）しさが浮かび上がってくる。

八月（はちがつ）

初秋

一部の地域を除いて、子供たちは八月末日まで夏休みなので、八月中はまだ夏と思われがちだが、八月八日頃はもう立秋。上旬は猛暑も衰えをみせないが、立秋を過ぎると、海や山には少しずつ冷気がしのび寄る。中旬には、終戦記念日、盆を迎え、亡き人を偲（しの）ぶことの多い月でもある。

八月や楼下に満つる汐の音　正岡子規

銃後てふはかなきことば八月来（く）　熊谷愛子

八月といふ巨軀の近々とあり　友岡子郷

▼「楼」は海辺の楼閣か。満ち汐（みしお）の音が秋を運んでくるように涼しげ。▼八月と敗戦の記憶は今なお切っても切り離せない。▼八月を巨体にたとえて、このひと月を乗りきる心の持ちようを強調。

小泉迂外（こいずみうがい）▶明治17年（1884）—昭和25年（1950）家業の老舗、両国与兵衛寿司を継ぐ。寿司や芝居に関する著作もある。

立秋

初秋

秋立つ・秋来る・秋に入る・今朝の秋・今日の秋

二十四節気の一つ。八月八日頃にあたる。まだ暑い盛りだが、季節はこの日から秋に入る。秋の第一の使者は、秋風。古来、日本人は、目よりも、耳に聞こえる風の音によって秋の気配を感じてきた。藤原敏行の歌「秋来ぬと目にはさやかに見えねども風の音にぞおどろかれぬる」(『古今和歌集』)は、日本人の鋭敏な季節感の象徴であり、それ以後の日本人の生活、文化に多大な影響を及ぼしてきた。俳句もしばしばこの歌を踏まえて詠まれる。

関連 立春→春／立夏→夏／立冬→冬

秋立や素湯香しき施薬院　蕪村

秋来ぬと目にさや豆のふとりかな　大江丸

立秋や雲の上ゆく雲とほく　鈴木真砂女

秋たつや川瀬にまじる風の音　飯田蛇笏

▼施薬院は光明皇后が興福寺に設けた病院。薬草を煎じるための素湯の香り。▼藤原敏行の歌には「目にはさやかに見えねども」とあるが、莢豆が太ってきたのを見れば、秋の訪れは目にも明らかだというのだ。▼雲の上を流れてゆく雲。雲の高さに秋空の高さを感じている。▼水の音に入り混じる秋風の音。

残暑

初秋

残る暑さ・秋暑し・秋暑

立秋以降の暑さをいう。八月中は残暑が続くのが例年のこと。

> **名句鑑賞**
>
> **その後の身にこたへたる残暑かな**　清崎敏郎
>
> 「折口先生逝き給ふ」と前書がある。国文学者折口信夫(歌人名 釈迢空)は作者にとってかけがえのない恩師。夏の暑さが身にこたえるのは当然のことだが、なまじ秋だと思うせいか、残暑はなおさらつらいものだ。まして精神的に大きな打撃のあったあとは。「その後」は具体的に何の後か、一句のうえには何も語られていないが、句の内容から衝撃的なことが想像される。読み手は自分の人生を重ねてこの句に共感することができる。〔西村〕

九月に入ってからも夏日の気温(二五度以上)となることは、近年珍しくはない。もう秋なのにと思うと、真夏の暑さより残暑のほうがつらく感じるものだ。夏に思いきり暑いのは痛快でもあるが、秋の暑さはやりきれない思いがする。

関連 暑し→夏

牛部やに蚊の声闇き残暑哉　芭蕉

見苦しや残る暑さの久しきは　高浜虚子

カップルの女不機嫌秋暑し　荒瀬陽子

▼牛の匂い、蚊の音、暑熱のこもった暗い部屋。想像するだに重たい残暑。▼だらだらと続く残暑を呪っている語気が感じられる。▼女の不機嫌の理由は相手の男にある。不甲斐なさ、見苦しさを、季語が語っている。

秋めく

初秋

秋づく

『徒然草』一五五段に「夏果てて秋の来るにはあらず」「夏より

蘭鋳の痩せたれど風邪は引かざらむ：蘭鋳はずんぐりとした金魚。痩せたようだが、風邪は引かない。

既に秋は通ひ」とあるように、日本の季節はひそかに、しのびやかに移り変わる。ことに秋の訪れは細部に現われる。サトウハチローの童謡「ちいさい秋みつけた」のごとく。「秋づく」は『万葉集』にある言葉。「庭草に村雨降りてこほろぎの鳴く声聞けば秋付きにけり」（巻十）。

秋めくやあゝした雲の出かゝれば　池内たけし
大阪に曳き来し影も秋めきぬ　加藤楸邨
秋めくとすぐ咲く花に山の風　飯田龍太
秋づくと昆虫の翅想はるる　石田波郷

▼「あゝした雲」は筋雲かうろこ雲か。▼いつまでも暑い大阪。しかし、ふと見た自分の影に秋を感じる。▼野辺の花を揺らす風に秋の気配。▼イメージの句。細緻でふるえやすい昆虫たちの翅。

新涼（しんりょう）

初秋　秋涼し・涼新た

秋になって初めて涼しいと感じた時をあらわす季語。「涼し」は、暑さの中にふと覚えた一抹の涼しさをあらわす夏の季語。「暖か」が春、「暑し」が夏、「寒し」が冬の季語であることを思うと、「涼し」は当然秋の体感なのだが、「涼し」を夏の季語とし、秋の涼しさを「新涼」とあらわすところに、季語の繊細な美意識を見る思いがする。安堵感と清新な気分のあらわれた言葉。関連 涼し→夏

新涼の驚き貌に来りけり　高浜虚子
新涼や豆腐驚く唐辛子　前田普羅
新涼の俄に到る草廬かな　富安風生
新涼や白きてのひらあしのうら　川端茅舎
新涼の手拭浮けぬ洗面器　中村汀女

▼残暑の続くなかでようやく訪れた秋の涼しさ。「北風と太陽」の寓話のように新涼を擬人化して描いた。▼味覚で季節感を表現した代表的作品。舌にも新鮮な驚き。▼ある朝突然覚えた涼しさ。大きな自然の気の動きが感じられる。▼新たな季節に、わが身も晒されたかのよう。ひらがな表記を味わいたい。▼タオルではなく和手拭の、水に透けゆく質感と見た目の涼しさ。

処暑（しょしょ）

初秋

二十四節気の一つ。立秋後十五日目で、八月二十三日頃にあたる。「処」とは止まる意で、暑さがやむという言葉。中国大陸はこの頃から冷ややかな乾いた高気圧に覆われるが、日本ではまだ残暑がぶり返すこともある。しかし、処暑の声を聞くと、暑さも長続きせず、いよいよ気象的にも秋がやってきたと感じる。

処暑なりと熱き番茶を貰ひけり　草間時彦
処暑の庭鯉はねてなほ雨意のこる　辻田克巳
老犬の処暑の大地にはらばひて　細谷喨々

▼まだ冷たい茶がふさわしい暑さではあるが、今日は処暑であるというので、熱い番茶を所望した。▼ひと雨ごとに涼しく秋らしくなってゆく。▼暑さにへたばった老犬。大地の秋の気をもらう

林原耒井（はやしばららいせい）▶明治20年（1887）—昭和50年（1975）英文学者。漱石最後の直弟子。木曜会に参加。のち亜浪門。

かのように腹ばう。

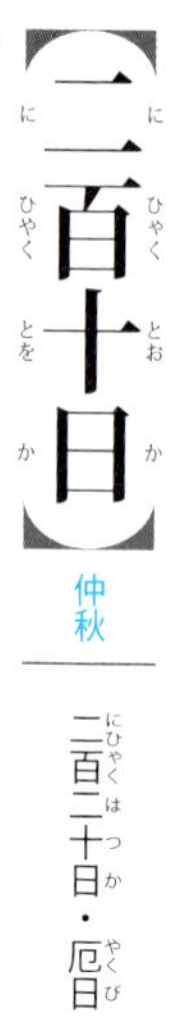

二百十日

仲秋

二百二十日・厄日

立春から数えて二百十日目。太陽暦では九月一日頃にあたる。この頃は台風が上陸することが多く、昔は早稲が花をつける時期に重なった。大風で花が損なわれると稲が実らなくなるので、農民に恐れられた。「二百二十日」も台風が襲来する時期で、中稲が花を咲かせる頃なので、両日を「厄日」と呼んだ。風を鎮めるため、各地で風祭が行なわれたが、越中八尾（富山市）の風の盆などもその行事の一つだろう。

関連　台風→42／風の盆→225

二百十日も尋常の夕べかな　蕪村

鰡飛んで野川の二百十日かな　大須賀乙字

ころがして二百十日の赤ん坊　坪内稔典

▼嵐になるかもしれないと用心していたが、何事もなく一日が暮れそうだという安堵感。▼鰡の稚魚は河口などでよく空中に飛び上がるのを目にする。野川には風波が目立っていよう。▼畳の上に転がされている赤ん坊。一見平穏だが、季語は危機感をはらんでいる。

仲秋

仲秋

秋半ば・中秋

秋を初秋、仲秋、晩秋に分けた真ん中の月、すなわち旧暦の八月にあたる。太陽暦では九月初旬からの一か月。初めのうちはまだ残暑が厳しい日もあるが、日に日に涼しくなり、朝露、夜露が見られる頃。「中秋」と聞けば「名月」という語が浮かぶほど、何といってもこの時期のハイライトは旧暦八月十五夜の満月。空気が澄んで月が一年中で最も美しく見える頃である。

関連　名月→33

仲秋や花園のものみな高し　山口青邨

仲秋や赤き衣の楽人等　高野素十

仲秋や畳にものの影のびて　片山由美子

中秋や姨捨駅を昼過ぐる　相馬遷子

▼芒、紫苑、萩。仲秋を彩る花は丈が高い。作者は自宅の庭を「雑草園」と名づけて草花を愛しんだ。▼背景に月を想像すると、楽人たちの赤き衣も華やぐ。▼畳に伸びる影は日光よりも月光によってできたものと取りたい。▼姨捨山（長野県の冠着山）は月の名所。「わが心慰めかねつ更級や姨捨山に照る月を見て」（『古今和歌集』）。

葉月

仲秋

月見月・秋風月・木染月・紅染月・萩月・燕去月・雁来月

旧暦八月の異称。太陽暦では九月上旬頃から十月上旬頃までの一か月。この月の十五夜が中秋の名月なので、古来、人々は、月が満ち始めるとともに毎夜のごとく「三日月」「弓張月」などと名づけて賞でていた。名月の後も同様に「十六夜」「立待月」などと月に親しみ、旧暦八月は「月見月」の異称もある。このほかに、木の葉が紅葉するので「木染月」、燕が南方

大いなるもの空翔ける春吹雪：二・二六事件に触発された句。動乱の時代への不安感がある。

へ帰るので「燕去月」、雁が来るので「雁来月」など、異称の多い月でもある。

葉月なる竪縞あらし男富士　富安風生
わが葉月世を疎めども故はなし　日野草城
壇ノ浦上潮尖る葉月かな　野中亮介

▼荒々しい竪縞を刻んだ雄々しい富士山。見る角度、季節によって表情が変わる。▼理由はないと言いながらも、やはり何かありそうに思える句。「わが葉月」は個人的な情懐を示す。▼壇ノ浦は平家滅亡の場所。歴史の彼方に思いを馳せる時、旧暦の呼び名がふさわしい。

九月　仲秋

学校の新学期が始まり、新たな節目を迎える月。「暑さ寒さも彼岸まで」というように、残暑の厳しい日々も彼岸花が咲く頃には落ち着く。気温は夏日(二五度以上)でも、空には鰯雲が広がり、蜻蛉が飛び交い、夜は虫の音が日に日に澄んでくる。台風の襲来が最も多い月でもあり、二百十日、二百二十日と数えて、古来、人々は用心してきた。

九月来箸をつかんでまた生きる　橋本多佳子
今朝九月草樹みづから目覚め居て　中村草田男
陶枕のかたきを得たる九月かな　安住敦
黒揚羽九月の樹間透きとほり　飯田龍太
父の頭が見えて九月の黍畑　宮田正和

▼箸を摑むとは食べること。食べることは生きること。命の根源に触れながら自らを励ましている。▼九月一日の朝は、昨日までの朝とは明らかに違う。秋を体感する朝。草木も人間も。▼陶枕の硬さ冷たさが、頭に心地よい季節の到来。意にかなったという思いが、「得たる」にこめられている。▼黒揚羽は夏の名残。やや色あせた九月の樹間の明るさの中へ、滅んでゆく。▼収穫期を迎えた黍は一・二メートルほどに達する。そこに働く父の頭だけが、遠くからも見える。

八朔　仲秋

旧暦八月朔日(第一日)を略していう。「田の実の節句」とも呼び、農家では収穫を予祝する行事が行なわれた。それが公家、武家社会にも広がり、「憑の祝い」として主家や知人と贈答を交わす習慣となった。徳川家康の江戸城入城が天正十八年(一五九〇)の八朔であったことから、江戸時代はことに盛

名句鑑賞

八朔や最上は水位満ち足りて　平畑静塔

日本三大急流の一つ最上川は、山形県南境の西吾妻山を源とし、米どころ庄内平野を経て日本海に注ぐ。松尾芭蕉が「五月雨を集て早し最上川」と詠み、斎藤茂吉が「最上川逆白波のたつまでにふぶくゆふべとなりにけるかも」と詠んだ川でもあり、文学にも豊穣な実りをもたらした。満水の最上川を目のあたりにして、作者の詩心もみなぎっていることが伝わってくる。稲の豊作も予想される土地褒めの作。［西村］

大谷碧雲居▶明治18年（1885）—昭和27年（1952）師・水巴没後、「曲水」主宰を継承。「日本経済新聞」俳壇選者。

んとなり、大名や直参が白帷子で登城し、元日に次ぐ式日であったという。近畿地方では「八朔休み」といい、この日を境に昼寝をやめ、夜なべ仕事を始める習わしだった。

関連 八朔の祝↓214／夜なべ↓174

八朔や盆に乗せたる福俵　一茶
八朔や白かたびらのうるし紋　坂東みの介
八朔やはちきれさうな稲荷寿司　若井新一

▼豊作を予祝する飾りだろう。農家では五節句に次ぐ節目の日であった。▼この日は吉原の遊女たちも白無垢で接客したという。作者は歌舞伎役者の八代目坂東三津五郎。出し物の一景か、実景か。▼農家にとっては特別の日。豊かな供物が今年の実りを約束する。

白露（はくろ）　仲秋

二十四節気の一つ。太陽暦九月八日頃にあたる。その名のごとく露が白く結ぶ頃で、ようやく秋らしい気候となる。庭や道端の草々に朝露がびっしりと置いているのを見ると、この語を思い出す。視覚的な涼気を呼ぶ美しい言葉。あと半月もすると秋分となる。関連 露↓46

草ごもる鳥の眼とあふ白露かな　鷲谷七菜子
ゆく水としばらく行ける白露かな　鈴木鷹夫
ひとつづつ山暮れてゆく白露かな　黛執

▼「繭ごもる」という語があるごとく、「草ごもる」と表現すると、鳥を守るかのように露を置く草の様子が浮かぶ。▼ゆく水に沿ってゆく歩みに、いよいよ秋が深まりゆくことを実感する。▼山の名を一つずつ確かめながら見渡すような語感。やがて山々にも夜露が降りる。

秋分（しゅうぶん）　仲秋

二十四節気の一つで、太陽暦の九月二十三日頃にあたる。半年前の春分と同じく、昼夜の時間が等しい。太陽は真東から昇り、真西に没する。かつては秋季皇霊祭、現在は秋分の日として国民の祝日となっている。「暑さ寒さも彼岸まで」と言いならわしてきたように、この頃から爽やかな日が続くようになる。この日を境に夜が長くなり、いよいよ夜長の季節がやってくる。

関連 春分↓春／秋分の日↓217

嶺聳ちて秋分の闇に入る　飯田龍太
秋分の灯すと暗くなっていし　池田澄子

▼秋分の日は、昼と夜の時間が等分される日。嶺は毅然と聳ち、一日の真半分の闇の時間に入る。▼暗くなってから灯すというより、現代人は時刻を基準に灯す習慣が身についている。そのギャップに気づいたおもしろさ。

秋彼岸（あきひがん）　仲秋

秋の彼岸・後の彼岸・秋彼岸会

万葉の夜に入る虫よ石ころよ：あたりは『万葉集』時代さながらの闇夜に包まれていく。

二十四節気の秋分（彼岸の中日）を中心にした七日間。仏教の年中行事の一つ「秋の彼岸会」の営まれる時期。古代インドのサンスクリット語（梵語）ではパーラ。彼方の岸、理想の境地のこと。暑さもすでに衰え、爽やかな日々が続く。歳時記では春の彼岸を「彼岸」と呼び、秋の彼岸は「秋の彼岸」「後の彼岸」という。関連 彼岸→春

秋彼岸にも忌日にも遅れしが　高浜虚子
秋彼岸蜂飯炊いて配りけり　吉田冬葉
さびしさは秋の彼岸のみづすまし　飯田龍太

▼「子規墓参」と前書。子規忌は九月十九日。彼岸入りの頃。▼炒った蜂の子を炊きこんだ蜂飯をご近所に配ったのだ。▼澄みきった水の上で回る水澄まし。

晩秋（ばんしゅう）

晩秋

晩秋・季秋・末の秋

秋を初秋、仲秋、晩秋と分けた時の末のひと月。旧暦では九月、太陽暦では十月半ば過ぎ。野山は紅葉の美しい頃で、日和も安定し、行楽に適した時期である。朝晩は寒さを覚え、草木は徐々に枯れ始め、夕暮などは心細く侘びしさも募る。季節の深まりは名残惜しさがともなうものだが、秋はことにその感が深い。厳しい冬に入る前の最後の安らかさを覚えるからだろうか。

晩秋の園燃ゆるものみな余燼　山口青邨
丘晩秋刈田見え遠く犬が鳴き　大野林火
帰るのはそこ晩秋の大きな木　坪内稔典

▼晩秋にも咲く花はあり、紅葉は燃えるように色を尽くす。そのどれもが燃え残りと見えるのは、季節の盛りが終わってしまったから。▼丘に立って晩秋の趣をとり集めたような句。刈田が広がり、遠くで犬が鳴いている。誰もが懐かしさを感じる光景。▼すべてを受け入れてくれる心の拠りどころの象徴が、晩秋の大きな木。

長月（ながつき）

晩秋

菊月・紅葉月・寝覚月・稲刈月・小田刈月

旧暦九月の異称。太陽暦では十月上旬からのひと月にあたる。「夜長月」を略したとか、長雨の降る頃なので「ながめ月」からきたとか、語源には諸説ある。「いま来むといひしばかりに長月の有明けの月を待ちいでつるかな」（素性法師『古今和歌集』）の歌にも夜の長さが託されている。菊の宴、紅葉狩、後の月など、秋の情趣をとり集めたような一か月。秋の深まりを実感する月でもある。

長月の竹をかむりし草家かな　増田龍雨
長月やみやこのなかの黍の丈　松村巨湫
菊月や備後表の下駄買はむ　鈴木真砂女

▼「草家」とは草葺きの家、あるいは藁屋。そんな粗末な小家も、青々とした長月の竹をかむっていると見どころがある。▼丈高く色づいた黍に都会の季節の変化が見られる。▼「菊月」から、菊を見にゆくのかと想像が広がる。備後表は備後（広島県）産の品質最良の畳表。

佐野青陽人▶明治27年（1894）―昭和38年（1963）水巴門。「曲水」にて重きをなした。作風は平明で俳味あり。

十月

晩秋

上旬は秋霖と呼ばれる秋の長雨が残ることもあるが、中旬からは爽やかに晴れ上がる日が多い。十月十日は昭和三十九年（一九六四）に東京オリンピックの開会式が行なわれた日で、のちに体育の日となり（現在は十月の第二月曜日）、晴れの特異日とされた。スポーツの秋、行楽の秋にふさわしい天候が続く。下旬はひと雨ごとに冷気が深まり、山間部では紅葉も始まる。稲刈や茸狩など収穫の季節で、秋の行事が各地で次々に開催される。

十月の雨粉炭の山に浸む　西東三鬼
少しうれし十月の岬思ふとき　加倉井秋を
詩を語るなら十月の海に坐し　高野ムツオ

▼「粉炭」は細粒または粉状の石炭。ボタ山に浸みてゆく十月の雨。静かに底のほうまで。▼明日行く岬であろうか。心が浮き立っているのは、気候のよい十月ならではのこと。▼海はもう秋の青を深々と湛えていることだろう。詩人の美意識が選んだ、季節と場所と姿勢。

秋の朝

三秋

秋朝・秋暁

初秋、仲秋、晩秋と、それぞれ趣を異にしながらも、爽やかなイメージをもつのが「秋の朝」。「秋暁」は秋の夜明け。季節が深まるにつれて空気の透明感が増し、朝のひんやりとした大気が実感される。

砂の如き雲流れ行く朝の秋　正岡子規
秋暁や胸に明けゆくものの影　加藤楸邨
同棲や秋暁男のみ覚めて　堀井春一郎

▼爽涼たる空を、さらさらと流れる雲。▼しだいに明けてゆく秋の夜明けに、差し込む光によって物影が鮮明になり、胸中の思いも目覚めるのである。▼秋の夜の明け方。傍らにはまだ女が眠っている。

秋の昼

三秋

秋真昼

秋の昼は透明な大気に満たされて明るく、思いがけない遠くの物音が聞こえるなど、空間的な広がりが感じられる。その爽やかさや新鮮さが人の感覚を研ぎ澄まし、自然や人への思いを深くさせるのである。

種蒔くひと居ても消えても秋の昼　飯田龍太
大鯉のぎいと廻りぬ秋の昼　岡井省二

▼種を蒔くという人の営みの有無を超えて、明るく静かな秋の昼。▼作者の代表句で、水中の鯉の動きを聴覚に転じて表現。

秋の暮

三秋

秋の夕暮・秋の夕

「秋の暮」という季語には二つの意味がある。一つは秋の終わ

岩なだれとまり高萩咲きにけり：あやうく岩屑なだれを逃れた萩の花。駒ケ岳登山中の作。

り、晩秋の意。もう一つは秋の夕暮の意。晩秋の夕暮と考えておけば間違いない。晩秋の意味で使われていることもあれば、夕暮の意味で使われていることもある。ただ、晩秋の意味で使われていても夕暮の感じが忍び込み、逆に夕暮の意味で使われていても晩秋の感じがする。どちらかに決めても決まるものでもなく、その必要もない。むしろ、この二重の意味を楽しんだほうがよい。二三頁の「暮の秋」参照。

関連 春の暮→春

かれ朶に烏のとまりけり秋の暮　芭蕉
此道や行人なしに秋の暮　芭蕉
秋の暮いよいよかるくなる身かな　荷兮
去年より又さびしひぞ秋の暮　蕪村
門を出れば我も行人秋のくれ　蕪村
日のくれと子供が言ひて秋の暮　高浜虚子
秋の暮大魚の骨を海が引く　西東三鬼

▼晩秋の夕暮、ふと気がつくと、枯れ枝に一羽の烏が止まっている。▼これも晩秋の夕暮。芭蕉の最後の旅での吟。▼秋も終わりになると、身も心も軽くなる。▼「又」は「また一段と」の意味。年ごとに淋しさを増す秋の終わり。▼晩秋の夕暮。芭蕉の「此道や」の句を心に置いて詠んでいる。▼子供の一言にあらためて感じる秋の日暮れの早さ。▼晩秋の夕暮。ヘミングウェイの小説『老人と海』の最後の場面を思わせる。

【秋の夜】

三秋

秋夜・秋の宵・宵の秋・夜半の秋

『古今和歌集』に「いつはとは時はわかねど秋の夜ぞ物思ふことの限りなりける」とあるように、秋の夜はひとり物思うに適う時である。春の夜が楽しくさざめいて過ごすのに適しているのと対照的だ。春の夜が楽しくさざめいて過ごすのに適しているのと対照的だ。虫が夜もすがら奏で、月は澄み、夜風はしみじみと秋の深まりを伝える。若山牧水が「白玉の歯にしみとほる秋の夜の酒はしづかに飲むべかりけれ」と詠んだように、酒を飲む時でさえ秋の夜は静かに過ごしたい。

関連 夜の秋→夏

秋の夜や旅の男の針仕事　一茶
秋の夜や紅茶をくゞる銀の匙　日野草城
秋の夜を生れて間もなきものと寝る　山口誓子
秋の夜の深沈と寝て妻子かな　石塚友二
秋の夜や膝の子にわが温められ　福永耕二

名句鑑賞

子にみやげなき秋の夜の肩ぐるま　能村登四郎

「みやげなき夜」と、とりたてて言った裏には、いつもみやげを欠かさない父親であることが語られていよう。そんな父の帰宅に、幼な児は玄関へ走り出て迎える。がっかりさせまいと、そのまま抱き上げて肩車をしてやる父。秋は人肌の温もりが恋しい季節。秋の夜は更けやすく、ただでさえ淋しい。父子の愛情が濃く、確かめられるような情景だ。秋の灯の下で喜ぶ子供の声に、幸福感をかみしめる父。作者は長男と次男を幼くして亡くした悲しい父親でもあった。［西村］

吉田冬葉▶明治25年（1892）―昭和31年（1956）乙字門。「獺祭」主宰。時流に与せず、独自の格調ある作風を築く。

▼旅衣を繕っているのか。灯火に寄って針仕事をする男の姿はうら淋しい。▼秋の夜長を楽しむための色濃い紅茶。これから本を読むのか、音楽を聴くのか。▼傍らに眠る赤子。「もの」という表現が作者が抱くその存在の不思議さを言い表わしている。▼「深沈」は夜が静かに更けゆくことだが、ものに動じないという意も。妻子の寝姿はその両方。▼人肌を恋しがる子を膝にのせると父の心も温められて。秋も深まった頃。

夜長（よなが）

仲秋　長き夜・長夜

秋の長い夜のこと。秋分を過ぎると、夜は昼よりも長くなる。秋の夜長をしみじみと実感するのは夜更け。それはいつ明けるともしれない長さであると同時に、夜の深さでもある。「日短」といわず「夜長」というのは、苛酷な夏でも夜は過ごしやすく、その夜が秋になって長くなるのを歓迎する気持があるからである。とはいえ、独り寝を嘆く恋人たちにとって、秋の夜長は耐えがたいものだったのだろう、柿本人麻呂は「あしひきの山鳥の尾のしだり尾の長々し夜をひとりかも寝む」（『万葉集』）と詠んでいる。関連 日永→春／短夜→夏／短日→冬

戸をさして長き夜に入る庵かな　太祇
山鳥の枝踏かゆる夜長哉　蕪村
長き夜の寝覚め語るや父と母　召波
妻がゐて夜長を言へりさう思ふ　森澄雄

▼戸を閉めてしまえば、あとは静かな長い夜。▼柿本人麻呂が歌に詠んだあの山鳥（解説参照）も、あまりの夜の長さをもてあまし気味。▼秋の夜がまだ明けないうちに目を覚まして、何やら語り合う父と母。▼何ということのない日常が、何にも代えがたい幸せだということを、「夜長」を介して描き出している。

秋澄む（あきすむ）

三秋　空澄む・清秋

台風の時期が過ぎ、日本近海を低気圧が去ると、大陸から移動性高気圧がやってくる。すると上空の冷たい空気が下りてきて大気が澄む。昼夜にかかわらず、ものがはっきりと見える季節である。木々の梢は遠くまでくっきりと、水は澄んで見える。月や星もことさらさやかに輝く。風の音、波の音、虫の音なども澄みわたって聞こえる。関連 水澄む→52

地と水と人をわかちて秋日澄む　飯田蛇笏
秋澄むやせり上り咲く蔓の花　本宮銑太郎
妻はいま金色如来秋澄みぬ　森澄雄
窯を出づ壺のひびきに秋澄めり　上野ひろし

▼大地と水と人の姿が、それぞれくっきりと見えるのは、秋の日射しも空気も澄みわたっているから。▼何の花かは記されていないが、健気な花の一つ一つがつまびらかに見える。▼亡き妻を思う心情。悲しみが浄められて、作者の心も澄明であることが伝わる。▼窯出しをしたばかりの壺の貫入の音。聴覚で季語をとらえた句。

牛通り過ぎてすかんぼ真赤なり：大きな牛が過ぎたあと、いっそう印象鮮明となった酸葉。

秋気（しゅうき）　三秋

秋気澄む・秋の気

秋の爽やかな澄んだ大気。夏の高温多湿の季節の後だけに、高く晴れ上がった空の下の空気はすがすがしい。中唐の文人柳宗元の詩に「秋気南磵に集ひ、独り遊ぶ亭午の時」とある。また、上杉謙信は「九月十三夜」という詩に「霜は軍営に満ちて秋気清し、数行の過雁、月三更」と詠じた。漢詩からきた言葉だけあって、語感、音韻ともに緊張感がある。涼気、爽気、冷気のすべてを感じる。

十一面一仏ごとの秋気かな　文挾夫佐恵

秋気満つ鍾乳洞の奥の声　土屋秀穂

ガラスまだ未生の火玉秋気澄む　いのうえかつこ

▼十一面観音の頭上に戴いた十一仏の仏相の、一つ一つに秋の澄んだ空気を感ずるのは、作者の心も澄んでいるゆえ。▼鍾乳洞という閉ざされた空間にまで、秋の大気は確実に浸透している。それを「声」で描いた点に工夫がある。▼ガラスが生じる以前の火の玉の段階を詠み、澄んだガラス器を予感させる季語の力。

冷やか（ひややか）　仲秋

冷ゆ・ひやひや・秋冷

肌に感じる冷ややかさのこと。秋の初めの頃は「新涼」を覚えたが、半ばになると物に触れた時にひやりとした感覚がある。「涼」から「冷」への微妙な体感の変化。同じ字でも、「冷たし」は冬の季語。「石の上に、或は板の間につめたさを感ずるくらゐの冷やかさ」とは高浜虚子の名解説。涼しさとも爽やかさとも違う皮膚感覚によって、深まりゆく秋を実感する頃。

関連　冷たし→冬

もたれゐる物冷やかになりにけり　荷兮

冷やかや薄にさはり萩に触れ　山本京童

火の山にたましひ冷ゆるまで遊ぶ　野見山朱鳥

紫陽花に秋冷いたる信濃かな　杉田久女

▼そこに座るといつももたれる家具。それが冷ややかになったという体感で季節感をあらわした句。▼野辺を歩くと触れる、薄の穂の艶やかな手触りも萩叢の感触も、今日は冷ややか。▼「冷ゆ」という季語が、熱かったものが冷えてゆく変化をも含むものであることに気づかせてくれる句。▼山国信濃の冷気が紫陽花の花期を長引かせている。「いたる」は、あまねく及ぶという意味。

爽やか（さわやか）　三秋

爽気・爽涼・秋爽・爽やぐ・さやけし・さやか

秋の大気や日射しのさらりとした感触。これが「爽やか」。「さわ」は、「さわさわ」「ざわざわ」のように、草木の葉が揺れてかすかに触れ合うことをあらわす。これからわかるように「爽やか」とは本来、心地よい肌触りのこと。べたべたと蒸し暑い夏を過ぎて、秋の大気や日射しの心地よさが「爽やか」だった。これがやがて肌触り以外のものにも使われるようになった。「爽やかな人」「爽やかな声」といえば、べたつかないさら

内藤吐天▶明治33年（1900）—昭和51年（1976）乙字、素琴門。「早蕨」主宰。日夏耿之介に学び、自由詩的作風へ。

りとした人や声をいう。「爽やかな五月」というように、「爽やか」という言葉は日常では季節を問わないが、俳句では秋の季語にしている。

過ちは過ちとして爽やかに　高浜虚子
爽やかに日のさしそむる山路かな　飯田蛇笏
爽やかに山近寄せよ遠眼鏡　日野草城
さはやかにおのが濁りをぬけし鯉　皆吉爽雨

▼いつまでも思い煩うことなかれ。▼木立の間から漏れる秋の朝日。▼望遠鏡でのぞくと、いよいよくっきりと見える。▼巻き上げた泥水をすっと抜け出る鯉。人もこうありたい。

秋麗（あきうらら）

三秋

秋麗（しゅうれい）

「麗か」は春の季語だが、秋の晴れ渡った日にも明るく穏やかな気分の日がある。「麗か」がどこまでも平和で幸福感に満ちているのに対し、「秋麗」はすがすがしく明るいなかにも、どこか一抹の淋しさが漂っているような感じがある。春は霞に潤っているのに対し、秋は澄みきった大気であるせいだろうか。

関連　麗か→春

天上の声の聞かるゝ秋うらゝ　野田別天楼
此の世をばわが世と鳶や秋麗ら　林　翔
秋麗ガラスの如く村ありぬ　大橋敦子
秋うらら浮桟橋のひとり鳴る　永方裕子

▼澄みきった大気に心も澄んで、こんな気がする時もある。▼鳶が秋空高く旋回しながら鳴いているのは「この世をばわが世とぞ思ふ望月の欠けたることのなしと思へば」（藤原道長）とでも詠っているのか。▼明るく澄んできらめきやまぬ村の光景。しかも華奢で危うい。▼浮桟橋がひとりでに鳴るのは、麗らかだけれど淋しげ。

身に入む（みにしむ）

三秋

身に沁む

秋の冷ややかさや淋しさが心身にしみ入るように感じられること。「身に入む」という日本語には二つの意味がある。一つは「夜風が身に入む」のように、寒さや冷たさが体にしみ込むように感じられること。もう一つは、そこから発展して淋しさやつらさが心にしみ込むように感じられること。「世知辛さが身に入む」がその例である。前者が肉体的な意味なら、後者は心理的な意味である。季語の「身に入む」はこの二つの意味をもっている。

野ざらしを心に風のしむ身哉　芭蕉
俳諧の咄身にしむ二人哉　正岡子規
佇めば身にしむ水のひかりかな　久保田万太郎
水割も身に入む酒となりにけり　草間時彦

▼『野ざらし紀行』巻頭の一句。野ざらしの髑髏となる覚悟の旅、さすがに秋風が身にしみる。▼内藤鳴雪と二人で俳諧談義。語るほどに淋しさが募った。▼きらめく水の光さえ身にしみる。▼腸にしみる水割。

澎湃と除夜の枕にひびくもの：師・石鼎危篤の知らせを受け、駆けつけた際の一句。

寒露（かんろ） 晩秋

二十四節気の一つで、太陽暦の十月八日頃。『改正月令博物筌』（文化五年）に、「此月冷寒次第につのり露凝んで霜とならんとす」とある。大気は急に冷え、燕が南へ帰り、雁が北から飛来する頃。日中と夜間の気温差が大きくなるので、山々では紅葉が進む。和服もセルから袷となり、やがて上着が手離せなくなる。

茶の木咲きいしぶみ古ぶ寒露かな　飯田蛇笏
水底を水の流るる寒露かな　草間時彦
湖深く見えすぎる日の寒露かな　鷲谷七菜子
目に見えぬ塵を掃きたる寒露かな　手塚美佐

▼清楚な茶の木の花と古びた石碑。その両方に露は降り、冷たく凝るであろう。▼川底の水の流れまでありありと見えるほど、水が澄んでいるのだ。▼水が冷えてくるとますます透明度が増す。見えすぎるまでに。▼ものみなすべてが澄みわたる頃の潔癖な心情のあらわれ。

秋寒（あきさむ） 晩秋

秋寒し

「寒し」は冬の季語だが、日本の四季の移りゆきは、ある日突然、気温が下がって冬になるというわけではなく、次の季節がひそかに徐々に訪れている。立冬前の寒さを全般的に「秋寒」というが、「そぞろ寒」「やや寒」「肌寒」などと、秋のうちの寒さを微妙に言い分けた季語が多いのも興味深い。

関連 寒し→冬

秋寒むや行く先々は人の家　一茶
秋寒し此頃あるる海の色　夏目漱石
秋寒の濤が追ひ打つ龍飛崎　上村占魚

▼「秋寒むや」と、気候を打ち出しているのではなく、「秋、寒むや」と、心情的な寒さを訴えていると取りたい。安住の地をもたぬ心の寒さ。▼「荒るる」とも読み取れるが、「生るる」であろう。海の色も深まる頃。▼本州北端の岬に立つと、冬がすぐそこに迫るのを実感。

そぞろ寒（さむ） 晩秋

「そぞろ」は、なんとなく、とか、これといったはっきりした理由もないことであるから、気温が何度以下になったから感じるといった寒さではない。なんとなく寒く感じる、秋の深まった頃の心理的な感覚である。「冷やか」よりは寒い感じ。「寒し」は冬の季語だが、これから冬になるまでの間に、こまやかな刻みで「寒」のつく秋の季語が並ぶことになる。微妙な使い分けを楽しみたい。

四つ生んで三つ死ぬ狗やそぞろ寒　大谷句仏
そぞろ寒鶏の骨打つ台所　寺田寅彦
雲二つに割れて又集るそぞろ寒　原石鼎

京極杜藻（きょうごくとそう）▶明治27年（1894）―昭和60年（1985）はじめ「ホトトギス」、のち石鼎に師事。「鹿火屋」の重鎮となる。

そぞろ寒

繕ひつ使ふ身一つそぞろ寒　岡本眸

▼寒さのため、子犬が四匹も生まれたのに三匹は死んでしまった。そぞろ寒の気候が心中にまでしみ込んでくる。▼台所から響く音に気分的な寒さを感じた。作者は物理学者であると同時に漱石門の文学者。▼雲の動きを眺めていたら、なんとなく寒さを覚えた。▼体の支障があちこちに現われ始める年齢をやり過ごす自愛の句。

やや寒

晩秋

やや寒し・漸寒

冬の寒さほどではないけれど、少し寒いという体感をあらわす。「冷やか」ではあらわしきれない冷えをいう。「やや寒き小野の浅茅の秋風にいつより鹿の鳴きはじめけん」（藤原資季『続古今和歌集』）のように、昔から、人々は季節の深まりの微妙な変化を敏感に感じとっていた。

やゝ寒み襟を正して坐りけり　正岡子規
木拾ひに出てやゝ寒き夕かな　大須賀乙字
やゝ寒やとぼしきまゝの髪油　石橋秀野
やや寒や湖の真上に星を溜め　上田日差子

▼「み」は理由をあらわす接尾語。初めて覚えた寒さに緊張感が湧く。▼焚きつけに使う木切れを拾いに出た夕の外気の冷え。▼残り少ない髪油を少しずつ使い続ける暮らしぶりと、季節の心細さとがかすかに共鳴。▼湖も星々もますます深く、輝く季節がやってくる。

人日やひとの香ほのとわれを過ぐ：たしかな人の香りであるはずが、どこか幻のようでもある。

肌寒（はださむ） 晩秋

肌寒し

『源氏物語』桐壺巻に「野分だちて、にはかに肌寒き夕暮のほど、常よりも思し出づること多くて」とあるのは、帝が亡き桐壺の更衣を恋しく思うくだり。皮膚感覚に訴える秋の寒さ、淋しさや心もとなさを誘う体感といえよう。日頃も亡き人を思い暮らしているのに、この夕暮にとくに思い出すことが多いのは、にわかに襲った肌寒のせい。

影見えて肌寒き夜の柱かな　暁台
肌寒や会する人のやゝ遅し　高浜虚子
肌寒や生家といへど夕まぐれ　中村汀女

▼柱の影もやや細くなったような。何かに凭りたい体感が夜の柱を詠ませたか。▼会合の場所に先に着いてしまった折の心もとなさ。人が集まれば解消するほどのほのかな寒さ。▼生まれ育った家なのに、夕まぐれの肌に迫る秋の寒さ。ゆえのない淋しさをあらわした句。

うそ寒（うそさむ） 晩秋

「薄寒」から転じたもので、「やや寒」「そぞろ寒」と同程度の秋の寒さ。「うそうそと寒いのである、くすぐられるやうな寒さである」とは、虚子編『新歳時記』の定義。気温ではあらわしきれない、心情的な寒さが感じられる言葉である。何となく不安で落ち着かない寒さとでもいおうか。

うそ寒をかこち合ひつゝ話しゆく　高浜虚子
うそ寒の身をおしつける机かな　渡辺水巴
うそ寒や障子の穴を覗く猫　富田木歩
うそ寒の屋台に首を差し入れつ　江口井子

▼「かこつ」は愚痴をこぼすの意。肩をすくめながら歩いてゆく姿が見えるようだ。▼貧乏ゆすりなども出てくる頃。むりやり机にわが身を押しつけて、仕事の態勢を作る。▼猫に覗かれていると いう落ち着きのなさが、季語に託されている。▼何となく屋台の灯が恋しい。首だけ入れた姿勢もうそうそとしている。

朝寒（あささむ） 晩秋

朝寒し

晩秋に入って朝に感じる寒さである。日中は暖かくても、夜中、夜明けには気温が下がり、その温度差が肌寒さを感じさせる。王朝和歌にも秋の朝の寒さは歌われているが、「朝寒」という熟語が「夜寒」とともに季語になるのは江戸期。なお、「寒き朝」は冬の季語。

朝寒や旅の宿たつ人の声　太祇
朝寒や柱に映る竈の火　佐藤紅緑
くちびるを出て朝寒のこゑとなる　能村登四郎

▼ひんやりとした朝の旅籠に、早々と旅立つ人の声が響くのである。▼早朝、竈に火が入って朝餉の支度が始まる頃、まだ空気は冷たく、磨き込んだ柱に火が映る。▼「朝寒のこゑ」と表現した点

原コウ子（はらこうこ）▶明治29年（1896）―昭和63年（1988）女学校時代より作句。夫・石鼎没後、「鹿火屋」主宰を継承する。

が眼目。芭蕉の「物言へば唇寒し秋の風」を連想させる。

夜寒（よさむ）　晩秋

夜寒さ・夜を寒み

秋も終わり近くなると、昼間はそれほどでもないのに、夜、思わぬ寒さを覚える。これが「夜寒」である。晩秋、朝は「朝寒」、夜は「夜寒」。「朝寒」は昼近くなれば消えていくのに対して、昼も夜もずっと寒いのが、冬の寒さである。

夜寒さや舟の底する砂の音　北枝
四十から酒のみ習ふ夜寒かな　蓼太
欠ケ欠ケて月もなくなる夜寒哉　蕪村
あはれ子の夜寒の床の引けば寄る　中村汀女

▼舟底を擦る砂の音とは、思うだに寒々とした音。▼年をとってから嗜み始めた酒。当時（江戸中期）の感覚では、四十歳はもはや初老だった。▼夜ごとに欠けてゆく月。その秋最後の旧暦九月の月。▼「あはれ」で切る。引き寄せると、軽々と動く子供の布団。

霜降（そうこう）　晩秋

二十四節気の一つ。太陽暦の十月二十三日頃にあたる。秋も深まるにつれ、山里などでは、稲刈のすんだ田んぼに初霜が降り始める。霜は曇った夜ではなく、満天に星のきらめく晴れた夜に降りる。これは夜空が晴れていると、放射冷却によって気温が下がり、大気中の水蒸気が細かな氷の結晶を結ぶから。しかし、これはまだ「秋の霜」。「霜」の季節は冬。立冬を過ぎると、いよいよ本格的な冬の霜へと変わる。

関連　霜→冬

霜降の夕べ鯔とぶ出雲かな　脇村禎徳

▼夕べの冷ややかな水面を跳ねる鯔。霜降を過ぎると、出雲は神在を迎える。

冷まじ（すさまじ）　晩秋

『枕草子』に「すさまじきもの　昼ほゆる犬。春の網代。三、四月の紅梅の衣。牛死にたる牛飼、ちご亡くなりたる産屋。火おこさぬ炭櫃……」とあるように、もともとは、時期外れや興ざめなどのしらけた気分をあらわす、季節には関わりのない語であった。晩秋の凄然たる気分をいうようになったのは連歌の時代から。江戸後期の季寄せ集『改正月令博物筌』には「涼しといふよりは重く、寒しといふよりはかろし」とあるが、荒涼たる凄まじさは、「寒し」よりも迫力がある。

すさまじき長月ころの花火かな　蓼太
すさまじや蠟燭走る風の中　正岡子規
冷まじき激流を詠み来しは誰ぞ　石田波郷
すさまじく人を愛せし昔かな　草間時彦
とぐろ巻き毛綱といへり冷まじや　倉橋羊村

関連　寒し→冬

▼旧暦長月はすでに晩秋。「すさまじ」本来の意もこめられていよう。▼丑の刻参りの蠟燭であろうか。呪いの炎はぞっとする迫力

がある。▼吟行の折の句会の前の緊迫した期待感。あのすさまじい激流を詠み得たのは誰か。選句最中の思いかもしれない。▼若き日の回想。「冷まじ」よりむしろ「凄まじ」。体感よりも心象から発していることがよくわかる。▼毛綱は毛髪で綯った綱。女の長い黒髪にこもる怨念のようなものも感じる。

秋寂び

晩秋

秋寂ぶ

「寂び」は、一般にいう「侘び・寂び」のさび。閑寂な趣、または静寂、枯淡の美的情趣。衰えゆくさまに美を見いだすことで、晩秋の情景を愛しむ心も含まれる。「秋寂ぶ」の「寂ぶ」は、心に淋しく思うとか、古びた趣が出るという意。自然界では、ことに晩秋にその趣が深まる。「野も　山も　秋さび果てゝ草高し―。人の出で入る声も　聞えず」と釈迢空は詠んだ。

義仲寺を入れて界隈秋寂びぬ　松崎鉄之介

秋さぶや脇侍欠いたる黒仏　上田五千石

▼義仲寺(滋賀県大津市)は木曽義仲を供養するために創建された寺。芭蕉は遺言によってここに葬られた。その界隈の晩秋の趣。▼脇侍とは仏の左右に安置される像のこと。剝落によって黒ずんだ仏像の両脇に侍っていたはずの像も欠けて久しい。滅びゆくものへの共感。

秋深し

晩秋

秋闌・秋闌く・秋更く・秋深む・深秋

晩秋になると、秋もいよいよ深まったと感じることがある。これを端的に「秋深し」という。太陽暦では十月頃の季語である。秋にかぎらず、春、夏、冬の終わりにも「深し」という感じがあるが、秋は格別。この季語の奥には「静けさ」が宿っている。芭蕉の「秋深き隣は何をする人ぞ」は秋の深みの「静けさ」をとらえた句である。われわれが詠む場合にも、ただ秋が深いという現象だけでなく、この「静けさ」に達することが肝要。

秋深き隣は何をする人ぞ　芭蕉

彼一語我一語秋深みかも　高浜虚子

秋ふかし枯木にまじる鹿の脚　松瀬青々

身の程に気付きし秋の深さかな　草間時彦

ひとつぶの涙見てより秋深し　古賀まり子

▼静かな隣に思いを寄せる一句。▼言葉がかえって静かさを際立たせる。▼ひっそりと立つ鹿の脚。▼おのれの身の程に気づいた。心の秋も深まったのだ。▼思わずこぼれた一粒の涙。堪えていた思いが「ひとつぶ」に凝縮されて胸を打たれる。

暮の秋

晩秋

秋暮るる・暮秋

秋が終わろうとする頃、秋の末をいうのであって、秋の夕暮ではない(一五頁「秋の暮」参照)。「晩秋」とほぼ同義語。ただし「晩秋」が即物的に時間をとらえるのに対して、「暮の秋」にはそれを惜しむ気持が含まれる。春の終わりを「暮の春」という

軽部烏頭子▶明治24年(1891)―昭和38年(1963)医師。秋桜子の「馬酔木」創刊に参加。筆頭同人となる。

のと同じである。関連 暮の春→春

松風や軒をめぐつて秋暮れぬ　芭蕉
能すみし面の衰へ暮の秋　高浜虚子
次の間に人のぬくみや暮の秋　山上樹実雄

▼松籟(松風)の寂しさは詩歌に詠まれてきたが、「めぐつて」の口語調が新しい。▼演能にこめられた気迫を、終了後の面の衰えとして表現。▼秋の終わりのふとした人恋しさを、隣室に残る温もりにとらえた。

【行く秋】　晩秋

秋行く・秋過ぐ・秋の果・秋の名残・秋の別・秋の限・秋の行方・秋の湊

単に秋が過ぎ去るという意味だけではなく、秋の終わりを惜しむ心がこめられた季語。春と秋はそれぞれに情趣が深く、過ごしやすく、歌心が誘われる季節だったので、昔から「行く春」「行く秋」と詠まれたものだった。傍題の語の多くは歌語からきたもの。「暮の秋」「秋深し」などと時期的には同じ頃をさすが、「行く秋」というと季節の移りゆきがことさらに意識される。関連 行く春→春

行秋や抱けば身に添ふ膝頭　太祇
行秋の草にかくるる流かな　白雄
ゆく秋やふくみて水のやはらかき　石橋秀野
行く秋や紙をまるめて遠眼鏡　吉岡桂六

▼秋が過ぎ去ってしまう心もとなさに、思わず抱えた膝頭。我と我が身を愛しむ思いが通う。▼小流れの細々とした音。雑草の色にも、季節の移りゆきはつぶさに見てとれる。▼五感に訴える季節の微妙な推移。これは敏感な味覚で感じとったもの。▼あたかも秋の行方を確かめるように。こんな心の動きに俳諧味がある。

名句鑑賞

蛤のふたみに別行秋ぞ　芭蕉

元禄二年(一六八九)三月二十七日、江戸を発った芭蕉は、八月末に大垣に至った。九月六日、そこからさらに伊勢の二見が浦へ行くに際しての作。蛤の蓋と身が分かれるようにつらい別れを季語に託した。蛤の「蓋身」と地名の「二見」とを掛け、「別れ行く」と「行く秋」とを掛けた技巧の勝った句。「月日は百代の過客にして、行かふ年も又旅人也」と書き起こされた『おくのほそ道』の最後に置かれた一句として味わうと、歳月の永遠の流れ、すべてのものの無常が見えてくる。[西村]

【秋惜しむ】　晩秋

「惜し」とは、失うにしのびない、捨てがたいという思いのこもった語で、「愛し」と同様の言葉といえよう。昔から「春惜しむ」「秋惜しむ」といい、「夏惜しむ」「冬惜しむ」とはいわなかったのは、春秋に対する日本人の愛着のあらわれである。しかし、近年は夏の楽しみも多く、冬ならではの景観やスポーツを愛する人々も増え、四季に寄せる思いも変化しつつある。関連 春惜しむ→春

秋をしむ戸に音づるる狸かな　蕪村
光悦が惜みし秋を惜みけり　大橋桜坡子

梨咲くと葛飾の野はとの曇り：葛飾の春の空あい。当地をよく訪れた作者ならではの句。

秋惜しみをれば遥かに町の音　楠本憲吉
カーテンを開けて貰ひて秋惜しむ　黒木豊子

▼センチメンタリズムに陥りやすい季語を軽妙に詠んで巧み。「音づるる」は訪れるの意。同じ作者に「戸を叩く狸と秋を惜みけり」がある。▼京都の光悦寺(京都市北区)からの眺めであろう。眼前の景色に、故人(本阿弥光悦)の思いを重ねている。▼都会の暮らしの中でも、過ぎゆく秋を惜しむ思いは湧く。▼自分でカーテンを開けられない状態にあっても、秋を惜しむ情を失わない詩人の魂。

冬隣（ふゆどなり）　晩秋

冬近し・冬を待つ

冬がすぐ隣にいるという実感をあらわした季語。四季それぞれに「春隣」「夏隣」「秋隣」ともいうが、他の季節は親近感や期待感が伴うのに対し、冬だけは厳しい季節なので、怖れや気構えが先立つ。自然界にも、人々の暮らしにも、冬に入るにあたっての支度が急かされる頃。

冬隣母呼べば出る甘えごゑ　野澤節子
母となる吾母と居て冬隣　大高翔
鶏頭伐れば卒然として冬近し　島村元
冬待つや寂然として四畳半　正岡子規

▼我ながら母を呼ぶ声は甘えている。冬が近い不安感のせいか。▼母となる未知の段階への畏怖に対して、最も安心感を与えてくれる母の存在。冬への怖れと響き合う。▼目を楽しませてくれた鶏頭も無惨に衰えたので、ある日伐った。冬は突然訪れる。▼冬を待つ心構えで改めて部屋を見渡した時の句。「寂然」は物寂しいさま。

九月尽（くがつじん）　晩秋

九月尽く・秋尽く

旧暦九月末日のこと。旧暦では七月から九月までが秋にあたるので、この日をもって秋が終わる。春の終わりの「弥生尽」と同様、情趣豊かな季節の終わりを惜しむ思いがこもった言葉だった。単にひと月の終わりという意味以上の背景をもっていたが、太陽暦の現在では、その意識は薄れつつある。それでも、「尽」はどの月にでも使えるというものではない。

関連　弥生尽→春

九月尽はるかに能登の岬かな　暁台
雨降れば暮るる速さよ九月尽　杉田久女
かんがふる一机の光九月尽　森澄雄
九月ゆく銀紙色の日をつれて　津沢マサ子
九月尽くポプラに風の音満ちて　林桂

▼今日で秋が終わるという思いで能登の岬を遥かに眺めると、冬がすぐそこに来ている北の海が見える。▼雨の日はことに日の暮れが早い。秋の終わりの心もとなさ。▼机の灯が照らす静寂。九月が終ろうとしている。▼「九月ゆく」と表現して、太陽暦九月であることを示している。太陽暦ではいよいよ秋たけなわ。▼この句も太陽暦の情緒。ポプラの現代的な景観と爽やかな音。

水原秋桜子▶明治25年（1892）—昭和56年（1981）虚子の「客観写生」に反発、主観を主張し「馬酔木」を創刊、主宰。

秋の日（あきのひ） 三秋

秋日・秋日射・秋日影・秋の朝日・秋の夕日・秋没日

秋の一日にも、秋の太陽やその日射しにもいう。秋の日は釣瓶落としといわれるように、慌ただしく暮れる。空気が乾いているために日中の照り方が烈しく、夕日も華やかであるだけに、その後は急に日が暮れてしまう感じが強い。澄んだ大気を通る日射しは、ものの形や影をくっきり際立たせる。その一方で、にわかに冷え衰えてゆく光は、どこかはかなげでもある。

秋の日のかりそめながらみだれけり　去来
戦死報秋の日くれてきたりけり　飯田蛇笏
と見れば秋日の膝の天道虫　田村木国
水底の草にも秋の日ざしかな　高橋淡路女
山家みな秋日の縁に何か干し　三村純也

▼降り注ぐ秋の日の光。その一瞬の動きをとらえた。▼昭和二十二年（一九四七）八月十六日、長男聡一郎の戦死報がもたらされた。その衝撃と嘆きの深さ。虚ろな心に秋の日暮だけが認識されたのだろう。▼句の初めに一拍子あるため、字足らずが気にならない。この秋日は天道虫の星の数が見えるほどこまやか。▼地上にあまねく注ぐ秋の日射しに、水底の草までさやかに見える。▼秋の日を惜しむように干されているものは、山の田の収穫物か、冬に備えるものの類いか。

秋晴（あきばれ） 三秋

秋の晴・秋晴るる・秋日和

秋の快晴をいう。移動性高気圧に覆われると空が晴れわたり、下降気流のために空気が乾燥し、からっとする。江戸時代は「秋日和」と詠まれていたが、正岡子規によって「秋晴」が季語として歳時記に取り上げられた。語感に張りがあって明快な点が現代人に好まれ、今では多くの歳時記に必ず見られる語。「春晴」「夏晴」とはいわず、「秋晴」「冬晴」というのは、空高くすきっと晴れわたった心地よさを讃えるゆえだろう。

関連 冬晴→冬

秋晴の日記も箇を極めけり　相生垣瓜人
秋晴の何処かに杖を忘れけり　松本たかし
ゆるむことなき秋晴の一日かな　深見けん二
落柿舎の門に俥や秋日和　野村泊月

▼秋晴の一日にふさわしく、日記もごたごたと書くまい、という美意識。▼あまりにも快い天気なので、気づかぬままに杖を置いてきてしまった。▼大気のゆるみと気のゆるみの両方が否定されていよう。▼「俥」とは人力車。落柿舎（京都市）で今日は句会でもあるのだろうか。

菊日和（きくびより） 仲秋

菊が最も美しく咲く頃の好天をいう。「日和」とは空模様のこ

綿虫と別れて熱き湯に入れり：まるで親しい人と別れてきたかのよう。今は湯舟の中。

とで、とくに晴天をいうが、「菊日和」となると、菊の花の豊かさと香気とを味わいつつ、晴れを喜ぶといった心情が伴う。各地で菊花展も催される。立派に仕立てられた菊だけでなく、庭の小菊や畑の隅に咲く菊も、秋たけなわの日射しの下で香気を放つ。関連 菊→94

我のみの菊日和とはゆめ思はじ　高浜虚子
俄かなるよべの落葉や菊日和　原石鼎
とりいでて墨とあそべり菊日和　水原秋桜子
南縁の焦げんばかりの菊日和　松本たかし

▼昭和二十九年（一九五四）十一月三日、文化勲章受章の折の作。「晴れ」の日の思いが託されている。▼秋たけなわの様相。盛りの菊に早くも落葉がふりかかる。▼必要があって墨を磨っているのではなく、その香を楽しんでいる。菊の香はいうまでもない。▼気温は低いが日射しは強い。菊が盛りを迎えるのはそんな頃だ。

【秋の色】 三秋

秋色・秋光

秋の気配や景色を意味する。秋は自然界の彩りが最も豊かな季節。それは華やかでもあり淋しくもある。もとは「秋色」という漢語で、中唐の詩人賈島は「川原は秋色静かに　蘆葦晩風鳴る」と詠じ、中世の歌人藤原定家は「夕づく日むかひの岡のうす紅葉まださびしき秋の色かな」（『玉葉和歌集』）と詠んだ。「秋光」は和歌では月の光をいう場合が多いが、俳句では「春光」に対応して秋の風光をいう言葉となっている。関連 春光→春

秌のいろぬかみそつぼもなかりけり　芭蕉
裏門に秋の色あり山畠　支考
憩ふ人秋色すすむ中にあり　橋本鶏二
ひとめぐりして秋色をいふばかり　石田郷子

▼「菴にかけむとて、句空（門人）が書せける兼好の絵に」との詞書があり、画賛の句。秋色のなか無一物の潔さを詠んで、「後世を思はん者は糂汰（糠味噌）瓶一つも持つまじきことなり」と『徒然草』に記した、兼好法師への共感をあらわす。▼裏門から望む山畠にさえ秋の色は彩りを尽くしている。▼秋色は日に日に変化し、夕方は朝よりその深まりを増す。▼公園か庭園をひと巡りして、いかにも秋の色に満ちていることだけを実感した。

【秋の声】 三秋

秋声・秋の音

秋らしい物音のこと。秋の訪れを知らせる音であったり、秋の深まりを感じさせる音であったりする。具体的には風の音であることもあれば、水音であることもある。時には、心の耳でしか聞こえない、声なき声であったりもする。

秋声や石ころ二つ寄るところ　村上鬼城
秋声を聴けり古曲に似たりけり　相生垣瓜人
貝がらやむかしむかしの秋の声　中川宋淵

▼相寄って転がっている二つの石ころから、秋の声を聞きとめた。▼「古曲」とは琴か琵琶か。▼耳にあてた貝殻から聞こえるはるか

相生垣瓜人▶明治31年（1898）—昭和60年（1985）「海坂」主宰。その作風は「瓜人仙境」と呼ばれる。

昔の秋の声。

秋の空　三秋

秋空・秋天・秋旻・旻天

爽やかに澄みきった秋空をいう。秋は長雨が降ることもあるが、太平洋高気圧に覆われて晴れわたる日も多い。「旻天」は秋の空の凛然とした様子をいう。台風が去った後など、まばゆいばかりの青空が広がる。

上行くと下くる雲や秋の天　凡兆
秋空につぶてのごとき一羽かな　杉田久女
秋空にさしあげし児の胸を蹴る　福田蓼汀

▼凡兆の代表作。秋空の上層と下層の気流をとらえ、的確にして平明。▼「つぶて」の比喩によって、鳥のスピード感とともに空の広さが感じられる。▼秋空の明るさが、父子の景に優しさをもたらしている。

秋高し　三秋

秋高・天高し

「秋高くして塞馬肥ゆ」という、中国の詩人杜審言の詩句に由来する。本来は、秋の大気が澄みわたって空が高くなると、騎馬民族の砦の馬が肥え、侵入して来るから警戒せよ、という意。「天高く馬肥ゆる秋」という日本の諺に転じて、天高く晴れわたり馬も食欲を増す、秋の好時節をあらわす言葉となった。台風が過ぎた後の秋天は、まさに高く澄み、気分も爽快。 関連 秋気→17

痩馬のあはれ機嫌や秋高し　村上鬼城
わが庭の真中に立てば天高し　山口青邨
いづこにも龍ゐる国の天高し　有馬朗人
天高しさびしき人は手を挙げよ　鳴戸奈菜

▼馬肥ゆる秋であるのに、上機嫌の痩馬の哀れ。▼世界の中心にいるような壮大な気分を与えてくれる天の高さ。▼中国の印象。石柱にも家具にも、茶碗にまでも龍が彫られ、描かれている。大陸の天は高い。▼天が高いほど心の淵は深い。誰もが抱く淋しさに呼びかける。

秋の雲　三秋

秋雲・秋雲

秋の雲は、春の雲のようにのどかでもなく、夏雲のようにめまぐるしい変化もない。また、冬の雲のように重く暗くもない。秋に見られる雲全般をいうが、代表的なのは鰯雲や鯖雲と呼ばれる巻積雲。高い空に鱗のように広がるさまは、郷愁を呼ぶとともに爽快な気分を誘う。月明かりの夜空に広がった雲なども捨てがたい。

ひろびろとさと刷きすとのび秋の雲　富安風生
秋の雲みづひきぐさにとほきかな　久保田万太郎
秋の雲立志伝みな家を捨つ　上田五千石
秋雲やふるさとで売る同人誌　大串章

▼大空に奔放に引かれた雲を見かけると、秋を実感する。そんな時、

砂丘の蝶一基の墓に辿りつく：鳥取砂丘での作。さまよえる魂のような蝶。

必ず思い出される句。▼高い秋の空はるかに引かれた雲の筋。水引草のひらがな表記がたおやかな美を思わせる。▼秋の雲の高潔な姿は、高邁な志と通い合う。▼秋雲と郷愁と、若き日の夢とが響き合う。

鰯雲（いわしぐも）

三秋

鱗雲・鯖雲

白く薄い小さな雲が空一面に規則的配列で広がっているのを、鰯の群れに見立てて呼ぶ。この雲が現われると鰯が大漁になるからともいう。細かい氷の粒(氷晶)からなり、五キロから一三キロの高い空に現われる。前線付近にできやすく、雨の前兆になることが多い。その形状から「鱗雲」とも「鯖雲」とも呼ばれる。この雲を見かけると、気温は高めであっても秋の到来をしみじみ実感する。関連 鰯→149

鰯雲昼のまゝなる月夜かな　鈴木花蓑
鰯雲こゝろの波の末消えて　水原秋桜子
鰯雲人に告ぐべきことならず　加藤楸邨
鰯雲二人で佇てば別れめく　岡本眸
生涯のいま午後何時鰯雲　行方克巳

▼時が移っても鰯雲にさしたる変化はない。月光に映える美しさ。▼心が波立った時、悠然と流れる雲を仰いで、心の平安を得たのだろう。▼ごく個人的な感懐にたたずむ時、一面の鰯雲に気づいた。理屈では結びつかない配合。▼別れるわけではないのだが、大空を占める鰯雲があまりにも寂寥たる眺めなので。▼悠久の時の流れの中で、自分の人生の持ち時間を意識し始めた時の作。

月（つき）

三秋

月夜・月の秋・月光・月待ち・月上る・月傾く・上り月・降り月・月代

月は一年中見られるが、ただ「月」といえば、秋の月のこと。秋は夜空が澄み、月の光が明るく照りわたるからだ。しかし、ただひと口に月といっても、時期により趣が異なる。最も秋の月らしいのは中秋の名月。初秋の月(盆の月)は残暑の最中の月、晩秋の月(後の月、十三夜)は夜寒の頃の月である。「雪月花」というように、月は、春の花、冬の雪とともに、日本の四季の美を代表する大きな季語の一つ。新月から夜ごとに満ちて満月へ。欠け始めて、再び新月へ。二日月、三日月……、十六夜、立待月……と、その満ち欠けにしたがって、呼び名もこまやかに変わる。新月から満月へ、しだいに満ちていく月を「上り月」(上弦の月)といい、満月を過ぎて欠けていく月を「降り月」(下弦の月)という。「月代」(月白)とも

名句鑑賞

妻がゐて子がゐて孤独いわし雲　安住敦

自分には妻がいる。子供もいる。それでもなおこの孤独感は、いったいどこから、何ゆえにやってくるのだろう。人生の途中で突如訪れる実感は、たとえば大空に広がる鰯雲に気づいた折などに心を占める。家族が何人いようと、現実の生活に満足していようと、存在の孤独は免れない。秋空のはるかに悠々と広がる鰯雲は、人を地上の現実感から別の次元へ誘うような不思議な引力がある。そんな時、妻も子も遠い存在になる。［西村］

山口草堂（やまぐちそうどう）▶明治31年（1898）—昭和60年（1985）「南風」主宰。秋桜子に師事。「荒草堂」と呼ばれる迫力ある作風。

月

夕やけの大きな山に迎へられ：「志賀高原」の前書。大いなるものに抱かれる感覚。

とは、月の出寸前に空が明るくなりかかること。すべて、どの季節にもあることだが、「月」は秋のものだから、秋の季語。

関連 春の月→春／夏の月→夏／冬の月→冬

芭蕉葉を柱にかけん庵の月　芭蕉
われをつれて我影帰る月夜かな　素堂
月天心貧しき町を通りけり　蕪村
葛の葉の裏まで秋の月夜かな　樗堂
須く月の一句の主たれ　高浜虚子
月光にぶつかつて行く山路かな　渡辺水巴
月の山大国主命かな　阿波野青畝

▼柱に掛けた芭蕉の緑の葉を流れる月光。何と斬新な設えだろうか。▼自分の前に自分の影が落ちている。月は後ろにある。▼ささやかに暮らす家々を天心の月が照らす。▼葛の葉の裏は白い。まるで月の光に照らされているかのように。▼俳人たるもの月の名句の一つも残さねばならない。▼木の間から射す月の光が柱か壁のようなのだ。そこにぶつかるように山道を歩いてゆく。▼三輪山(奈良県)に昇る月。三輪山は山自体がご神体。すなわち大国主命である。

【盆の月】初秋

旧暦七月十五日、盆の夜の月のこと。秋になって初めての満月で、祖霊の帰る時期に仰ぐので格別の情がある。太陽暦では、月遅れの旧盆が必ずしも満月とは重ならないので、年によってずれが生じる。関連 盆→210

故里を発つ汽車に在り盆の月　竹下しづの女
盆の月ひかりを雲にわかちけり　久保田万太郎
ちちははと住みたる町や盆の月　上野章子
灯を消して畳に招く盆の月　黒田杏子

▼お盆の帰省を終える時の作。ほかの月の満月とはおのずから異なる情懐をもって眺めている。▼華やかな月の光を美しく描写。▼嫁ぐ前の思い出に満ちた町で仰ぐ盆の月。作者の父は高浜虚子。▼畳に招いたのは、盆の月の光とともに帰ってきた故人の魂。

【三日月】仲秋

三日の月・月の眉・眉書月・眉月・新月・若月

旧暦八月三日の月をいうが、厳密にその日でなくとも、夕空に細く浮かび出た四日くらいまでの月を総じてこう呼ぶ。「新月」は天文学上は朔日の月(初月)のことをいい、見ることはできないが、季語では「新しい月」の意味をこめて、「三日月」と同じ意味で用いられる。春の三日月が水平で舟の形に見えるのに対して、秋の三日月はほぼ直立しているのが特徴。

三日月にかならず近き星一つ　素堂
三日月の下へさし行く小舟かな　樗堂
三日月のにほやかにして情あり　高浜虚子
吾妻かの三日月ほどの吾子胎すか　中村草田男

▼誰もが見たことのある、懐かしき夕空の一景。デザインの根源は自然の姿にあることを、改めて思わせる句だ。▼三日月の下を

及川貞▶明治32年（1899）—平成5年（1993）秋桜子に師事。馬酔木婦人句会を設立、多くの後進を輩出。

目ざすかのように、棹をさして漕ぎ出た小舟。▼三日月の形に女性の眉を想像したゆえの発想。『万葉集』の大伴家持の歌に「振り放けて三日月見れば一目見し人の眉引き思ほゆるかも」。▼妻の受胎を知った時の感動。三日月ほどの胎児という連想が詩的。

弓張月　仲秋

弓張・弦・弦月・半月・片割月・月の弓・月の舟・上の弓張・下の弓張

弓に弦を張ったような、半分の形の月。新月から次の満月に至る間の、右半分が明るい月が「上の弓張」（上弦）で、夕方、南に見える。一方、満月から次の新月に至る間の、左半分が明るい月が「下の弓張」（下弦）で、明け方、南に見える。三日月のことではない。

弓張のつるがにはなす宿りかな　鬼貫

草に入る片割月の重たげに　川崎展宏

▼「弓」に対し「弦」と「敦賀」（福井県敦賀市）を掛けた旅吟。土地への挨拶でもあろう。▼秋の草花によって地平線を設定することで、沈みゆく半月の重量感を出した。

夕月夜　仲秋

夕月・宵月・宵月夜

夕方、西空に現われ、夜半には没する月の夜のこと。つまり二日月から七、八日頃の上弦の頃までの夜をいう。宵の間だけ出ている月明かりは仄暗く、そのおぼつかなさは古来、歌にも詠まれ、物語の背景ともなった。『源氏物語』の冒頭、桐壺帝が亡き更衣を偲んで靫負命婦を使いに出したのも「夕月夜のをかしきほど」であった。

ひた〱と夕月よする蘆べかな　斗入

昼からの客を送りて宵の月　曾良

夕月に甚だ長し馭者の鞭　高野素十

▼蘆の生えた水辺に寄せてくるのは水。それをこう描いたことで、水に映る夕月の仄明かりが見えてくる。▼昼間来た客と話し込み、送りに出た時には宵の月が出ていた。時間の経過を楽しむ余裕の句。▼馭者の振り上げた鞭が長々と夕月の空に泳ぐ。作者が昭和初期、ドイツのハイデルベルク大学に留学していた折の光景。

待宵　仲秋

小望月・十四夜月

中秋の名月の前夜、旧暦八月十四日の宵のこと。名月を待つ思いで月を仰ぐ宵という意味がこめられている。ほぼ満月に近い月が見られる。満ちてゆくものへの期待が寄せられる名である。翌十五夜の月を「望月」と呼ぶので、この夜の月を「小望月」とも呼ぶ。古来、人々がいかに中秋の名月を待ち望んでいたかが窺い知れる季語である。

待宵や女主に女客　蕪村

待宵をただ漕行くや伏見舟　几董

待宵を終に雨来し梢かな　大谷句仏

待宵の雲のゆるびて来りけり　久保田万太郎

竹藪の空ゆく月も十四日　松本たかし

▼訪れたのも迎えたのも女。今宵はたまたま小望月。▼伏見舟は江

戸時代、京都の伏見周辺から大坂まで、淀川を往復した十五石積みの貨客船。今宵はとくに情緒とてないが、明夜への期待が秘められている。▼空模様を案じているのは、明日あるゆえ。▼このぶんなら明日の月見は期待できそう。▼名月の寸前の月に寄せる思い。

名月（めいげつ）

仲秋

十五夜・三五夜・満月・望月・芋名月・今日の月・今宵の月・明月

旧暦八月十五日の中秋の名月のこと。いくつか注意しなくてはならないことがある。中秋の名月は旧暦が日本に伝わる前からあった年中行事である。南洋にはタロイモを主食にしている島々があるが、日本でも里芋をおもな食料としていた太古の里芋の収穫祭だった。中秋の名月を「芋名月」ともいうのはその名残である。中秋の名月は必ずしも満月とはかぎらない。中秋の名月は旧暦八月十五日の月だが、満月はしばしばこれより一日か、時には二日遅れる。中秋の名月は「仲秋の名月」と書いてはいけない。「仲秋」は秋を三分割した初秋、仲秋、晩秋の一つだが、「中秋の名月」の「中秋」は秋全体の真ん中という意味。仲秋より大きなとらえ方。

関連 芋→98／月見→171

名月や北国日和定なき　芭蕉
名月や畳の上に松の影　其角
名月をとつてくれろと泣く子かな　一茶
名月や伊豫の松山一萬戸　正岡子規
けふの月長いすゝきを活けにけり　阿波野青畝

▼北国の秋の天気は変わりやすい。『おくのほそ道』敦賀（福井県）での句。▼家の中まで射し込む月光。▼とろうと思えばとれそうなくらい、近くて大きな月。▼子規の故郷伊予（愛媛県）をあまねく照らす。▼名月に供えるすすき。ひときわ長いものを生けた。

良夜（りょうや）

仲秋

良宵・佳宵

中秋の名月の夜のこと。北宋の詩人蘇軾が配流中に詠んだ「後赤壁の賦」に「月白く風清し、此の良夜を如何せん」とある。この「良夜」は単に月のいい夜の意だが、これがのちに中秋の名月の夜をあらわす季語になった。

ひとそれぐ書を読んでゐる良夜かな　山口青邨
生涯にかゝる良夜の幾度か　福田蓼汀
我庭の良夜の薄湧く如し　松本たかし
鳩舎より羽毛の昇りゆき良夜　鷹羽狩行

▼こんな月のいい晩は自分だけでなく、みな本を読んでいるだろうな。▼生涯に数えるほどしかない、いい月の夜。▼月の照らすひとむらの薄が、湧き上がる水のように見える。▼満月に照らさ

名句鑑賞

十五夜の雲のあそびてかぎりなし　後藤夜半

夜空に点々と浮かぶ白い雲が、中秋の名月の光を浴びながら流れてゆく。月にとって雲は邪魔者にちがいないが、雲に隠れて月がまったく見えないならともかく、この句のような多少の浮雲なら、かえって一興。［長谷川］

しのだていじろう
篠田悌二郎▶明治32年(1899)―昭和61年(1986)「初鴨」「野火」主宰。秋桜子門らしい抒情的で甘美な句を残した。

れて昇ってゆく羽毛。まるで光に導かれるように。

【無月】 仲秋

曇る名月・中秋無月・月の雲

旧暦八月十五日の満月の夜に、空が曇っていて名月が見えないことをいう。しかし、空にはどことなく明るさが漂っていて、満月の夜であることを感じさせる。雲の彼方に名月をしのぶ、「曇る名月」なのである。

いくたびも無月の庭に出でにけり　富安風生
無月なる杉の梢や瑞巌寺　高野素十
舟底を無月の波のたたく音　木村蕪城
湖のどこか明るき無月かな　倉田紘文

▼雲がかかって見ることのかなわない名月を惜しむ気持ちが、「いくたびも」に言い表わされている。▼仰ぐべき月は雲に隠れているが、杉の梢にも瑞巌寺（宮城県松島町）の風格は思われるのである。▼無月の海。舟の底を打つ波音が聞こえる。▼漆黒の闇ではなく、空も湖も、どこかほの明るいのである。

【雨月】 仲秋

雨名月・雨の月・月の雨

中秋の名月に雨が降り、月が見えないことをいう。『徒然草』一三七段に「花はさかりに、月はくまなきをのみ見るものかは。雨にむかひて月を恋ひ、たれこめて春の行方知らぬも、なほあはれに情ふかし」とあるごとく、雨で見えない月を恋うのも、また情緒あるものだ。「望月のくまなきを千里の外までながめたるよりも……うちしぐれたる村雲がくれのほど、またなくあはれなり」と兼好は説く。

雨の月どこともなしの薄明り　越人
舟をり〱雨月に舳ふりかへて　飯田蛇笏
庵の灯の松に流るる雨月かな　大橋越央子
五六本雨月の傘の用意あり　日野草城

▼薄明かりを頼みに雨の上がるのを期待している。▼月見のために出した舟であろう。雨の中でも、見えない月を慕う。▼月を隠した雨に濡れた松の幹に、庵の灯が流れる風情も捨てがたい。▼雨でも雨月の情を楽しむ人々が集うであろうことを予期して、用意怠りない。

【十六夜】 仲秋

いざよう月・既望・十六夜

旧暦八月十六日の夜とその月。月の出は、前日の十五夜よりも三十数分遅れる。「いざよふ」は、たゆたう、ためらうという意味。以後、立待月、居待月、臥待月と、月の出が一日一日遅くなり、月のかたちも徐々に欠けてゆき、それとともに秋も深まってゆく。「既望」とは、望月がすでに過ぎたという意。

いざよひや闇より出づる木々の影　樗良
十六夜や水よりくらき嵐山　横山蜃楼
十六夜の雨の日記をつけにけり　五所平之助

かなかなや師弟の道も恋に似る：俳句観の違いから師・秋桜子と一時期訣別した経緯がある。

十六夜やちひさくなりし琴の爪　鷲谷七菜子

うす衣を被きて愁ふ既望かな　富安風生

▼初めは闇。やがてはっきり見えてくる木々の黒い影。月そのものは描かず、月の出によって生じた木々の影だけを描いた一幅の絵のよう。▼月が山の端にためらっている時間帯、ほんの三十分ほどの暗さだが、京都嵐山の闇の深さを描いて強調している。麓には大堰川の流れ。▼夜の雨音を聞きつつ心静かに日記をつける。阿仏尼の『十六夜日記』などとも響き合っていよう。▼小さくなった琴の爪に来し方の歳月が思われる。▼雲のうす衣を被く月。「既に望」を過ぎた愁いを、王朝人のように擬人化して表現。

【立待月】

仲秋

立待・十七夜

旧暦八月十七日の月。十五夜の満月は日没後ほどなく昇るが、翌十六夜の月はしばらくためらうから「いざよい」。その翌日には、さらに三十分以上遅く昇るので、立って待つというわけだ。名月前後の月を一日刻みで呼びならわすのは、日本人の月を待つ思いの現われといえよう。

立待月かはほり飛ばずなりにけり　村上鬼城

立待月咄すほどなくさし亘り　阿波野青畝

立待月や狐が下駄を盗りに来る　金久美智子

子規逝くや十七日の月明に　高浜虚子

▼「かはほり」は蝙蝠の古名。かつて夏にはしきりに飛ぶのを目にした。折しも立待月の頃。▼連れだって月の出を待っていると、話を交わすほどもなく月光が射しわたった。▼立待月を待つほどの暗闇の時間に、狐が下駄を盗りに来るとは、童話的で愛敬がある。▼正岡子規が亡くなったのは明治三十五年（一九〇二）九月十九日午前一時。旧暦では十七日だった。前日から枕頭にあった虚子は、河東碧梧桐らにその死を知らすべく門を出た。その折の作。

【居待月】

仲秋

座待月・居待・十八夜月

旧暦八月十八日の月。「居」は座るの意。名月の夜より一時間余りも遅く昇るので、座って待たねばならぬ。前夜よりも落ち着いた気分で月の出を待つ風情がある。月の形も欠けてきて、名月の明るさはない。

くらがりをともなひ上る居待月　後藤夜半

帯ゆるく締めて故郷の居待月　鈴木真砂女

居待月芙蓉はすでに眠りけり　安住敦

脇息のありて即ち居待月　京極杞陽

▼もはや皓々と照る月ではないことを、こう描いた。▼体も心もくつろぎ、故郷で落ち着いて待つ月の出。▼庭先の芙蓉の花が眠ったと表現したことで、夜の静けさが伝わってくる。▼脇息が置いてあるということは、ゆっくり座って月を待てということ。

【臥待月】

仲秋

臥待・寝待月・寝待

旧暦八月十九日の月。前夜よりさらに遅く昇るので寝ながら

瀧春一▶明治34年（1901）—平成8年（1996）「暖流」主宰。一時、無季容認を唱えるなど、さまざまに模索した。

待つことになる。電灯などなかった昔、人々は早々と寝床に入って月を眺めていたのだろう。それほど月を見ること、月の出を待つことに執着した。秋の夜の月は格別の味わいがあったから、日々の変化にも敏感だった。

月代も淋しき寝待月なりし　高浜年尾
欠けし月寝て待つほどの月ならず　山口誓子
常臥のわれに出でたる寝待の月　日野草城
寝待にて雨零しけり宵のくち　篠田悌二郎

▼「月代」とは月の出の寸前に空が明るくなりかかること。寝待月ともなれば月はもちろん、月代さえも淋しい。▼寝て待つほどの美しい立派な月ではないと言い放つおもしろさ。それでも待ったからこそ句になった。▼いつも臥せっている自分は昨日も一昨日も、名月も臥して見た、という思いが言外にある。▼雨を零したのは天か月か。現代人にとってはまだまだ宵の口の時刻。

【更待月】（ふけまちづき）　仲秋

更待・二十日月・亥中の月

旧暦八月二十日の月。前夜よりさらに遅く昇るので、夜更けまで待つことになる。亥の正刻（午後十時）頃出るので「亥中の月」とも呼ばれる。すでに下弦の月に近く、月光も淋しい。唐に渡った阿倍仲麻呂が帰国の際、別れを惜しんで人々と漢詩を詠み合った時のことを『土佐日記』は「飽かずやありけむ、二十日の夜の月出づるまでぞありける」と記す。その夜に仲麻呂が詠んだ歌が「青海原ふりさけみれば春日なる三笠の山に出でし月かも」。

大原や更待月に寝静まり　新村たま
男の児得ぬ今宵更待酒酌まな　石塚友二
更待や階きしませて寝にのぼる　稲垣きくの

▼洛北大原の夜は早い。日暮れとともに土産物店はばたばたと扉を閉ざす。そんな里に更待月がぽつんとかかる。▼男の児が生まれた喜びに祝杯をあげる父親。折しも今宵は更待月。夜が更けるまで月を相手に飲もう。▼二階の寝床にのぼる時、階段がきしんだ。その音が憚られるほど静かな夜。更待月が淋しい。

【宵闇】（よいやみ）　仲秋

旧暦八月二十日以降ともなると、月は亥の正刻（午後十時）を過ぎないと出ない。月の出を待つ宵のうちの闇をいう。単なる闇夜ではなく、月を待つ思いや、名月も過ぎ去った感慨がこめられている。こうして日に日に月の出が遅くなり、それにつれて秋も深まってゆく。

宵闇の裏門を出る使かな　高浜虚子
宵闇と聞く淋しさの今宵より　後藤夜半
宵闇の牛の温みとすれちがふ　細川加賀

▼宵闇に紛れて裏門からこっそりと出る使いの者。大きな屋敷も闇に包まれて。秘密の匂いのするミステリアスな句。▼名月から十六夜、立待、居待と、毎晩月を待ち、月を眺めて暮らしてきた背景があってこその今宵の淋しさ。深まりゆく秋。▼真っ暗闇に

きらきらとまだ見ゆ雁の別れかな：技巧を弄さない作風。この句により「雁の吾亦紅」と称された。

すれ違ったことから体感した、皮膚感覚でとらえた牛の存在感。

【有明月】　仲秋

明の月・有明・朝の月・残月・残る月

夜が明けても空に残っている月のこと。旧暦八月十六日以降は日に日に月の出が遅くなる。その分だけ翌朝にも西の空に月が淡く見える。「有明けのつれなく見えし別れより暁ばかり憂きものはなし」（壬生忠岑『古今和歌集』）は恋人たちの朝の別れ「後朝の別れ」が背景にある。季語として使われているわけではないが、『源氏物語』帚木巻の「月は有明にて光をさまれるものから」の一節は、そのまま『おくのほそ道』の旅立ちの文章にも使われている。

猪の寝にゆく方や明の月　去来
有明や浅間の霧が膳をはふ　一茶
有明の月静かなり最上河　正岡子規
残月やすでに高舞ふ岩燕　水原秋桜子

▼和歌では後朝の別れのイメージが濃い月を、猪を題材にして俳諧のものとした。▼朝食の膳に浅間山から霧が下りてくる。浅間の上に残る月。▼滔々と流れる大河と、有明の月の淡さ、静けさとを対置した大景。▼まだ月が残っているのに、岩燕たちは高々と飛翔する。

【後の月】　晩秋

十三夜・名残の月・二夜の月・女明月・姥月・豆名月・栗名月

旧暦九月十三夜の冷ややかな月。太陽暦の十月半ば頃に巡ってくる。豆や栗の実る頃なので「豆名月」「栗名月」ともいう。旧暦八月十五夜の中秋の名月がはればれと澄みわたるのに対して、夜寒を覚える晩秋の「後の月」には冷ややかな印象がある。俳句に詠む場合、中秋の名月とは違って冷ややかな感じがしなくてはならない。後の月を祭るのは日本だけの風習のようだ。では、なぜ日本にこの風習があるのか、それもなぜ十五夜ではなく十三夜なのか。諸説あるが、どれも説得力に欠け、今は日本では中秋の名月のほか、旧暦九月十三夜の月を祭るということをそのまま受け入れておくしかない。

後の月ひそかに喰ひぬ菊の虫　野坡
後の月水より青き雲井かな　樗良
目つぶれば蔵王権現後の月　阿波野青畝
みちのくの如く寒しや十三夜　山口青邨
麻薬うてば十三夜月遁走す　石田波郷

▼月に照らされながら冷ややかに菊を喰う虫。▼後の月に照らされて冷ややかに澄みわたる夜空。▼目をつぶれば、そこに立ち上がってくる蔵王権現。▼故郷のみちのくの寒さを思い起こしている。▼麻薬は痛み止めのモルヒネ。朦朧とした意識の中で見た十三夜の月。

【秋の星】　三秋

白鳥座・ペガサス・秋北斗

秋は空が澄んでいるので、星の輝きにも透明感がある。代表

米沢吾亦紅▶明治34年(1901)―昭和61年(1986)「燕巣」主宰。秋桜子門。俳人協会関西支部の運営に尽力。

的なのは四つの星が描く巨大な四辺形で、秋の大四辺形、またはペガサスの大四辺形と呼ばれている。その上方にカシオペア座、北極星をはさんで秋の北斗七星など、名だたる星座をとらえることができる。

秋の星遠くしづみぬ桑畑　飯田蛇笏
船つつむ大いなる闇白鳥座　杉村典亮

▼一夜、秋の空を彩った星座も、桑畑の彼方に静かに沈んでゆくのである。▼船旅の、闇に包まれた海上から見上げる白鳥座である。

【星月夜】

三秋　星月夜

秋の夜といえば月を賞でることが多いが、大気が澄んでいる季節だけに星も美しい。月のない夜の星の輝きが、まるで月夜のように明るいことをあらわした言葉。星のきらめきを讃えた華やかな季語である。この明るさは一等星が多いからではなく、中天にかかる天の川の輝きのためである。都会ではなかなか出合えないが、高原や山頂で雲がない夜には、目の当たりにすることができる。

星月夜空の高さよ大きさよ　尚白
星月夜罪なきものは寝の早く　福田蓼汀
ローマ軍近付くごとし星月夜　和田悟朗
ちちははの国に寝惜しみ星月夜　鷹羽狩行

▼一面の星空の豪華さに、あらためて空の高さと大きさを実感した時の純真な驚き。▼子供の寝顔に接した感慨。星月夜は罪なきものを祝福している。▼きらきらしく騒然としたものの象徴がローマ軍。満天の星の下で歴史が動くような予感。▼故郷の大自然と天体に燦然と抱かれた思い。寝るのがもったいないような星明かり。

名句鑑賞

われの星燃えてをるなり星月夜　高浜虚子

「われの星」と決めて見つめる星が、満天の星のなかでひときわ光を放って燃えていると断定できるのは、作者の心と血が燃えているからだ。天体の中心に自分が存在しているかのような発想が詩に昇華したのは、星月夜というスケールの大きな季語の器によるところが大である。永遠に輝く星に特別な思いを投影することは、はかない存在である人間の、かなしい習性かもしれない。［西村］

【天の川】

三秋　銀河・星河・銀漢・雲漢・天漢・河漢・銀湾

天の川は銀河系宇宙の姿。地球を含む太陽系は銀河系の端のほうにあり、ここから銀河系を見わたすと、白い川のように見える。一年中見えるのに秋の季語としているのは、秋になると大気が澄み始め、天の川がよく見えるようになるから。天の川は七夕伝説の舞台でもある。

関連 秋澄む→16／七夕→208

荒海や佐渡によこたふ天河　芭蕉
天の川星より上に見ゆるかな　白雄
膳所越えて湖水に落ちぬ天の川　正岡子規
天の川わたるお多福豆一列　加藤楸邨
天の川水車は水をあげてこぼす　川崎展宏

銀漢を荒野のごとく見はるかす　堀本裕樹

▼『おくのほそ道』出雲崎（新潟県）での句。七夕も間近な頃。▼天の川は遠くに、ほかの星は近くに見える。▼芭蕉の眠る膳所（滋賀県大津市）を越えて琵琶湖へ落ち入る天の川。▼お多福豆が天の川を横断している。作者晩年の自在な句境。▼地上では水車が水をあげてはこぼしている。▼「見はるかす」とは遥かに見渡すこと。夜空にかかる無数の星を荒野に見立てた。そこに手に入れるべきものがあるかのように。

流星（りゅうせい）

三秋

流れ星・夜這星・星飛ぶ

地球の大気中に突入した宇宙塵が発光したもの。多くは燃え尽きて消滅するが、大きなものは地上に落下して隕石となる。古典文学には「夜這星」の名がみえる。一年中見られるものだが、大気の澄んでいる八月中旬頃に最も目にするので、秋の季語となった。流れ星が見えている間に願いをかけると叶うといわれる。それほど束の間の現象。

星一つ命燃えつつ流れけり　高浜虚子
流星の尾の長かりし湖の空　富安風生
流星の針のこぼるるごとくにも　山口青邨
弥彦より尾を引きて飛ぶ夜這星　森澄雄
流星の使ひきれざる空の丈　鷹羽狩行

▼流星の光芒に命の燃焼をみた。切々たる光が見える。▼湖は「うみ」と読む。湖上の空を長々と尾をひいて落ちてゆく星。▼ほんの一瞬の小さな光の軌跡を、巧みな比喩によって描いた句。▼新潟県に聳える弥彦山は、山全体が彌彦神社の境内。あたかも神の夜這いを見たような。▼夜空の途中で消えてしまった流星の尾。

秋風（あきかぜ）

三秋

秋の風・秋風・金風

秋に吹く風が秋風。ただ、秋といっても八月から十月まであるので、それにともなって秋風も変化する。秋の訪れを知らせる初秋八月の風、爽やかな仲秋九月の風、冷ややかな晩秋十月の風、すべて秋風だが、俳句に詠む時にも、人の俳句を読む時にも、この違いをしっかりととらえることが大事。共通しているのは、太陽の力が衰えてゆくのにともなって吹く風であること。そのため、秋風といえば、多かれ少なかれ物寂しい感じが伴う。

がつくりとぬけ初むる歯や秋の風　杉風
あき風やしら木の弓に弦はらん　去来
終宵秋風きくや裏の山　曾良
子の顔に秋かぜ白し天瓜粉　召波
秋風や眼中のもの皆俳句　高浜虚子
死骸や秋風かよふ鼻の穴　飯田蛇笏
秋風や模様のちがふ皿二つ　原石鼎

▼わが身に迫る老いの秋風。▼素木の弓とはすがすがしい。▼『おくのほそ道』大聖寺（石川県）での句。芭蕉と別れた曾良は秋風の音で眠れなかった。▼天瓜粉で真っ白の赤ん坊の顔。▼貪欲

百合山羽公▶明治37年（1904）—平成3年（1991）「海坂」主宰。郷里・浜松の風土にあって抒情俳句を詠んだ。

なまでの作句意欲。秋風のすさまじさを感じさせる。▼下僕の老母の死を非情に詠んだ。▼医業を継いでほしいという父母の期待に背いた作者。その心境を託した一句。

色なき風

三秋

秋風のことをいう。この呼び名は、紀友則の歌「吹きくれば身にもしみける秋風を色なき物と思ひけるかな」（『古今六帖』）に由来する。中国の陰陽五行説では、秋の色は白、秋風は素風と呼ぶのにならって、歌語で「色なき風」とあらわした。無色透明の、すべてを晒すような寂しい風、華やかな色も艶もないイメージである。

色なき風

籠らばや色なき風の音聞きて　相生垣瓜人

姥ひとり色なき風の中に栖む　川崎展宏

馬老いて色なき風を食みにけり　小島健

▼秋風の音を聞いて籠りたいという思いは季節の感情として共感を呼ぶ。▼髪も肌も晒されたような老女がひとり住んでいる。「色なき風の中に」と、人間臭さや生活感をも脱色した。▼老馬の口の動きは、必ずしも草を噛んでいるのではない。侘びしさを美しく表現した。

爽籟

三秋

松籟といえば松風を意味するように、「籟」とは風が物に触れて発する音のこと。爽やかな風の音はいかにも秋を実感させてくれる。「秋風」が体感に訴える季語であるのに対して、「爽籟」は聴覚に訴える言葉といえよう。明治末期に季語として加えられた。

爽籟に大安達野をかへりみる　富安風生

山荘のけさ爽籟に窓ひらく　山口草堂

爽籟や空にみなぎる月あかり　日野草城

▼大安達野は福島県安達太良山東麓の原野で、鬼が籠ったと伝えられる歌枕。淋しげで、やや凄みさえ感じさせる風の音。▼窓を開けて、爽やかな風音を、山荘の中まで存分に満たす。▼月も満ち、月光が空にみなぎる頃。木々を吹く風の音が爽やかな夜。耳でも目でも秋を実感。

冬麗の微塵となりて去らんとす：癌により胃を切除。境涯と天地が渾然一体となった辞世句。

初嵐（はつあらし）
初秋

初秋、台風の前ぶれのように吹く強い風のこと。「嵐」とは山の気を意味する字で、山から吹いてくる冷ややかな荒い風は、秋の到来を実感させる。『源氏物語』桐壺巻に、帝が亡き桐壺の更衣の思い出にふけるのが「野分だちて（野分めいて）、にはかに肌寒き夕暮のほど」であったとあるが、そんな風を「初嵐」と呼ぶ。

白壁に雨のまばらや初嵐　西山泊雲
戸を搏つて落ちし簾や初嵐　長谷川かな女
なんの湯か沸かして忘れ初嵐　石川桂郎

▼白壁に雨の跡が点々とつき始めた。雨よりも風の激しさが伝わってくる。▼思いがけない強い風が夏のまま吊るしておいた簾を吹き落とした。現実感と生活感がある。▼沸かしてはみたものの、何に使うための湯だったのか、頭の中の空白。初嵐とのつかず離れずの関係。

秋の初風（あきのはつかぜ）
初秋

初風

秋の到来を実感するほのかな風。「秋来ぬと目にはさやかに見えねども風の音にぞおどろかれぬる」という『古今和歌集』巻四秋歌上の冒頭にある藤原敏行の歌にならって、勅撰集二十一集のうち十九集までが、秋の第一首目に風の歌を置いているという（池田弥三郎著『日本文学の〝素材〟』）。秋は「風」から、という日本人の季節感の文学的伝統のあらわれといえよう。

初風や回り灯籠の人いそぐ　几董
秋初風狭山の夜の藪うごく　長谷川かな女
浦の子に秋の初風吹きにけり　大石悦子

▼初風に促されるかのように、回り灯籠の人影も心なしか急いで去りゆく。▼夜の藪の動きに秋の気配を感じる。▼子供心にも敏感に、昨日とは違う風が海から吹いていると感じている、その淋しげな顔が見えるようだ。

野分（のわき）
仲秋

野わけ・野分だつ・野分雲・野分跡・野分晴

台風のもたらす秋の暴風。野山の草木をなびかせて吹き過ぎてゆくところから、「野分」と呼ばれる。野分が吹き過ぎてゆくたびに、日本の秋は深まってゆく。清少納言は『枕草子』に「野分のまたの日こそ、いみじうあはれにをかしけれ」（第一八九段）と、野分の吹き荒れた翌日の草木や人々のありさまを風情あるものとして描き、兼好は『徒然草』に「野分の朝こそをかしけれ」（第一九段）として、野分の翌朝の情景に季節の移ろいの美を見いだしている。

芭蕉野分して盥に雨を聞夜哉　芭蕉
大いなるものが過ぎ行く野分かな　高浜虚子
鶏の吹き倒さるゝ野分かな　松瀬青々

相馬遷子▶明治41年（1908）―昭和51年（1976）信州佐久に医院を開業。当地での自然詠から「高原派」と呼ばれた。

吹かれ来し野分の蜂にさゝれけり　星野立子

沖にゐる野分の走り二三粒　飴山實

▼芭蕉の葉は野分にもまれ、私は盥に落ちる雨漏りの音を聞いている。芭蕉が江戸日本橋から深川の芭蕉庵に引っ越した翌年の句。庭に門弟から贈られた芭蕉があった。▼野分の中にいて、その全体像を想像する。▼鶏が吹き倒されるほど激しい野分。▼蜂も人間にぶつかって驚いて刺してしまった。▼今はまだ沖の彼方にいる野分。先ぶれの雨粒が降ってきたのだ。

台風（たいふう）

仲秋

颱風・台風圏・台風裡・台風禍・台風の目

台風　2009年10月の台風18号。NASA

熱帯性低気圧のうち、最大風速が毎秒一七・二メートルを超えると、「台風」（颱風）と呼ばれる。語源には、中国語、アラビア語、ギリシャ語起源説などがあるが、英語のtyphoonに漢字をあてたとするのが一般的。熱帯の海上に発生して北西に進み、台湾と小笠原諸島の間を通り、北緯二〇度か三〇度で北東に向きを変えることが多い。中心部を「台風の目」といい、無風状態である。

颱風の名残の驟雨あまたたび　高浜虚子

颱風に吹きもまれつつ橡は橡　富安風生

颱風や守宮は常の壁を守り　篠原鳳作

戻り来し台風に傘取られしと　高田風人子

▼台風が過ぎ去った後でも、その置き土産のような驟雨（にわか雨）が何度も襲ってくることがある。▼ただならぬ大風に吹き揉まれている木々。その中でも橡の木は周囲に紛れぬ姿をしている。▼暴風雨の最中も、守宮は動かず壁に貼りついている。「家守」とも書くその名の由来も思われる。▼傘がひしゃげて吹き飛ばされた。台風が猛威を振るうこんな日は、外出もままならぬ。

雁渡し（かりわたし）

仲秋

初秋から仲秋にかけて北方から吹く季節風。雁が渡って来る頃なので「雁渡し」と呼ぶ。北方から雁を渡してくる風とは、詩的想像を誘う言葉だ。もともとは伊勢や伊豆の漁師の言葉。この風が吹くと海は青さを増し、気温も下がってくる。かなりの強風で海上は荒れるので、漁師は警戒する。雨をともなうこともあるが、晴れの日は空がいっそう高く青くなったことを実感する。関連 雁↓142

草木より人飜る雁渡し　岸田稚魚
鐘ひとり揺れて湖北の雁わたし　鷲谷七菜子
めつむれば怒濤の暗さ雁渡し　福永耕二
かなしき時のみ詩をたまふ神雁渡　細谷喨々

▼強風に草木も揺れるが、それよりも人間が飜ると描写して、存在のはかなさを強調。▼「ひとり」は「ひとりでに」の意。寂しい湖北(琵琶湖の北の地)に鐘を鳴らす強風。▼目をつむれば、雁が越えて来たであろう怒濤の果てしない暗さが見えてくる。▼何ゆえ神は、かなしい時にばかり詩をくださるのかと、天を仰ぐ思い。

秋曇（あきぐもり）　三秋

秋陰・秋陰・秋の翳

「女ごころと秋の空」「男ごころと秋の空」という諺があるように、秋の空が変わりやすいものの代表とされるのは、大陸からくる移動性高気圧の影響を受けるためである。どんよりと曇る日、雨の続く日は気分もめいる。春の「春陰」に対して「秋陰」ともいい、春にはない物淋しさも添う。天候だけではない翳りがともなう。関連 春陰↓春

蘆も鳴らぬ潟一面の秋ぐもり　室生犀星
秋曇男の裏地いつも紺　香西照雄
首切る工場秋曇の水を運河に吐き　金子兜太
もの置けばそこに生れぬ秋の陰　高浜虚子

▼風もない曇天の潟。蘆がさやさやと音をたてれば軽やかな風景にもなろうが、重く暗い水辺。▼些細なことだが不満を感じている。彩りのないつまらなさ。▼暗く淋しいのは自然界ばかりではない。工場地帯にもある季節の翳り。▼置いた物に陰が生じるのは季節を問わぬ現象だが、秋だからこそ詩情が生まれる。

秋の雨（あきのあめ）　三秋

秋雨・秋霖・秋黴雨・秋の村雨・秋湿

秋は秋晴れの季節であると同時に、長雨の季節でもある。九月中旬から十月中旬にかけて、「秋の長雨」と呼ばれる雨期に入る。それを「秋霖」とか「秋黴雨」とかと呼ぶ。「秋雨」の語は「春雨」に呼応して使われるようになったもの。春雨が華やかさを伴い、どこか艶なる雰囲気をもつのに対して、秋雨は蕭々として物淋しい。また、秋の長雨で空気が湿っぽく感じることを「秋湿」という。

馬の子の故郷はなるる秋の雨　一茶
寝つゞけて夕べとなりぬ秋の雨　吉野左衛門
三日降れば世を距つなり秋の雨　水原秋桜子
訪ふときは病むとき秋の雨降れり　大野林火

▼売られていく子馬。秋の雨にいななきが響く。▼朝から秋の雨音。障りがあって床に臥しているうち、日も暮れてきた。▼三日も秋雨に降り込められていると、世の中から忘れられたような気分になる。▼元気なときは遠のく足。秋雨の中を見舞いに行く。

殿村菟絲子▶明治41年（1908）―平成12年（2000）「万蕾」主宰。「女性俳句会」を結成、女流俳句の普及に貢献。

秋時雨（あきしぐれ）

晩秋

「時雨」は冬の季語だが、すでに晩秋の頃から降る。京都盆地では、上空は晴れているのに山々に雲がかかり、ひととき華やかに雨が通り過ぎることがある。秋の山は美しく紅葉しているので、いっそう華やぎを呈する。それでいてどこか淋しいのは、冬の近いことを予感させるからだろうか。「時雨」は『万葉集』や『古今和歌集』では、秋のものとも冬のものとも詠まれていた。 関連 時雨→冬

秋時雨ぼそくく寒し楽しまず　富安風生
秋時雨女の傘をとりあへず　山口青邨
秋時雨水棹を放るごとく遣る　行方克巳

▼時雨がちの寒い日。なまじ秋なのに、と思うせいか、なにか楽しくない。▼すぐに上がる雨だから、そこにあった女傘を差して出た、かりそめの華やぎ。▼紅葉狩の舟だろうか。しぐれてきたので、船頭の水棹使いがややぞんざいになった。

富士の初雪（ふじのはつゆき）

初秋

『万葉集』巻三に「富士の嶺に降り置く雪は六月の十五日に消ぬればその夜降りけり」とあり、富士山の雪は消える日がないと古人は讃えた。雪に豊作の徴を見て、祈る心がそうさせたのだろう。気象学上は、山頂での最高気温の後に初めて降る雪を初雪とする。平年では九月上旬頃。この雪はやがて消え、本格的に山頂が雪化粧するのは、ひと月ほど後のこと。 関連 富士の雪解→夏

浮み出て初雪の不二歪みなし　菅裸馬
直ぐ消えし富士の初雪空の紺　森田游水
裏富士の初雪からの日和かな　渡辺騒人

▼富士に初雪がある頃は、下界は残暑のただなか。その熱気の中に浮かび出た雪の頂上の端正な印象。▼すぐに消えた初雪を、言葉にとどめておきたいと願う思いが一句になった。▼「裏富士」とは山梨県側から見た富士。初雪を見てからというもの、よい日和が続いている。

秋の雷（あきのらい）

初秋

秋雷

雷は一年中生じる現象だが、夏に最も多く発生するので単に「雷」といえば夏の季語である。秋は夏についで雷が多く、日本海側は、ほぼ夏と同じくらい発生する。地面の加熱によって発生する夏の熱雷と異なり、秋は寒冷前線が急激な上昇気流を伴うために起こる界雷が多い。秋の雷雨の後は、急に涼しくなる。 関連 雷→夏

うき草にむらさきはしる秋の雷　篠田悌二郎
秋雷や旧会津領山ばかり　高野素十
重く長く秋雷の尾のありしかな　島谷征良

▼落雷の際の稲光によって浮草に一瞬走る紫は、冷ややかで妖し

曼珠沙華膝いだくとき波無限：鮮やかに揺れる曼珠沙華。無限の波は心象風景でもある。

い色。▼山ばかりの旧会津藩(福島県)。秋の雷も多い。▼夏のような迫力はないものの、秋の雷はいつまでも尾をひくように聞こえる。

稲妻（いなずま）　初秋

稲光（いなびかり）・稲の妻（いねのつま）・稲の殿（いねのとの）・稲つるみ（いなつるみ）・いなつるび・いなたま

上昇気流が空中で起こす放電現象の光が稲妻、音が雷。雷は夕立の縁で夏の季語だが、稲妻は稲の実りとの関わりで初秋の季語。稲妻が稲の実りをもたらすと考えられていたことから、「稲の夫（つま）」という意味で「イナヅマ」と呼び、のちに「稲妻」の字をあてるようになった。古代日本語では夫も「ツマ」。初秋の夜、音もなく稲妻が閃く（ひらめく）ことがある。関連 雷（かみなり）→夏

稲妻に悟らぬ人の貴（たっと）さよ　芭蕉
いな妻や浪（なみ）もてゆへる秋津（あきつ）しま　蕪村
はらはらと稲妻かかるばせをかな　樗堂
いなづまの花櫛に憑く舞子かな　後藤夜半
いなびかり北よりすれば北を見る　橋本多佳子
うつむく母あふむく赤子稲光　西東三鬼
いなびかりひとと逢ひきし四肢てらす　桂信子

▼生半可な悟りなら、悟らぬほうがよほどよい。「悟らぬ人の貴さよ」に稲妻を取り合わせた句だから「稲妻に」で切って読む。▼稲妻に照らされて、一瞬、白波に取り囲まれる日本列島が闇に浮かび上がる。▼芭蕉の緑の葉を照らす稲妻。▼舞妓（まいこ）の簪（かんざし）にきらめく稲妻。▼稲光に反応する体。まるで啓示を受けたかのように。▼稲光に照らし出された母子が劇的に描かれている。▼稲光が照らす四肢。逢瀬の匂やかなエロス。

秋の虹（あきのにじ）　三秋

秋虹（あきにじ）

秋空に立つ虹のことである。単に「虹」といえば夏の季語で、夕立などの後に色濃くくっきりと立ち上がる。それに対して「秋の虹」は淡くかかり、いつしかはかなく消え、そのはかなさが憂愁の思いをもたらす。関連 虹（にじ）→夏

ふた重なる間の暗き秋の虹　石田勝彦
秋の虹消えたるのちも仰がるる　山田弘子

▼二重虹といえども秋の虹は寂しい。その寂しさを間の暗（あわ）さとして把握。▼あっけなく消えてしまった虹。その名残を惜しんで見上げる空である。

霧（きり）　三秋

朝霧（あさぎり）・夕霧（ゆうぎり）・夜霧（よぎり）・薄霧（うすぎり）・濃霧（のうむ）・霧時雨（きりしぐれ）・霧雨（きりさめ）

水蒸気が急に冷やされて小さな水滴となり、空気が白く濁る。これが霧。科学的には春の霞と同じだが、文学の上では霧と霞は厳然と異なる。霞は「霞たなびく」「霞がたれこめる」というようにゆるやかに漂うのに対して、霧は「霧立ち上る」「霧が流れる」などというように(時には激しく)流動する。関連 霞（かすみ）→春／夏の霧（なつのきり）→夏／冬の霧（ふゆのきり）→冬

桂樟蹊子（かつらしょうけいし）▶明治42年（1909）—平成5年（1993）「霜林」主宰。秋桜子門。風景や人生を抒情的にとらえた。

霧しぐれ富士をみぬ日ぞ面白き　芭蕉
傘さして霧分け行くや山法師　闌更
朝霧や村千軒の市の音　蕪村
霧黄なる市に動くや影法師　夏目漱石
白樺を幽かに霧のゆく音か　水原秋桜子
のんのんと馬が魔羅振る霧の中　加藤楸邨
ランプ売るひとつランプを霧にともし　安住敦

▼雨雲のような霧が富士山を隠している。▼傘で押し分けるように霧の中をゆく比叡山の坊さん。▼朝霧の中から町の音が聞こえる。大きな町があるらしい。中国を思わせる一句。▼正岡子規の死を、友人の漱石はロンドンで聞いた。その時の句。▼雨に雨音があるように、霧には霧の音がある。▼どこか人を小馬鹿にしたように振っている。▼霧に灯すランプ。傍らでランプを売る人の顔が仄かに浮かぶ。

露　三秋

白露・朝露・夜露・露の世・露の命・露の玉・露の秋・露時雨・露けし

露は科学的にいえば、大気中の水蒸気が気温の低下によって水滴となって姿を現わしたもの。この点では、霞、雨、霜、雪などと同じく、変化し続ける水蒸気の仮の姿の一つ。文学的には、露は古くから「はかないもの」の象徴とされてきた。揺れると、こぼれ、日が射すと、たちまち干上がって消滅してしまうからだ。「露の世」「露の命」「露けし」という言葉は、この世界や人の命をはかない露にたとえる。秋の季語になっているのは、秋は夜の気温が下がるので露が結びやすいからだが、澄みきった露の玉が秋の涼しさ、冷ややかさを感じさせるからでもある。露が辺り一面に降りて、時雨に濡れたようになった状態が「露時雨」。関連 夏の露→夏／白露→12

白露や角に目を持つかたつぶり　嵐雪
露の世は露の世ながらさりながら　一茶
芋の露連山影を正しうす　飯田蛇笏
金剛の露ひとつぶや石の上　川端茅舎
露けしや妻が着てゐる母のもの　細川加賀
露の玉強き光となつて消ゆ　名取里美

▼蝸牛の角の目も無数の露の一つ。▼長女のさとが、生後一年余りで亡くなった時の句。この時、一茶、五十七歳。▼里芋の葉の上で露の玉が揺れている。辺りを見回すと、遠くの山々が今朝は

露

汝が吊りし蚊帳のみどりにふれにけり：「妹に日夜のみとりを感謝しつつ」の前書。夭逝が惜しまれる。

ひときわくっきりと見える。この「連山」は甲府盆地の周りの山々。「影」は姿。芋の露に連山が影を落としているのではない。▼この一粒の露は金剛石(ダイヤモンド)のように堂々と輝いている。▼母から妻へと受け継がれた着物。人の一生の儚さを露と重ね合わせて見る。▼こぼれる時に見せた一瞬の光の輝き。

露寒

晩秋

露寒し

晩秋になるにつれて、露の粒がそのまま霜のように凝結することがある。ことに朝夕の気温の差が大きい北国や山国では、秋のうちに放射冷却によって明け方の寒さを覚えることが多い。その頃には虫の音も絶え絶えとなり、草の末枯も目立つ。

関連 寒露→19

露寒のこの淋しさのゆゑ知らず　富安風生

露寒や乳房ぽちりと犬の胸　秋元不死男

露寒し縷々とラジオの「尋ねびと」　伊丹三樹彦

▼冬の寒さは厳しいが、秋の寒さは侘びしい。故がわからぬ淋しさとは、秋の深まりに由来する感情。これも詩的感興の一つ。▼犬の胸の小さな赤い乳首に寒々しさを覚えた折の憐憫が季語から汲み取れる。▼ラジオの「尋ね人の時間」は戦後長い期間続けられたものだ。縷々と続く単調な口調と露寒とが悲しく響き合う。

秋の霜

晩秋

秋霜・秋の初霜・露霜・水霜

「霜」は冬の季語だが、立冬前の秋に霜の降りる地方もある。二十四節気の一つ「霜降」は、太陽暦の十月二十三日頃だから、秋のうちに霜を見ることは古来、珍しいことではない。また、晩秋の露が結氷して霜のようになったものや消えやすい霜などを「露霜」「水霜」などとも呼ぶ。また、「秋霜烈日」という語は、厳しくおごそかなことのたとえ。

手にとらば消んなみだぞあつき秋の霜　芭蕉

冬瓜のいただき初むる秋の霜　李由

秋霜の降らむばかりの衾かな　原石鼎

関連 霜降→22／霜→冬

▼母の死後初めて故郷に戻り、兄から遺髪を示された時の慟哭の句で『野ざらし紀行』所収。十七音に収まりきれない思いの烈しさ。▼秋霜を上に戴くようになると、冬瓜も終い頃。▼衾とは夜具。急に寒くなった夜更け、布団を頭までかぶって秋霜の気配を感じ取っている。

秋の夕焼

三秋

秋夕焼・秋夕映

単に「夕焼」といえば、夏の夕焼をさす。夏の夕焼はダイナミックで、大空を赤々と彩ってゆっくり消えるからである。それに対して、秋の夕焼は一瞬に広がり、たちまち消えてしまう。

関連 夕焼→夏

秋夕焼旅愁といはむには淡し　富安風生

鷺高し秋夕焼に透きとほり　軽部烏頭子

渤海の秋夕焼やすぐをはる　加藤楸邨

中尾白雨▶明治42年(1909)—昭和11年(1936)秋桜子門。教員となるが、結核を患い、療養生活を余儀なくされた。

▼旅先で眺めたあまりにも淡い夕焼に、旅愁を感じることもなく終わったのである。▼秋の夕焼に染まることなく、高々と空をゆく鷺の体が、透き通るかのごとくに思われるのである。▼渤海は中国東北地方にかつて興った国の名。今はなき国を偲びつつ詠んだ大陸の夕焼け。

【釣瓶落し】 三秋

「釣瓶」は、井戸水を汲み上げるために、縄の先に桶を吊ったもの。秋の日の落ちる速さを、釣瓶の落下の速さにたとえて、「釣瓶落し」という。もともとは『平家物語』の鵯越の場面に「大盤石の苔むしたるが、つるべおとし（のよう）に十四五丈ぞくだッたる（切り立っている）」とあるごとく、垂直に下ることの形容に用いられた。転じて「秋の日は釣瓶落とし」といわれるようになり、昭和五十年代以降、季語として定着した。

噴煙を染めつつ釣瓶落しかな　三村純也
鹿ケ谷まで来しつるべ落しかな　井上弘美
乗換へて釣瓶落しの小海線　小倉つね子

▼噴煙の動きと刻々落ちる夕日の動きが印象的。▼鹿ケ谷は京都の大文字山の麓。平家討伐を図った俊寛僧都らの謀議の地。落日の速度が歴史を想起させる。▼小海線は、山梨の小淵沢から長野の小諸に至る高地を走る路線。乗り換えてから急に日が落ちた心細さ。

【龍田姫】 三秋

春の野山の美をつかさどる女神を「✦佐保姫」というのに対し、秋の女神を「龍田姫」と呼ぶ。陰陽五行説では、春は東、秋は西にあたるので、奈良の東に佐保山、西に竜田山があり、龍田姫は龍田大社（奈良県生駒郡三郷町）に祀られている。竜田川は紅葉の名所。 関連 佐保姫→春

竜田姫月の鏡にうち向ひ　青木月斗
龍田姫森に来たまふ句碑びらき　古賀まり子

▼季節を神格化し、その女神が月の鏡に向かって装っていると想像した。楽しく壮大な見立て。▼句碑びらきという祝事に龍田姫がおいでになったと表現して、森の秋の美観を讃える。

秋の山　三秋

秋山・秋嶺・秋山家・秋の峰

秋は山気が澄み、紅や黄に染まった落葉樹と常緑樹との織りなす模様は一年中で最も鮮やか。山路に分け入って、美しい散紅葉を手に取ってみたり、木の実を拾ったり茸を採ったりする楽しみも尽きない。『万葉集』巻一に、天智天皇が、春山に咲き乱れる花の艶やかさと、秋山を彩る木の葉の美しさとではどちらが趣深いかと尋ねた時、額田王は春秋それぞれの長所と欠点を挙げ、「秋山そ我は」（私は秋を選びます）と歌ったとある。 関連 紅葉→68

秋の山阿弥陀堂まで送らるゝ　高浜虚子

鳥獣のごとくたのしや秋の山　山口青邨

秋山に秋山の影倒れ凭る　山口誓子

秋嶽ののび極まりてとどまれり　飯田龍太

▼どこの阿弥陀堂でもいい、そこまで送られてゆく道々、秋の山の美しさを十分に堪能したことだろう。▼木の実をついばむ小鳥のように、紅葉を踏み分ける獣のように、彩り豊かな秋の山を楽しむ。▼影になった部分と日射しがある部分との対比が際立つ。▼秋嶽というと険しさが強調される。秋天にのびゆく高峰が厳然と存在。

山粧ふ　三秋

粧う山・野山の錦

北宋の画家郭熙の言葉に「秋山明浄にして粧ふが如く」とあり、色彩豊かな秋に、山が着飾っていると見た。なお、春は「山笑ふ」、夏は「山滴る」、冬は「山眠る」という。美しく織った錦にたとえて「野山の錦」という季語もある。

関連 山笑ふ→春／山滴る→夏／山眠る→冬

大由布に従ふ山も粧へる　五十嵐播水

搾乳の朝な夕なを山粧ふ　波多野爽波

水晶をもはや産まざる山粧ふ　藤田湘子

▼由布岳は大分県中部の名山で、麓や近隣には、由布院、別府などの温泉が控える。▼朝に夕に乳を搾るたび、見やる山の粧いが千変万化。▼昔は水晶を産出したが、今は採り尽くされてしまった山が粧うのはあわれ。

名句鑑賞

眼つむれば今日の錦の野山かな　高浜虚子

美しく紅葉した野山に一日遊んだ。夜になって眠ろうとした時、今日の彩り豊かな野山が瞼の裏にありありと甦ったというのである。それほど印象鮮明な景色であった。昼間目にした野山のありようをその場で描くよりも、夜甦った錦の野山を詠むほうが一段と鮮やかだ。なぜなら、瞼に焼きついた光景は、夾雑物をいっさい排除した純粋の色調であるからだ。「野山の錦」という季語の観念性を巧みに生かした句。［西村］

能村登四郎▶明治44年（1911）―平成13年（2001）「沖」主宰。秋桜子に師事。抒情的な作風から「放下」の境地へ。

【秋の野】

三秋

秋郊・野路の秋・秋野

秋、八千草が咲き乱れる野。虫の音も聞こえる。「秋郊」は秋の郊外の野。万葉人は「秋の野に咲きたる花を指折りかき数ふれば七種の花」（山上憶良『万葉集』巻八）と詠み、現代詩人は「その日は　明るい野の花であつた／まつむし草　桔梗　ぎぼうしゆ　をみなへしと／名を呼びながら摘んでゐた／私たちの大きな腕の輪に」（立原道造「甘たるく感傷的な歌」）とうたった。

あきののやはや荒駒のかけやぶり　暁台

秋の野に鈴鳴らし行く人見えず　川端康成

見えがてに遅るる人や野路の秋　池内たけし

先に行く人すぐ小さき野路の秋　星野立子

東塔の見ゆるかぎりの秋野行く　前田普羅

▼ひらがな表記の中に秋草の咲き乱れる優しい景が見える。荒駒（飼い馴らされていない馬）に破られた千草の無惨。▼鈴の音だけがどこからかいつまでも聞こえている。淋しげな小さな音。▼視野から消えるということもなく遅れて来る人。その姿とともに野路の光景を楽しむ。▼人の小ささによって秋の野の大景を描いた。▼比叡山延暦寺の東塔。京都の秋を歩く楽しみ。

【花野】

三秋

花野原・花野道・花野風

花野は秋の草花が乱れ咲く野原のこと。俳句でただ「花」といえば、おもに春の桜のことだが、「花野」の「花」は秋に咲く草の花のこと。概して「木の花は春、草の花は秋に咲く」と考えればいい。春や夏の野原は、草の花が咲いていても「花野」とはいわない。似た季語に「お花畑」があるが、こちらは高山植物が群れ咲く野原のことで、夏の季語である。

関連 お花畑→夏

山伏の火をきりこぼす花野かな　野坡

其中に牧場のある花野哉　正岡子規

はるばると来ていつのまの花野かな　櫻井博道

昼は日を夜は月をあげ大花野　鷹羽狩行

断崖をもつて果てたる花野かな　片山由美子

▼花野にこぼれる火打ち石の火花。▼広大な花野の中に牧場が一つ。▼いつの間にか花野のただ中にまでやってきた。▼花野の雄大な眺め。▼やわらかな花野が岬まで広がる。その先は断崖という危うさ。

【秋の田】

仲秋

稲田・早稲田・晩稲田・稲熱田・田色づく・田の色

稲が熟して一面に色づいた田をいう。黄金に熟し、刈り入れを待つばかりの田の光景は、風にそよぐ穂の音、匂い、稲雀の声ともども、人の心を豊かにしてくれる。「秋の田の穂の上に霧らふ朝霞いつへの方に我が恋止まむ」（磐姫皇后『万葉集』巻二）、「秋の田のかりほの庵の苫を荒みわが衣手は露に濡れつつ」（天智天皇『後撰和歌集』巻六）など古歌に多く詠まれた、日本人の秋の原風景の一つ。

秋の田にものを落して晩鴉過ぐ　山口誓子
秋の田の大和を雷の鳴りわたる　下村槐太
一枚の早稲田御陵に正面す　皆吉爽雨
鈍行や海と平らに瑞穂の田　成田千空

関連 春田→春／青田→夏／冬田→冬

▼「晩鴉」は夕方ねぐらに帰る鴉。カアと鳴いたとたんにくわえていたものを落としたか。実りの秋ののんびりとした光景。▼大和国(奈良県)一面が色づいた上を雷神が渡ってゆく。▼早稲はいち早く熟す稲。天皇の陵の真正面の早稲田は献上されるもののようだ。▼「瑞穂」はみずみずしい稲の穂。この車窓の風景も秋の田の一つ。

刈田（かりた）

晩秋

刈田原・刈田道

稲刈が終わった後の田。刈株だけが整然と並んでいる。刈田はまた、子供たちの絶好の遊び場。稲刈後は立ち入りを許され、刈株を踏みながら登下校した思い出がある。藁塚の陰でかくれんぼなどもしたものだ。急に見通しのよくなった景色は新鮮であるが、時がたつにつれて淋しくなる。

道暮れて右も左も刈田かな　日野草城
鶏むしる男に見られ刈田行く　大野林火
木曾谷の刈田をわたるひざしかな　加藤楸邨
山神へ刈田千枚預けけり　若井新一

関連 稲刈→192

▼田中の一本道。刈田となった夕暮は広々として淋しい。▼農家の裏で鶏の毛をむしっている男。刈田を歩く作者。見通しがよすぎて、見られている気がする。▼谷をわたる日射しは失せやすい。いよいよ冬が近い風景。▼無事に稲刈が終わった田を山の神へ預けるという発想は、米作りに携わる人ならではのもの。

穭田（ひつじだ）

晩秋

稲刈が終わった後の刈株に新しい茎が生えることを「ひつじ」といい、一面に青々と出揃った田を「穭田」という。温暖な地方では、それにまた乏しい穂が出たりすることもあるが、多くは「秕」といって実のない籾である。穭がさらに黄色みを帯びた田は侘びしげな眺めである。

ひつじ田の案山子もあちらこちらむき　蕪村
花嫁が行く穭田の晴れし日に　村山古郷
穭田の黄みどりの黄にただよふ日　上村占魚

▼もはや用済みとなった案山子たち。あらぬ方を向いたり穭田に傾いたり。▼黄金の穂の中ではなく、穭田を行くのはどこか淋しげ。▼穭田の黄は黄金色にはならず、黄緑と黄の間を漂うばかり。

落し水（おとしみず）

仲秋

水落す・田水を落す

稲に実が入り、穂が垂れる頃になると、稲田の水は不要になる。また、刈り入れの時に水があると不都合なので、

佐々木有風▶明治24年（1891）—昭和34年（1959）蛇笏門。「雲」主宰。戦中は満州にあり、当地で俳句活動をする。

稲刈の約一か月前になると田の水を落とす。田植えの際に水を引いた水口とは別に、水を抜くための落とし水口が田にある。その口を切って田の水を流し去ると、一か月後には土も固まって稲刈の作業がしやすくなる。

からうじて山田実のりぬ落し水　几董
稲妻に水落しゐる男かな　村上鬼城
落し水かぼそくなりていつまでも　高浜虚子
暗き夜のなほくらき辺に落し水　木下夕爾

▼豊作にはほど遠い山の痩せ田。それでも穂が垂れてきたので水を落とす。安堵の音にも聞こえる。▼稲妻の光に浮かび上がった男は田の水を落としているらしい。稲妻は稲の穂孕みを促すと考えられていた。▼縷々と続く落とし水の音。棚田であろうか。▼暗がりの隅の方より起こる水音。不要となったものの淋しさが伝わる。

秋の水

仲秋

秋水・水の秋

大気ばかりでなく、秋は水も清らかに澄みわたる。夏の間生温かった自然界の水が、気温とともに冷ややかになってくると、濁りまで消えてゆくようだ。その澄んだ鋭い印象は日本刀にもたとえられ、「三尺の秋水」といえば、曇りなく研ぎすまされた名刀を意味した。湖沼や河川、池や井戸水、器にたたえられた水など、幅広く詠まれる。「水の秋」というと、水にもうかがえる秋の季節といった意味が強まる。

紫のところもありて秋の水　大峯あきら
久闊や秋水となり流れゐし　星野立子
秋水がゆくかなしみのやうにゆく　石田郷子
十棹とはあらぬ渡しや水の秋　松本たかし
筏場のなほ上流の水の秋　稲畑汀子

▼澄んだ水の究極の色は紫ではないかという気がしてくる句。▼久闊を叙する（無沙汰の挨拶をする）傍らに流れる水は、以前の流れとは明らかに違う季節のものという実感。▼あまりにも澄んだ水を見つめていると、こうした思いに。▼小さい川を渡しの船で向こう岸へと渡る。棹を十回もささないうちに対岸に着いた。澄みわたる水から広がる秋の景色。▼筏を組むあたりの水は人手が加わっているが、なお上流は自然のままに澄みわたっている。

水澄む

三秋

秋に入ると、川や湖の水が澄み始める。これは水温が下がり、水を濁らせる水中の生き物の数が減るからだが、この点からみると、水が澄む現象は、冬へ向かって水の生命力が衰えてゆくことにほかならない。しかし、そこに一つの美しさを見つけて「水澄む」という季語にしている。冬になって草木が枯れることに美しさを見いだして「枯る」（冬）という季語にしているのと同じ。秋の「水澄む」に対して、春は「水温む」という。

関連　水温む→春／田水沸く→夏／秋澄む→16／水涸る→冬

蟹の舎利水澄みきつてゐたりけり　阿波野青畝

風花のかかりてあをき目刺買ふ：吹きさらしで売られる目刺。風花でいっそう青みがかっている。

秋の水　北海道洞爺湖。

石原舟月（いしはらしゅうげつ）▶明治 25 年（1892）―昭和 59 年（1984）「雲母」発展に貢献。師・蛇笏譲りの重厚な作風。八束の父。

水澄みて金閣の金さしにけり　阿波野青畝
一むらの木賊の水も澄みにけり　鈴木花蓑

▼蟹のほの白いもぬけの殻が、舎利（釈迦の遺骨）のように水底にゆらめいて。▼池に映って揺れている金閣寺。▼木賊の生えているあたりの水たまり。

秋出水（あきでみず）　仲秋

「出水」といえば梅雨時の季語だが、ほかに雪解けの頃の「春出水」、台風の季節の「秋出水」がある。被害が最も多いのが台風や集中豪雨による秋出水。急に河川の水かさが増して橋が流されたり堤防が決壊したりすると、周囲の町は水浸しになる。収穫を目前にした田畑の被害はもちろん、交通がまひしたり停電が発生したりするなど、都市生活に甚大な影響を及ぼす。 関連 出水→夏／台風→42

干竿の落ちて流るる秋出水　篠原温亭
暮れてゆく秋の出水の戸口まで　臼田亜浪
秋出水乾かんとして花赤し　前田普羅
秋出水蛇居て去らぬ竈口　萩原麦草

▼物干竿は風によって落ちたのだろう。長い竿が流されてゆく有様は大洪水を思わせる。▼台風の出水。溢れた河川の水が戸口まで押し寄せている日の暮れ方。▼荒れた出水跡に赤い花が顔を出している。乾こうとしているその色が鮮やか。▼土間の竈に蛇が出てきて、追い払っても去らない。本能的に出水の尋常ならざる気配を知っている。

秋の海（あきのうみ）　三秋

秋の波・秋濤

天高く晴れわたった色を映し、爽やかに澄んだ海。秋霖を限りなく吸い込む淋しい海。台風が去ってひとしお濃く見える海。いずれも秋の海の様相である。波は夏よりやや高くなる。東北の沖は秋刀魚漁の最盛期を迎える。台風の時期が過ぎた十月半ば頃から寒流の勢いが増し、にわかに海面が濃く澄んでくる。

みをつくし遥々つゞき秋の海　高浜虚子
浦々の隈の隈まで秋の海　山口誓子
秋の波崩れてはころがつてくる　清崎敏郎
秋の波打つてひろがる何もなし　川崎展宏
嘶きに秋の白波たゞ遥か　中岡毅雄

▼澪標は船に水脈を知らせるための杭。遥々続いているのが見えるのは、秋澄む季節のため。▼小さく狭い浦々の隈々まで秋の海だという実感は、海水が澄みきっているから。▼まるでクリスタルのように硬く爽やかな秋の波の崩れよう。▼浜に打ち寄せる波。打つ波が広がってはあとかたもなく消えてゆく。▼沖の白波を恋うるように馬が嘶く。白波ははるか遠くだが、くっきりと印象される。

妻となり母となり木の葉髪となる：長く連れ添ってきた妻へのいたわり。夫婦の年輪。

秋の潮

三秋

秋潮

「春潮」に対する季語。ただし「秋潮」は「あきしお」と読みならわし、「しゅうちょう」とはあまりいわない。「秋蝶」が音読みしないのと同様である。秋も春と同様、潮の干満の差が大きい。春潮が華やかで力漲る感じであるのに対し、秋の潮は物淋しい。夏の賑やかな後のせいか、色も音もいっそうしみじみとしている。関連 春潮→春

秋潮に破れカルタの女王かな　久保より江
秋潮の強き面のはるかなり　飯田龍太
秋潮の音声こもる窟かな　鷲谷七菜子
秋潮の削り削るやあきつしま　長谷川櫂

▼この場合の「カルタ」はトランプ。クイーンの札が秋潮に揉まれて無惨。華やかだったものがうらぶれた淋しさ。▼「強き」は「こわき」と読みたい。かたくけわしい秋潮の面が、遥かにはっきり見える。▼洞穴に反響する潮の音が、人の発する大音声に聞こえる。▼天から俯瞰したような視点。「あきつしま」は日本列島の古称。そのほっそりした姿が見えてくる。

初潮

仲秋

葉月潮・望の潮

旧暦八月十五日の大潮。「葉月潮」がつまったものともいわれる。潮の干満は太陽と月の引力の影響を受けており、春秋の彼岸に近い朔望（旧暦一日と十五日頃／新月と満月）には、太陽と月と地球が赤道面の延長上に並ぶので、その差が目立って著しい。満月の日、満潮の時刻は東京ではちょうど月の出と月の入りの頃、瀬戸内海では月の南中の頃となり、場所によっては、月見の折に満潮を目の当たりにすることができる。また、初潮の頃は台風の接近と重なることもあり、異常な高潮ともなる。

初汐に追れてのぼる小魚哉　蕪村
はつ汐にものの屑なる漁舟かな　飯田蛇笏
初潮の籬の上に見ゆるかな　三好湖村
葉月潮海は千筋の紺に澄み　中村草田男
引際の白を尽くして葉月潮　岡本眸

▼勢い盛んな初潮の力におされて、小さな魚などは打ち上げられてしまう。▼満月の大潮。潮の干満に繋がれた漁舟が藻屑のように海原に漂う。▼籬は、柴や竹などを粗く編んで作った垣根。海辺の家に迫る初潮が、ありありと見える。▼「千筋の紺」はべた塗りの紺色とは違い、ひと筋ひと筋の紺の深さと力が印象づけられる。▼こまやかな泡立ちが純白に広がり、やがて消えゆく引き潮の美。

秋の浜

三秋

秋渚・浜の秋

海水浴客が去った浜辺ほど秋を実感するものはない。台風の襲来前に海の家は取り払われ、海岸の店も淋しげ。浜辺を歩

西島麦南▶明治28年（1895）—昭和56年（1981）蛇笏に師事。岩波書店に勤め「校正の神様」と呼ばれた。

く人影は地元の人か、時折訪れる孤独な散策者。夏の間人々が残していった雑多なものは片づけられ、波打ち際は自然の姿を取り戻す。

ひとりになるため秋浜を遠く踏む　富安風生
秋浜の大きく濡るる波のあと　富安風生
皆で歩し後ひとり歩す秋の浜　三橋鷹女
秋の浜見かへるたびに犬距る　山口誓子
少年一人秋浜に空気銃打込む　金子兜太

▼「遠く踏む」に、どこまでも一人で砂浜を踏んでゆく一途さがあらわれている。▼澄み渡る秋。浜の波跡までもさやかに見える。▼吟行の折などによくあること。独り心を楽しむ思い。▼「距る」は距離をおくこと。どこからともなくついてきた犬が、振り返るたびに遠のく。犬も淋しげ。▼何かに怒っている少年。季語が孤独感を滲ませている。夏の浜ではこの陰翳は出ない。

【不知火】しらぬい　仲秋　竜灯

九州有明海と八代海の沖合に、旧暦七月晦日前後の深夜、大小無数の光が現われ、海上一面に広がる。景行天皇が筑紫巡幸の折、この怪火を見て土地の者に尋ねたところ「しらぬひ」と答えたことから、この語が筑紫の枕詞となったと伝えられる。この夜から明け方にかけては大干潮で、干潟一面に貝を採る灯火が絶えなかった。その火が放射冷却による光の異常屈折で、遠方から見ると不可思議な奇観となったものである。

不知火に酔余の盞を擲たん　日野草城
不知火を見る丑三つの露を踏み　野見山朱鳥
不知火を見てなほ暗き方へゆく　伊藤通明

▼怪しく広がってゆく不気味な火に、酔ったあげくの盞（さかずき）を投げつけよう。あやかしの火は消えるかもしれない。▼丑三つは午前二時から二時半頃。沖に流れ動く不知火の恐ろしいまでの美観。▼怪しいものほど人の心を誘う。なお暗き方へ行く行為はその現われ。

植物
動物

秋薔薇（あきばら）

仲秋

秋の薔薇・秋薔薇（あきそうび）

薔薇の花の盛りは五、六月であるが、剪定や施肥などの手入れをすると、秋に再び楽しむことができる。秋晴れの真っ青な空を背景に鮮やかな色が映えるので、夏の薔薇より美しいとさえいえる。十月上旬がピークだが、晩秋まで咲き続けるものが多い。関連 薔薇→夏

秋薔薇の高さに白き船懸る　原田青児

白は供華赤は書斎に秋薔薇　稲畑汀子

▼横浜の「港の見える丘公園」を思わせる光景。アングルによってこんな構図が生まれる。作者は薔薇栽培の専門家。▼白い花は亡き人のため、赤は自分のために剪ってきた。亡くなった人が庭で育てていた薔薇かもしれない。豪華さだけではない、秋の薔薇の味わい。

木槿（むくげ）

初秋

もくげ・花木槿・白木槿・きはちす・底紅

残暑厳しい八月、朝の日射しを受けて、赤紫や白など、美しい花をいっぱいにつけているのは木槿。盃形の花の底が赤いものが多く、とくに真っ白な花で底部が赤いものを「底紅」と呼ぶ。朝、開き、夕べにはしぼむことから、はかない栄華にたとえ、「槿花一日之栄」という。唐の詩人白居易の詩句「松樹千年終に是れ朽ち、槿花一日自ら栄を成す」によるもので、「槿花一朝の夢」とも。

道のべの木槿は馬に食はれけり　芭蕉

川音や木槿咲く戸はまだ起きず　北枝

町中や雨やんでゐる白木槿　松村蒼石

底紅や黙つてあがる母の家　千葉皓史

▼馬で旅する途中、木槿の花に目を遊ばせていたら、なんと馬がそれを食べてしまった。あわれともおかしとも。▼早朝の川のほとりの家。美しい木槿が咲いているのに、住人はまだ起きていないらしい。▼雨に洗われた町の美しさを引き立てているのは、真っ白な木槿の花。▼一人で暮らす母。底紅の咲く庭から声もかけずに座敷へあがるのは、半分わが家のような母の家だから。

芙蓉（ふよう）

初秋

木芙蓉・白芙蓉・紅芙蓉・酔芙蓉・花芙蓉

芙蓉は朝、開き、夕べにはしぼむ。その花の姿には暑い夏を越えて、やっと秋を迎えた安らかな印象がある。色は多くは

芙蓉　❶芙蓉、❷酔芙蓉。

白。淡紅、紅もある。「酔芙蓉」は、白く咲いた花が、一日のうちに酔ったように薄紅に染まる。

白芙蓉暁けの明星らんくと　川端茅舎
今散りし芙蓉の花に蟻わたる　星野立子

▼明けの明星が大きく輝いている。白い芙蓉の花は薄闇の中でまだ蕾んだまま。▼咲ききった芙蓉は花びらを閉じて落ちる。その散ったばかりの花に、もう蟻が集まってきている。

木犀

仲秋

木犀の花・金木犀・銀木犀・薄黄木犀・桂の花

木犀は秋、香り高い花を咲かせる。秋の晴れた日、道を歩いていて、あるいは家にいて、どこからともなく木犀の甘い香りが漂ってくることがある。小さな花が総状に集まって咲く。枇杷色の花が金木犀、白い花は銀木犀。木犀の木の周りに花屑が散り敷いていることもある。中国原産の庭木である。

木犀

浴後また木犀の香を浴びにけり　相生垣瓜人
天つつぬけに木犀と豚にほふ　飯田龍太
木犀の匂はぬ朝となりにけり　稲畑汀子
見えさうな金木犀の香なりけり　津川絵理子

▼湯上がりの肌に木犀の香りが染み入るよう。▼天上まで強烈に匂うかのよう。▼ありありとあった木犀の香りが、今朝はもうしなくなった。▼濃く匂う金木犀。まるで香りが見えそうなほどに。

萩

初秋

鹿鳴草・鹿妻草・玉見草・初萩・山萩・野萩・萩の花・白萩

萩は日本の秋を代表する花。株の根元から噴き出すように長い枝が何本も伸び、たわんで風に揺れる。その優しい風情が昔から愛されてきた。秋の初め、小さな丸い葉の間に細かな花をつける。紅萩は麗しく、白萩は清らか。秋の七草の筆頭でマメ科の植物。多年草のものもあるが、低木のものが多い。日本では野山に自生し、庭や公園にも植えるが、外国では雑草同然に扱われることが多い。

関連 萩根分→春／夏萩→夏／枯萩→冬

一家に遊女も寐たり萩と月　芭蕉
しら露もこぼさぬ萩のうねり哉　芭蕉
萩の花こぼるゝまゝに掃きにけり　皆吉爽雨
手に負へぬ萩の乱れとなりしかな　安住敦
あふらるる一粒萩の咲きはじめ　川崎展宏

名句鑑賞

ゆきゆきてたふれ伏とも萩の原　曾良

芭蕉が『おくのほそ道』の旅の供に選んだのは、実直な曾良。しかし曾良は、加賀(石川県)の山中温泉で腹をこわし、伊勢の長島(三重県長島町)にいる縁者のもとへと向かうこととなった。そこで、曾良が先に旅立つ時に詠んだ別れの一句。萩の花咲く野原なら、行き倒れても本望。人柄そのままの詠みぶり。［長谷川］

長谷川双魚▶明治30年(1897)―昭和62年(1987)「青樹」を継承、主宰。蛇笏に師事。飄々としたなかに哀歓がある。

にはたづみあらたまりけり萩の雨　髙柳克弘

▼『おくのほそ道』市振（新潟県）での句。二人の遊女と泊まり合わせた。萩の花盛りを月が照らしている。▼しなやかな萩の長い枝。▼掃くそばから散りこぼれる萩。それを気にすることもなく掃いている様子。▼萩の花も終わり近い。▼風にあおられている咲き始めの花。「一粒」はいかにも萩の花らしい。▼萩の花を濡らす雨が、水たまりの水面を打つ。

秋果（しゅうか）　三秋

秋に熟す果実の総称。秋はさまざまなものが実りの時季を迎えるが、とくに果物は種類が豊富で、果物屋の店先には柿、葡萄、梨、林檎などが山と積み上げられて目を楽しませてくれる。色鮮やかな果物だけでなく、栗や通草なども野趣を添える。「秋果」は味覚のほかに、美しさを称える言葉ともなっているのである。

秋果盛り合はす花より華やかに　原田紫野

秋果盛る家族揃ひし日のごとく　佐藤博美

▼パーティーの中心のテーブルの趣。まずは目で見て楽しむのが秋果の味わいといえる。▼卓上にたっぷり盛った果物が、賑やかだった頃の家族を思い出させる。

名句鑑賞

翁かの桃の遊びをせむと言ふ　中村苑子

「桃の遊び」とは、艶やかなのか、無邪気なのか。桃の花は夭々として可憐かつ妖艶な娘を想像させ、その実には桃太郎を生むほどの生産の力を感じさせる。この句の「桃」は、桃の花とも桃の実ともとれるが、やはりここは桃の実だろう。翁を老人と置き換えると、いささかの隠靡がつきまとうが、正真の「翁」であれば、その主も桃も上品に見える。謎の多い句に感じられるが、桃に見とれた翁を思えばいいだろう。［宇多］

桃（もも）　初秋

桃の実・白桃・天津桃・水蜜桃

桃は味も形も甘美な果物。中国では邪気を払う力があるとされ、日本でもそう考えられた。黄泉の国を訪ねた伊邪那岐が、変わり果てた姿の伊邪那美を撃退するために投げつけたのも、桃の実だった（『古事記』）。ふつう食する桃は水蜜種で、白い果肉の白桃系・白鳳系と、黄色い果肉の黄桃系がある。

関連　桃の花→春

白桃に入れし刃先の種を割る　橋本多佳子

中年や遠くみのれる夜の桃　西東三鬼

桃冷す水しろがねにうごきけり　百合山羽公

白桃や心かたむく夜の方　石田波郷

白桃の皮引く指にやゝちから　川崎展宏

▼堅く大きな種の存在感。▼夜の闇の彼方に見える幻の桃一つ。▼銀色に輝きながら桃を包んで揺れ動く水。▼白桃とみずみずしい

水鳥のしづかに己が身を流す：水の流れゆくままに静かに身を任せる水鳥。

夜の闇。「心かたむく」とは、何とはなしに夜が親しく感じられるというのだ。▼食べ頃の白桃はナイフを使わずとも手でたやすくむける。その皮をむく時の指先の微妙な力加減。

梨（なし）　三秋

梨子・日本梨・洋梨・長十郎・二十世紀・梨売・梨園

梨は果汁が豊かな果物。この特色は「二十世紀」に極まる。緑を帯びた爽やかな味の梨で、しゃきしゃきとした果肉をかじると、梨の水が飛び出す。また近年は、幸水や豊水のような甘い果汁の梨も出回っている。日本の梨の皮にはぶつぶつとした硬い粒子がある。漆の「梨子地」は梨のこの肌合いをまねたもの。一方、洋梨は日本の梨とは姿も味も異なる。ラ・フランス、ル・レクチェなどの品種があり、とろりとした食感と濃厚な風味がある。

梨

関連 梨の花→春

水なしやさくさくとして秋の風　惟中

小刀の刃に流るるや梨の水　毛条

梨食うてすつぱき芯にいたりけり　辻桃子

ラ・フランス花のごとくに香りけり　佐々木まき

▼「水なし」は水気の多い梨。▼「梨の汁」といわず、「梨の水」といった。▼梨にかぶりついて食べる。最後に残る酸っぱい芯。▼ラ・フランスは食べ頃が難しい。柔らかくなり、香気を感じる頃が食べ頃。

葡萄（ぶどう）　仲秋

デラウェア・マスカット・黒葡萄・葡萄園・葡萄棚

秋を代表する果実の一つ。栽培の歴史は古く、紀元前十五世紀頃のエジプトの壁画に、すでにその収穫と葡萄酒製造の様子が描かれている。日本にも野生の葡萄が自生し、「葡萄葛」と呼ばれていた。十二世紀には甲州葡萄が誕生。甲斐国（山梨県）を中心に品種改良が進み、今日では種なし葡萄をはじめ、大粒で糖度の高い黒葡萄など、さまざまな品種の葡萄が、秋の果物売場を賑わせている。

関連 青葡萄→夏／葡萄酒醸す→183

枯れなんとせしをぶだうの盛りかな　蕪村

葡萄食ふ一語一語の如くにて　中村草田男

国境の丘また丘や葡萄熟れ　小路智壽子

亀甲の粒ぎつしりと黒葡萄　川端茅舎

▼晩秋、葉が枯れかかってくると、いっそう甘みを増す葡萄。蕪村も食べたのだろうか。▼一粒、一粒と口に運ぶ葡萄。その様を一語一語ととらえた。大粒の黒葡萄が見える。▼ドイツやフランスあたりの国境は、まさにこんな光景である。葡萄畑ならぬ「ワイン畑」と呼ぶところさえある。▼大粒の葡萄が押し合って角張ってくるのを、「亀甲」ととらえた。

柴田白葉女▶明治39年（1906）―昭和59年（1984）「俳句女園」主宰。「雲母」の代表的女流俳人として活躍。

柿

林檎

晩秋

紅玉・国光・ふじ・王林・林檎園

四季を通じて日本の果物の代表といえるのが、林檎である。青空を背景に、真っ赤な林檎が実る風景は、いかにも秋らしい。品種はきわめて多く、かつては紅玉や国光が主流だったが、近年は「ふじ」などの、糖度が高く実の大きいものが人気である。主産地は青森県、長野県、福島県などである。晩夏に実る青林檎は早生種の林檎で、秋に実る林檎の未熟なものではない。

関連 林檎の花→春／青林檎→夏／冬林檎→冬

空は太初の青さ妻より林檎受く　中村草田男
刃を入るる隙なく林檎紅潮す　野澤節子
岩木嶺やどこに立ちても林檎の香　加藤憲曠
制服に林檎を磨き飽かぬかな　林桂

▼アダムとイブの神話を彷彿とさせるかのような場面。▼刃を入れることをためらわせるような真っ赤な林檎にみなぎる充実感。▼青森県弘前市の北西にそびえ、津軽富士と呼ばれる岩木山。その美しい嶺を仰ぐ辺りは、一面の林檎畑が真っ赤に色づき、香りまでもが漂ってくる。▼この制服は黒い学生服でなければならない。思春期の孤独を象徴する真っ赤な林檎だ。

柿

晩秋

渋柿・甘柿・樽柿・ころ柿・富有柿・次郎柿・柿の秋

柿は日本の秋を代表する果物。艶やかな朱色に染まる柿の実

御霊いま秋の山河のいたるところ：蛇笏への弔句。師の魂は秋の山河に遍在している。

は、秋の日に照り映えて美しい。甘柿と渋柿がある。甘柿はそのまま食べるが、渋柿はアルコールに漬けて渋を抜く。これを「醂す」といい、醂した柿を「醂し柿」という。吊し柿（干柿、甘干）にするのも渋柿である。柿の実をすべて取り尽くさず、高い枝の実を一つ二つ残しておく。これを「木守」といい、冬の季語。

関連 柿の花・青柿→夏／吊し柿→178

里ふりて柿の木もたぬ家もなし　芭蕉
柿くへば鐘が鳴るなり法隆寺　正岡子規
つり鐘の蔕のところが渋かりき　正岡子規
渋柿のごときものにては候へど　松根東洋城
潰ゆるまで柿は机上に置かれけり　川端茅舎

▼どの家にも柿の木があり、枝もたわわに実がなっている。芭蕉の故郷、伊賀上野（三重県）での句。▼柿と鐘の音との呼応がみごと。▼「つり鐘」は柿の一品種。贈り主へのお礼の一句。▼大正天皇から「どんな句を詠むのか」と尋ねられた時の答えの一句。作者は宮内省に勤めた人。▼みずから熟して崩れてしまうまで置かれていた柿。忘れられたように。

熟柿（じゅくし）　晩秋

甘柿・渋柿を問わず、完熟した柿のこと。紅色に近い濃い橙色の果皮は、刃物を使わずにむけるほど。果肉はゼリーのようで甘みが強い。

いちまいの皮の包める熟柿かな　野見山朱鳥

▼かろうじて柿の形を保っている熟柿。中のとろとろゆるゆるの果肉を透視しているようだ。

栗（くり）　晩秋

毬栗・笑栗・落栗・一つ栗・三つ栗・丹波栗・山栗・栗山

古代から食料とされてきた木の実の一つ。晩秋、おのずから毬がはじけて、艶やかな褐色の実がこぼれ落ちる。毬に包まれた状態を「毬栗」といい、毬から実をのぞかせているものを「笑栗」という。ふつう、一つの毬の中に三粒ほど実るが、まれに一粒だけが大きく実ることがあり、それを「一つ栗」と呼ぶ。丹波地方（兵庫県）名産の「丹波栗」は大粒で味がよい。

栗

関連 栗虫→166／栗飯→176

行あきや手をひろげたる栗のいが　芭蕉
栗を焼く伊太利人や道の傍　夏目漱石
美しき栗鼠の歯形や一つ栗　前田普羅
栗山の空谷ふかきところかな　芝不器男

▼合わせた掌を開いたように割れた毬。最後の旅の途上、故郷伊賀上野で詠んだ句。三日後、奈良へ向けて旅立った芭蕉は、大坂で亡くなった。▼英国留学中、ロンドンで。▼名に栗の字を含む

中川宋淵▶明治40年（1907）―昭和59年（1984）臨済宗の僧。海外布教に貢献。蛇笏に師事。俳禅一如の世界。

栗鼠。大きな前歯で大きな一つ栗をかじる。▼「空谷」は人気のない深閑とした谷。

石榴（ざくろ）

仲秋

柘榴・実石榴

熟すと堅い皮が割れて、中からルビーのような真っ赤な実がのぞく。実は甘酸っぱく、生食だけでなくジュースにもする。薬効があるほか、子孫繁栄の象徴として庭に植えたりする。また、鬼子母神の境内に植えられているのは、かつて人間の子をさらって食べていた鬼子母が改悛して子の代わりに食べたからとも、血の味がするので好んだからともいわれている。

石榴の実一粒だにも惜しみ食ふ　山口誓子
柘榴みて髪にするどきピンをさす　野澤節子
実ざくろや妻とは別の昔あり　池内友次郎

▼貪欲というより、美しいものを堪能せずにはいられない執念を思わせる。▼石榴は子沢山の象徴的な果実。髪は女性の命。美しいその髪にさす鋭いピンに、生涯独身で子もなかった作者の心の一端を垣間見せる。▼「実ざくろ」が命の象徴として働く。物語的俳句には連想を誘う広がりがある。

石榴

棗の実（なつめのみ）

初秋

棗・青棗

高さ一〇メートルもの木に、たくさんの実がなる。未熟な実は「青棗」といい、熟れるにしたがい暗赤色になる。林檎に似た味と香りで甘酸っぱく、乾燥すると甘さが増す。解熱や強壮の薬効もある。芽吹きが遅く初夏になってようやく芽を伸ばすことから「なつめ」という。茶道具の棗はその形が棗の実に似ていることから名づけられた。

なつめの実青空のまま忘れらる　友岡子郷
青棗雨走らせて海の風　茨木和生

▼棗の実を取って食べることも減ってしまった。秋晴れの空の下、鳴り出しそうな棗の実。▼海辺の町の棗の木。青い実を洗うかのようにさっと走る雨を運んできたのは海の風。

榠樝の実（かりんのみ）

晩秋

花梨の実・榠樝

果実酒で親しまれているが、実がなっている様子は目にする機会が少ないかもしれない。林檎を少し引き伸ばして歪ませたような形で、長さは一〇センチ以上もあり、ずしりと重く、油成分を含むため

榠樝の実

鶏頭を三尺離れもの思ふ：三尺（約1メートル）という遠からず近すぎぬ距離感。

光沢がある。堅く渋いため、そのままでは食べられない。咳止めの効用があるため、「榠櫨酒」にするほか、砂糖漬などにもする。

花梨の実高きにあれば高き風　池上樵人
己が木の下に捨てらる榠櫨の実　福田甲子雄
何となき歪みが親し榠櫨の実　渡辺恭子

▼榠櫨を狙うように風が吹きつける、上空の風景。▼おびただしい実が落ちているのを見て驚くことがある。すべて漬け込むわけにもいかず、樹下に寄せてあるだけというのが哀れ。▼榠櫨の歪みにはどこか親しみがある。完璧なものにはない味わいを発見。

【無花果（いちじく）】 晩秋

『旧約聖書』のアダムとイヴの話で、イヴが食べた「知恵の木の実」とは無花果のことだという説もあるほど、栽培の歴史が古い果樹。中国語の「映日果（イェンジェイクォ）」がイチジクに変化したといわれる。「無花果」の字を当てたのは、花が咲かないのに実がなると考えられたからだが、じつは食用にしている部分が花である。昔は庭先に植えている家も多く、生食がほとんどだった。今はジャムのほか、料理にも利用されている。

無花果

無花果のゆたかに実る水の上　山口誓子
少年が跳ねては減らす無花果よ　高柳重信
いちじくの不機嫌さうに熟るるかな　椿文恵

▼無花果は比較的湿ったところを好む。たわわに実った枝が重そうに水に映っている。▼一説には、毎日実が熟すので「一熟」が語源だともいうくらい、次々に実が熟れてゆく。実をもいでは食べる少年の、どこか孤独な後ろ姿。▼決して明るいイメージではない。それを「不機嫌さうに」と心象的にとらえた。

【胡桃（くるみ）】 晩秋

花が咲いた後に房状につく青い果実は「青胡桃」と呼ばれ、夏の季語である。熟すと果皮が裂けて、堅い殻をもつ核が現われる。この核が秋の季語の胡桃である。中の白い胚乳の部分を食べる。

関連 青胡桃・胡桃の花→夏

夜の卓智慧のごとくに胡桃の実　津田清子
胡桃割る胡桃の中に使はぬ部屋　鷹羽狩行
父といふしづけさにゐて胡桃割る　上田五千石

▼表面にたくさんの皺を刻んだ胡桃。夜の静謐さの中に置かれて智慧の象徴のよう。▼中には時に胚乳の詰まっていない空の室房が。「使はぬ部屋」の比喩が卓抜。▼父親になったばかりの男の感慨。喜びと責任感と。

細見綾子（ほそみあやこ）▶明治40年（1907）―平成9年（1997）青々に師事。「風」創刊に参加。リアリズムによる伸びやかな句風。

青蜜柑（あおみかん） 三秋

単に「蜜柑」といえば冬の季語。未熟な状態の、果皮が濃い緑色の蜜柑を「青蜜柑」という。また、木に青々となっている蜜柑も、市場に出回る早生種も、ともに「青蜜柑」と呼ぶ。

関連 蜜柑の花→夏／蜜柑→冬

伊吹より風吹いてくる青蜜柑　飯田龍太
青蜜柑少女に秘密ありにけり　菖蒲あや

▼そろそろひんやりしてきた伊吹おろしに、蜜柑が枝もたわわに青々と。▼少女の秘密。青蜜柑の甘酸っぱさが、ほのかな恋を匂わせる。

柚子（ゆず） 晩秋

柚子の実

柚子は、その搾り汁を香りづけに使うだけではなく、表皮を削いで汁に浮かべるほか、丸ごと器に見立てて調理した柚釜、あるいは柚味噌、柚餅子と、さまざまな料理に用いられる。香りや味はもちろんのこと、輝くばかりの柚子は、見た目にも美しく、実りの豊かさを感じさせる。

柚子

関連 柚の花・青柚→夏／柚餅子・柚味噌→178／柚子湯→冬

能登の柚子一枚の葉が強くつく　細見綾子
柚子すべてとりたるあとの月夜かな　大井雅人
柚子の香の動いてきたる出荷かな　西山睦
柚子捥いで峡の光りを胸に寄す　藤田直子
柚子の実に飛行機雲のあたらしき　石田郷子

▼思いを残すかのように、しっかりと付いている一枚の柚子の葉。▼星のように輝いていた柚子が消えた空に、ぽっかりと浮かぶ月。柚子の金色を思わせて。▼香りから柚子とわかる箱が運ばれるのを、香りが動いてきたととらえた。▼山間の彩りの乏しい風景の中で、「光り」のような柚子を抱え持つ。▼まだ木になっている柚子。出来たての飛行機雲の白と柚子の黄色に空の青。

酢橘（すだち） 晩秋

木酢

柚子よりやや小さな柑橘類で、料理の香りづけに使う。松茸と相性がよいところから、土瓶蒸しには欠かせない。熟すと黄色になるが、青い未熟果のほうが風味がよい。名は「すたちばな（酢橘）」の転といい、別名「木酢」は、木からとれる酢の意である。徳島県の特産。

すだちてふ小つぶのものの身を絞る　辻田克巳
あり合はせと言ひし品数青すだち　佐藤博美

▼鮮烈な酸味が凝縮した小さな実。「山椒は小粒でもぴりりと辛い」を思わせる。▼「あり合わせですが」といいながら並べた皿が、じ

初風や道の雀も群に入り：道端のあわれな雀も無事、群れに入ることができた。

つはなかなかのものであると思わせる酢橘。

金柑（きんかん）　晩秋

その愛らしさと、ひと口で食べてしまえる大きさといい、鮮やかな色といい、金柑を店頭に見つけると心浮き立つものがある。咳止め（せき）の効用があり、果皮ごと生で食べられるが、甘露煮や金柑酒にもする。近年は酸味の少ない大粒の品種も生産されている。

一本の塀のきんかん数しらず　阿波野青畝

宝石のごと金柑を掌（て）の上に　宇田零雨

▼塀の上からのぞく金柑の木はかなりの年数を経ているらしい。たわわとはこのことかと思うほどの実。▼掌（てのひら）にのせてみると、まさに宝石のような輝き。

檸檬（れもん）　晩秋

レモン

料理やデザートにしばしば用いられる柑橘類（かんきつ）。四季を通じて売られていることから季節感がないように思われるが、本来の収穫期は秋である。梶井基次郎の小説の題名でもあり、文学的なイメージもふくらむ。

いつまでも眺めてゐたりレモンの尻　山口青邨

鋭角に舌を削つてゆく檸檬　櫂未知子

▼色の美しさと独特の魅力的な形から、絵に描かれることも多い。「レモンの尻」がユーモラス。▼酸っぱさを、舌が削られると表現した。それも「鋭角に」。

オリーブの実（み）　晩秋

橄欖（かんらん）

モクセイ科の常緑高木で、地中海地方原産。日本では小豆島（しょうどしま）が栽培地として有名。最近は観賞用に植えられることも多い。楕円（だえん）形の緑の実は、熟すと紫黒色になる。「橄欖」はカンラン科の常緑高木で、インドシナ原産。オリーブの誤訳とされるが、オリーブの漢字表記として流布している。

オリーブの実

橄欖を擲げたき真青地中海　林翔

▼地中海の青さのすばらしいこと。ブラボーと叫び、この海の育むオリーブの実を擲（な）げようか。

初紅葉（はつもみじ）　仲秋

秋になり、初めて色づいた紅葉のこと。もちろん木によって色づきの遅速はあるが、見る人の主観が決め手となることもある。春の季語の「初花」同様、待っていたものに出合えた喜びをあらわす。

佐野良太（さのりょうた）▶明治23年（1890）―昭和29年（1954）亜浪門。「みのむし」主宰。地元・新潟県見附市に根ざして作句。

初陣の功の如くに初紅葉　後藤比奈夫

踏み分けて行けぬところに初もみぢ　遠藤若狭男

▼初めてのぞんだ戦で功をたて、紅潮した若武者のように初々しい、この初紅葉は。▼山深いところに色づいた紅葉。もっと近くで愛でたいところだが叶わない。

薄紅葉（うすもみぢ）　仲秋

ほんのりと色づき始めた頃合いの紅葉をさす。まだ十分に紅葉しきれておらず、緑色も残っているが、日に日に色を深めていく気配が感じられる。紅葉の錦となる前の、静かな趣も漂う。

かの世とてこの世に似たり薄紅葉　黒田杏子

▼青森の恐山（おそれざん）での句。「かの世」といわれる地に踏み入っての感慨。薄紅葉がしんと寂しい。

紅葉（もみぢ）　晩秋

紅葉（こうよう）・下紅葉（したもみじ）・庭紅葉（にわもみじ）・紅葉の錦（もみじのにしき）・色葉（いろは）・龍田草（たつたぐさ）・紅葉川（もみじがわ）・紅葉山（もみじやま）

晩秋、落葉樹の葉は紅に染まる。秋の紅葉は春の桜とともに、日本列島を彩る植物の華やかな姿。「見わたせば花も紅葉もなかりけり浦の苫屋（とまや）の秋の夕暮」（『新古今和歌集』藤原定家）という歌のとおり、しばしば春の桜と比べられる。紅葉する樹木にはさまざまな種類があるが、ひときわ華やかな楓（かえで）こそ紅葉の王者。そこで楓を「紅葉」と呼ぶこともある。逆に、ほかの木の紅葉は、「漆紅葉（うるしもみじ）」「櫨紅葉（はぜもみじ）」などと、木の名をかぶせて区別する。「紅葉」は、「もみじ」とも、「コウヨウ」とも読む。訓の「もみじ」は、「もみづ」（紅に染まる）という言葉から生まれた。橅（ぶな）や銀杏（いちょう）など、黄色に色づく木の場合、「黄葉」と書くこともあり、同じく「もみじ」「コウヨウ」と読む。立冬を過ぎれば、紅葉は「冬紅葉（ふゆもみじ）」に変わる。木々の「紅葉」に対し、草の場合は「草紅葉（くさもみじ）」、水草の場合は「水草紅葉（みずくさもみじ）」という。

関連 紅葉狩（もみじがり）→173／冬紅葉（ふゆもみじ）・紅葉散る（もみじちる）→冬

かざす手のうら透き通るもみぢかな　大江丸

大紅葉燃え上らんとしつゝあり　高浜虚子

一片の紅葉を拾ふ富士の下　富安風生

大巌を這へるもの皆紅葉せり　鈴鹿野風呂

障子しめて四方の紅葉を感じをり　星野立子

ちらほらと村あり紅葉いそぐなり　上村占魚

▼楓の紅葉を、指を広げた掌（てのひら）に見立てた。▼やがて紅葉のたけなわを迎える大樹。▼大と小の対比。▼岩を這（は）う蔦（つた）も、すべて紅葉している。▼障子を照らす庭の紅葉明かり。▼点在している村々の紅葉。色づきを急いでいる。

名句鑑賞

山くれて紅葉の朱をうばひけり　蕪村

夜の闇があたりの山の紅葉を塗り込めてしまう。それを「朱（あけ）をうばひけり」といったのだが、こういうと、かえって、昼のうちに見たみごとな紅葉が闇の中にあかあかとよみがえる。言葉とはつくづく不思議なもの。〔長谷川〕

野火けむり月あらはれてかたちある：野火の煙の朦々たる中、くっきりと現れる月の形。

照葉（てりは）　晩秋

秋の晴れた日の光を受けて照り輝いている紅葉をさす。艶のある葉の意ではない。日の当たるところほど早く紅葉するが、美しく紅葉したものほど、日を集めて輝いているようでもある。

ひもすがら外に作務ある照葉かな　飴山實

▼紅葉のまぶしい秋晴れのこんなよき日は、一日を外仕事に費やすのだ。禅僧も、私も。

紅葉且つ散る（もみじかつちる）　晩秋

木々の葉が一方では色づき、また一方では散ってゆくさまをいう。「染まる」と「散る」とが同時に進行する、秋の木々の風情である。これに対して「紅葉散る」は、散る一方の紅葉で、冬の季語である。関連 紅葉散る→冬

紅葉且散るひとひらはまなかひに　杉本零

▼紅葉しつつ散る光の中に佇む一時。ふいに一枚の紅葉が目の前をよぎる。

黄葉（こうよう）　晩秋

黄葉（もみじ）

晩秋に黄色く色づく木々を、「味酒の三輪の祝が山照らす秋の黄葉散らまく惜しも」（長屋王）のように、古歌以来、「黄葉」の字を当てて、「紅葉」とは区別している。代表的なものは銀杏（銀杏黄葉）で、晴れた日には黄色というより金色に輝く。街路樹のプラタナスやポプラなども黄色くなり、都会にいながらにして黄葉を楽しむことができる。山中では落葉松や橅、櫟などが黄色に染まる。現代では、紅葉が日本画的な美を感じさせるのに対し、黄葉には油彩画のような雰囲気がある。

病室の中まで黄葉してくるや　石田波郷
黄葉してポプラはやはり愉しき木　辻田克巳
黄葉の一樹に山の影及ぶ　嶋田麻紀

▼たとえば雑木林の中の病院。欅や櫟が黄葉すると、辺りが明るくなる。▼風を受けて、さやさやとおしゃべりするような音をたてるポプラの葉。黄葉の季節には、それがいっそう賑やかに。▼午後の日が傾き始め、山影を受け止めている大きな木。光と影のコントラストが鮮やか。

黄落（こうらく）　晩秋

黄落期

銀杏、ポプラ、プラタナス、欅、櫟などの葉が散る様子をいう。「落」と強調するのは、銀杏を思い浮かべればわかるように、色づいた黄葉がとめどなく散るさまが美しく、きわめて印象的だからだ。「金色のちひさき鳥のかたちして銀杏ちるなり夕日の岡に」は与謝野晶子の歌。黄落が最も美しい

福島小蕾（ふくしましょうらい）▶明治24年（1891）—昭和44年（1969）良太とともに亜浪門の双璧と称された。地元・島根で教員を歴任。

のは夕方である。

黄落のはじまる城の高さより　野見山ひふみ
黄落といふこと水の中にまで　鷹羽狩行
病室の窓黄落の百号よ　辻田克巳
黄落の中のわが家に灯をともす　高橋睦郎

▼「城の高さ」によって、大きな木であることがわかるだけでなく、景色の中心に城が見える華麗さ。▼池のほとりの銀杏の木が水面に映ると、まるで水中でも金色の葉が散っているように見える。▼入院を余儀なくされ、庭の銀杏の黄葉を窓から眺めるだけの毎日。黄落の時、風に吹かれた葉が窓をおおい、作者の目には大きな窓が百号のカンヴァスに見えたのだ。▼周囲の黄落を感じながら点した金色の灯が輝く。

楓（かえで）　晩秋

「紅葉（かえで）」といえば楓の紅葉をさすほど、鮮やかに染まる。種類は多いが、どれも美しく紅葉する。春の花見とともに、秋の観楓（かんぷう）は日本人の古くからの楽しみ。単に「楓」といえば紅葉した楓をさし、初夏の緑の楓は「若楓」という。関連 楓の芽・楓の花→春／若楓→夏

楓

沼楓色さす水の古りにけり　臼田亜浪

▼古沼に古木の楓が紅葉の色を映す頃となった。この秋も静かに更けてゆくことだ。

銀杏黄葉（いちょうもみじ）　晩秋

紅色の「楓」と双璧をなす、鮮やかな銀杏の黄葉である。扇形の葉が一斉に色づき、空を突く大樹が黄一色に染まる景は神々しいほど。「銀杏散る」は秋、「銀杏落葉」「枯銀杏」は冬の季語である。関連 銀杏落葉→冬

とある日の銀杏もみぢの遠眺め　久保田万太郎

▼遠く、玩具のように立つ銀杏の大樹が、すっかり黄金色になったある日。

雑木紅葉（ぞうきもみじ）　晩秋

名の木の紅葉

桜紅葉、櫨紅葉など、木の名前を特定して呼ぶ紅葉を「名の木の紅葉」というが、「雑木紅葉」はその対義語で、種々雑多な木々の紅葉のこと。色も紅、黄のほかにさまざまあって、遠目にも美しく楽しげである。

甘樫の丘の雑木のもみぢかな　山口青邨

▼古歌に詠まれた甘樫丘（奈良県）。今は色とりどりの雑木の紅葉に包まれている。

かそけくも咽喉鳴る妹よ鳳仙花：愛しい妹がたてる喘音。鳳仙花が切ない。

柿紅葉（かきもみじ）　晩秋

柿の紅葉は、地の緑に紅や朱や黄などが入り混じる。紅一色に染まる楓紅葉などと違って、緑とほかの色の配合が美しい。柿の葉は季節の推移とともに次のように呼び名が変わる。柿若葉・柿青葉(夏)、柿紅葉(秋)、柿落葉(冬)。

関連　柿若葉（かきわかば）→夏／柿落葉（かきおちば）→冬

渋柿も紅葉しにけり朝寝坊　一茶

塀外に二枚落ちたる柿紅葉　高浜虚子

▼朝寝坊がようやく目を覚ますと、渋柿の葉も紅葉していた。

▼かつて乃木（のぎ）将軍の屋敷だった所。

柿紅葉

漆紅葉（うるしもみじ）　晩秋

触れるとかぶれるウルシの紅葉である。山に自生する落葉高木のヤマウルシや、蔓（つる）植物のツタウルシの紅葉をさすことが多い。葉の表は深紅、裏は黄に染まる。日が当たると、ことに燃えるような色合いとなる。

藪の中殊に漆の紅葉せり　榎本冬一郎

▼辺りまで明るむほどの漆の紅葉。薄暗い藪にあっても、そこだけが燃えるようだ。

櫨紅葉（はぜもみじ）　晩秋

「櫨」はハゼノキのこと。ウルシ科のハゼノキは、和蠟燭（わろうそく）の原料となる木蠟（もくろう）をとるところから、蠟（ろう）の木とも呼ばれる。漆（うるし）同様、葉の表は深紅、裏は黄に染まる。燃えるような紅葉を愛（め）で、庭木とすることも多い。

櫨紅葉見てゐるうちに紅を増す　山口誓子

▼見事だと櫨を仰ぐ。そうこうするうちにも、ますます紅を深めてゆくようだ。

漆紅葉

櫨紅葉

富田木歩（とみたもっぽ）▶明治30年（1897）―大正12年（1923）両足の自由を失い貧窮のなか句作。関東大震災に被災し没する。

桜紅葉（さくらもみじ）

仲秋

ほかの木がまだ青々としている頃に、いち早く紅葉が始まり、ほかの木が紅葉の盛りを迎える頃、早々とその葉を落とし始める桜の木。紅葉も赤の単色ではなく、橙、黄、褐色などが混じった複雑な色合いである。

早咲の得手を桜の紅葉かな　丈草

関連 桜→春

▼春には花もほかに先がけて咲き出すが、紅葉になるのも一番手の桜である。

桜紅葉

白膠木紅葉（ぬるでもみじ）

晩秋

ぬるで

ウルシ科の落葉高木で、漆同様、紅色に美しく染まる。高木にもなるが小ぶりなことが多く、公園などにも植えられる。触れるとかぶれることがある。「五倍子」はこの木にできる。

とびぬけて赤きは白膠木紅葉かな　右城暮石

▼紅葉の美しい季節になった。なかでもひときわ目をひくあの紅葉。白膠木の紅葉だ。

五倍子（ふし）

晩秋

五倍子（ごばいし）

白膠木の若葉などにできる虫こぶのことをいう。油虫の一種、ヌルデノミミフシが産卵し、寄生してできる。初めは緑色でほのかに赤いが、秋に茶褐色となる。染料の原料となるタンニンがとれ、かつてはお歯黒にも用いられた。

山の日は五倍子の蓆に慌し　阿波野青畝

▼五倍子を蓆に広げて天日に干す。だが、山の日が傾くのはあっという間だ。

柞紅葉（ははそもみじ）

晩秋

柞・楢紅葉

「柞」とは、コナラ、オオナラ、クヌギなど、ブナ科の落葉高木の総称。その紅葉は、団栗を拾いに行くような雑木林の、赤というより赤銅色の紅葉である。単に「柞」のみで紅葉をさして用いられることもある。

姨が岩月の柞の中にかな　古舘曹人

▼「姨が岩」とは、悲しい伝説がありそうだ。今は柞紅葉に囲まれて、月の光にひっそりと。

ふところに入日のひゆる花野かな：懐で感じる冷ややかな入日。作者らしいリリシズムの句。

錦木　晩秋

鬼箭木・錦木紅葉・錦木の実

見事な紅葉を愛でて、よく庭に植えられる。この紅葉している錦木をもって秋の季語とする。日本全土の山地に自生。枝にコルク質の翼が四筋ついているのがおもしろい。果実は縦に割れて橙赤色の皮に包まれた種が下がる。

錦木に寄りそひ立てば我ゆかし　高浜虚子

▼紅く照り輝くような錦木の紅葉。そのそばに立てば、自分も何やら上品に思われる。

錦木

蔦　三秋

蔦紅葉・蔦の葉・蔦葛

「蔦」が秋の季語であるのは、その紅葉がみごとだからで、「蔦」はすなわち「蔦紅葉」のこと。秋、壁に蔦を這わせた洋館や教会は炎のような紅葉に包まれる。「つた」の名は蔓が「伝う」ということから。蔦の生命力は旺盛で、先端に吸盤のようなものがある巻きひげで、樹木はもちろん、石やコンクリートなど、何にでも這いのぼり、広がってゆく。

関連 青蔦→夏／枯蔦→冬

紅葉して蔦と見る日や竹の奥　千代女
蔦すがる古城の石の野面積み　千田一路
落葉松を駈けのぼる火の蔦一縷　福永耕二
馬車道に瓦斯燈ともる蔦紅葉　古賀まり子
寂しいと言い私を蔦にせよ　神野紗希

▼竹林の緑に紛れてわからなかったが、紅葉の季節になって初めて蔦に気づいた。▼「野面積み」は加工していない大小の石を積み上げる日本独特の石垣の築き方。美しい城壁を蔦紅葉が彩る。▼落葉松の真っすぐな幹を、火のような一筋の蔦が「駈けのぼる」とみた比喩のみごとさ。▼「馬車道」は横浜の名所。明治・大正を思わせるガス灯と蔦紅葉が絵のように収まっている。▼蔦になってあなたを守ってあげる。あなたがそうさせてくれるのなら。

蔦

色変へぬ松　晩秋

多くの木々が紅葉するなか、深い緑色を保ち続ける松。江戸期の歳時記『俳諧手勝手』（文化七年）には、「もみちぬ松」（も

金尾梅の門▶明治33年（1900）―昭和55年（1980）乙字、亜浪らに師事。「古志」創刊、のち「季節」と改題。

みじしない松」を併出しており、周囲の紅葉を前提とした季語である。

神代より色替へぬかな松と浪　一茶
色かへぬ松や主は知らぬ人　正岡子規
城亡び松美しく色かへず　富安風生

▼松だけではなく、波も、とスケールが大きくなった。▼住人が入れ替わろうと、松は青々としたまま。今の住人はどんな人なのだろう。▼城は滅びるとことのほか哀れ。松は人の世の盛衰に左右されず緑を保つのみ。

【新松子（しんちぢり）】

晩秋　青松毬（あおまつかさ）

その年にできた松かさのことで、青い表皮を固く閉ざしている。やがて熟すと木質化し、一枚一枚の鱗片が開いて中の種子がこぼれる。 関連 松の花→春

霧いつか雨音となる新松子　古賀まり子
夜は夜の波のとよもす新松子　三田きえ子

▼秋の霧に新松子もしっとり濡れている。そのうち雨の音に包まれてくる。静かな山荘の風景か。▼海辺の松林。昼とは違う夜の大波を聞きながら育ちゆく新松子。

【名の木散る（なのきちる）】

晩秋

「名の木」は「名の草」と同じく、俳句独特の表現である。何の木と限定するのではなく、桜、檀、櫨、桃などの、木を見ればすぐに名がわかるようなものを総称して、その葉が落ちることをいう。桐、柳、銀杏なども名の木には違いないが、「桐一葉」「柳散る」「銀杏散る」などという言い方もあるので、「名の木散る」に含めないのがふつうである。句作では、個々の木の名を冠して「…の葉散る」「…散る」と使うことが多い。

関連 名の草枯る→冬

楢の葉の朝から散るや豆腐桶　一茶

▼早朝から仕事が始まる豆腐屋の店先。桶に降り込む楢の葉が、去りゆく秋を思わせる。

【桐一葉（きりひとは）】

初秋　一葉・一葉落つ

「落ちて天下の秋を知る」と古来詠まれてきた、存在感ある桐の葉。単に「一葉」と使われることもある。和歌にも詠まれた、伝統を継ぐ季語である。葉の色より、質感、落ちるさまを重視する。この桐は、そもそもは梧桐のこととされるが、日本では、梧桐の葉にも桐の葉にも使われる。

在りし世のままや机にちる一葉　蝶夢
桐一葉日当りながら落ちにけり　高浜虚子
桐一葉落ちたる影を置きにけり　清崎敏郎

▼机の主の、生前も死後も、散り入る桐の一葉である。▼桐の葉が、秋の日の中を、その影とともにゆっくりと落ちてゆく。▼地に到達して、影と一体化した桐の一葉。

ねむりても旅の花火の胸にひらく：戦後まもなくの作。戦中見ることのなかった花火にたかぶる。

柳散る（やなぎちる）　仲秋

水辺によく見られる枝垂柳（しだれやなぎ）は、仲秋に黄ばみ、散り始める。細い葉が乾いて、散乱するように、地に水に、散る。桐同様、柳もほかの木に先がけて散り、秋の深まりを感じさせる。

関連 柳（やなぎ）→春

柳散る片側町や水の音　夏目漱石

立ち並ぶ柳どれかは散りいそぐ　阿波野青畝

▼掘割沿いか川沿いか、水の音のする片側町にかさこそと柳が散っている。▼柳の並木である。どれとは知らず、しきりに柳の散ることだ。

銀杏散る（いちょうちる）　晩秋

寺社の境内、学校の構内、公園、街路などで身近に見られる景ながら、圧倒されるほど美しい。鳥が舞うように一枚ずつ散ったり、一夜にしてどっと散りきったりして、辺りを金色に染め上げる。

銀杏散るまつたゞ中に法科あり　山口青邨

銀杏散る一切放下とはこれか　村松紅花

銀杏散る思ひ出したるやうに散る　岩田由美

▼東京本郷の東京大学構内。安田講堂へ続く銀杏並木は、向かって左が法学部。▼一切の執着を捨て去れという禅の教えさながらに、銀杏黄葉が降りしきる。▼ひとしきり散り、思い出したようにまた、散る。

木の実（このみ）　晩秋

木の実落つ（このみおつ）・木の実降る（このみふる）・木の実の雨（このみのあめ）・木の実拾う（このみひろう）・木の実時（このみどき）

団栗（どんぐり）のように堅い殻に包まれた樹木の実のこと。椎（しい）、橡（とち）、樫（かし）などの実をいい、果実は含まれない。雨のようにこぼれ落ちてくることから、「木の実の雨」などともいう。板屋根に落ちる木の実の音は、秋の音の一つ。

こもり居て木の実艸（くさ）のみひろはばや　芭蕉

よろこべばしきりに落つる木の実かな　富安風生

吉良さまの顔のやさしき木の実かな　細川加賀

▼『おくのほそ道』の旅を終えた後、大垣（おおがき）（岐阜県）で門弟に招かれた時の句。このままこの静かな家に籠（こも）っていたい。▼何かいいこ

虚子短冊
桐一葉日当りながら落にけり　虚子
虚子記念文学館

大野林火（おおのりんか）▶明治37年（1904）—昭和57年（1982）「濱」主宰。都会的な抒情が持ち味。評論や鑑賞にも優れた。

とがあったのだ。外では木の実がしきりに落ちる。▼忠臣蔵の敵役吉良上野介も、地元三河では名君。その像が華蔵寺に祀られている。

椿の実　晩秋

艶のある厚く堅い果皮が、十月頃になると褐色になり、自然に三つに裂けて、中から種子が顔をのぞかせる。この種子から油を採り、整髪や食用に用いられる。伊豆大島などでは栽培が盛んである。

関連 椿→春

午の雨椿の実などぬれにけり　松瀬青々

椿の実滝しろがねに鳴るなべに　橋閒石

伽藍の丹失せて椿の実の太る　藤田直子

▼たいした雨ではないのだろう。椿の実が濡れて、いっそう艶やかになっている。▼銀色の飛沫を上げ、轟音を響かせながら落ちる滝を、「しろがねに鳴る」といった。黒々とした椿の実がくっきりと浮かぶ。▼滅びゆく古の伽藍と、ふくらみつつ艶を増す椿の実が対照的。

椿の実

杉の実　晩秋

早春に咲いた雌花が受粉して、秋に直径一・五〜二センチの緑色の丸い実をつける。晩秋に熟してくると、こげ茶色の木質となり、よく見えるようになる。やがて鱗片がはじけて、両側に狭い翼のついた種を落とす。

関連 杉の花→春

大山の杉の実採りの人に逢ふ　荒木嵐子

▼石見(島根県)の作者なので、「大山」は「だいせん」と読みたい。名山で杉の実を採る人に出会った。

杉の実

団栗　晩秋

童謡に歌われるほど親しみのある実。クヌギ、ナラ、カシワなどの落葉樹の実をいう。皮が堅く、下半分が浅い椀形の殻斗に包まれている。クヌギの実が代表的で、二センチほどで茶褐色。殻斗は細い鱗片が重なり合っている。

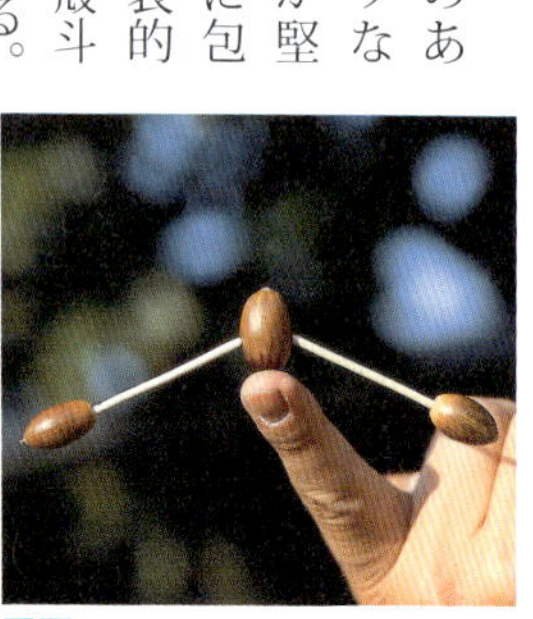
団栗 やじろべえ

しんしんと柱が細る深雪かな：あまりの雪の深さに柱が細っていくように感じた。

縄文時代には食用にされた。子供が独楽や、やじろべえなどを作って遊ぶ。

団栗の葎に落ちてくゞる音　鈴木花蓑
団栗の二つであふれ吾子の手は　今瀬剛一
団栗につめたくありぬ昼の月　田中裕明

▼団栗が落ちるのが見えた後、こすれるような転がるような音がした。葎の中をくぐっているのだ。▼たった二つの団栗でいっぱいになってしまうほど小さなわが子の手。▼団栗が落ちている。ふと目を上げれば、白く、熱を持たぬ昼の月。

樫の実

晩秋　橿の実

アラカシ、シラカシ、イチイガシなどの常緑樹の実の総称で、団栗とも呼ばれる。丸みを帯びた堅い実で、輪のような模様の椀形の殻斗をもつ。食用にされたこともあり、イチイガシは炒って食べられる。ほかは水にさらすなど渋抜きが必要。 関連 樫若葉→夏

樫の実の落ちて馳け寄る鶏三羽　村上鬼城

▼音をたてて樫の実が落ちる。とたんに鶏が三羽かけ寄る。殻を突き壊せばおいしい実があるのか。

樫の実

橡の実

晩秋　栃の実

橡の実はほぼ球形で、熟すと外皮が三つに裂け、中から光沢のある黒褐色の大きな種子が出てくる。種子の澱粉は灰汁が強いが、何度も晒してすりつぶし、餅や団子にして食べる。昔は非常用の食料にした。 関連 橡餅→177

橡の実やいく日ころげて麓まで　一茶

▼山の上から転げてきたのだろうと思うのも無理はない橡の実。丸くて大きく、よく転がりそうだ。

橡の実

椎の実

晩秋　椎拾う

秋、公園や社寺の境内に落ちているのをよく見かける。円錐形のスダジイの実と、球形のツブラジイの実がある。初めは短い突起のある殻斗に包まれているが、やがて割れて、黒褐色の実が現われる。白い胚の部分は炒って食べられる。 関連 椎若葉→夏

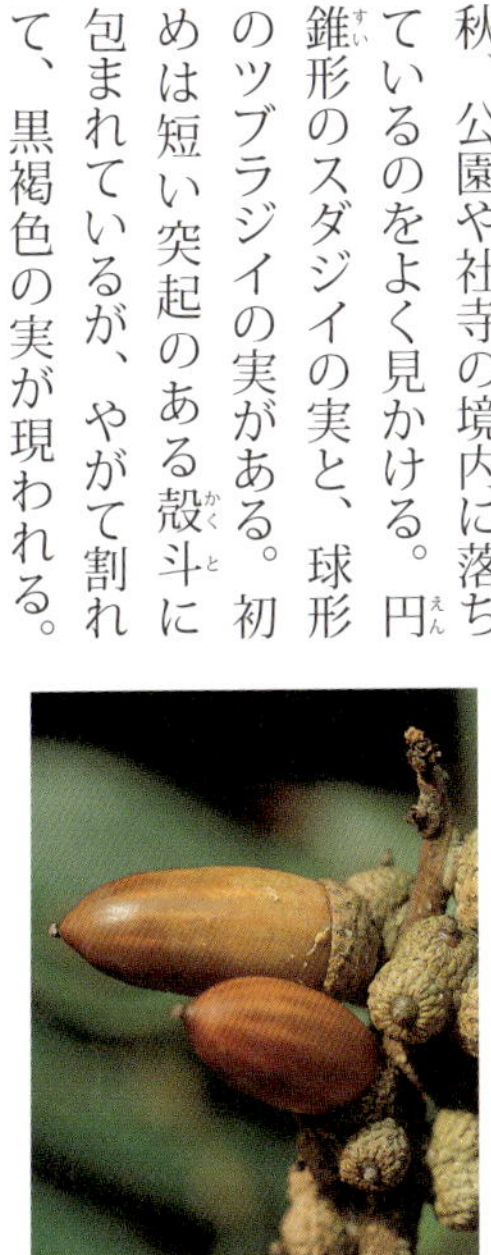
椎の実

栗生純夫▶明治37年（1904）―昭和36年（1961）「科野」主宰。亜浪に師事。小林一茶の研究でも知られる。

五六人こごみ歩きに椎拾ふ　藤内千魚子

わけ入りて孤りがたのし椎拾ふ　杉田久女

▼椎の実を拾う五、六人。しゃがんで真剣に拾うのではなく、目についたものをかがんで拾う。▼山を歩く。一人でいることが楽しい。椎の実を拾うのも楽しい。

【銀杏】 晩秋

銀杏の実

とれたばかりの銀杏は、美しい翡翠色で香りもよい。殻ごと焼いたり、炊き込み御飯にしたりと、秋の風味がいっぱいだ。しかし、食べられる状態にするまでが厄介。黄色の柔らかい果肉に包まれ、強烈な臭いを放つ実を、しばらく地中に埋めたり水に浸けたりして腐らせ、何度も洗い流して、ようやく白い殻の銀杏となるのである。

銀杏

銀杏を焼きてもてなすまだぬくし　星野立子

天匂ふ落ぎんなんをふたつ踏み　秋元不死男

鬼ごつこ銀杏を踏みつかまりぬ　加藤瑠璃子

▼焼きたての銀杏の皮をむきながら食べるのは、素朴にして贅沢な酒肴。▼うっかり踏んでしまうと、天まで臭うかのよう。仰いだ天には、まだ無数の実が。▼靴から剝がさなければともたつくうちに、鬼に見つかってしまった。

【榧の実】 晩秋

新榧・新榧子

カヤは暖地の森林に生える針葉樹。社寺の境内にもよく大木が茂っている。初秋に、長さ二、三センチの、青い皮をかぶった楕円形の種（青榧）をつける。十月頃、熟して紫褐色となり、裂けて赤褐色の種を落とす。白い胚の部分は食用となる。

榧の実をもたらす人や彌陀の前　山口青邨

▼阿弥陀さまの仏像の前で、榧の実を持ってきて見せてくれた人がいた。

【山椒の実】 初秋

実山椒

山椒の若い実を「青山椒」といい、夏の季語だが、秋にはその実が赤くなり、裂けて、中から黒い種子が採れる。これを乾燥させ、干して粉にしたものが「粉山椒」。日本料理の大事な香辛料の一つである。

関連 青山椒→夏

山椒の実

火の山の日を奪ひあふ山椒の実　雨宮抱星

実山椒木のかげ雲のかげに冷ゆ　河野友人

水無月のとほき雲けふもとほくあり：梅雨も明けてからりとした空。彷徨子らしいのびやかな抒情句。

実山椒雨音によく睡りたる　渡辺純枝

▼赤く色づいた山椒の実は、火山を照らす日射しを奪い合って色を深めようとしているという。▼陰になってばかりの山椒の実。深まりゆく秋の趣。▼雨音を聴きながらぐっすり眠り、目が覚めた。山椒の実はすっかり雨に洗われ、すがすがしい庭の景色を見せている。

木天蓼（またたび）　三秋

山地に自生する蔓（つる）性落葉樹である木天蓼の実は、秋に黄色く熟すので、これを季語としている。蕾（つぼみ）の段階でマタタビタマバエが卵を産みつけたものは、でこぼこの虫こぶのある果実となり、この実で作る果実酒は珍重される。

杣小屋に干す木天蓼のひと筵　大平芳江

▼乾燥したものを強壮剤として用いるのだが、木天蓼を広げた筵（むしろ）がいかにも杣（そま）小屋らしい光景。

木天蓼

樝子の実（しどみのみ）　晩秋

草木瓜（くさぼけ）の実・地梨（じなし）・のぼけ

草木瓜の実。地面近くに伸びた枝に梅の実ほどの大きさの実がごろごろつき、黄色に熟す。堅く、酸っぱいので生食はできない。リンゴ酸などを含み、生薬（しょうやく）名は和木瓜（わもっか）。果実酒や砂糖漬、また民間薬として利用される。

関連 樝子の花（しどみのはな）→春

刈草の樝子つぶらにつゆじめり　飯田蛇笏

▼刈り草の中に樝子の実が混じっていた。刈られた草木とともに、黄色く丸い実が露で湿っている。

秋茱萸（あきぐみ）　晩秋

茱萸（ぐみ）

茱萸は夏に実がなるものと秋になるものとがあり、秋茱萸は夏茱萸に比べてやや小ぶり。白い斑点のある赤い実は熟（う）れると柔らかくなり、少しタンニンの渋みを感じるものの、郷愁を誘う甘酸っぱさである。果実酒にもする。

いそ山や茱萸ひろふ子の袖袂　白雄

弄ぶ茱萸に染まりしたなごころ　文挾夫佐恵

▼おいしい実がなる秋、子供たちの着物の袂（たもと）は入れ物がわりになって。▼思わずとってはみたものの、手に遊ばせただけ。いつしか赤く染まる掌（たなごころ）。

秋茱萸

川島彷徨子（かわしまほうこうし）▶明治43年（1910）—平成6年（1994）亜浪門。「石楠」で重きをなす。のちに「河原」主宰。抒情的作風。

枸杞の実

晩秋

枸杞子

枸杞は川の土手などに生え、生垣にもされる。高さ一、二メートルでよく枝分かれし、夏に薄紫色の花をつけた後、長さ一、二センチの楕円形の実を垂らす。実は真っ赤に熟れて美しい。乾燥させて薬用や食用にする。

　枸杞の実の一と粒赤き思案の掌　稲垣きくの

▼柔らかい枸杞の実を掌(てのひら)にのせ、何事かに思いを巡らす。実の赤さが目にしみいる。

枸杞の実

一位の実

晩秋

あららぎの実・おんこの実

家具や木工品の材となる一位は、北日本の寒冷な山地に生え、貴族の正装に使われる木笏の材料にしたところから、位階の「正一位」にちなんで名づけられた。秋になると、雌株に真っ赤な実がなり、食べると甘い。「あららぎ」は古名、「おんこ」はアイヌ語の呼び名。生垣にするほか、庭木として動物などの形に仕立てているのを見かける。

一位の実

　手にのせて火だねのごとし一位の実　飴山實

　一位の実ふくみ遠嶺のよく見ゆる　大串章

▼赤い実はまさに火がつきそう。掌にのせて、しみじみと眺める。▼実を口に入れて甘さを楽しみながら、視線を彼方へ遊ばせる。遠くの山々までよく見える、秋晴れの日の澄んだ空気が伝わる。

臭木の花

初秋

常山木の花・臭桐

臭木は山野の道端や林の縁などに自生する。高さ数メートル。葉は触ると独特の匂いがする。八月頃、枝先に匂いのよい花を多数つける。赤みのある萼から薄紅の筒が伸び、先は平たく五裂して白く開く。長い蘂が目立つ。

　逃ぐる子を臭木の花に挟みうち　波多野爽波

▼子供と追いかけっこ。いい匂いではあるが、いくぶん暑苦しい臭木の花に追い詰めた。

臭木の実

晩秋

常山木の実

花の後に残った赤い萼は星形に開き、その上に、藍色の艶のよい実がのる。直径六、七ミリ。遠目には赤い花のように見え、近づくと実と萼との色のコントラストが目を引く。草木

臭木の花

染めの染料に使用される。

紫の苞そりかへり常山木の實　小林拓水

▼常山木の一つの実だけを丹念に見た。この句の「苞」は萼のこと。

臭木の実

桐の実　初秋

桐は初夏に紫色の花をつけた後、長さ三〜五センチの、先が尖った卵形の実が房をなして垂れ下がる。大きな実だが、茶色であまり目を引かない。十月頃、熟して二つに裂け、翼のある種を多数飛ばす。裂けた実が落葉の頃まで残っていることもある。

関連　桐の花→夏

桐の実

此処に来て桐の実とうす雲の空　藤田湘子

▼見上げる桐の実の彼方に、うっすらと雲を刷いた空。秋の空気を感じさせる。

飯桐の実　晩秋

飯桐は北海道以外の山野に自生する落葉高木で、高さ一五メートルに達する。直径一センチほどの実が房状になり、十月頃、真っ赤に色づく。葉が落ちた後は垂れ下がった実がとくに目につく。中に米粒ほどの種子がある。

深空より飯桐の実のかぶさり来　長嶺千晶

▼飯桐の大木にはたくさんの実が房を垂れ、まさに覆いかぶさってくるよう。空の青さが際立つ。

海桐の実　晩秋

海桐は、暖地の海岸に自生する常緑低木。庭木にもする。初夏によい匂いの白い花を咲かせた後、直径一、二センチの堅い丸い実をつける。熟すと三つに裂け、赤い種を十数個のぞかせる。

関連　海桐の花→夏

海桐の実

篠原梵▶明治43年（1910）—昭和50年（1975）亜浪に師事。感覚的描写に優れた抒情句が注目された。

海桐の実啄ばまれたるさまにかな　清崎敏郎

▼黄色っぽく熟した実が割れて、赤い種がこぼれ出ている。鳥がつつき割ったようにも見える。

瓢（ひょん）の実（み）　晩秋

蚊母樹（いすのき）の実（み）・猿笛（さるぶえ）・ひょんの笛（ふえ）

「実」といっても果実ではない。暖地の山地に生える高木、イスノキの葉にできる、大小さまざまの木質の虫こぶのこと。大きいものだと桃の実ほどになり、虫が出た後は空洞になる。穴に口をあてて吹くと、ヒョウヒョウと笛のように鳴る。本来の果実は目立たない。

てのひらの瓢の実に風ありにけり　細川加賀

木枯先生鞄よりひょんの笛　黒田杏子

▼瓢の実を手にのせてみる。風が通り過ぎた。▼木枯先生というあだ名を持つ人物。鞄（かばん）からひょんの実を取り出した。ひょうきんなところもおありか。

檀（まゆみ）の実（み）　晩秋

檀は山地に生え、高さ数メートルになる。秋に葉は黄色くなり、直径八〜一〇ミリの丸みを帯びた四角の実を多数つける。この実が淡紅色に熟（う）れた後、四つに裂けて真っ赤な皮に包まれた種を見せる。葉が落ちた後も実が残る。

山湖澄む空と檀の実と映り　岡田日郎

▼澄んだ山の湖に映るのは、大空と真っ赤な檀の実。冷たい秋の空気も感じさせる。

檀の実

茨の実

茨（いばら）の実（み）　晩秋

野茨（のいばら）の実（み）・野（の）ばらの実（み）

「茨」は野に咲く薔薇（ばら）の総称。やや蔓（つる）性で枝に棘（とげ）がある。初夏に白い花が咲き、晩秋、真っ赤な丸い実を小枝にたくさんつけ、葉が散った後も長く実が残る。民間薬として使われることもある。関連 茨（いばら）の花（はな）→夏

茨の実ひつぱつて鵯翻り　阿波野青畝

▼茨の実も小鳥たちのごちそう。なかなか枝からはずれない茨の実を引っ張って、鵯（ひよ）（ヒヨドリ）が舞う。

ななかまど　晩秋

七竈（ななかまど）

山地に生える落葉樹。高さ七〜一〇メートルになる。葉は羽

状に生える。初夏に白い小花が枝先に集まって咲くが、あまり目立たない。見事な紅葉と五ミリほどの真っ赤な実が、山の秋を感じさせる。公園にも植えられる。

いようよすき空気大事にななかまど　鷲谷七菜子

白樺を焦さんばかりななかまど　西山春濤

▼秋の澄んだ大気は薄いようにも思われるのか。その中で、ななかまどの紅葉の色が際立つ。▼白樺の隣に、ななかまど。燃え移りそうなほど紅葉の色が濃い。

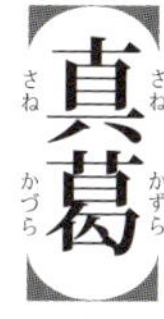

真葛（さねかずら）

初秋

美男葛（びなんかずら）・実葛（さねかずら）・とろろかずら

庭園や生け垣によく植えられている蔓性の常緑樹。夏に黄白色の小さな花をつけ、やがて秋になると、多数の赤い実が丸く集まるようにしてなる。樹皮は粘液物質を含み、それを整髪に用いたところから、「美男葛」の名がある。

不退寺のさればやここに真葛　森澄雄

ななかまど

真葛

神木へ美男かづらの走りたり　高木良多

▼在原業平ゆかりの奈良の不退寺で、その謂われどおりに美男葛を見つけたことよ。▼神木に向かって蔓を伸ばしている美男葛。神木は女神なのであろうか。

紫式部（むらさきしきぶ）

晩秋

実紫・紫式部の実・白式部・小式部・小式部の実・小紫

高木になる実が団栗系のものが多いのに対し、低木の場合は概して彩りが豊かで、ことに紫式部は紫色の小さな実を枝いっぱいにつけ、独特の艶やかさである。「紫式部」という優雅な名前もこの実の色からで、おのずから『源氏物語』の世界へと連想を誘われる。別種でやや小ぶりの「小式部」や、白い実の「白式部」もある。

紫式部

むらさきに紫式部徹しけり　見學玄

実むらさき老いて見えくるものあまた　吉野義子

静けさのあつまつてゐる式部の実　大岳水一路

▼澄みきった紫の美しさは、一途であることの象徴のよう。▼若い時にはわからなかったものがわかるというのは、年齢を重ねることの恩寵。▼辺りの静けさが極まった晩秋の庭の、要のような紫の実。

加藤楸邨▶明治38年（1905）―平成5年（1993）「寒雷」主宰。「楸邨山脈」といわれる多彩な後進を輩出。

梅擬

蔓梅擬

梅擬
晩秋

梅嫌・落霜紅・白梅擬

山地に自生するほか、庭にもよく植えられる。初秋に直径五ミリほどの堅く丸い実を、枝に群がるようにつける。実は秋の深まりとともに赤く熟し、落葉後も残る。季語は、この晩秋の梅擬のイメージ。白い実のものもある。小鳥が好んで食べる。

手で煙拂ひて入るや梅もどき　波多野爽波
鵯鳴かずなりて実のなきうめもどき　森田峠

▼焚火の煙が漂う。何気なく手で払って踏み入ると、梅擬の赤い実が目に入った。▼鵯の声が聞こえなくなった。梅擬の実が、もうないのだ。

蔓梅擬
晩秋

つるもどき

山野によく見る蔓性の木。五、六月頃、目立たない薄緑色の花をつけ、直径八ミリほどの丸い実がなる。秋に熟して三つに割れると橙赤色の種が現われる。この晩秋の蔓梅擬の様子をもって季語としている。生け花によく使われる。

つるもどき懸けよキリストの冠に　山口青邨

▼痛々しい荊の冠。血の粒ではなく、蔓梅擬を懸ければよいのに。

無患子
晩秋

木患子

ムクロジは、関東以南の山地に生える、高さ一〇～一五メートルの落葉高木。六月頃、黄緑色の小花を円錐状に咲かせ、直径二センチほどの丸い実をつける。これが十月頃、黄褐色に熟す。中の黒い種を、追羽根の玉や数珠に利用した。果皮はサポニンを含み泡立つので、かつては石鹼として使用された。

無患子の弥山颪に吹きさわぐ　阿波野青畝

▼弥山は京都府綾部市から見える弥仙山（丹波富士）のことか。形のよい山から吹きおろす風に無患子が揺れる。

菩提子
晩秋

菩提の実

菩提樹の実のこと。寺院によく植えられている。莢の形の苞の途中から柄を出して、直径六、七ミリほどの丸い実がいくつも垂れ下がる。表面には細かい毛がある。緑の葉の間に茶色の苞と実が見える。釈迦にゆかりの菩提樹は別種。

菩提子の莢をひろへば風の音　黒田杏子

枯れ切つて真の紅湧く唐辛子：枯れきってからの唐辛子の美しさ。大病後の一句。

▼菩提子の莢を拾った。乾ききった軽い手触り。秋風の音が聞こえる。

皂角子（さいかち）　晩秋

皂莢・さいかちの実

山野や河原に自生する高木で、晩秋、マメ科植物であることを証明するかのような長い莢を垂らす。長さ三〇センチもの莢がずらりと並ぶ姿は壮観。莢が褐色になり、風に揺れるさまは、いかにも野趣に富んだ光景である。

皂角子

皂角子のあまたの莢の梵字めく　太田嗟
つつがなし皂角子の莢日に捩れ　毛利令

▼熟した莢は乾燥してくるりと巻いたり反り返ったり、思い思いの形で揺れている。それを梵字と見た発想の豊かさ。▼莢が捩れていくのも自然の摂理。それを「つつがなし」と眺めていられる穏やかな暮らし。

衝羽根（つくばね）　仲秋

胡鬼の子・突羽子

本州、四国の山地に生え、高さ一、二メートル。よく枝分かれして、長さ三～一〇センチの楕円形の葉をたくさんつける。五、六月頃、薄緑色の小花が咲く。長さ約一センチの楕円形の実に、苞が発達した三センチほどの四枚の翼がつく形が、羽子板遊びの羽根に似ている。

本堂につくばねの散りこみてあり　田中裕明

▼本堂の床につくばねが転がっている。かわいい形。風が吹いて散り込んだのだ。

通草（あけび）　仲秋

あけびかずら・木通・あけぶ・おめかずら・かみかずら・山女

通草は野山に自生する蔓性落葉樹。秋になると紫色の実が熟し、まるで刃物で切ったようにきれいに割れて、種の部分が顔を出す。種子はゼリー状の果肉に包まれている。果肉は甘くてもっちりとした食感がある。そのまま食べるだけでなく、詰め物をして焼いたり蒸したりする郷土料理もある。よく似た実に郁子があるが、こちらは自然に実が割れることはない。

通草

関連　通草の花→春

大空にそむきて通草裂け初めぬ　長谷川かな女
あけびの実軽しつぶてとして重し　金子兜太

▼掟に背いた罰であるかのように裂け初めた通草。青空を背にいっ

加藤知世子▶明治42年（1909）―昭和61年（1986）夫・楸邨に従い句作を始める。大胆かつ深みのある句柄。

そう鮮やかな色。▼山道で戯れに手にした通草。重さがあるともいえないようなものではあるが、遠くへ放るには少し重い。

郁子（むべ） 初秋

うべ・ときわあけび

通草（あけび）と同じくアケビ科で、同じように五〜八センチの楕円形（だえん）の実がなり、晩秋に紫色に熟すが、通草のように自ら裂けることはない。実は食用になる。通草と異なり常緑なので、「ときわあけび」の名がある。関連 郁子の花（むべのはな）→春

喪の家の郁子にふれたるうなじかな　細川加賀

▼喪中の家になっている郁子の実。悲しみをこらえるように口を閉じた実に、そっとうなじを撫で（な）られた。

山葡萄（やまぶどう） 仲秋

山地に生える葡萄の仲間で、高木に絡まって長く伸びる。葡萄に似た大きな葉の裏には茶色の綿毛がある。六月頃、黄緑色の花を咲かせ、秋に、直径八ミリほどの、黒紫色で酸っぱい実を房状につける。ジャムやジュースなどにされる。

朝の霧ゆふべの雨や山葡萄　木村蕪城

▼山葡萄の実るところに、朝は霧がかかり、夕方は雨が降る。静かな山の秋。

橘（たちばな） 晩秋

立花（たちばな）

四国、九州、沖縄など、日本の南部に自生する。果実は三センチほどの扁球形で、黄色に熟す。香りはよいが酸味が強く、生食には向かない。京都御所紫宸殿（ししんでん）の「右近の橘」は有名。かつては食用のミカン類全般をさしていた。

たちばなは可憐二枚の葉をもちて　山口青邨

▼小さな蜜柑（みかん）のような橘の実に、これまた小さな葉が二枚ついている。

橘

竹の春（たけのはる） 仲秋

竹春（ちくしゅん）

若竹は夏の間にぐんぐん生長し、やがて親竹を越えるほどになる。仲秋の頃には、新旧の竹がともに青々と葉を茂らせることから、この時期を「竹の春」と呼ぶ。旧暦八月を「竹春」ともいう。関連 竹の秋（たけのあき）→春／竹落葉（たけおちば）・若竹（わかたけ）→夏

松の葉の隣も青し竹の春　二柳

竹の春水きらめきて流れけり　成瀬櫻桃子

天上に風あるごとし竹の春　佐藤和夫

子に与ふ乳ほとばしり去年今年：年をまたいでなお、母乳がよく出るめでたさ。

一口で飲みたる水や竹の春　星野高士

▼松に劣らず青々としている、竹の葉のみずみずしさ。「隣」におかしみがある。▼きらめいて流れる水が、竹林の明るさ、秋の日射しの眩しさを想像させる。▼そよぐ竹の葉が空に届かんばかりに生長した様子が想像される。▼水を一気に飲み干したすがすがしさを、竹の春の颯爽とした気分に重ねた。

【芭蕉】 初秋

芭蕉葉・芭蕉林

中国原産の多年草。高さは五メートルにも及ぶ。平安時代には日本に伝わり、中国風の植物として寺院や貴族の邸宅などに植えられた。玉のような花をつけ、バナナに似た実を結ぶ。近縁の「実芭蕉」がバナナ。歳時記は、緑の大きな葉が秋風に揺れ、破れる姿をとくに愛でて、秋の季語にしている。「破芭蕉」は晩秋の季語。俳人、芭蕉の俳号の由来は、江戸深川の芭蕉庵の庭にあったひと株の芭蕉。

関連　青芭蕉・玉巻く芭蕉→夏／枯芭蕉→冬

此の寺は庭一盃の芭蕉かな　芭蕉

露はれて露のながるるばせをかな　白雄

▼中国風の寺の芭蕉林。▼芭蕉の葉に幾筋もの尾を引いて露が流れ落ちる。

【破芭蕉】 晩秋

「破れ障子」などといえばむさくるしいことこのうえなく、破れているさまを愛でるというのは、俳句独特の趣であろう。芭蕉は夏から秋にかけて、大きな翼のような葉を青々と広げ、いかにも涼しげであるが、風に吹かれているうちに破れ始め、晩秋には見る影もなくなる。芭蕉が俳号としたのも、侘びしい佇まいを愛したからだといわれている。

破れ芭蕉月光顔に来てゐたり　加藤楸邨

破芭蕉一気に亡びたきものを　西村和子

いつまでも雨の乾かぬ破芭蕉　岩田由美

太陽を煽りて芭蕉破れけり　殿村菟絲子

▼夜の破芭蕉を見上げた。月光が降りそそぎ、昼とはまた違う凄烈さである。▼無残な姿。一気に亡んでしまえばよいものを。▼濡れたままの葉がいっそう哀れ。▼破れたのは太陽を煽ったせい。大きな葉をもてあますかのような破れよう。

【カンナ】 三秋

初秋の庭先に咲く、炎のような花。大きな葉に、赤や朱、黄色などの花はいかにもエネルギッシュ。高さは二メートルに及ぶものも。晩夏には咲き始め、花期が長い。

鶏たちにカンナは見えぬかもしれぬ　渡辺白泉

下村槐太▶明治43年（1910）―昭和41年（1966）岡本松浜に師事。「金剛」創刊も短期で廃刊。門下に林田紀音夫ら。

カンナより大学通り始まれり　堀古蝶

カンナひらひら運河逆流してゐたり　山田真砂年

▼そびえるほどのカンナにも目を向けず、ひたすら地面をついばむ鶏。乾いた感覚でとらえた、虚無的な一句。▼大学のある街の整然とした風景。▼逆流している運河という、やりきれない残暑を感じさせる光景が、花びらの揺れとともに倦怠感を誘う。

カンナ

【ジンジャーの花】

初秋

高さ二メートルほどになり、初秋に香りのよい純白の花をつける。青々とした葉と白い花のコントラストが美しく、どことなく異国情緒を漂わせる。ショウガ科で、根の形や匂いが生姜に似ているが、生姜とは別の植物。

ジンジャー咲く少女髪編むたのしさに　岡本眸

ジンジャーの闇匂はせて雨の音　戸川稲村

ジンジャー咲く迦陵頻伽に翼あり　山西雅子

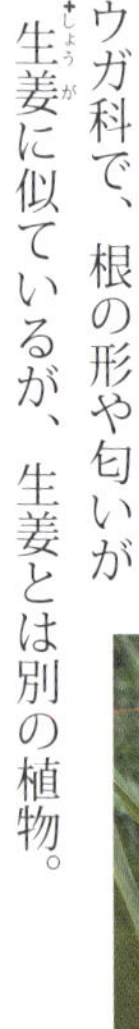

ジンジャーの花

▼真っ白なジンジャーの花の雰囲気にぴったりの、屈託のない少女。▼夜の雨ゆえに花の甘い香りがより強く感じられる。「闇が匂う」という表現が美しい。▼迦陵頻伽は極楽にいるとされる鳥で、頭は人間で、体は鳥。ジンジャーは極楽に咲いているかのような花だから。

【サフランの花】

晩秋

泊夫藍

紫の漏斗状の六弁花で、中心の鮮やかなオレンジ色の雌蘂が目立つ。この雌蘂の先を摘んで乾燥したものは昔から婦人病の薬とされてきたが、ヨーロッパではブイヤベースなどの料理によく使う。美しい黄色になるので染色にも使われる。春に咲くクロッカスと同じ植物であるが、クロッカスは観賞用。球根で増える。

サフランや映画はきのう人を殺め　宇多喜代子

泊夫藍を買ひユトリロの空を負ひ　藤田湘子

▼サフランを前に、昨日見た映画の殺人場面が甦ってきた。どこかに不思議さが漂う花だからか。▼フランス語のサフランにあてた「泊夫藍」という表記は魅力的。ヨーロッパへの憧れがふくらむ花だ。

サフランの花

しほざゐほのかに月落ちしあとかな：月が落ちたあとの深閑とした空。潮騒が聞こえてきた。

朝顔

初秋

牽牛花・西洋朝顔

朝顔は秋の訪れを告げる花。実際には夏のうちから咲き始めるが、この花の姿に秋の気配を感じとり、初秋の花としてきた。早朝に開き始めて昼にはしぼんでしまうので、この名がある。種子は「牽牛子」という漢方の利尿剤で、日本には奈良時代に薬として伝わった。ここから、「牽牛花」とも呼ばれる。江戸時代には朝顔の栽培が広まり、交配によって、さまざまな「変わり朝顔」が作り出された。

関連 朝顔市・夕顔・昼顔→夏

朝がほや一輪深き渕のいろ　蕪村
朝皃や露もこぼさず咲きならぶ　樗良
身を裂いて咲く朝顔のありにけり　能村登四郎
朝顔の紺のかなたの月日かな　石田波郷
朝顔のをはりの白を海士の家　川崎展宏
朝顔や粥噴くまでを庭にをり　神蔵器

朝顔

朝顔の実

▼底知れぬ水を思わせる藍色の朝顔。▼朝顔棚のどの花にも朝露が置いている。▼美しく咲く朝顔。花弁に入る切れ込みを「身を裂いて」と詠んで思いを込めた。▼紺色に開いた朝顔の花。その色に来し方の歳月を思う。▼波音が聞こえてくる海士の軒先。終わりかけの朝顔の白がまぶしい。▼朝餉の粥を炊くしばしの間。

朝顔の実

晩秋

朝顔の種

朝顔は、咲き終わった花から実を結んでゆく。玉のような緑色の実は熟すと茶色になり、乾くとはじけて、黒い種が飛び出す。この種が、生薬となる牽牛子である。秋には「種採」という季語があるが、朝顔はその代表的なもので、来年また花を楽しむために、種を保存しておく。

朝顔も実勝ちになりぬ破れ垣　太祇
ひきほどく朝顔の実のがら〱に　内藤鳴雪

▼花より実のほうが多くなった朝顔が破れ垣に絡んでいる侘びしい風景。▼実を採ろうと絡まった蔓を引っ張ると、枯れかけた蔓も実も「がらがら」と音をたてる。

鳳仙花

初秋

爪紅・つまくれない・つまぐれ

赤、桃、白色など、とりどりの鳳仙花が咲く庭は、子供の頃の記憶に刻まれた光景の一つ。実が熟すと皮がくるりと反り返って弾け、種が飛び散るのがおもしろく、次々と触ってみ

野村朱鱗洞▶明治26年（1893）―大正7年（1918）「層雲」の若手として期待されるもスペイン風邪により早世。

たものだ。別名はみな、この花で爪を染めたことによる。

湯の街は端より暮るる鳳仙花　川崎展宏
鳳仙花がくれに鶏の脚あゆむ　福永耕二
レバノンの空はまっさお鳳仙花　坪内稔典

▼「端より暮るる」に、夕暮の山影が伸びてゆくのが見えるようだ。▼茎は太くたくましく、どことなく鶏の脚に似ている。群れ咲く花に本物の鶏の脚が紛れているような。▼青空がよく似合う花。レバノンという地名が想像を広げ、和歌における歌枕的効果を発揮している。

鳳仙花

鶏頭（けいとう）　三秋

鶏頭花・韓藍の花・扇鶏頭・箒鶏頭・槍鶏頭・房鶏頭・ちゃぼ鶏頭

鶏冠を思わせる花の姿からこの名がある。独特な形と燃えるような深紅が好まれ、俳句にもしばしば詠まれる。古くは染料として栽培されたことから「韓藍」と呼ばれた。「藍」とは藍色にかぎらず染料のこと。『万葉集』山部赤人の歌に「我がやどに韓藍蒔き生ほし枯れぬとも懲りずてまたも蒔かむとそ思ふ」。歌意は、わが家に鶏頭を蒔いて育てよう。たとえ、枯れても懲りずにまた蒔こう。

鶏頭

鶏頭の昼をうつすやぬり枕　丈草
秋風の吹きのこしてや鶏頭花　蕪村
鶏頭の十四五本もありぬべし　正岡子規
鶏頭を三尺離れもの思ふ　細見綾子
気が付けば鶏頭数へゐたりけり　森田純一郎

▼漆塗りの枕に映る鶏頭。▼秋風に吹かれて、ほかの草花が枯れた後に咲き残っている鶏頭。▼水墨画のような十四、五本の鶏頭。長谷川等伯の「松林図」を思わせる。▼三尺は約九〇センチ。鶏頭を見るともなく見ながら物思いに耽っている。▼子規の「鶏頭の十四五本もありぬべし」を念頭に、数える自分を詠んだ。

名句鑑賞

鶏頭に鶏頭ごつと触れゐたる　川崎展宏

「触れる」といえば、ふつう「そっと」「やさしく」触れることを思う。ところがこの句は「ごつと」触れているという。ここがいかにも鶏頭らしい。何かの塊のような鶏頭の材質感ばかりでなく、花の命をとらえた句なのだ。川崎展宏の句は「炎天へ打つて出るべく茶漬飯」のように、さまざまな笑いを含んでいるが、その土台にはこの鶏頭の句のように、対象の命をさっとひと言でとらえる眼力があった。［長谷川］

葉鶏頭（はげいとう）　三秋

雁来紅・かまつか

秋の庭で、燃え上がる炎のように見える葉鶏頭。炎の正体は、花ではなく葉。丈一、二メートルもの太い茎から垂れ下がる

シャツ雑草にぶっかけておく：この一句から作者の忌日は「雑草忌」と呼ばれる。

ようについた細くて長い緑の葉が、八月末には上のほうから赤みを帯び、やがて紅と赤紫、あるいは深紅、黄、橙などに色を変える。花は薄緑の小さな粒状で葉の脇に密生しているが目立たない。雁が渡ってくる頃に色づくというので「雁来紅」、別名「かまつか」という。

葉鶏頭

根元まで赤き夕日の葉鶏頭　三橋敏雄

くれなゐに暗さありけり葉鶏頭　廣瀬直人

かまつかに灯のとどきゐる夕餉かな　嶺治雄

▼鮮やかな夕日を浴びた葉鶏頭は、根元まで全体が燃えているよう。▼紅色は濃淡も明度もさまざま。葉鶏頭の複雑な色合いが伝わる。▼生活の一場面とともに、微妙な距離を切り取ったところに味わいがある。

【蘭】

初秋

蘭の花・秋蘭・駿河蘭・蘭の香・蘭の秋

秋の季語としているのは熱帯産の花ではなく、中国から伝わった東洋蘭である。とくに駿河蘭をさすことが多く、その気品と香りの高さが尊ばれる。古くは藤袴を蘭と呼んでいた。和歌で詠まれている蘭はほとんど藤袴である。

蘭の香や眉じり細くひきをはる　鷲谷七菜子

シャンデリアともして蘭の影散らす　稲畑汀子

▼息を詰めて眉を引き終わる時の緊張感が蘭の香りで強調される。▼シャンデリアの明かりによってできた蘭の影の美しさ。古風な趣を打ち破ったところが新鮮。

【仙翁花】

初秋

仙翁花・紅梅草・剪秋羅・フランネル草

撫子に似た深紅色の五弁花で、全体に細毛が密生している。京都の嵯峨にあった仙翁寺にちなみ、この名がある。和名センノウ。「剪秋羅」は中国名で、五弁の先が鋏で切ったように裂けていることからの名。近縁種に松本仙翁、節黒仙翁があり、酔仙翁は「フランネル草」と呼ばれる。

仙翁花

水汲むにひとつ礼なす仙翁花　谷口智行

▼「礼」は「いや」と読む。湧水を汲む時に一礼するのは自然の恵みへの感謝。仙翁花がやさしい。

【秋海棠】

初秋

断腸花

花の艶やかな薄紅色が春に咲く海棠の花を思わせるところから「秋海棠」の名がついたが、まったく種類は異なり、ベゴニ

栗林一石路▶明治27年（1894）—昭和36年（1961）はじめ「層雲」に参加も離脱、プロレタリア俳句を提唱。

アの仲間である。芭蕉は「秋海棠西瓜の色に咲にけり」というあっけらかんとした句を残している。

病める手の爪美しや秋海棠　杉田久女
秋海棠の花ことごとく雨雫　川崎展宏
秋海棠誰もが母を亡くしゆく　岡崎光魚

▼病床にあって家事もしていない手は荒れることもない。伸びた爪が頼りないほどに美しいと、客観的に見つめる。▼瓔珞草とも呼ばれる秋海棠。花の一つ一つに雨雫を赤く溜めた秋海棠は、まさに瓔珞(宝石を繋いだ装身具)のような艶やかさ。▼秋海棠に重なる母の懐かしさ。

秋海棠

【白粉花】

三秋

おしろい・夕化粧

夕方、白、黄、桃色の小花を開き、朝にはしぼむ。「夕化粧」の名の所以である。英語で「フォー・オクロック」というのも、午後四時頃に咲く花の意。「白粉花」の名は、黒くて堅い種子の中に白粉のような胚乳があることによる。昔の子供たちはこれを顔に塗って遊んだものである。意外にたくましく、繁殖力が旺盛である。

白粉花

白粉の花ぬつて見る娘かな　一茶
白粉花つぶてのごとき海女言葉　丸山佳子
おしろいが咲いて子供が育つ路地　菖蒲あや

▼白粉の花と聞けば、塗ってみずにはいられないのが女の子。▼海岸近くにも自生する。素っ気ない会話が、飾らない海女たちの日常をうかがわせる。▼路地に咲き満ちた白粉花。その元気さに負けない子供たち。

名句鑑賞

コスモスのまだ触れ合はぬ花の数　石田勝彦

咲き始めのコスモスを描いて、これほどみごとな句はない。五、六輪などと数を言ってはいないのだが、読む人には光景がきちんと伝わる。やがて、とりどりの花がひしめき合って一面のコスモス畑になるだろうということを思わせるのだ。「まだ触れ合はぬ」には、触れそうで触れ合わないというニュアンスが感じられて、表現の妙も味わえる。［片山］

【コスモス】

仲秋

秋桜

コスモスは明治時代に日本に入ってきた植物で、現在では広く親しまれる花になった。現代の「秋の七草」を選ぶなら、多くの人がまずこの花を挙げるだろう。草丈一・五メートルほどで、茎が細く、色とりどりの花が揺れ交わすさまは、紛れもない日本の秋の風景である。

ゆれかはしゐてコスモスの影もなし　大橋宵火

蛍かごラヂオのそばに灯りけり：薄暗い部屋のラジオのそばに置いてある蛍籠。

コスモスの押しよせてゐる厨口　清崎敏郎
風つよしそれより強し秋桜　中嶋秀子

▼影を落とす間もないほど常に揺れている。「かはし」でその数の多さがわかる。▼表から裏庭までいっぱいに咲いているに違いない。「押しよせて」に、波打つような花の勢いが見える。▼優美に見えるが、強風で吹き倒されてもまた立ち上がり、意外に強く、たくましい。

鬼灯（ほおずき）

初秋　酸漿（ほおずき）

袋状の部分は萼（がく）で、中の丸い実に種子が詰まっている。この丸い実を揉（も）んで軟（やわ）らかくし、皮を破らないように種子や水分を出した後、口に含んで鳴らす。盆に魂棚（たまだな）の飾りに用いるのは、祖霊を迎える灯火（ともしび）に見立ててのこと。「酸漿」の表記は漢名から。古くから自生し、『古事記』で八岐大蛇（やまたのおろち）の真っ赤な目にたとえられた「赤加賀知（あかかがち）」とは鬼灯のことだという。その後、「ほほづき」「ぬかづき」と呼ばれるようになった。関連 鬼灯市（ほおずきいち）→夏

鬼灯

少年に鬼灯くるる少女かな　高野素十
ほほづきのぽつんと赤くなりにけり　今井杏太郎
酸漿の秘術尽してほぐさるる　鈴木榮子

▼女の子にとって鬼灯は宝物。それを差し出した。▼秋に色づいてくる青鬼灯。「ぽつんと」が、仲間外れのよう。▼吹き鳴らすために種を除く。堅い芯をほぐすには秘術もありそうだ。

弁慶草（べんけいそう）

初秋　活草（いきくさ）・血止草（ちどめぐさ）

茎を切っても何日も萎（しお）れずにいる生命力の強さが「弁慶の立ち往生」を思わせる。挿し芽で増えるので「活草」、止血効果があるところから「血止草」とも呼ばれる。茎の先端に固まって咲く薄紅色の小花が愛らしい。

弁慶草

雨つよし弁慶草も土に伏し　杉田久女
首塚の影のうごかぬ血止草　渡辺昭

▼叩（たた）きつけんばかりの雨に、さすがの弁慶草も地に伏している。弁慶草という力強い名のおもしろさをたっぷりいかした句。▼首塚に植えられている弁慶草を「血止草」といったのが、何やら生臭く、効果的である。

紫苑（しおん）

仲秋　しおに・鬼（おに）の醜草（しこぐさ）

薄紫の優雅な花で、人の背丈を超えるほどの高さになる

瀧井孝作（たきいこうさく）▶明治27年（1894）—昭和59年（1984）小説家。芥川賞選考委員。俳句は碧梧桐に師事し、折柴と号した。

紫苑

風船葛

が、風に揺れつつも案外吹き倒されることはない。古くから栽培されており、『今昔物語集』などにも登場する。萱草(かんぞう)の花を見ると人は思いを忘れるというが、紫苑は逆に、それを見ると心に思うことを忘れないという。花言葉が「追想」とも「君を忘れず」ともいわれる所以(ゆえん)である。「鬼の醜草」という哀れな別名の由来ははっきりしていない。

栖(すみか)より四五寸高きしをにかな　一茶
仮住みの淡き交はり紫苑咲く　今井千鶴子
ゆうぐれに摘んで紫苑を栞とす　折笠美秋

▼「四五寸」と具体的に示したことで、紫苑の姿がくっきり浮かび上がる。▼仮住まいの淡い付き合いのなか、庭の紫苑も心なしか控えめに。▼栞(しおり)として挟まれた本の間で、夕暮色に息づいているような紫苑。

風船葛(ふうせんかずら)

仲秋

蔓(つる)性の茎が巻き鬚(ひげ)によって何かに絡みつく性質があるので、垣根などに植える。白い小花が咲いた後、秋になると、小さな風船のような形の緑色の実がなり、風に揺れているさまは涼しげである。熟すと褐色になる。

風の吹くまゝの風船葛かな　飴山實
あをあをと風船かづらともりけり　平井照敏

▼吹かれることをみずから楽しんでいるような風船葛。伸びゆくままにまかせている庭の景色。▼「ともりけり」がひとつの発見。小さな明かりを点(とも)しているよう。

菊(きく)

三秋

白菊(しらぎく)・黄菊(きぎく)・大菊(おおぎく)・中菊(ちゅうぎく)・小菊(こぎく)・菊作り(きくづくり)・厚物咲(あつものざき)

菊は萩(はぎ)とともに、日本の秋を代表する花。短日植物で、日が短くなると咲き始め、晩秋、花盛りを迎える。菊花展や菊人形展が開かれるのもこの頃。重陽(ちょうよう)の節句(旧暦九月九日)の花でもある。菊は中国で誕生し、日本には奈良時代末から平安時代初めに渡来した。中国では菊には不老長寿の薬効があるとされる。謡曲の「菊慈童(きくじどう)」は、菊の露を飲んで不老不死となった少年の話である。江戸時代に入ると菊作りが流行し、さまざまな色や形の菊が誕生した。外来種なので、大和言葉の名をもたない。「キク」

菊

そらがめぶいてゐる：自由律の「層雲」にあって、短律が盛んだった時期の作。

という名は、「菊」という漢字の音をそのまま使ったもの。

関連 重陽↓217／菊の酒↓218／菊人形↓219／冬菊・枯菊↓冬

起あがる菊ほのか也水のあと　芭蕉
秋はまづ目にたつ菊のつぼみかな　去来
黄菊白菊其外の名は無くも哉　嵐雪
白菊やしづかに時のうつり行　江涯

▼「水のあと」とは出水が引いたあと。▼みずみずしい薄緑の蕾。
▼菊にはさまざまな種類があるが、結局は黄菊と白菊に極まる。
▼思えば、時間ほど静かなものはない。足音もたてず過ぎてゆく。

残菊

晩秋

残る菊・菊残る・晩菊

旧暦九月九日の重陽の節句には、長寿を祈り、菊花を浮かべた酒(菊の酒)を飲んだ。その日を過ぎた菊を「残菊」という。また、秋の終わりに咲き残る淋しげな菊のことをもいう。時の移ろいを感じさせる季語である。晩秋に開花するように栽培された菊は「晩菊」と呼んで区別する。

ひとすぢの香の冷まじや残り菊　鷲谷七菜子
女人高野残んの菊の色濃かな　狛登茂子

▼すがれ始めた残菊の香りに花の執念を感じた。▼「残んの」は「まだ残っている」の意。「女人高野」は奈良県の室生寺。女性の入山が許された寺の菊の香り。

万年青の実

晩秋

かつてはどこの家にも万年青の鉢植えがあったものだ。秋になると実がふくらみ、晩秋には赤く熟す。玄関の薄暗がりに置かれた鉢植えの実がひときわ鮮やかに見えるなど、地味ではあるが、どこか懐かしい味わいがある。江戸時代の歳時記には「老母草の実」「万歳青の実」などと出る。

花の時は気づかざりしが老母草の実　召波
万年青の実楽しむとなく楽しめる　鈴木花蓑

▼たしかにどんな花かは思い浮かばないが、株の真ん中には赤い実がしっかり固まっている。▼栽培そのものの楽しさをいっているのだろうか。赤い実を見ていると嬉しくなる、そんな楽しみだ。

万年青の実

西瓜

初秋

近年、出荷時期が早まり、真夏に店頭に並ぶようになったが、もともとは立秋を過ぎてから収穫したものなので、秋の季語

小沢武二▶明治29年(1896)—昭和41年(1966)「層雲」の編集、運営に携わる。夢道らとプロレタリア俳句運動を推進。

となっている(ただし「西瓜割」は新しい季語なので夏となっている)。その大きさは瓜類の中でも群を抜いているが、南アフリカのカラハリ砂漠原産ときけば、大きさも派手な縞模様もそれらしく見えてくる。西瓜という名前自体も、はるか西方から伝わってきたことを意味している。よく熟れると包丁の先が触れただけで罅が走り、中の真っ赤な果肉が躍り出るかのよう。果肉が黄色のものや、種なしのもの、小玉西瓜などもある。

こけざまにほうと抱ゆる西瓜かな　去来
冷されて西瓜いよいよまんまるし　伊藤通明
三人に見つめられゐて西瓜切る　岩田由美

▼つまずいて落としそうになった西瓜を危ういところで抱きしめた。「ほう」が、慌てた様子と安堵感を伝えてユーモラス。▼そんなことあるはずないのに、そう見えてくるから不思議。▼兄弟三人の六つの目がじっと見つめる。等分に分けないと、抗議の声が飛びそうだ。

南瓜（かぼちゃ）

仲秋

とうなす・なんきん・ぼうぶら・栗南瓜

煮物や天ぷら、スープなどにする南瓜は、夏に明るい黄色の花を咲かせ、秋には大きな実となる。アメリカ大陸原産。日本南瓜は十六世紀にポルトガルから渡来したもので、縦に溝があり、でこぼこしている。明治時代に渡来した西洋南瓜は、果皮が滑らかで栗南瓜ともいう。大きさや色がさまざまなペポ南瓜は観賞用に作られている。

あぐらゐのかぼちやと我も一箇かな　三橋敏雄
ほろほろの南瓜昭和の遠ざかる　清岡香代

▼南瓜の前に胡座をかいて座ると、南瓜も胡座をかいているように見えた。自分の存在も南瓜一つと同じだと感得した。▼栗南瓜を柔らかく煮て思い出すあれこれは、みな昭和のこと。昭和の温もりが懐かしい。

名句鑑賞

風呂敷のうすくて西瓜まんまるし　右城暮石

西瓜を持ち運ぶには、風呂敷が一番。日本人の知恵が生み出した風呂敷は、一枚の布のままであることによって何にでも応用でき、こんな便利なものはない。一升瓶も西瓜も自在に包んでしまう。ところがこの風呂敷、生地が薄いのだという。西瓜に密着してひと目でそれとわかってしまい、持っている人は恥ずかしそうだが、見ている人にとっては微笑を誘われる光景である。「うすくて……まんまるし」のリズムも心地よく、楽しい作品となっている。〔片山〕

冬瓜（とうが）

初秋

冬瓜（とうがん）・冬瓜（かもうり）・冬瓜汁（とうがじる）

吸物の実やあんかけにして食べる冬瓜は、初秋に収穫して冬まで貯蔵しておくことができるので、「冬の瓜」と書く。果肉は白く、味は淡泊。若い実の表面に粗毛があるので「氈瓜」ともいうが、地名に由来して「加茂瓜」という

冬瓜

とする説もある。

もの言へば父ならむこの冬瓜は　鈴木鷹夫

ふるさとや冬瓜煮れば透きとほる　恩田侑布子

▼無表情でありながら、どこかに温かみのある冬瓜を見ていて、父の面影が浮かんだ。▼冬瓜をゆっくり煮て、透き通るほどまでになった時、望郷の心がよぎった。

糸瓜（へちま）

三秋

糸瓜（いとうり）

糸瓜は、その長い実から繊維を取り出してたわしにするほか、茎から糸瓜水を取り、民間薬や化粧水にしてきた。棚に仕立てて日除けにもする。近代俳句を革新した正岡子規が死の直前に、「糸瓜咲て痰のつまりし仏かな」「痰一斗糸瓜の水も間にあはず」「をととひのへちまの水も取らざりき」の三句を遺したことから、俳句では特別の思いがこめられる植物である。

関連　糸瓜の水取る→199

糸瓜やや曲り此の世は面白く　下村非文

死にたての死者でありけり糸瓜棚　正木ゆう子

糸瓜棚この世のことのよく見ゆる　田中裕明

▼真っすぐな実ばかりではないように、思いどおりにならないことも多い世だが、それもまた楽しみ。飄逸の一句。▼子規の句を連想させる。「死にたて」という即物的な表現が、逆に悲しみの深さを思わせる。▼作者は四十五歳で病死。さらりと詠んでいるようだが、すでに自身の死を覚悟した作品。「この世」の一語は重い。

夕顔の実（ゆうがおのみ）

初秋

夏の夜に白い花が咲く夕顔は、秋に大きな長楕円形または球形の淡緑色の実をつける。ウリ科の蔓性一年草。若い実は煮て食べる。果肉を細く薄く紐状にむいて乾燥させたものが干瓢。水で戻して味をつけ、海苔巻に入れたりする。

関連　夕顔→夏

揺るぎなき夕顔の実となりにけり　石井那由太

▼地に据えられたように育った夕顔の実。その重量に、天地に育まれることの充足感を感じている。

夕顔の実

瓢（ふくべ）

初秋

瓢簞・ひさご・青瓢・青瓢簞・種瓢・百生り・千生り・苦匏・蒲蘆・葫蘆

夕顔の変種。棚仕立てで栽培される。夏に白い花が咲き、秋に中央がくびれた実をつける。熟すと果皮が堅くなるので、果肉を出して乾燥させ、酒器などにする。「千生り」は小さな実がたくさんなる。

瓢

海藤抱壺▶明治35年（1902）―昭和15年（1940）井泉水に師事。仙台二中中退以後、結核の長期療養生活。

関連 瓢の花→345

瓢簞の尻に集まる雨雫　棚山波朗

妻の持つ我が恋文や青瓢　小川軽舟

▼瓢簞の形にそって雨の雫が動いてゆく。どの雫も尻の先に集まってゆくという、瓢簞ならではの情景。▼若い頃に書いた恋文を思い出しての含羞。

荔枝

仲秋　苦瓜・ゴーヤー

蔓荔枝の実を「荔枝」と呼ぶ。ゴーヤーとも。実の表面は小さい瘤状の突起に覆われている。青いうちに料理の食材とする。中国原産だが、楊貴妃が好んだという荔枝の実とは別種。

沖縄の壺より荔枝もろく裂け　長谷川かな女

苦瓜を嚙んで火山灰降る夜なりけり　草間時彦

▼熟れた実は朱色になって口を開く。沖縄に対する複雑な思いがのぞく。▼たとえば桜島に近い宿の一夜。苦瓜を嚙みしめながら、噴煙に目をやっている。

秋茄子

三秋　秋茄子

茄子は胡瓜とともに夏を代表する野菜だが、秋茄子の味のよさは夏に優るとも劣らない。夏の収穫が山を越えた七月下旬、枝を伐りつめ肥料を与えると、再び枝を伸ばして花をつけ、よく実がなる。関連 茄子→夏

庭畑の秋茄子をもて足れりとす　富安風生

その尻をきゆつと曲げたる秋茄子　清崎敏郎

▼煮たり焼いたり漬物にしたり。庭の畑でとれたもので季節の味を味わえる満足感。▼「尻をきゆつと」がユーモラス。触れれば音がしそうなみずみずしさ。

種茄子

晩秋　種茄子

種をとるために、収穫せずに畑に残しておく茄子のこと。よく生育した茄子が選ばれ、皮が褐色になるまで放っておかれるので、哀れな風情がある。近年の畑ではあまり見られなくなった。

種茄子やほつたらかしの鶏一羽　植松深雪

▼庭に放たれている鶏。種茄子もほったらかしにされている。のんびりとしておおらかな農家の風景。

芋

三秋　里芋・親芋・子芋・芋の秋・芋畑

「芋」といえば、里芋のこと。日本では稲作が行なわれる以前から栽培されており、中秋の名月はその収穫祭の名残。ゆえに「芋名月」ともいう。里芋の「芋」に対して、サツマイモは「藷」、ヤマイモやナガイモは「薯」と

芋

蜜豆をギリシヤの神は知らざりき：銀座「月ヶ瀬」のあんみつのキャッチコピーとして書いた。

書き分ける。植えつけた種芋から親芋が生じ、さらにその脇芽にできる子芋、孫芋を食用とする。独特のぬめりがあり美味。煮物や田楽にして食べる。衣被は小芋を皮のまま茹でたもの。

関連 名月→33／衣被→180

芋洗ふ女西行ならば歌よまむ　芭蕉

三日月の頃より肥ゆる子芋哉　正岡子規

八方を睨める軍鶏や芋畑　川端茅舎

▼芋を洗っている女がいる。西行ならば彼女に歌を詠みかけることだろう。▼十五夜に間に合うように。▼激しい気性の軍鶏。芋畑を縄張りにしているのだ。

馬鈴薯（じゃがいも）　初秋

じゃがたらいも・馬鈴薯・男爵・メークイン

南米のアンデス高地原産のナス科植物。地下茎が肥大して塊となる塊茎を食べる。日本へはインドネシアのジャカルタから渡来したので「ジャガイモ」といい、その形が馬につける鈴に似ているところから「馬鈴薯」ともいう。

関連 馬鈴薯植う→春／馬鈴薯の花・新馬鈴薯→夏

万有引力あり馬鈴薯にくぼみあり　奥坂まや

▼馬鈴薯のくぼみと引力に因果関係はないが、両者を取り合わせたことによって馬鈴薯に実在感が出た。

甘藷（さつまいも）　仲秋

甘藷・唐藷・薩摩薯・紅藷・琉球薯・蕃藷・藷・甘藷掘り・藷蔓

中央アメリカ原産。日本へは中国、琉球を経て薩摩に伝わり、青木昆陽が普及させたことで知られる。ヒルガオ科で、花は朝顔に似ている。秋になると地下の塊根が肥大して紅紫色や黄色をおびた紡錘形になる。焚火で焼芋にしたり、ふかしたりして食べる。

関連 甘藷植う→夏

洗はれて紅奕々とさつまいも　日野草城

ほやほやのほとけの母にふかし藷　西嶋あさ子

▼「奕々」は大きく光り輝いて美しいことをいう。洗うと紅紫色が際立つ。▼亡くなったばかりの母の仏前に熱い藷を供えて心も温かくなる。

甘藷

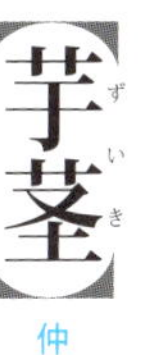

芋茎（ずいき）　仲秋

芋殻・芋の茎・芋茎干す

芋茎は里芋の葉柄で、長さ一メートルほど。赤芋茎、白芋茎、青芋茎がある。薄皮をむき、和えものや煮物にする。乾燥させたものは「芋殻」という。水に浸けて戻し、煮て食

芋茎

橋本夢道▶明治36年（1903）—昭和49年（1974）はじめ「層雲」に拠るも脱退、プロレタリア俳句運動へ。

べる。

山国の日のつめたさのずいき干す　長谷川素逝

▼芋茎を干す頃には晩秋の冷気がさしてくる。山に囲まれた土地では、ことさら日照時間が短い。

自然薯（じねんじょ）　三秋

自然生・山の芋・山芋

「とろろ」でおなじみの山芋。里芋に対して山野の芋として「山芋」、栽培する長薯に対して自生するものとして「自然薯」と呼ぶ。地中深く伸ばした根をすってとろろ汁などにする。掘り上げるには技術が必要で、山芋掘りは収穫するだけではない、季節の楽しみとなっている。昔から、根こそぎにせず、先端の部分を少しだけ残して穴を埋め戻しておくことなどを伝えてきた。関連 とろろ汁→181

横たへて自然薯の丈くらべらる　松浦敬親

山芋を摺りまつしろな夜になる　酒井弘司

▼ひたすら地中へ向かって伸びていたものが横たえられ、しかも長さを比べられているという諧謔。▼夕餉のとろろ汁に摺った山芋の思いがけない白さ。「まつしろな夜」という反語的表現が、闇の深さを印象づける。

薯蕷（ながいも）　三秋

長薯・駱駝薯

山芋の栽培種で、畑で栽培される。中国原産、古くに渡来した。長さが一メートルにもなる塊根を食用にする。自然薯に比べると水っぽく、粘りけが少ない。すったり叩いたりして生食するほか、煮物などにもする。

長薯に長寿の髯の如きもの　辻田克巳

▼長薯から伸びた細い根が老人特有の髯のようだという。長薯に寿命の「長さ」を掛けている。

零余子（むかご）　仲秋

ぬかご

自然薯や薯蕷をはじめ、ヤマノイモ科の植物は蔓性の茎にハート形の葉が向かい合ってつき、つけ根の部分に球形の芽ができる。この芽を、茹でたり揚げたり、炊き込んでむかご飯にしたりする。芋に似た風味と食感があり、秋らしい野趣が楽しめる。関連 むかご飯→176

零余子

触れてこぼれひとりこぼれて零余子かな　高野素十

零余子落つ夜風の荒き伊賀の奥　北村保

▼まさに零余子である。辺りにはおのずからこぼれたものが散らばっている。▼伊賀の山中、夜風が零余子を落としているらしい。

貝割菜（かいわりな）

仲秋

二葉菜（ふたばな）・殻割菜（かいわりな）

菜を間引く時、初めのうちの小さな双葉の頃は、貝の殻が二つに割れて開いたように見えるので、こう呼ばれる。貝割れ大根は、貝割菜専用に栽培されたもの。

ひらひらと月光降りぬ貝割菜　川端茅舎

一対の羽根のごとくに貝割菜　伊藤敬子

陽あまねし患者の蒔きし貝割菜　鍵和田秞子

▼貝割菜の畑に月光が降りそそぐ。月光を「ひらひらと」とオノマトペで表現し、詩情があふれる。浄土のような美しい世界。▼大根の種を蒔くと間もなく芽を出し小さな二枚貝は羽根のように伸びてゆく。▼病院の菜園だろうか。「あまねし」は広く行き渡ること。陽光が小さな葉をもれなく包む。

間引菜（まびきな）

仲秋

抜菜（ぬきな）・摘み菜（つまみな）・中抜菜（なかぬきな）・虚抜菜（うろぬきな）

大根、蕪（かぶ）、小松菜などは、畑に種を多めに蒔く。苗が生長するにつれて密生してくるので、間隔をあけるために間引きをする。それを「間引菜」という。若い苗は柔らかいので汁に入れたり、お浸しなどにして食べる。

捨て置きし間引菜雨に立ち上る　棚山波朗

▼抜いた菜を畑に残しておいても、枯れてしまうものだが、雨が降って再び根づいたという、菜の生命力。

紫蘇の実（しそのみ）

仲秋

穂紫蘇（ほじそ）

紫蘇は七、八月に小花を穂状につけ、花が咲き終わると、次々に実がなる。この実を手でしごいて取り、塩漬けや佃煮（つくだに）にする。また、まだ上のほうに花が残っている穂を「穂紫蘇」といい、香りがよいことから、刺身のつまにする。

関連　紫蘇→夏

紫蘇の実を鋏の鈴の鳴りて摘む　高浜虚子

▼紫蘇の実は細長い鈴の形をしている。ちょうど鋏（はさみ）に鈴がついていて鳴ったのを、紫蘇の実が鳴ったように聞いたのだろう。

唐辛子（とうがらし）

三秋

蕃椒（とうがらし）・南蛮（なんばん）・鷹の爪（たかのつめ）・天井守（てんじょうもり）・天竺まもり

夏になった青い実（青唐辛子）が秋に完熟すると、真っ赤になる。代表的な香辛料の一つで、韓国のキムチには欠かすことができない。「唐辛子」も「南蛮」も伝来のルーツを思わせる名前。品種もさまざま。「鷹の爪」は、乾燥すると猛禽類の爪のように見えるところから、「天井守」や「天竺まもり」は、上向きに実がつくところからついた名である。

唐辛子

うつくしや野分の後のたうがらし　蕪村

吊されてより赤さ増す唐辛子　森田峠

右城暮石（うしろぼせき）▶明治 32 年（1899）—平成 7 年（1995）「運河」主宰。「倦鳥」「天狼」同人。晩年は故郷高知へ定住。

▼野分で荒れた庭を見渡すと、傷んだ草の中に唐辛子の赤さがひときわ目をひく。▼吊るして干した後も日に日に辛くなるのではと思うのもその赤さゆえ。

茗荷の花（みょうがのはな）

初秋　秋茗荷（あきみょうが）

茗荷は生長すると、初秋に淡黄色の花をつける。一日でしぼんでしまう、頼りなげな花である。食用にするのは、春に出る若芽の「茗荷竹」と、夏に出る「茗荷の子」（一般に茗荷として売られている花序のこと）。「秋茗荷」は花のことをいう。関連 茗荷竹（みょうがたけ）→春／茗荷の子（みょうがのこ）→夏

つぎつぎと茗荷の花の出て白き　高野素十

人知れぬ花いとなめる茗荷かな　日野草城

▼花は淡黄色だが、日陰では白々と見える。毎日咲いてはしぼむのみ。花ともいえないほどに控えめ。▼誰にも気づかれない花。それも茗荷にとっては、命の営みなのだ。

茗荷の花

生姜（しょうが）

三秋　薑（はじかみ）・くれのはじかみ・葉生姜（はしょうが）

根茎を香辛料や薬用に利用する。秋になると、新しく塊茎が肥大したものが葉付きで出回る。それを「葉生姜」といい、味噌をつけて食べると食欲が増す。また、新生姜を甘酢漬けにしたものを「薑」という。関連 生姜酒（しょうがざけ）→冬

薑や人影わたす神田川　桂信子

▼東京の都心を流れる神田川。川沿いの割烹（かっぽう）から橋を行き交う人を眺めている。薑に小粋な風情がある。

名句鑑賞

今日も干す昨日の色の唐辛子　林翔

唐辛子を香辛料として使うには、完全に乾燥させてから保存する。最初から張子（はりこ）のように乾いて見えるのだが、これを毎日毎日干すのである。筵（むしろ）に広げられた農家の庭先の光景だろう。作者は毎日それを見ながら通っているのかもしれない。そろそろしまってもよさそうな頃となり、これ以上干しても変化しそうにないものを、今日も干す。こうした日々の営みを、「昨日の色」を「今日も干す」ととらえたところがみごと。唐辛子といえばこの句、というほどに愛誦されている作品である。［片山］

稲（いね）

三秋　稲（しね）・田の実（たのみ）・富草（とみくさ）・すめらみぐさ・水影草（みずかげぐさ）・粳稲（うるしね）・うるち・もちごめ・稲穂（いなほ）

春の「苗代（なわしろ）」、夏の「植田（うえた）」「青田（あおた）」を経て、いよいよ実りの秋を迎えた稲田。古来、日本人の主食の中心である米は、この稲の果実である。江戸時代には、石高（こくだか）で藩の大小や武士の地位が示されてきた作物でもある。米は主食とするだけでなく、日本酒や味噌などの原料にも使われ、精米時に出る糠（ぬか）もさまざまに利用される。稲には生態型によってジャポニカ米とインディカ米の二種があり、日本で栽培されているのは前者。

雪の日の浴身一指一趾愛し：最期の身ごしらえを詠んだ辞世句。ナルシシズムの極致。

どちらにも粳米と糯米がある。日本では、普通のご飯は粳米、糯米は餅にする。栽培には水稲と陸稲があり、現在の日本では水稲の粳米が主である。成熟の速度によって、早稲、中稲、晩稲がある。

関連 秋の田↓50／新米↓175／稲刈↓192

利根川や稲から出て稲に入　一茶

稲の香にむせぶ仏の野に立てり　水原秋桜子

稔り田の湖国にあれば齢濃し　鍵和田秞子

▼昔、利根川は大きく蛇行していた。両岸の稲田の間を縫うように流れている景。▼稲が実って香りが強くなり、息がつまるほど。畦の野仏もさぞかしと思ったのだろう。▼近江の稔り田に立ち、人生の実りを思った。

稲の花

初秋

富草の花

稲は秋の初め、一斉に花を開く。小さい薄緑の花なので目立たないが、花が咲くと、緑の田が黄色い粉をまぶしたようになる。手にとってみると、二枚の殻(穎)の間から雄蘂が噴きこぼれている。風によって受粉する風媒花。受粉した雌蘂はやがて籾となり、実りの秋を迎える。

湖のみづのひくさよ稲のはな　士朗

稲の花

稲の花井手みなあふれそめにけり　木下夕爾

▼好天続きで琵琶湖の水位も低下。▼川の堰を豊かに落ちる水。井手は堰のこと。

早稲

仲秋

早稲の香・早稲の穂・早稲刈る

さきがけて熟れる早生の稲。早い地方では八月中に稲刈が行なわれる。まだ日射しが衰えず、残暑も厳しい時期なので、「早稲」といえば、太陽の光や熱を浴びた稲のかぐわしい香りがする。

わせの香や分入右は有そ海　芭蕉

よき里や門口までも早稲日和　虎杖

▼『おくのほそ道』越中での句。かぐわしい早稲の田んぼの彼方に秋の青い海が見える。有磯海は富山湾の西側一帯。▼農家の門前まで早稲の田が広がっている。

落穂

晩秋

落穂拾い

米などを刈った後に落ちている穂が「落穂」で、それを拾い集めることを「落穂拾い」という。侘しさをともなうことから古歌にも詠まれている。西洋では、落穂拾いは自分の畑を持たない貧しい人々の権利として、『旧約聖書』の時代から認められていた。

旅人の垣根にはさむおち穂かな　一茶

橋本多佳子▶明治32年（1899）―昭和38年（1963）久女のち誓子に師事。女流ならではの主情的かつ力強い作風。

うしろ手をときては拾ふ落穂かな　松藤夏山

▼旅人が持ち帰るほどのものではない。手にした落穂を垣根に挟んでいったのだ。▼後ろ手に組み、落穂を探す。「ときては」の繰り返しにリアリティがある。

粟（あわ）　仲秋

粟の穂・粟餅・粟飯・粟畑

世界各地で主食として栽培されてきた農産物。現在の日本ではあまり栽培されていない。実は黄褐色で、穂が大きい。餅や菓子の材料として、また、小鳥の餌などに利用される。

粟

よき家や雀よろこぶ背戸の粟　芭蕉

やはらかに箸おしかへす粟の餅　高田正子

▼「新宅を賀す」と前書がある。「背戸」は家の裏。粟畑のある裏庭は雀が喜ぶと祝した。▼こしのある粟餅を箸でつかんだ時の弾力。

稗　仲秋

東アジア原産のイネ科の一年草で、粟とともに古くから主食用に栽培された。冷夏や長雨、旱魃などにも強いので、救荒作物としても重要であった。水田、畑のどちらでも栽培され、九月から十月にかけて収穫が行なわれる。

稗の穂の金色の音陸奥の国　高野ムツオ

▼稗の穂は燻したような金色で、金属的な印象を与える。厳しい気象条件の地域では今も生産されている。

黍（きび）　仲秋

黍の穂・黍畑

五穀の一つで、古くから各地で栽培されていたが、現在ではわずかになった。草丈一メートル、実は淡黄色で、団子や餅菓子にする。秋になると穂が枝状に何本にも分かれ、風にざわざわと揺れる。その風を黍嵐という。

朝日さす大平原や黍の粥　藤田るりこ

▼中国大陸の大平原で朝を迎え、黄色い黍の粥を食べている。黍の味に大地を感じたのだろう。

黍

玉蜀黍（とうもろこし）　仲秋

もろこし・唐黍・なんばん

原産地の中南米では主食だが、日本では秋の味覚として野趣を楽しむ食べ物となっている。「もろこし（唐土）」や「なんばん（南蛮）」という名前が外国からの伝来を示し、「玉蜀黍」は玉の

草競馬人生の涯まつさをに：戦争直後のこと。非公営の草競馬があり、庶民の楽しみだった。

ような実が、びっしり並んでいるところからついた名。

身のどこか鳴つてたうもろこし畑　神蔵器

唐黍に重石の妻を載せ運ぶ　日原傳

▼きれいに並んだ実は楽器のようにも思え、身体が共鳴するような楽しさがある。▼中国あたりの刈り入れ風景か。唐黍を荷車に山と積み上げ、てっぺんに妻や子。ささやかな幸せがそこにある。

甘蔗（さとうきび）

仲秋

砂糖黍（さとうきび）

約三メートルにもなる茎を収穫し、その茎の搾（しぼ）り汁から砂糖を作る。搾りかすはパルプの原料や飼料になる。熱帯、亜熱帯の地域で盛んに栽培され、日本では沖縄や奄美（あまみ）諸島の主要農産物の一つ。

砂糖黍積みて水辺に馭者憩ふ　大串章

▼砂糖黍が収穫され、嵩（かさ）高く荷馬車に積まれている。馬にも水を与えるのだろう。収穫時の水辺の風景。

甘蔗

蕎麦の花（そばのはな）

初秋

花蕎麦（はなそば）

蕎麦は夏から秋にかけて、多数の小さな白花をつける。信州などの産地では一面の蕎麦畑が真っ白に染まる。薄紅色の花もある。蕎麦は寒冷地や痩せた土地でも収穫できるところから、古くから救荒作物として栽培されてきた。やがて晩秋には三角錐（さんかくすい）の実がなる。関連 新蕎麦（しんそば）→181

蕎麦はまだ花でもてなす山路かな　芭蕉

ふるさとは山より暮るる蕎麦の花　日下部宵三

その上にまた一つ家蕎麦の花　矢島渚男

蕎麦咲いて信濃の空の高曇　野木桃花

▼新蕎麦でもてなしたいが、まだ花の季節であるのが残念という客人への挨拶。▼山はすでに暮色が迫るが、蕎麦畑はくっきりと白い。故郷の美しい秋。▼傾斜地に張りつくかのような家が、「その上にまた一つ」。▼滔々（とうとう）と流れる千曲川（ちくまがわ）、見渡す限りの蕎麦畑、爽やかな風が渡る。

蕎麦の花

加藤（かとう）かけい▶明治33年（1900）―昭和58年（1983）乙字のち虚子に師事。「馬酔木」「天狼」等を経て「環礁」を主宰。

大豆

初秋

新大豆・みそまめ・畦豆

食卓に多く登場する豆の一つで、五穀の一つでもある。熟す前に莢ごと収穫したものが枝豆で、十、十一月に完熟したものは「新大豆」と呼ぶ。蛋白質を多く含み、豆腐、味噌、醤油、納豆などにする。田の畦に植えた「畦豆」も収穫する。

関連 枝豆→176／豆引く・大豆干す→201

店蔵の枡で売りたる新大豆　山下道子

▼蔵造りの店舗でその秋にとれた新大豆を売っている。枡での計り売りに古い商家らしさがある。

小豆

晩秋

新小豆

煮て食べるほか、餡など、菓子の材料として日本人に最も親しまれている豆の一つで、大豆とともに古代から栽培されてきた。秋に収穫するところから、季語としては「新小豆」が詠まれる。関連 小豆粥→冬

指入れて筵に流す新小豆　長谷川かな女

内赤き古椀に盛り新小豆　中村草田男

▼莢から取り出した小豆を筵に広げて干すのである。小粒の小豆らしさを「流す」と活写。▼煮上がった小豆を盛ったところ。色合いに椀の豪華さが引き立つ。

隠元豆

初秋

莢隠元・藤豆

隠元禅師が中国から持ち帰ったというのでこの名がある。完熟した豆は、うずら豆、金時豆、白隠元などの名で知られており、未熟な豆を莢ごと収穫するのが「莢隠元」。関西では藤豆のことを「隠元豆」とも呼ぶ。

摘みくて隠元いまは竹の先　杉田久女

▼隠元には蔓性と蔓なしがあるが、これは蔓性のほう。支柱として立てた竹に絡んで伸びているのだ。

豇豆

初秋

十六豇豆・十八豇豆

熟した豆を煮たり、餡にしたりして食する。また、皮が裂けにくいことから慶事の赤飯に炊き込む。豆が熟す前に、若い莢を莢ごと食べることも多いので、江戸時代の歳時記では夏の季語としている。「十六豇豆」は莢の長さが三〇～八〇センチになる。

二三日しては又摘む豇豆かな　増田手古奈

▼実がすぐ大きくなるのがわかる。「ささげ」の名は、若い莢の先端が物を捧げ持つ形に似ていることから。

刀豆

初秋

鉈豆・たちはき

学問のさびしさに堪へ炭をつぐ：学生時代の句。当時、暖を取るのは火鉢であった。

豆類の中で最も大きく、莢は長さ三〇センチ、幅五センチほどにもなる。それが刀や鉈を思わせるため、この名がある。若い莢を塩漬けや糠漬けなどにして食べるほか、福神漬の材料として使う。

刀豆の鋭きそりに澄む日かな　川端茅舎

▼刀豆の立派な莢が刀を思わせるほどにすらりと伸び、大空に澄みわたる陽光に映えている。

刀豆

落花生

晩秋　南京豆

ピーナッツとして親しまれている落花生。実がどのようになるかは、落花生の名が示している。他のマメ科植物と違い、花が受精すると子房の柄が長く伸びて土中に潜り、繭のような莢に入った実を作る。収穫時、茎を引き抜くと、地中からいくつもの実がぶら下がって現われる。これを乾燥して出荷するのだが、とれたてのものは莢ごと茹でて食べるのも、なかなか美味である。

落花生喰ひつゝ読むや罪と罰　高浜虚子

落花生

落花生のここが潜つてゆく部分　岩田由美

▼ドストエフスキーの重苦しい小説を読むのに、落花生を食べながらという諧謔の味わい。▼白く伸びた部分が生き物のよう。

胡麻

仲秋　新胡麻・黒胡麻・金胡麻

アフリカ原産で、胡（中国の西域）を経て、中国から伝来。晩夏に薄紫色の花が咲き、蒴果の中に小粒の種子が多数つく。九月頃に刈り取り、干して叩くと、種がこぼれる。白・黒・茶（金）の色があり、そのまま食べたり、胡麻油を搾ったりする。

関連　胡麻の花→夏／胡麻刈る→202

胡麻かける胡麻のおはぎを積めるうへ　小澤實

▼秋彼岸のために用意したおはぎであろうか。胡麻味のおはぎの上に、さらにたっぷりと胡麻をまぶす。

胡麻

ホップ

初秋　唐花草・ホップの花・ホップ摘む

北海道や長野県などで栽培される。蔓を出して物にからみつき、松毬状の毬果を多数つける。毬果はビールに爽快な苦みと芳香をつけるために欠かせないもので、好天の日に摘み取

山口誓子▶明治34年（1901）―平成6年（1994）「四Ｓ」の一人。「ホトトギス」を離脱、新興俳句運動の中心的存在に。

ホップ

蓮の実

り、乾燥させて用いる。

霊山の風吹きおろすホップ摘む　太田嵯

▼そびえたつ霊山から風が吹き渡ってきた。乾いて澄みきった大気の中で、次々にホップを収穫してゆく。

蓮の実（はすのみ）　仲秋

蓮の実（はちすのみ）・蓮の実飛ぶ（はすのみとぶ）

蓮は、花が終わった後、花の中央部分（花托）に、まさに古名ハチスの名のごとく、蜂の巣状の穴が並び、そこから黒く熟した種子が飛び出す。この種子の果皮は堅いが、その中には白い子葉と緑色の幼芽があり、そのまま食べるほか、砂糖漬けなどにして食する。関連 蓮→夏

月日飛ぶ速さや蓮は実を掲げ　小島みつ代

極楽へ蓮の実飛んでしまひけり　星野麥丘人

▼蓮が早や実をつける頃。すぐにこの実も飛び出すだろう。止めようもなく過ぎる歳月の早さよ。▼ぽんと飛び出した蓮の実は、蓮が咲くという極楽へ飛んだか。

敗荷（やれはす）　仲秋

破蓮（やれはす）・破蓮（やればちす）・秋の蓮（あきのはす）

夏の間、蓮池や蓮田を一面に覆った蓮の葉も、秋には衰え始める。破れた葉が風に吹かれて音をたてるさまは、いかにも無惨でうらぶれた趣である。「荷」は蓮の葉の意。

敗荷の風いろいろに吹きにけり　岸田稚魚

敗荷や夕日が黒き水を刺す　鷲谷七菜子

▼敗荷が風に煽られて、大きく、また小さく揺れている。▼蓮の葉が破れ、水面が見えてきた。濁った水面を突き刺すように秋の夕日が強く射している。

藍の花（あいのはな）　仲秋

蓼藍の花（たであいのはな）

藍は、青色の染料をとるために世界各地で古くから栽培されてきた。八月の終わりから九月にかけて、紅色または白色の小花が穂のように密生して咲く。藍染めは、藍の葉を刻んで発酵させ、乾かし固めて藍玉を作り、これを原料として染める。「蓼藍」は藍の別名。

沈みたる一蝶白し藍の花　星野高士

▼紅色の藍の花が穂を立てて咲き乱れるところに、ひらひらと一頭の白蝶が現われて、その身を沈めた。

年を祝ぐ伊勢海老ひげ尖まで紅：正月飾りの伊勢海老。鬚の先までめでたい。

煙草の花（たばこのはな）

初秋

花煙草（はなたばこ）

煙草は、二メートルにもなる茎の先に薄桃色の筒状のまとまった花をつける。ただし、大きな葉の発育を損ねないよう、種をとるもの以外の花は摘み取られる。煙草はタバコの原料として特別の管理下に栽培され、近年は熊本県などが中心となっている。

残照の壱岐はるかなり花煙草　山﨑富美子

棄てらるる身をうす紅に花たばこ　渡辺恭子

花たばこ噴煙厚き峡の空　白澤良子

▼近景の花煙草の薄紅色と、夕映えに染まる壱岐島（いきのしま）との、色彩のコントラストが鮮やか。▼そのほとんどは摘み取られてしまうことも知らずに咲いた花のあわれ。▼噴煙をものともせず山峡に立つ煙草。緊張感をほぐすかのように花が咲いている。

煙草の花

棉（わた）

仲秋

棉の桃（わたのもも）・棉吹く（わたふく）・桃吹く（ももふく）

棉は木綿棉（もめんわた）をとるために栽培する。夏、葵（あおい）に似た黄色や白色の花が咲いた後、桃に似た形の実を結ぶ。これを「棉の桃」という。やがて実は三つから五つくらいに裂け、白毛に包まれた種子の塊が現われる。これを「桃吹く」という。収穫して、木綿棉や木綿糸の原料とする。

関連　綿取（わたとり）↓198

しろがねの一畝の棉の尊さよ　栗生純夫

棉吹いて風の明るくなりにけり　松岡隆子

▼ひと畝（うね）の棉の実が銀色にはじけている。収穫の時期を迎え、神々しいまでの輝きだ。▼棉の実がはじけて白い綿毛がのぞき始めた。吹く風も輝いているようだ。

棉

秋草（あきくさ）

三秋

秋の草（あきのくさ）・色草（いろくさ）・千草（ちぐさ）・八千草（やちぐさ）

「秋の七草」はもとより、秋に咲く花のことをいうが、園芸種ではなく、野に咲く花をいう場合が多い。個々の名ではなく総称することによって、逆に趣のある花のあれこれを思わせる。「千草」や「八千草」は、さまざまな花が咲き乱れるさまを想像させる、美しい言葉である。

秋草を活けかへてまた秋草を　山口青邨

秋草に近づけばみな花つけて　岩田由美

繚乱の千草に君が門はあり　大峯あきら

ひざまづく八千草に露あたらしく　坂本宮尾

山口波津女（やまぐちはつじょ）▶明治39年（1906）—昭和60年（1985）はじめ「馬酔木」に拠るも、夫・誓子の「天狼」創刊に従う。

▼投げ入れが似合いそうな花。しばらくは野にあるごとく秋草を楽しむ季節だ。▼近づいてみてようやく気づく秋草の花の可憐さ。▼訪ねた家のよき住まいを讃え、繚乱と乱れ咲く美しさを伝える。▼しとどに露を浴びているのも趣のうち。朝露の野のみずみずしさ。

【草の花】　三秋

千草の花・野の花

庭で栽培しているものから野原に自生する草まで、秋に咲く花すべてをいうが、実際には、野に咲く花や、いわゆる雑草をさすことが多い。植物学者の牧野富太郎が「雑草という植物はない」と言ったということが思い出される。

牛の子の大きな顔や草の花　高浜虚子
草の花ひたすら咲いてみせにけり　久保田万太郎
日かげにも咲きつらなりて草の花　深見けん二
杭に似るアイヌの墓標草の花　新明セツ子

▼草を食んでいた牛の子の顔が突然現われた楽しい驚き。▼名もなき草でも、懸命に花を咲かせるけなげさ。▼日陰を厭うことなく一面に広がり、花をつけるたくましさ。▼杭かと思うほど目立たない墓標。辺り一面に咲く草の花がまるで供花のように見える。

【草の実】　三秋

草の実飛ぶ

秋になると、木だけでなく、草も実をつける。穂状にこんもりと実がなるもの、莢に多くの実をつけてはじけるもの、小鳥に食べられたり、人の服や獣の毛について移動するものなど、その形も、散らばり方もさまざまである。

草の実の袖にとりつく別れかな　涼菟
草の実のとんで晴天極まりぬ　高浜年尾

▼別れが名残惜しいのであろう。小さな草の実が袖にとりすがっているさまが、その気持を代弁するかのようだ。▼草の実が気持よく乾燥した大気の中を飛んだ。

【草紅葉】　晩秋

草の紅葉・草の錦

晩秋になると、木々の葉だけでなく、草もまた、赤や黄に色を変え、地表を覆っていく。「草の錦」とも呼ばれ、鮮やかな赤に染まるものもあるが、それも霜が降りるまでのわずかな日々のこと。華やぎにもどこか冷えびえとしたものが感じられ、移ろいゆく季節の慌ただしさを象徴する季語といえる。

関連　紅葉→68

名句鑑賞

草いろいろおのおの花の手柄かな　芭蕉

いろいろな花が、それぞれに違う花を咲かせている。それは草自身の手柄というべきものである。ささやかな花にも心を寄せている句だが、『古今和歌集』の「緑なるひとつ草とぞ春は見し秋は色々の花にぞありける」を踏まえる。岐阜から姨捨山(長野県)の観月に出かける折の「留別四句」とされるなかの一句。弟子たちの句の出来を、どれも良しとして褒め称えているのである。［片山］

生みてふえ蜷しづかなり生みてふえ：「生みてふえ」のリフレインが永遠の時間を感じさせる。

草紅葉　北海道能取湖のサンゴソウ。

一雨に濡れたる草の紅葉かな　日野草城
湖の波寄せて音なし草紅葉　深見けん二
草々の力尽せし紅葉かな　藤本安騎生

▼ほどよい雨の後、草紅葉の彩りも生気を取り戻したかのよう。▼晩秋の湖畔は波の音さえしない。色づいた草原が湖面の続きのように広がる。▼やってくる冬枯れの季節を前に、すべてを出しきったのだ。

【末枯】
晩秋

末枯る

晩秋、草の葉が先のほうから枯れ始めること。「うら」とは先のこと。俳句では、末枯れた野の風景をあらわして使うことが多い。末枯れがさらに進めば、野は「枯野」（冬の季語）になる。

うら枯れていよいよ赤し烏瓜　太祇
末枯に真赤な富士を見つけゝり　内藤鳴雪
うら枯や芥のやうな蜆蝶　細見綾子
ひかり飛ぶものあまたゐて末枯るゝ　水原秋桜子

▼末枯れの天地のなか、真っ赤に色づいた烏瓜。▼朝焼けに染まる赤富士は縁起がよいとされる。末枯れのはるか彼方に見つけたのだ。▼末枯れをゆく蜆蝶を非情に詠んだ。▼ひかり飛ぶものは山から下りてきた小鳥や渡り鳥の姿。秋の深まりの中、草木も動物も冬を迎える準備をしている。

【秋の七草】
三秋

秋七草・秋の名草

秋の野に咲く草花の中で、秋を代表するとされる七種の草をいう。『万葉集』に載る山上憶良の歌に、「秋の野に咲きたる花を指折りかき数ふれば七種の花」、「萩の花尾花葛花なでしこが花をみなへしまた藤袴朝顔が花」とあるところから、萩、芒（尾花）、葛の花、撫子、女郎花、藤袴、桔梗（歌中の「朝顔が花」は桔梗のこと）とされる。

子の摘める秋七草の茎短か　星野立子

▼秋の七草の美しさにひかれて子が折り取ったが、幼い手で摘んだ茎は短い。そこが子供らしいことだ。

谷野予志▶明治40年（1907）—平成8年（1996）「馬酔木」を辞し「天狼」に参加。のちに「炎昼」主宰。英文学者。

芒

芒（すすき） 三秋

薄・芒原・芒野・糸芒・むら芒・尾花・花薄・穂薄・初尾花

秋の七草の一つ。中秋の名月に飾る草である。何かにつけて月との縁が深い。「尾花」は、白い花穂が出たものをいい、獣の尾に見立てて、その名がついた。「薄」とも書くが、薄はもともと草木が群がっているさまをさしたとされ、この表記を誤用とし、「芒」が正しいとする説もある。

関連 末黒の薄→春／青芒→夏／枯尾花→冬

武蔵野や鑓持もどく初尾花　言水
押分けて見れば水ある薄かな　北枝
山犬のがばと起ゆくすすき哉　召波
この道の富士になり行く芒かな　河東碧梧桐
をりとりてはらりとおもきすすきかな　飯田蛇笏
出かゝりし油のやうな芒の穂　川崎展宏

▼「鑓持」は主の鑓を持って供をする従者のこと。その姿を尾花に見立てた。▼芒の草むらの中で何かきらきら光っている。そこで押し分けてみると、水たまりだった。▼「山犬」は狼。▼芒の生い茂った道。はるか富士へと続いていく。▼まだみずみずしい芒の穂が「はらりと」手にもたれかかる。すべてひらがなの一句。▼穂芒の質感。「出かゝりし」に艶やかな趣がある。

萱（かや） 三秋

萱原・萱野

「萱」は特定の植物の名ではなく、屋根を葺く材となる芒、茅萱、菅などのイネ科の草本の総称である。茅葺屋根というように、かつては屋根を葺くのに欠かすことができないものだった。秋に刈り取り、保存しておく。

阿蘇を去る旅人小さき萱野かな　野見山朱鳥

▼阿蘇山麓に広がる萱野。遠ざかってゆく旅人の小ささによって萱野の広さが強調されている。

刈萱（かるかや） 仲秋

日当たりのよい草地に生えるイネ科の多年草。秋に短い総状の花穂を伸ばす。髭根から、たわしや刷毛などを作る。雄刈萱と雌刈萱とがあるが、「刈萱」というと雌刈萱をさす

刈萱

降る雪をあふげば上に上に降る：たしかにこんな降り方をするときがある。単純明瞭な一句。

ことが多い。

刈萱にいくたびかふれ手折らざる　　横山白虹

▼戯れに触れているのだろう。折り取ってどうするという花でもないのである。

蘆の花（あしのはな）　仲秋

蘆原・葭原・葭の花・蘆の秋・葭の秋

十月頃、茎の頂に大きな穂を伸ばし、紫色、後に紫褐色になる小花が円錐花序をなして咲く。花の下には白い毛がついており、実を遠くまで飛ばすのに役立つ。穂は芒よりもふさふさとして豊かである。

関連　蘆の角→春／青蘆→夏／枯蘆→冬

ひと吹きの風にくもりて蘆の花　　山上樹実雄

蘆の穂の片側くらき夕日かな　　古沢太穂

▼風がひと吹きすると一面の花穂が大きく動き、かき曇ったかのよう。▼豊かな穂が連なっているため夕日を受ける面は輝くが、片面は夕日をしっかりと閉ざす。

荻（おぎ）　三秋

風聞草・寝覚草・荻原・浜荻・風持草・荻の声・荻の風・荻吹く・ささら荻

水辺や湿地に生える大型の多年草で、二メートルほどの高さになる。根は地中を走って広がり、一本ずつ茎を立てて群生する。芒に似ているが、芒のように株立ちにはならず、花穂も芒より大きく銀白色。古歌にも詠まれている「荻の声」は荻に吹く風のこと。

古歌にある沼とて荻の騒ぐなり　　森田峠

荻原の日は月に似て深曇　　満田春日

▼古歌にも詠まれた由緒ある沼に、荻が群生している。渡る風も古い時代をしのばせるようだ。▼群生する荻の上空の日は、月と見紛うほどの微光に曇っている。

荻

葛（くず）　三秋

葛の葉・真葛・葛かずら・真葛原

蔓性多年草で、一〇メートル以上になる茎を、地に這わせたり、木や電柱に絡ませたりして伸びる。その旺盛な繁殖力ゆえに、時に害草ともなる。根から葛粉をとるほか、蔓は籠などに編み、また繊維を取り出して布に織るなど、生活の中でさまざまに用いられてきた。葛に覆われた野原が「真葛原」。そこを秋風が吹きわたると、葉が翻り、白い葉裏が見えるのが「葛の裏見」。「秋風の吹きうらかへす葛の葉のうらみてもなほうらめしきかな」（『古今和歌集』平貞文）など、和歌では「恨み」にかけて詠まれてきた。関連　葛湯→冬

葛の葉のうらみ皃なる細雨哉　　蕪村

あなたなる夜雨の葛のあなたかな　　芝不器男

古屋秀雄▶明治40年（1907）―平成3年（1991）はじめ詩人を志すが、青々に師事。「鶴」等を経て「天狼」へ。

真葛原ことりと人を通しけり　柿本多映

▼葛の葉が白く翻ると恨み顔に見え、恨みの小雨さえ降ってくる。▼思いを凝らせば遠くに夜雨の葛の光景が浮かび、さらにはるかな地へと、思いが続いてゆく。▼荒れ果てて葛が生い茂る野原に、一人の人が忽然と消える。

葛の花　初秋

「葛の花」は秋の七草の一つ。葛は野山に自生し、たくましく蔓を伸ばして広がり、地面ばかりか、ほかの草木まで覆い尽くす。晩夏から初秋にかけて、葉の陰に赤紫の花を円錐状につける。根からとれるのが葛粉。吉野の国栖(奈良県)は葛粉の産地。「クズ」の名はこの国栖に由来するといわれる。

葛の花

葛咲くや嬬恋村の字いくつ　石田波郷
花葛の果ての果てまで昼の海　飯田龍太
葛の花来るなと言つたではないか　飯島晴子
葛の花むかしの恋は山河越え　鷹羽狩行
鵯越いま花葛の逆落し　品川鈴子

▼嬬恋村は浅間山の北にある高原の村。▼葛の花の向こうに青い海原が広がっている。▼葛の花が咲く山の中。来るなと言ったのにどうして。投げられた言葉に厳しくも寂しい表情が見える。▼昔の恋とはいつ頃の恋か。そういえば『伊勢物語』には、大和に妻を残し、山越えして河内の女に会いにゆく男の話がある。▼神戸市鵯越の葛の花の勢いに、八百年前の源義経の逆落しを重ねた。

撫子　初秋

大和撫子・川原撫子・常夏

秋の七草の一つ。高さ三〇～五〇センチほどで、こまかい切れ込みのある白や淡紅色の花をつける。『万葉集』には「野辺見ればなでしこの花咲きにけり我が待つ秋は近づくらしも」(読人しらず)などの歌が収められている。中国から入ってきた石竹(夏の季語)を「唐撫子」と呼ぶのに対し、日本古来の種は「大和撫子」と呼ぶ。「撫子」は「撫でし子」、つまり、愛しい子、かわいがっている子の意。古より愛されてきた花であることがわかる。

撫子

撫子や波出直してやや強く　香西照雄
大阿蘇の撫子なべて傾ぎ咲く　岡井省二
撫子やあやとりのやうに会話して　藤田直子

▼撫子の向こうに広がる海の景色を描いた。寄せては返す波の動きに注目。▼阿蘇山を吹き降ろす風の強さに、撫子は傾ぎ、なびき癖がついてしまっているのだ。▼母子か、女の子同士か。優しい言葉を思わせる撫子。

鞦韆は漕ぐべし愛は奪ふべし：激しい情念。その作風は当時の女流にあって異彩を放った。

藤袴（ふじばかま／ふぢばかま）

初秋

蘭草（らんそう）・香草（こうそう）・香水蘭（こうすいらん）

秋の七草の一つ。山林や河畔などに生え、高さ一、二メートルに達する。葉は三つに裂け、茎と葉は紅色を帯びる。淡紅紫色の花が茎の上に群がり咲く。乾燥すると芳香が増すため、簞笥に入れたりする。芳香があるところから、中国では古く「蘭」と呼ばれた。

藤袴

藤袴手折りたる香を身のほとり　加藤三七子

想ひごとふと声に出づ藤袴　永方裕子

▼手折った藤袴から漂う芳香を傍らにして優美な気分に浸る。▼心中で思っていたことが我知らず独り言となった。しとやかな藤袴のように思いをまた胸に畳む。

桔梗（ききょう／きちかう）

初秋

きちこう

秋の七草の一つ。青紫の花びらの先が切ったように五つに分かれ、折り目正しく潔い感じがする。野山に自生するが、近年、野生の桔梗はあまり見かけなくなった。『万葉集』の山上憶良の秋の七草の歌、「萩の花尾花葛花なでしこが花をみなへしまた藤袴朝顔が花」に登場する「朝顔が花」は、桔梗。今の朝顔は中国から渡来した薬用植物で、当時は日本の野山には自生していなかった。

桔梗やまた雨かへす峠口　飯田蛇笏

桔梗や男も汚れてはならず　石田波郷

桔梗一枝狐がくはへ来りけり　草間時彦

桔梗の生涯といふべかりけり　清水芳朗

▼通り過ぎて上がりかけた雨が再び激しくなる。▼男も、むしろ男こそ汚れてはならない、という矜持。▼「鳥獣戯画」から抜け出したように。▼桔梗の花のような潔い一生だった。

桔梗

沢桔梗（さわぎきょう／さはぎきやう）

初秋

草丈四〇センチから一メートル、直立した茎に花が穂をなしてつく。姿が桔梗に似ているのではなく、濃紫の花であるところからの連想で名づけられたものだろう。本州では、八甲田山、尾瀬沼、蓼科高原などに群生する。

沢桔梗

三橋鷹女▶明治 32 年（1899）—昭和 47 年（1972）新興俳句運動に共鳴。口語体を駆使、情念を奔放に詠んだ

足跡にしみ湧く水や沢桔梗　岡部六弥太
ひとところ水まつすぐに沢桔梗　高橋悦男

▼水がしみ出るような湿地に群れ咲く花である。▼「ひとところ」によって、他の曲がりくねって流れる水が見えてくる。源流に近い辺りか。

女郎花（をみなへし）

初秋　おみなめし・粟花（あわばな）

✝秋の七草の一つ。秋の初め、茎を高々と掲げ、黄色い細かな✝粟（あわ）のような花をつけて風に揺れる姿は、秋の野のあわれの極み。「女郎花」という漢字から遊女のような花かと思う人もいるようだが、この「女郎」とは単に若い女性のこと。つまり、若い女のようにたおやかな花という意。古くから、うら若い女性の面影を重ねて和歌に詠まれてきた。『古今和歌集』の遍照（へんじょう）の歌に、「名にめでて折れるばかりぞ女郎花我おちにきと人にかたるな」（その名に誘われて手折（たお）ってみただけのこと。女郎花の花よ、私が僧としてあるまじきことをしたなどと人に言うでないよ）とある。

雨風の中に立ちけり女郎花　来山
萩薄わけつつ折るや女郎華　蕪村

▼女郎花はすっと立っている花。▼女郎花こそ、お目当て。

女郎花

男郎花（をとこへし）

初秋　おとこめし

「女郎花少しはなれて男郎花」（星野立子）のように、✝女郎花と一対の花として親しまれている。女郎花と同じように日当たりのよい山野に生えるが、女郎花が黄色い花であるのに対してこちらは白、そしてより大きく丈夫そうに見えるところから、「男郎花」と名づけられた。この名に誘われて詠まれた句が多い。

男郎花白きはものの哀れなり　内藤鳴雪
うすやみに高さのありてをとこへし　小原啄葉

▼純白は潔癖さや純粋さを連想させるが、そこに哀れを感じたという。▼暮れかけか、それとも夜明け前か。闇に紛れぬ立ち姿がすがすがしい。

男郎花

泡立草（あわだちそう）

初秋　背高泡立草（せいたかあわだちそう）・秋の麒麟草（あきのきりんそう）

「泡立草」は、本来はアキノキリンソウのことをいったが、今では、北アメリカから入ってきてあっという間に日本中に広がったセイタカアワダチソウにその名も奪われてしまった感がある。俳句に詠まれる「泡立草」も、圧倒的にセイタカアワダチソウが多い。

操作場泡立草が押し寄せて　大島民郎

大利根の曲れば曲る泡立草　角川照子

▼まさに「押し寄せて」咲く、傍若無人な花だ。▼ゆるやかに曲がる川とともに、黄色い帯も曲がる。上空から俯瞰（ふかん）しているかのような大景。

泡立草　❶背高泡立草　❷秋の麒麟草

【松虫草（まつむしそう）】 初秋

高原の花野で、細い茎の先に開いた薄紫色の丸い花が、風に揺れている光景は見飽きることがない。草丈三〇～九〇センチほど。澄んだ空気と青空、そして美しい名の花々。秋の高原を歩く楽しみは大きい。

松虫草

松虫草ケルンに走る雲の影　永井由紀子

もう霧にまぎれはじめて松虫草　三村純也

▼登山者が石を積み上げたケルンの上を雲が走り過ぎてゆく。山登りの楽しみの一つは美しい花と出合えること。▼霧の動きは早く、目の前の景色をみるみるうちに変えてしまう。松虫草の紫も霧に消されて。

【水引（みずひき）の花（はな）】 初秋

水引草（みずひきそう）・水引（みずひき）

秋の初めに、雑草が生い茂る中から、赤い小花を点々とつづった長い花穂が何本も伸びているのを目にする。花穂は上から見ると赤いが、下からは白く見えるのを紅白の水引になぞらえた。花といっても花弁はなく、四枚の萼片（がくへん）のみ。漢名は「金線花」。白い花のものを「銀水引」という。俳句では「水引草」とも詠まれる。

水引草はびこり母をよろこばす　山田みづえ

水引の紅をふやして雨の寺　木内彰志

▼水引は「はびこる」という表現がふさわしい。それを朝夕に眺めて喜ぶ母は、家にこもりがちなのかもしれない。▼雨が降ると、花の一つ一つに雫（しずく）となって紅色が際立つ。静かな境内が華やぐ雨の一日。

水引の花

吉岡禅寺洞（よしおかぜんじどう）▶明治22年（1889）―昭和36年（1961）「天の川」主宰。無季俳句、口語俳句を提唱。新興俳句運動を牽引。

数珠玉（じゅずだま） 三秋

ずず珠・ずずこ・唐麦（とうむぎ）

水辺に生えるイネ科の多年草。秋になると、稲より幅広の葉の葉腋（ようえき）から、総状の花穂が出る。実は熟すと堅くなり、緑色から灰白色へ変化して独特の艶（つや）が出てくる。この実を、お手玉に入れたり、糸を通して数珠状の首飾りにしたりして遊ぶ。

数珠玉や月夜つづきて色づける　新田祐久

岐れ道なれば数珠玉減りにけり　吉井幸子

▼月夜が続いたからだろう。数珠玉が月の色のように白光りし始めた。▼分かれ道にやってきて、手の中の数珠玉を分け合って帰ってゆく子供たち。

狗尾草（ゑのころぐさ） 三秋

猫（ねこ）じゃらし・えのこぐさ・犬子草（いぬこぐさ）

どこにでも生え、子犬の尾さながらの穂を垂らす。それを折り取って揺らすと、猫がじゃれつくというので「猫じゃらし」といい、昔から子供がこれで遊んだもの。海岸に生える「浜えのころ」、花穂が紫褐色の「紫えのころ」、花穂が黄金色の「金えのころ」などがある。朝露に濡（ぬ）れて重たげに穂を垂れたり、夕日を浴びて金色に輝いたり、時間によってさまざまな表情を見せる。

叢雨やゑのころ草は濡れてゐず　小林鱒一

父の背に睡りて垂らすねこじやらし　加藤楸邨

猫じやらし持てばじやらさずにはをれず　西宮舞

▼辺りの木々や草は濡れているのに、狗尾草は何もなかったように揺れている。▼狗尾草で遊んでいた幼児（おさなご）。背で眠っていても狗尾草はしっかり握ったまま。▼見れば折ってみたくなり、手にすればじゃらしてみたくなる。まるで狗尾草にじゃらされているよう。

数珠玉

狗尾草

牛膝（ゐのこづち） 三秋

ふしだか・こまのひざ

イノコズチには、ヒナタイノコズチとヒカゲイノコズチがあり、季語になっているのはヒカゲイノコズチ。広がった枝の先に柄が伸びて、小さな花が穂のようにつく。花の後にできる実には棘（とげ）のような突起があり、そばを通った動物や、人の衣服に付着して運ばれる。

牛膝

栗青し一本足に立つ木々よ：一本足の巨人が立ち並んでいるかのよう。

「いのこ」は「猪の子」で、草丈を猪の膝の高さとみたところからの名。

ゐのこづちひとのししむらにもすがる　山口誓子

ゐのこづち淋しきときは歩くなり　西嶋あさ子

▼獣の脚につくはずのものが、という名前への興味から生まれた一句。動物のようにすがりつく、そのしぶとさ。▼ひたすら野山を歩き回った証しのように牛膝がついている。それを見て淋しさも少し薄らいだかも。

藪虱

三秋　草虱

山野や路傍に広く自生し、高さ一メートルほど、草全体に細かい毛がある。夏、白い小花を茎の上方につけ、秋、棘状の毛が密生した実をつける。実の先端は鉤状に曲がり、虱のように服や獣の毛について、あちこちに運ばれる。

子の服にうつしやるわが藪虱　福永耕二

けふの日の終る着物に草虱　山口誓子

▼子供を抱き寄せた時おのずとついたのか、指でつまんでわざとつけたのか。父と子の愉しいさざめきが聞こえてくるよう。▼秋の野を歩いたよき一日の名残の草虱。

藪虱

千屈菜

初秋　溝萩・鼠尾萩・精霊花

湿地に群生し、茎を取り巻くように、葉の脇に紅紫色の小さな六弁花をつける。盆には欠かせない花で、別名「水掛草」というように、魂棚の水を入れた容器に、束ねた花を浸しておく。「禊花」「禊萩」が転じた名ともいい、「千屈菜」「鼠尾萩」は漢名の表記を借りたもの。生薬として下痢止めの効果があるといい、若葉は食用になる。

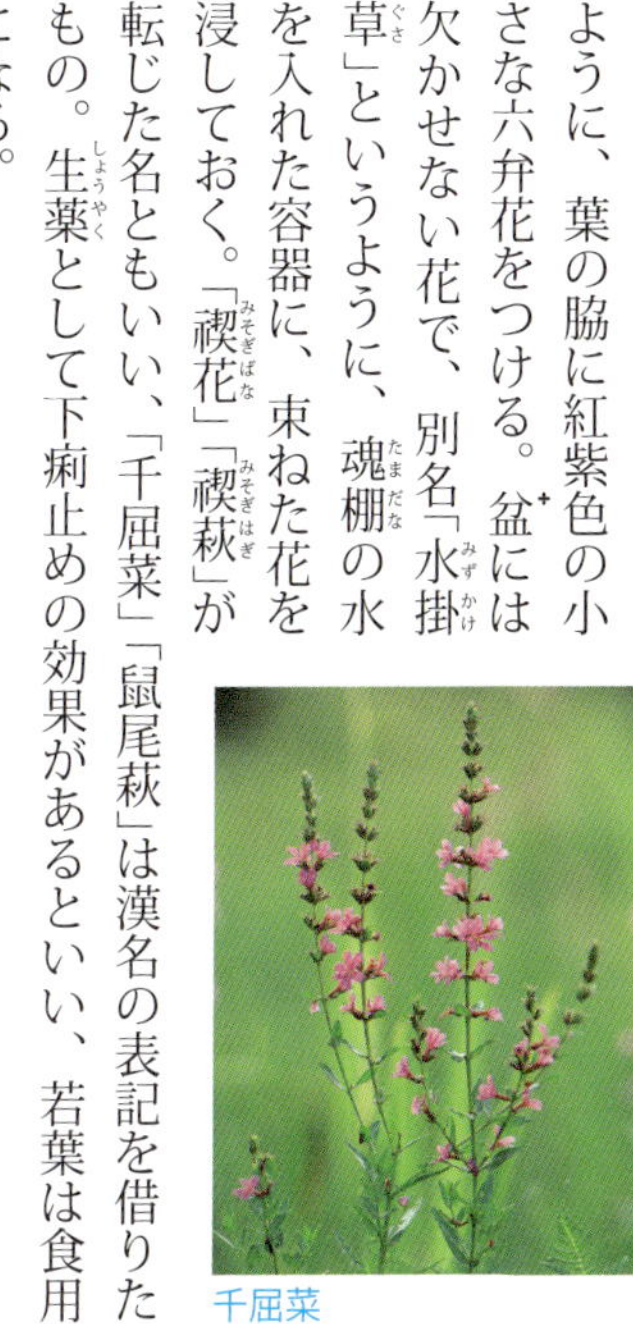
千屈菜

みそ萩や母なきあとの母がはり　稲垣きくの

溝萩や千代尼の町の深曇り　千田一路

▼母がわりに兄弟姉妹の面倒をみることになった長女。盆ともなれば魂棚を整え、母の霊も迎えるのだろう。▼「朝顔に釣瓶とられてもらひ水」の句で知られる千代女は、加賀(石川県)松任の人。紅色の溝萩の楚々とした趣が、千代女を偲ぶにふさわしい。

溝蕎麦

初秋

千屈菜と混同しやすいが、まったく別の植物である。湿地に群生しているのをよく目にする。いくつかの小さな花が集

横山白虹▶明治32年（1899）—昭和58年（1983）「自鳴鐘」主宰。禅寺洞に師事。現代俳句協会会長を務めた。

まって一つの花のように見え、花の色は紅色や白など。とくに蕾の時期は、愛らしい形が金平糖を思わせる。葉の形が牛の額に似ているところから、別名「牛の額」。茎や葉は煎じて飲むとリウマチに効くといわれる。

みぞそばのかくす一枚の橋わたる　山口青邨

溝蕎麦をめぐりて暗き水流る　小林康治

▼橋とはいっても、小流れに渡した板程度のものだろう。それを覆い尽くすほどの溝蕎麦の勢い。▼水音は確かにしているが、水面はほとんど見えない。溝蕎麦が茂っているその下の、暗がりを潜って流れる水。

溝蕎麦

蓼の花　初秋

穂蓼・蓼紅葉・蓼の穂・桜蓼・ままこのしりぬぐい

蓼は種類が多く、秋に咲くのは犬蓼(赤のまんま)、花蓼、大犬蓼、大毛蓼、柳蓼、桜蓼、ぼんとく蓼など。穂いっぱいに粒のような小花をつける。色は淡紅色から濃紅紫色までさまざま。食用にされるのは、柳蓼とその変種である。

蓼の花

食べてゐる牛の口より蓼の花　高野素十

末の子とひるは二人や蓼の花　石田いづみ

夢のごと咲くや継子の尻拭ひ　島谷征良

▼牧場で草を食む牛の口から、蓼の花がのぞいた。▼上の子が学校に行った後、末の幼子と過ごすのんびりした時間を描く。▼「継子の尻拭ひ」という名ではあるが、ピンクの小花は夢のように優しく美しく咲いている。

赤のまんま　初秋

赤まんま・赤のまま・犬蓼の花

犬蓼の花をいう。びっしりついた粒状の紅紫色の小花を、赤飯に見立ててままごと遊びをしたところから、「赤のまんま」「赤まんま」の名で親しまれている。同属の柳蓼が香辛料に用いられるのに対し、葉に辛味がないため食用にならないので、役に立たないものとして「犬蓼」という。

日ねもすの埃のままの赤のまま　高浜虚子

名句鑑賞

赤のまま記憶の道もここらまで　下村ひろし

なんということはない野の花であるにもかかわらず、「赤のまま」にはどことなく郷愁を誘うものがある。駆け回って遊んだあたりを訪ねてみたのだろう。知り尽くしていたはずの道をたどってみたが、だんだん怪しくなってきた。子供時代の記憶が曖昧になるほど遠い昔になってしまったことへのかすかな嘆きとともに、道が途切れるように、ふるさとへの思いもふっと消えてしまったさびしさがある。［片山］

水枕ガバリと寒い海がある：ガバリと動く水枕。寒い海となって死が病床に迫ってくる。

ままごとの中の虚と実赤のまま　後藤比奈夫
いもうとをむかし欲しがり赤のまま　鈴木蚊都夫

▼いかにも道端に群れ咲く花らしい。▼子供たちはままごとをしながら大人の世界を学ぶ。そこには思いがけない「実」もある。▼妹がいたらと思うこともあるのだろう。「赤のまま」が少女への無邪気な思いを誘う。

赤のまんま

【釣船草（つりふねそう）】初秋

黄釣船（きつりふね）

花の形が、帆掛舟（ほかけぶね）を吊（つ）り下げたようであるところから、この名がある。湿地や半日陰に生え、滝や渓流のしぶきを浴びて揺れる紅紫色の花は、まさに水に浮かぶ小舟を思わせる。同属別種の「黄釣船」も同じような形で、黄色の花をつける。昼なお薄暗い小道に明かりを点（とも）したような花が愛らしい。

奥社まで花は釣舟草ばかり　森田峠
釣船草躍りやまぬよ瀬にふれて　大関靖博
山の影湖心にしづめ黄釣舟　加藤耕子

釣船草

▼たとえば京都の貴船（きぶね）神社のような所。鬱蒼（うっそう）とした道を行けば、右も左も釣船草があふれんばかりに咲いている。▼流れの勢いがそのまま、「躍りやまぬ」花の動きに見える。▼湖のほとりの黄釣船。山影を映す湖の静けさと水の美しさまで見えるようだ。

【露草（つゆくさ）】初秋

月草（つきくさ）・蛍草（ほたるぐさ）・帽子花（ぼうしばな）・青花（あおばな）

秋の朝、まだ朝露が乾かない路傍にびっしりと青花をつける露草は、放置しておくと庭にはびこるが、抜き捨てるには忍びない。「露草」「月草」「蛍草」など、美しい名前をもっているからか。『万葉集』巻七に「月草に衣（ころも）色どり摺（す）らめどもうつろふ色と言ふが苦しさ」（月草で衣を染めようと思うけれども褪（あ）せやすい色であるのがつらい）と、人の心の変わりやすさを嘆く歌がある。

関連 露（つゆ）→46

露草も露のちからの花ひらく　飯田龍太
人影にさへ露草は露こぼし　古賀まり子
くきくくと折れ曲りけり蛍草　松本たかし

▼朝露に濡れて瑠璃色（るりいろ）の花をひらく露草。露のちからは儚（はかな）さではなく、この上ない美しさを言いとめている。▼露草は、人が傍らを通っただけで、はらはらと雫（しずく）をこぼす。それが「人影にさへ」に出ている。▼茎はまるで関節のように折れ曲がっている。

露草

西東三鬼（さいとうさんき）▶明治33年（1900）—昭和37年（1962）「激浪」「断崖」主宰。新興俳句の旗手として戦中戦後の俳壇を牽引。

大文字草（だいもんじそう）

初秋

鴨足草（ゆきのした）によく似ているが、こちらはその名のとおり、花が「大」の字の形をしている。花は淡紅色もあるが、大方は真っ白で目を引く。大の字が左右対称ではなく、払いに当たる部分の長さがさまざまであるところにも味わいがあり、野草愛好家の人気を集めている。

大文字草の大の字ほつそりと　京極杞陽

大文字草のあちむきこちらむき　西野文代

▼大の字が見えてくるよう。女性の筆跡を思わせる「ほつそり」が一句の決め手。▼小さな花が群がって咲く。向きがさまざまであることも自然の味わい。

大文字草

竜胆（りんどう）

仲秋

蝦夷竜胆（えぞりんどう）・深山竜胆（みやまりんどう）・蔓竜胆（つるりんどう）

種類が多く、花の色も青紫から赤紫までさまざま。乾燥させた根を健胃剤に用い、漢名「竜胆」は、根が苦く、竜の胆（きも）のようだというところからの名。古くは「りうたむ」「りうたん」「りうだう」などと呼ばれていたものが、「りんどう」に転訛（てんか）した。

種類によって花期が異なり、竜胆は九～十一月、蝦夷竜胆は九～十月、高嶺（たかね）竜胆、深山竜胆、御山（おやま）竜胆をはじめ高山や深山に咲くものは八～九月である。白い花をつける笹（ささ）竜胆は五枚の葉が笹の葉のように並ぶ。春に花をつける筆（ふで）竜胆や苔（こけ）竜胆なども ある。

竜胆を畳に人のごとく置く　長谷川かな女

りんだうの午後は目を閉づ花時計　秋元不死男

壺の口いつぱいに挿し濃竜胆　川崎展宏

▼生け花にもよく用いられる。抱えてきた花を、子供を寝かせるように畳に横たえたのだ。▼日が陰ると花を閉じるさまを「目を閉づ」とみた。花時計は大きな顔のよう。▼濃い紫の竜胆は、ほかの花を交じえず、壺（つぼ）いっぱいに生けてみるのも艶（あで）やかである。

杜鵑草（ほととぎす）

仲秋

油点草（ゆてんそう）

山道の脇や崖に自生するユリ科の多年草で、葉は笹（ささ）に似ている。紅紫色の斑点があり、杜鵑（ほととぎす）（時鳥）の胸毛に似ているところからついた名。

杜鵑草揺らし嵯峨野をわたる風　吉岡桂六

杜鵑草遠流は恋の咎として　谷中隆子

▼静かな嵯峨野（さがの）を吹き抜ける風。揺れる杜鵑草の侘（わ）びしげな風情に秋の深まりを感じる。▼たとえば、江戸時代の絵島生島（えじまいくしま）の許されない恋の結末。島にひっそり咲く杜鵑草が恋人たちの哀れさを象徴する。

後ろにも髪脱け落つる山河かな：五十代の作。老いを意識し始めた時期。茫漠とした山河。

杜鵑草

野菊　野紺菊。

野菊（のぎく）

仲秋

紺菊（こんぎく）・野紺菊（のこんぎく）・野路菊（のじぎく）

「野菊」とは、特定の種をさすのではなく、野山に自生する野生の菊の総称。秋の野山でその可憐（かれん）な姿をよく見かけるところから秋の季語となった。花の色はさまざま。野路菊、小浜（こはま）菊（ぎく）、竜脳菊（りゅうのうぎく）は白、野紺菊、嫁菜（よめな）は紫、泡黄金菊（あわこがねぎく）は黄色である。

関連　嫁菜→春

名もしらぬ小草花咲野菊哉　素堂

秋天の下に野菊の花弁欠く　高浜虚子

頂上や殊に野菊の吹かれをり　原石鼎

雨粒のときどき太き野菊かな　中村汀女

▼野菊のほかにも、いろいろな小花が咲いている。▼花びらが一枚ない野菊の花。くっきりと描いた。▼山頂はいつも風が吹いている。▼小雨に混じる大粒の雨。

貴船菊（きぶねぎく）

仲秋

秋明菊（しゅうめいぎく）

京都の貴船辺りに多く見られることから貴船菊と呼ばれるようになった。菊とはいってもキク科ではなくキンポウゲ科の多年草で、漢名は「秋牡丹」。和名「秋明菊」は八重咲きのものが菊の花に似ているというところから。

観音の影のさまなる貴船菊　阿部みどり女

山水を厨に引くや貴船菊　坂巻純子

秋明菊より見えてゐる東山　佐藤明彦

▼影を描くことで観音らしい趣をとらえた。すらりとした観音の姿を貴船菊に見たのだ。▼天然の水の味わいが貴船菊にはよく似合う。▼花のすぐ先に山が見えるのを、「秋明菊より」と、視点をはっきりさせた。

貴船菊

曼珠沙華（まんじゅしゃげ）

仲秋

彼岸花（ひがんばな）・死人花（しびとばな）・天蓋花（てんがいばな）・幽霊花（ゆうれいばな）・狐花（きつねばな）

王冠のような真っ赤な花。またの名を「彼岸花」ともいうように、秋彼岸の頃に咲く。まず、花だけが地上に現われ、花が終わった後、葉が出る。花は輪状のものが外向きに反りかえっ

自然　植物　草

永田耕衣（ながたこうい）▶明治33年（1900）―平成9年（1997）「琴座」主宰。東洋的無の境地にあって卑俗諧謔をも自在に詠みこんだ。

曼珠沙華

て開く。葉をつけずに咲くことが葉枯れ（はかれ）に通じ、わかれの花として「死人花」と称されるようになったという。また、天上の花の意から「天蓋花」ともいうなど、異称が多い。

曼珠沙華暗き太陽あるごとし　阿部みどり女
曼珠沙華抱くほどとれど母恋し　中村汀女
曼珠沙華落暉も蘂をひろげけり　中村草田男
つきぬけて天上の紺曼珠沙華　山口誓子
野にて裂く封書一片曼珠沙華　鷲谷七菜子

▼皆既日食のような曼珠沙華。▼曼珠沙華の花を見るたびに母と過ごした少女の頃を思い出すのだろう。▼「落暉（らっき）」は夕日のこと。▼そびえ立つ曼珠沙華。▼映画の一場面を見るかのような臨場感。作者の心中一切を曼珠沙華の鮮烈な赤が受け止めている。

狐の剃刀（きつねのかみそり）

初秋

原野や山麓（さんろく）などに生える。春に剃刀のような葉が出て、その葉が夏に枯れた後、初秋を迎えて百合（ゆり）に似た花茎が真っすぐに伸び、花を開く。名は葉の形に由来する。

わが立てばきつねのかみそり揺れにけり　加藤楸邨
名を知りてよりのきつねのかみそりぞ　大石悦子
ぽつと日の当たるきつねのかみそりよ　石田郷子

狐の剃刀

隆々と一流木の焚火かな：打ち上げられた見事な流木で焚火。なんとも荒々しい。

▼まるで作者が立ち上がったことを知っているかのよう。名前ゆえにどこか不気味。▼一度聞けば忘れられない名。花を見つけるとしばらく眺めてしまう。▼スポットライトのような日射しを受けて。「狐の嫁入り」という言葉を思い出す。

秋薊（あきあざみ）

仲秋

鬼薊（おにあざみ）・山薊（やまあざみ）

薊は世界中に分布し、数多くの種類がある。野薊が春に咲くところから、単に「薊」といえば春の季語。夏に咲く薊は「夏薊」という。そして、秋に咲く鬼薊や山薊などを「秋薊」と呼ぶ。

関連 薊（あざみ）→春

秋薊少年金ンの生毛に満ち　長嶺千晶

▼秋薊が美しい秋日に輝く傍らで、少年の生毛（うぶげ）も金色に輝いている。大人に一歩近づいた雄々しさがある。

吾亦紅（われもこう）

晩秋

吾木香（われもこう）

焦げたような臙脂（えんじ）色といい、大きさといい、花というにはあまりにも地味である。小さな卵形で、花びららしいものは見当たらず、葉も目立たないので、うっかりすると花が散ったあとかと思うほど。そこで、名のりを上げるかのような「吾亦紅」という名がついた。空気の澄んだ高原では、驚くほど鮮やかな色合いのものに出合うことがある。

吾亦紅霧の奥にて陽が育つ　宮坂静生

吾亦紅には野の風のスタッカート　水田むつみ

吾亦紅しづかに花となりにけり　日下野由季

▼霧がかかって、目の前には吾亦紅がわずかに見えるだけ。太陽が霧に育まれているというのが、詩的な飛躍。▼吾亦紅の花が風に揺れるさまを、スタッカートととらえた。確かに弾むような楽しさがある。▼一見、花とは見えない姿で咲いている吾亦紅。地味な花に光を当てている。

吾亦紅

南蛮煙管（なんばんぎせる）

仲秋

思草（おもいぐさ）・きせる草（ぐさ）

芒（すすき）が叢生（そうせい）する根元に、うつむきかげんに咲く淡紅紫色の花が南蛮煙管である。葉緑素をもたないため、芒に寄生して

名句鑑賞

吾も亦紅なりとついと出で　高浜虚子

「吾亦紅（われもこう）」という名前をたっぷり生かしている。「吾亦紅」を「われもまたくれない」と読み下したおもしろさだが、これとは別に「吾も亦紅なりとひそやかに」ともつくっているのが興味深い。名前がすべてといわんばかりに、「吾も亦紅なり」のフレーズで一句に仕立てようとしているが、省けるものはすべて省いて立つ花の本質を突いているのではないだろうか。さりげない表現ながら、「ついと出（い）で」にも吾亦紅らしさが活写されている。〔片山〕

秋元不死男（あきもとふじお）▶明治34年（1901）—昭和52年（1977）「氷海」主宰。即物性を重視。戦中は治安維持法違反の嫌疑で投獄。

養分を得る。煙管のような形が、江戸時代の外国人の呼び名だった「南蛮人」のパイプに似ているところからこの名がついた。その姿が物思いに耽るようだというので「思草」の別名があり、『万葉集』にも見える。

踞み見るものに南蛮煙管かな　山崎ひさを

きせる草雁首少し焦げゐたり　棚山波朗

▼踞んで注意して見なければ見逃しそうな、白っぽく頼りなげな花。▼「きせる草」という名のおもしろさに徹した一句。「雁首」は煙管の火皿のついた先端部で、花もまさにそのあたりが少し黒ずんでいたのである。

南蛮煙管

【鳥兜】 仲秋

鳥兜・鳥頭・鳥甲・兜菊・兜花・山兜

山中で美しい紫の花が目をひくが、全草に猛毒をもっている。深緑の葉叢から茎が伸びて房をなすように花が咲き、一つ一つが兜のような形をしている。それが舞楽の冠の「鳥兜」に似ているところから名がついた。「鳥頭」と書くのは、生薬に使われる根を「烏頭」ということから。

鳥兜

今生は病む生なりき鳥頭　石田波郷

鳥かぶと夕日がくらくなりにけり　永作火童

とりかぶと夜伽の紐の前結び　伊藤通明

▼作者は結核で長い闘病生活を余儀なくされた。晩年の一句として痛々しく、毒々しいまでに鮮やかな花が強烈な印象を与える。▼燃えるような夕日も消え入らんばかり。傍らの鳥兜がシルエットのように浮かぶ。毒をもつ花の不気味さを反映。▼時代劇を見るような一句。寝所へ向かう女性の艶やかな姿を描いた。

【藪枯らし】 初秋

やぶがらし・貧乏蔓

庭などにはびこる蔓性の多年草。他のものに絡みつき、生い茂り、時に藪をも覆って枯らしてしまうところから、この名がある。七、八月に、黄赤色の小花を群がり咲かせ、花が終わると小さな実を結ぶ。

藪からしきれいな花を咲かせけり　後閑達雄

▼藪をも枯らすほどの生命力で害草として嫌われる草だが、よく見ると愛らしい花を咲かせていることだ。

藪枯らし

手をとめて春を惜しめりタイピスト：タイプライターを打つ職業。働く女性のふとした一瞬。

烏瓜（からすうり）

晩秋

玉章（たまずさ）

秋の終わりの山野で、辺りの草や葉がほとんど枯れてしまった後、周辺の木々に絡みついた蔓（つる）から朱色の卵ほどの実がぶら下がっているのを目にする。一センチほどの種が「結び文」のような形をしているところから「玉章」（手紙の美称）ともいう。北海道には自生せず、道内で見られるのは丸い黄色の実をつける黄烏瓜。黄烏瓜の根からとれる澱粉（でんぷん）が天瓜粉（てんかふん）である。

関連 烏瓜の花（からすうりのはな）・天瓜粉（てんかふん）→夏

烏瓜

をどりつつたぐられて来る烏瓜　下村梅子

烏瓜枯れなむとして朱を深む　松本澄江

危ふきに己をつるしからす瓜　雨宮抱星

▼蔓を引いたら遠くの実が動き出したのを、踊りながら手繰（たぐ）られてくるとみたところが烏瓜らしく、諧謔（かいぎゃく）味十分。▼最後の力を振り絞って色づく烏瓜に、意思がはたらいているとみた。▼人が近づけないような高所にぶら下がっているのを、自ら危うい所を選んだととらえた。

水草紅葉（みずくさもみじ）

晩秋

萍紅葉（うきくさもみじ）・菱紅葉（ひしもみじ）

木々の「紅葉」に対して「草紅葉（くさもみじ）」があるが、水辺で目にするのが「水草紅葉」である。鮮やかな色ではないが、こんなところまで、という思いがこめられた季語である。

竜安寺池半分の菱紅葉　高浜年尾

水草紅葉広瀬となりて川やさし　山田みづえ

紅葉して汝は何といふ水草ぞ　鷹羽狩行

▼石庭で有名な京都の名刹（めいさつ）、竜安寺（りょうあんじ）。「池半分」が鮮やか。▼川幅が広がるとともに流れが緩やかになるのを、川の優しさとみた。▼水草紅葉が浮かぶ晩秋の川。▼水草に名を問うたのは、その健気（けなげ）さに心を寄せたから。

菱の実（ひしのみ）

晩秋

菱採る（ひしとる）

菱は池や沼に生える一年草。夏に白い四弁花を水面に開く。その後に結ぶ実は菱形をなし、左右に角状の突起がある。若い実は生で食べることができるが、熟したものは茹（ゆ）でたり蒸したりして食べる。

関連 菱の花（ひしのはな）→夏

菱の実売る水の城市の石の橋　福永法弘

▼中国は蘇州（そしゅう）あたりの風景か。石の橋の上で菱の実を売っているというのも、水の街ならではである。

茸（きのこ）

晩秋

菌（きのこ）・茸（たけ）・毒茸（どくきのこ）・菌山（きのこやま）

森林に恵まれた日本では、茸は晩秋の山の幸である。種類が非常に多く、それぞれに独特の風味がある一方、猛毒をもつ

日野草城（ひのそうじょう）▶明治34年（1901）—昭和31年（1956）「ホトトギス」を離反、「旗艦」創刊。新興俳句運動の指導的役割。

ものも少なくない。「きのこ」は「木の子」の意で、古くは「くさびら」といった。「茸」と「菌」の書き分けは、傘のない岩茸・木耳などが「茸」で、松茸・椎茸など、傘のあるものが「菌」。

関連 梅雨茸↓夏／茸狩↓172

誰も来ぬ日の山中に茸あそぶ　青柳志解樹

膝まづくときの土の香きのこの香　青柳照葉

その奥の目立たぬ山が茸山　岸本尚毅

▼茸は童話的な連想を誘う。人のいない山中で茸たちが遊んでいるのかもしれない。▼茸が生えるような山の土はふかふかでよい香りがする。▼茸採りの名人がこっそり入って行きそうな山。「目立たぬ」が大事。

松茸

晩秋

土瓶蒸し

いわずと知れた茸の王様。おもに赤松の根元に生える。香り、味、歯ごたえのどれをとっても、その右に出る茸はない。天然の舞茸や占地のほうがうまいという人もいるが、そこは「腐っても松茸」、王者の地位はいまだ不動。当然、国産の走りには法外な高値がつく。秋刀魚や柿と並ぶ日本の秋の味覚である。料理法は焼き松茸、松茸飯、土瓶蒸しなど。

関連 松茸飯↓177

松茸

松茸や都に近き山の形　惟然

松茸や笠にたつたる松の針　浪化

盃にとくとく鳴りて土瓶蒸　阿波野青畝

松茸の錦小路となりにけり　山根真矢

▼芭蕉の故郷、伊賀上野（三重県）での句。▼松葉のついた松茸をこう詠むのだ。▼「とくとく」とは、うまそうな音。▼八百屋や魚屋が軒を連ねる京都の錦小路。

占地

晩秋

湿地茸・湿地・本占地

「匂い松茸、味占地」などといわれるように、歯ざわりがよく、どんな料理にも合うところから、広く好まれている茸の一つ。小楢や橅の林に生え、本占地と橅占地があるが、いずれも人工栽培はできない。

うかうかと千本しめぢ生えすぎし　後藤比奈夫

▼茎が癒着して一株となるところから千本占地などという。すぐに育ってしまうから、「うかうかと」。

初茸

三秋

茸狩のシーズンにさきがけて出るところから、この名がある。赤松林に発生し、傘は五～一〇センチでほぼ水平に広がり、中央にくぼみがある。肉質部は白色だが、傷つくと暗赤色の液を分泌し、緑青のようなしみができる。独特の香りがあり、炊き込みご飯や鍋料理に向く。

初茸のどこか傷つくところあり　嶋田麻紀

▼柔らかい襞の部分は傷つきやすく、どこからとなく変色してしまうのである。

椎茸（しいたけ／しひたけ）　三秋

椎茸榾

春と秋に、椎や櫟、水楢などに発生する。肉厚で、初めはこんもりしているが、しだいに傘が平らに開く。江戸時代から栽培が行なわれ、ほとんどが人工栽培である。春に収穫するものを「春子」という。関連 春椎茸→春

椎茸のぐいと曲がれる太き茎　林徹

▼椎茸は石突（軸の部分）が太いのが特徴である。そのたくましさが味の確かさのように思えてくる。

舞茸（まいたけ／まひたけ）　仲秋

黒舞茸・白舞茸

水楢の大木に発生する食用茸。傘の部分は細かなへら状で、多数重なり合って成長する。大きなものは直径二〇センチ以上、重さ二、三キロにもなる。和洋いずれの料理にも幅広く用いられ、おがくず栽培が普及している。

舞茸をかかへて転げ落ちたると　矢島渚男

▼自生している舞茸を採りに行った人。茸をかばったばかりに転げ落ちたかのようでユーモラス。

毒茸（どくたけ）　三秋

天狗茸・月夜茸・紅茸

茸は秋の味覚の王様といわれるが、数多い種類の中には毒をもつものもあり、天狗茸、月夜茸、紅茸などがその代表である。誤って食べて中毒を起こしたり、最悪の場合、死に至ることもある。毒茸は形や色がよく目立つといわれるが、天狗茸の仲間の紅天狗茸は、一見、童話にでも出てきそうなかわいらしさである。なかには食用と紛らわしいものもあり、暗がりで襞が青白く光ることからその名がある月夜茸などは、平茸と間違われやすく、中毒事故も全毒茸中、最も多い。

毒茸 ベニテングダケ。

鞍馬山にはえなん物や天狗茸　季治

崩れつつ毒茸色をつくしけり　三嶋隆英

夜は天狗茸と語るか石仏　鷹羽狩行

▼天狗といえば鞍馬山である。連想に遊ぶ古句の楽しさ。▼毒茸は色鮮やかなものが多い。地上に出てくるや、崩れるのも早いが、毒をしぼるように色を極めていくのだ。▼夜になると天狗茸も石仏も動き出し、声を出すかもしれない。山中の夜は不気味である。

富澤赤黄男▶明治35年（1902）―昭和37年（1962）「旗艦」創刊に参加、新興俳句を牽引。次第に抽象性を強める。

鹿 三秋

鹿鳴く・鹿の声・妻恋う鹿・鹿の妻・牡鹿・小牡鹿・牝鹿

鹿は古来、「声の動物」とされてきた。恋の季節を迎える秋、妻を求めて鳴く鹿の声を聞くたびに、詩人たちはその声に、自分自身の妻恋いの思いを重ね合わせた。そこから鹿の声といえば、悲しい、寂しいと感じるようになる。「奥山に紅葉ふみわけ鳴く鹿の声きく時ぞ秋は悲しき」(よみ人しらず『古今和歌集』)。 関連 春の鹿→春／鹿の子→夏／鹿の角切→226／冬の鹿→冬

飛鹿も寐て居る鹿もおもひ哉　桃隣
廻廊にしほみちくれば鹿ぞなく　素堂
北嵯峨や町を打越す鹿の声　文草
鹿の声二ツにわれる嵐かな　正岡子規
老鹿の眼のたゞふくむ涙かな　飯田蛇笏
其処に早鹿ゐる奈良に来りけり　池内たけし
森の眸はみな小牡鹿の澄める眸ぞ　橋本鶏二

▼鹿が嬉しげに野原を跳ね回るのも、憂いに沈むように寝そべっているのも、恋ゆえという。桃隣は芭蕉の門弟。▼厳島神社(広島県)での句。▼京都の北嵯峨といえば、清滝の辺り。山のほうから町を越えて鹿の声が聞こえる。▼妻を恋う鹿の声を嵐が割って吹きさらっていく。▼涙に濡れているような年老いた鹿の目。▼奈良に降り立つやいなや、鹿がお出迎え。▼森の中から覗くたくさんの鹿の眸。

猪 晩秋

猪・瓜坊・猪肉

豚の祖先といわれる猪。体は剛毛に覆われ、太い胴と短い首に、短く細めの四肢をもつ。体色は灰褐色から黒色または茶色。雑食性で何でも食べる。嗅覚に優れ、地中の芋や茸などの食物も探し出す。子猪を「瓜坊」と呼ぶのは、体形や、体毛の縦縞模様が銀甜瓜に似ているところから。その肉は古くから食され、獣肉食が禁じられていた時代には、鯨肉に食感が似ることから「山鯨」と隠語で呼ばれた。猪肉を使った鍋が牡丹鍋。 関連 牡丹鍋→冬

猪のねに行くかたや明の月　去来
山畑の芋ほるあとに伏す猪かな　其角
吊るされて地面に近き猪の鼻　森田智子
いのししのこども三匹いつもいつしよ　小澤實

▼餌を求めて山里へ降りていく猪。子連れだろうか。ひと晩中、畑などを荒らして、明け方、山中に寝に帰っていく。向かうほうには白々と残る月。▼山畑の斜面。芋を掘り起こした跡にまだ芋はないかと、伏して探す猪。▼あれほど獰猛に走り回っていた猪も、捕らえられて吊るされてしまえばこのとおり。地面すれすれのところまで伸びた鼻が少々哀れ。▼瓜坊と呼ばれる猪の子。縞々の背を寄せ合っている姿はなんとも可愛い。触れてみたいものだが、逃げ足も速い。

陰干しにせよ魂もぜんまいも：ぜんまいを干すように、魂にも風を通したいのだ。

鹿　奈良公園。

馬肥ゆ

三秋

馬肥ゆる・秋の駒

小さな動物から何千万年もかけて進化した馬は、時代を経るごとに大型化し、旧石器時代に人類との関わりが始まった。生活の一部となった馬は、人間にとってかけがえのないものであった。寒冷地に適した動物だけに、冬が近づくと皮下脂肪が蓄えられ、毛並みが艶やかになってくる。「秋高く馬肥ゆ」という言葉は、中国の杜審言の詩句「秋高くして塞馬肥ゆ」によるもので、本来は、秋に勢いを盛り返して襲ってくる匈奴を恐れたもの。「秋高し」は天文の、「馬肥ゆ」は動物の季語となった。

曲り家に可愛がられて馬肥ゆる　大橋越央子

丘の上に雲と遊びて馬肥ゆる　森田峠

▼母屋と馬小屋が繋がっている曲り家。その人馬の近さ、愛情が馬を肥えさせる。▼丘を見上げると、放し飼いの馬が雲と遊ぶよ

名句鑑賞

馬肥えぬ叩きめぐりて二三人　橋本鶏二

今では農機具の機械化が進み、農耕あるいは運搬などの馬の需要はなくなってしまった。この風景もひと昔前のものである。抜けるような青空の下、馬市が開かれている。夏の間、主人とともに農作業などの使役に勤しんできたが、今日ここに連れてこられた。冬を控えて肉置きが豊かになっていて、すれ違う人はそれを慈しむかのように叩いていく。臨場感あふれる絵柄に、爽やかな一陣の風が吹き込む。［中原］

橋間石▶明治36年（1903）―平成4年（1992）「白燕」主宰。英文学者。旧派の寺崎方堂に師事、連句にも力を傾注。

うに見える、のどかな風景。

熊の架（くまのたな）

晩秋

熊の栗棚・栗棚・熊の棚

冬ごもりを控えた秋、木登りが得意な月の輪熊などが樹上で栗などを食べる時、周りの枝を強い前肢で手もとに曲げこんで毬をむしり取って食べるため、枝が折れて棚を掛けたようになることをいう。関連 熊→冬

集落へくだる峠に熊の架　雨宮美智子
思はざる瑞枝のまじる熊の棚　大石悦子

▼こんなところに何かと思えば、噂に聞く熊の架。枝の寄せ集められたさまにそれと知る。▼みな枯れ果てた枝の集まりかと思えば、まだ新しくてみずみずしい枝も混じっていて驚く。

蛇穴に入る（へびあなにいる）

仲秋

秋の蛇・穴惑い・蜥蜴穴に入る・蟻穴に入る

蛇が冬眠のために巣穴に入ることをいう。夏の間、活発に活動していた蛇も、秋になり、気温の低下とともに動きが鈍くなり、どこからともなく集まり、ひとかたまりとなって冬眠する。この時期になってもまだ穴に入らないものを「穴惑い」と呼ぶ。関連 蛇穴を出づ→春／蛇→夏

蛇穴に入る前すこし遊びけり　能村登四郎
崖の上へ上へよぢゆく秋の蛇　右城暮石
全長をもてあましをり穴まどひ　塩野てるみ

▼冬眠する前の未練だろうか。餌もとったし、あと数日をうろつくことに。▼一心に崖を攀じる蛇。めざす先にあるのは獲物か、冬眠すべき穴か。▼長い体と、穴に入りたくない気分が相まって。

秋の蛙（あきのかわず）

仲秋

蛙穴に入る

蛙は、体温が周囲の気温とともに変化する変温動物。外気温が下がってくると、夏ほどの活発な行動がなくなり、じっと動かないことが多くなる。そして、秋も終盤を迎える頃になると、体温は外気温にともなって低下し、土の中などで春までの冬眠を始める。関連 蛙→春

湯を出でてしばらく裸秋蛙　矢島渚男
口むすび蛙が穴に入りけり　島崎秀風

▼湯から上がってほてりを冷ますためか、下着もつけずに裸でいる。近くから聞こえてくる鳴声はどうも蛙のようだ。▼蛙の口は一文字を引いたかたち。何か期するところがあったのか、蛙がごそごそと穴に入った。

鷹の塒出（たかのとやで）

初秋

箸鷹・鳥屋勝

鷹狩に使われる鷹は夏の間に羽毛が抜け替わり、秋になると、いよいよ冬の鷹狩に向けて塒（鷹部屋）から出し、訓練を行なう。これを「鷹の塒出」という。夜間に行なわれ、盆の精霊の箸を焼いて明かりとしたため、この鷹を「箸鷹」とい

炎帝につかへてメロン作りかな：沖縄での作。炎天下の過酷な労働を浪漫的に詠んだ。

う。羽も新しくなった鷹は勢いがあり、これを「鳥屋勝」という。関連 鷹狩・鷹↓冬

鷹の目の峙より出づる光かな　苔蘇

この鷹や君の覚えも鳥屋勝　高浜虚子

▼すでに羽の生え替わった鷹は、峙の中から飛び立たんと眼光鋭く空を見ている。▼すっかり羽が生え替わってはいるが、主君もきっと覚えているに違いない。

荒鷹（あらたか）　初秋　網掛の鷹

鷹狩に用いる、巣立ったばかりでまだ鷹匠から何の訓練も受けていない若い鷹を、「荒鷹」と呼ぶ。その鷹を捕獲するのには網を使う。関連 鷹狩・鷹↓冬

あら鷹の壁にちかづく夜寒かな　畦止

あら鷹の瞳や雲の行く処　松瀬青々

▼捕らえられたばかりの野生の鷹でさえ、人家に少しでも近づこうとするほどの夜寒。▼つい先ほどまで自由に飛んでいた空、雲の行方を、じっと見ている。

鷹渡る（たかわたる）　三秋　秋の鷹・鷹柱

単に「鷹」といえば、鷹狩に使われる留鳥などをさし、冬の季語。しかし差羽や蜂熊などの鷹は、繁殖のため夏鳥として渡来し、秋になると越冬のため南へと帰る。これを「鷹渡る」という。「鷹柱」は、大きな群れが上昇気流をとらえ、天高く昇っていくさまをさす。関連 鷹↓冬

滑翔のちからを貯めて鷹渡る　能村研三

日に舞うて凱歌のごとし鷹柱　岡部六弥太

波音を砕く波音鷹柱　花谷清

▼時折、羽ばたきをやめて風に乗り、遠距離を飛ぶ力を温存する。▼雲の切れ間から射す光を浴びて舞う鷹の群れが、あたかも凱歌(勝ち歌)を歌っているようだ。▼大空に舞う鷹柱。崖下の波音が、互いに砕き合うようだった。

別烏（わかれがらす）　初秋　鴉の子別れ・秋の烏

秋は烏の子が独り立ちする季節。烏が卵を抱いている期間は約二〇日。孵った雛は三〇日から四〇日ほどで巣立ちの時期を迎えるが、その後もしばらく親烏から餌をもらう。しかし、秋になると親烏は長鳴きを始め、いよいよ子烏に独り立ちを促す。

羽づくろひして子別れの鴉かな　青柳志解樹

子別れの鴉に海の荒るるかな　小林愛子

▼羽づくろいしてやるのは親烏。いつまでも一緒にいられないと諭すかのように。▼子烏と別れた親烏に鞭打つかのような悪天候、海も荒れ出した。

篠原鳳作（しのはらほうさく）▶明治38年（1905）—昭和11年（1936）禅寺洞に師事。生活俳句、無季俳句を推進するも夭折。

渡り鳥　晩秋

鳥渡る・鳥の渡り・候鳥・漂鳥・朝鳥渡る

日本列島はユーラシア大陸の東端にあり、渡り鳥の通路にあたっている。そのため、春と並んで秋も、鳥の渡りの季節である。北から日本列島へ渡ってくる鳥、日本から南へ渡ってゆく鳥などさまざまだが、このうち、北方から日本へ渡ってくる雁、鶴、鴨などを、「渡り鳥」と呼んでいる。渡り鳥の中には、そのまま日本で越冬する鳥もいるが、さらに南へ渡る鳥もいる。同じく渡り鳥でも、小型の鳥は「小鳥来る」（「小鳥」の項参照）という。燕や鷹など、日本から南へ帰る鳥には「燕帰る」「鷹渡る」などの個別の季語がある。春、北へ帰ってゆく鳥は「鳥帰る」という。関連 鳥帰る→春

日にかかる雲やしばしのわたりどり　芭蕉
木曾川の今こそ光れ渡り鳥　高浜虚子
鳥わたるこきこきこきと罐切れば　秋元不死男

▼太陽を覆い隠す雲かと思えば、渡り鳥の大群。▼渡り鳥が上空から眺めたかのような木曾川。▼罐切りで罐詰を開けていると、大空を渡り鳥が通過してゆく。

坂鳥　晩秋

秋になって北から渡ってきた小鳥は、群れを作って尾根を越すという。尾根の上り下りの斜面に沿って飛翔することから、この言葉が生まれた。

雁塔に一夜明かせし坂鳥か　安住敦
坂鳥や地図に確かむ縦走路　大久保白村

▼雁供養のために建てたとされる雁塔（ひときわ高く、渡り鳥の目印になる）に、一夜、羽を休めた渡り鳥だろうか。▼早発ちの山の朝。尾根を越す鳥たちは真っすぐ行けるが、縦走する岳人には曲がりくねった道である。

色鳥　三秋

秋になるとその姿を目にする、獦子鳥、尉鶲、真鶸、連雀といった、色の美しい小鳥の総称。おもに渡ってくる小鳥をいうが、秋に山から平地に降りてくる留鳥についてもいう。それぞれ目を見張るような色合いをもち、澄んだ秋の空により映える。

色鳥を待つや端居の絵具皿　松瀬青々
色鳥やきらきらと降る山の雨　草間時彦

名句鑑賞

色鳥やだるき柱を授かりて　飯島晴子

庭先にだろうか、色鮮やかな小鳥がやってきている。それも一羽、二羽ではない。木から木へかしましく、どこか楽しげに飛び移る。それにくらべ、何かあったのか、やけに気怠く沈みこみ、開け放たれた窓からぼんやりとそれを眺めている作者。物憂い体を部屋の柱に預けている。まるでそれが自分にとっての止まり木であるかのように。「だるき柱」で自分の体調を、「授かりて」で行動をあらわしたおもしろさがある。今の自分と色鳥の対比もよい。［中原］

菜殻火よ風袋より風貰ひ：風神がかついでいる風袋から風を貰って菜殻火を焚く。

色鳥やひとつ箪笥に妻のもの　　石田勝彦

▼青々は俳画にも優れていた。万端を整えて小鳥の到来を待つ端居である。▼「きらきらと降る」から、日照雨を思う。鳥たちはそうは降りこめられない雨だと知って集う。▼この場合の「色鳥」は、箪笥の中に残された艶やかな衣類の数々のたとえ、そして窓外にも小鳥たちがやって来る。

【小鳥】　晩秋

小鳥来る・小鳥渡る

ふつう小鳥というと、鶯や雲雀などの野鳥から、カナリアや文鳥などのペットまで、小さな鳥すべてをさすが、俳句で「小鳥」といえば、渡り鳥のうち小型の鳥のこと。鶸、連雀、菊戴、鶲など。

小鳥来る音嬉しさよ板びさし　　蕪村
大空に又わき出でし小鳥かな　　高浜虚子
わが心ふとときめけば小鳥来る　　中村汀女

▼板の庇で遊ぶ鳥たちの足音が聞こえる。▼波のように湧いては飛び去る、小鳥たちの群れ。▼ときめく心に小鳥たちがやって来る。

【燕帰る】　仲秋

去ぬ燕・帰燕・秋燕・残る燕

春先に渡ってきた夏鳥の燕は、民家の軒先などの巣で雛を育てる。雛が巣立つと、親子ともども河川敷や葦原に集まり、数千から数万羽の集団で塒を形成し、秋の声が聞こえ始めると一斉に南へと帰る。関連 燕→春

去ぬ燕ならん幾度も水に触る　　細見綾子
秋燕に映えつゝ朝日まだ見えず　　中村草田男
秋燕の富士の高さを越えにけり　　稲畑汀子

▼南国に帰ろうとする燕だろう。いつもより水面に触れているのは別れを惜しんでか。▼朝の光を全身で浴びている光り輝く燕に、残る寂しさは微塵もない。▼富士を越えるかのように高く舞い上がり、帰燕となる。

【稲雀】　三秋

秋雀

日本において最も一般的な鳥、雀。主食は種子や穀物で、人家の付近や農耕地、とくに水田の近くに多く見られる。稲の実る秋、大群で稲穂をついばむ雀をさして「稲雀」といい、農家に大きな被害をもたらす。関連 雀の子→春

みちのくの旅に海透く稲雀　　秋元不死男
群の軸どこへも曲げて稲雀　　百合山羽公
稲雀ことし生まれも加はれり　　藤本安騎生

▼電車が幾度も稲雀を舞い立たせる。車窓から見える雀の群れの向こうには陸奥の清らかな海。▼飛び立った稲雀の群れは、投網を投げたように広がった。あたかも軸(中心)があるように。変幻自在にうねりながら。▼仕種や飛ぶ姿、食欲の旺盛さから今年生まれの雀であることがわかる。

平畑静塔▶明治38年(1905)—平成9年(1997)新興俳句に挺身、検挙された。「俳人格」など俳論にも定評がある。

稲負鳥（いなおおせどり）

三秋　いなおおせどり

春の季語である「呼子鳥」「百千鳥」とともに「古今伝授の三鳥」とされ、どんな鳥かわからないまま平安時代から歌に詠まれ続け、俳諧の世界にも浸透した。鶺鴒、鷭、水鶏、入内雀、雁など、さまざまな説がある。

声寒し稲負鳥としておきぬ　松瀬青々

いつの世も稲負鳥北より来　宇多喜代子

稲負鳥かも淡海をゆきかふは　谷口智行

▼寒々しい声で鳴く鳥がいるが、水鶏とも鶺鴒ともいわれ諸説ある、稲負鳥の声ということにしておこう。▼昔から詩歌に詠われてきた、実体のわからない稲負鳥だが、いつの時代にも、北方から渡って来るイメージは変わらない。▼秋の琵琶湖をゆきかう鳥たちを見て平安の世に思いを馳せる。

鵙（もず）

三秋　百舌鳥・初百舌鳥・稚児鵙・鵙の高音・鵙日和・鵙の晴

「キーッ、キーッ」という甲高い鵙の声は、秋ならではのもの。昆虫や小さな生き物を捕らえ、冬の間の食料として木の枝などに刺しておく。これが「鵙の贄」（次項参照）。

百舌鳥なくや入日さし込む女松原　凡兆

御空より発止と鵙や菊日和　川端茅舎

かなしめば鵙金色の日を負ひ来　加藤楸邨

▼あかあかと夕日に照らされる赤松林。「女松」は赤松のこと。▼「発止と」とは気合の入っているさま。▼金色の夕映えの中で鳴く鵙。

鵙の贄（もずのにえ）

三秋　鵙の早贄・鵙の贄刺

鵙にはほかの鳥にはない独特の習性がある。捕らえた昆虫、蜥蜴、蛙などを木の枝先、時には有刺鉄線などに突き刺しておく。これを「鵙の贄」「鵙の早贄」という。秋になり縄張りを主張し始めると、とくに多く見られる。

青年を呼びつつありき鵙の贄　永田耕衣

てつぺんはかわくかわくと鵙の贄　小檜山繁子

▼その青年は目ざとく鵙の贄を見つけ出すであろうという、冴えわたる予感。▼生きながら刺されて贄になり変わり、体が干からびていく状態をつぶやく。

鶫（つぐみ）

晩秋　鳥馬・白腹

十月頃に渡来し、越冬する。体長約二四センチで雌雄同色。眉は白く翼は明るい褐色で、胸と脇腹に黒斑がある。渡ってきたばかりの頃は大きな群れで暮らすが、徐々に分散して、農耕地、河原、林などで、数羽か単独で生活するようになる。「キィキィ、クワックワッ」などと鳴く。

逆落す鶫の群や霧の穴　水原秋桜子

つぐみ哀れおくれかゝりし一羽あり　高浜年尾

三人に落花の庭の道成寺：道成寺は、安珍・清姫縁起の寺。熊野詣の途次にある。

宿の子と鶫焼く炉をかこみつゝ　　石橋辰之助

▼ぽっかり開いた霧の穴（晴れている所）に、鶫の群れは逆さ落としのように連なって降りてゆく。▼一羽が突っ込むと、みな突っ込んでいく習性のある鶫、かわいそうに、後続の一羽が霞網にかかってもがいている。▼鳥というより獣のような食感の鶫を焼いて食べる（往時は保護鳥ではなかった）。猟師宿の子にとっても、鶫はごちそう。

鶫

鵯（ひよどり）

晩秋

鵯（ひよ）・ひえどり・白頭鳥（ひよどり）

体に比べて頭は小さく、尾は長く、全体的に青灰色の羽毛で、頬は栗色、頭頂部の羽毛はやや長く、羽冠状となっている。「ピーヨ、ピーヨ」と、甲高く鳴く。椎、樫、樟などの林で見られるが、都市部でも繁殖している。一年を通して観察される留鳥だが、平地に移動する秋をもって季語としている。

鵯のこぼし去りぬる実のあかき　　蕪村

人のする絶叫なるを鵯もせる　　相生垣瓜人

鵯

鵯の大きな口に鳴きにけり　　星野立子

▼あれほど鳴いていた鵯がいなくなった。食べこぼした木の実だけが赤く残っている。食べ飽きたのか、それとも……。▼人間もよく絶叫するが、鵯の絶叫はひょっとして人間の真似ではないか。▼ほかの鳥よりずっと大きく開く口。その口で鳴くのだから声も大きいはず。

懸巣（かけす）

晩秋

懸巣鳥（かけす）・橿鳥（かしどり）・樫鳥（かしどり）

低山帯の林に生息する留鳥だが、秋には人里近くでも見かけるため、秋の季語となった。葡萄色の体、頭の上は白く、黒色の縦斑があり、翼には青い模様、尾羽は黒くて長い。「ジャー、ジェーイ」など

懸巣

名句鑑賞

夕暮の莨はあましかけす鳴く　　横山白虹

郊外のちょっとした畑か何かで作業をしていたのであろうか。夕方になり、どうにか一段落ついて、ふところから莨を取り出すと、おもむろに火を点けた。目の前の林では懸巣がどこか濁った声で鳴いている。労働の後ということ、懸巣のしゃがれた声に相反しているということで、その一服を甘く感じる。一日の疲れを隅々まで癒やしてくれるかのようだ。今と違って、禁煙、禁煙と騒がれなかった時代である。昭和十三年（一九三八）刊の『海堡』所収。〔中原〕

藤後左右（とうごさゆう）▶明治 41 年（1908）―平成 3 年（1991）静塔らと「京大俳句」創刊。のち郷里鹿児島に戻り「天街」を創刊。

と濁った声で鳴く。ほかの鳥の鳴声、物音などを巧みに真似る。団栗類を好むことから「橿鳥」の名がある。

子供居りしばらく行けば懸巣鳥居り　中村草田男
油屋のいまは酒場やかけす鳴く　辻桃子
樫鳥や校庭は午後日当らず　茨木和生

▼子供たちは物真似上手な懸巣が大好き。子供が集まっていると思って行くと、案の定、その輪の中には懸巣がいる。▼油屋を改造した酒場。懸巣の騒々しい地声と客の喧噪を掛けているようだ。▼山懐にある分校か。日の翳った校庭に樫鳥の声が鳴り響く。

鶸（ひわ）　晩秋

真鶸・紅鶸・金雀

鶸は大変種類が多いが、ふつう「鶸」といえば、真鶸をさす。雀より小さく、シベリアから大群で渡ってくる。針葉樹の高い枝に椀形の巣を作り、五個から六個の卵を産む。「チュインチュイン」と高く澄んだ声で鳴く。

鶸

砂丘よりかぶさつて来ぬ鶸のむれ　鈴木花蓑
大たわみ大たわみして鶸わたる　上村占魚

▼一群の鶸が砂丘を飛び立ってやって来ると、まるで砂埃におおいかぶさられるよう。▼大群の鶸の渡る姿は、大きな布がたわんでは張り、張ってはたわむかのようだ。

連雀（れんじゃく）　晩秋

ほや鳥・寄生鳥・黄連雀・緋連雀

全体にずんぐりした体つきで、羽毛は絹状で柔らかい。扁平で短い嘴と短い脚をもつ。森林の樹上に群れを作って生活するが、人をあまり恐れないため、市街地でも観察することができる。尾の先端が、鮮やかな黄色のものが「黄連雀」、赤いものが「緋連雀」。寄生木（宿木）の実を好んで食べるため、「寄生鳥」の名がある。

連雀

緋連雀一斉に立つてもれもなし　阿波野青畝
恵那山は雲被て深し緋連雀　皆川盤水

▼緋連雀が一斉に飛び立つ。一羽として遅れるものもなく。▼恵那山（長野・岐阜県境の山）は厚い雲に覆われて見えない。作者は今、緋連雀を見ている。

獦子鳥（あとり）　晩秋

花鶏・あっとり

晩秋、飛来する。胸や肩は橙色で、雄の夏羽は頭と背が黒色、冬羽は青黒となり、雌は頭と背に黒斑の混じる褐色で、雄に比べて全体に淡い。「キョッ、キョッ」と鳴く。いつもは山地

夏山は馴れし我なりゆかしめよ：夏山登山を案ずる人を安心させようという一句。

に生息するが、雪が降ったりすると低地の水田などに姿を見せる。密集した群れで行動する。

空はみささぎ花鶏など居させむ　飯島晴子

ちりぢりになる楽しさの花鶏かな　堀口星眠

▼天空は陵（天皇・皇后の墓所）でもあるから、大群で渡って来る花鶏を配して、寂しくないようにしよう、という作者の思い。▼大群の花鶏がパッと散ったかと思うと、また一気に寄り合う、離合集散を見る楽しさ。

獦子鳥

鶲（ひたき）

晩秋

尉鶲（じょうびたき）・火焚鳥（ひたきどり）・馬鹿（ばか）っちょ・団子背負い（だんごしょい）

俳句でいう「鶲」とは、「尉鶲」のことをさす。飛んでいる蠅（はえ）や虻（あぶ）を見つけると、枝から飛び立って捕食し、また元の位置に戻る習性がある。語源は「火叩（たた）き」または「火焚（た）き」といわれ、「ヒッヒッ、ピッピッ」と鳴いて、カタカタと火打ち石を叩き合わせるような音を出す。

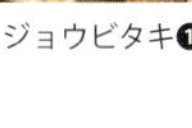

鶲　ジョウビタキ❶雄、❷雌。

良寛の手鞠の如く鶲来し　川端茅舎

一羽来てすぐ一羽来て尉鶲　坂本宮尾

尉鶲灯台へ灯を点けに来る　赤塚五行

▼良寛が子供たちと遊び興じた手鞠。弾むような鶲の動きが愛らしい。▼単独行動の多い鶲。一羽来ていなくなったと思うと、また一羽。もしかして同じ鳥だろうか。▼夕暮時に現われた鶲。羽に白い斑（ふ）があり、灯が点（とも）ったかのような印象。島の灯台も点り始めたようだ。

鶺鴒（せきれい）

三秋

石叩（いしたたき）・庭叩（にわたたき）・嫁鳥（とつぎどり）・恋教鳥（こいおしえどり）・白鶺鴒（はくせきれい）・黄鶺鴒（きせきれい）・背黒鶺鴒（せぐろせきれい）

おもに昆虫、水生昆虫、蜘蛛（くも）などを捕食するので、川辺などに生息することが多いが、湿地や農耕地、市街地でも見られる。河口付近では白鶺鴒が、山地に近づくにつれて黄鶺鴒が

鶺鴒　❶白鶺鴒、❷黄鶺鴒。

石橋辰之助（いしばしたつのすけ）▶明治42年（1909）—昭和23年（1948）「馬酔木」で山岳俳句で注目されるも脱会、新興俳句運動へ。

見られる。どの種も尾羽を上下に振る動作が特徴的で、その姿から「石叩」「庭叩」という名がついた。

鶺鴒のとゞまり難く走りけり　高浜虚子
鶺鴒の二羽となりたる岩の上　清崎敏郎
石叩去りたる石はどれならむ　加藤楸邨

▼ツ、ツ、ツと進んでは尾を上下させる鶺鴒。勢いがついているように走る、走る。▼尾を上下させる姿が二羽となり、いっそうリズミカルに見える。▼石の上で尾羽を振る石叩が忽然と姿を消した。さてそれはどの石だったか。

田雲雀（たひばり）

晩秋

畦雲雀（あぜひばり）・溝雲雀（みぞひばり）・土雲雀（つちひばり）

十月頃に飛来し、越冬中は、海岸や干潟、平地の田畑や草地、河原など湿気の多い地域で見られる。「雲雀」の名がついていてもヒバリ科ではなくセキレイ科の鳥で、地上で鶺鴒（せきれい）のように尾を上下に振り、足を交互に出して歩きながら昆虫を捕らえて食べる。

田雲雀や日暮れかねつつ塔ふたつ　岡井省二
田雲雀の十は来てゐる夕日かな　飴山實

▼大きな寺なのだろう、東西に塔がある。暮れなずむ中で、田雲雀がなおも盛んに飛び回っているのが見える。▼逆光の中で数を数えれば十羽ほどはいようか。日が沈むというのに屈託なく餌をついばんでいる。

田雲雀

椋鳥（むくどり）

三秋

むく・白頭翁（はくとうおう）

頭や顔には白い羽毛が混じる。このことから「白頭翁」の名がある。都市部、村落、畑、水田などで普通に見ることができる。一年を通して熟した果実を好んで口にする。樹木の洞、人家の戸袋や屋根裏、建物の隙間など、あらゆるところに巣を作る。

あれ程の椋鳥をさまりし一樹かな　松根東洋城
双塔の暮れゆく椋鳥を浴びにけり　加藤楸邨

▼異常発生したかのような椋鳥の大群。それが結局一本の樹にすべて収まってしまった。その驚きと安堵（あんど）。▼東塔と西塔、対になっている寺域に佇（たたず）つ作者。夕暮時、椋鳥の大移動が今、頭上を覆っていく。

椋鳥

鵲（かささぎ）

三秋

高麗鴉（こうらいがらす）・唐鴉（とうがらす）・勝鴉（かちがらす）・鵲（かち）

頭と胸、長い尾は艶（つや）のある黒色で、肩と腹は白い。七夕（たなばた）伝説では、何羽もが翼を連ね、年に一度会う彦星と織姫をつなぐ架け橋（鵲の橋）となる。九州の筑紫（つくし）平野に局地的に生息し、国の天然記念物に指定されている。

雪の山山は消えつつ雪ふれり：うっすらとあった雪山の影さえ、雪の白さに消えてゆく。

鵙を蘇州にて聞き柳川に　松崎鉄之介

しばらくは秋行く窓の鵙のこゑ　志摩知子

▼中国蘇州でその鳴声を聞き、今、福岡県の柳川でもその姿を目の当たりにする。▼深まりゆく秋を窓外に求めながら、鵙の声も遠ざかる様子。

鶉（うずら）　三秋

片鶉・諸鶉・鶉の床・鶉野

頸、翼、尾ともに短く、ずんぐりした体形。褐色の体色に黒とクリーム色の複雑な斑があり、農耕地、牧場、草原などで生活するが、人目につきにくい。肉、卵がおいしいために食用とされ、また、狩猟のために人為的に野外に放される。

関連 麦鶉→春

鶉鳴くばかり淋しき山の畑　佐藤紅緑

木の宿の木の風呂鶉鳴きにけり　野中亮介

▼山の畑は婆のほまち（へそくり）稼ぎくらいのもの。鶉の鳴声がして、いっそう淋しく思われる。▼昔ながらの木造の宿には、木の香のする風呂がふさわしい。そんな宿で鶉が鳴いた。どこか人懐こい感じがする。

啄木鳥（きつつき）　三秋

木突・けらつつき・けら・番匠鳥・赤げら・青げら・蟻吸

爪が鋭く強力な脚をもち、樹木の間で生活するのに向いている。真っすぐ尖った嘴で、樹皮や枯れた幹に穴を開け、甲虫類の幼虫などを引き出して食べる。枯れた幹や枝を、タララ……とか、コロロロ……と連続的に叩き、その音が澄んだ秋の森によく響き渡る。

啄木鳥や落葉をいそぐ牧の木々　水原秋桜子

山に居れば山に心やけらつつき　不破博

茶畑の電柱に穴けらつつき　茨木和生

▼啄木鳥が叩く音はどこか牧場の木々の落葉を急かし、冬の到来を待つようだ。▼山中に聞く、けらつつきが木を叩く音は、山との存問のようだ。▼茶畑に立つ防霜ファンの電柱。こんなところにもという発見と驚き。

啄木鳥

鴫（しぎ）　三秋

鷸・田鴫・青鴫・山鴫・磯鴫

一般的に「鴫」といえば、「田鴫」のことをさす。体の上面は灰褐色の地に黒い複雑な斑紋があり、頭部から背にかけて、目立つクリーム色の太い縦線がある。旅鳥または冬鳥として渡来し、水田や湿地、川や沼などの水辺にすむ。人が近づくと「ジャッ」と鳴き、すばやく飛び立つ。

鴫

高屋窓秋▶明治43年（1910）—平成11年（1999）「馬酔木」のち「天狼」「未定」等。単純化と普遍化。

古沼や鴫立て三日の月低し　正岡子規
棟上げのあと磯鴫のあそびをり　友岡子郷

▼夕暮時、昔からある沼に鴫が来て、じっと佇んでいる。空には、低く懸かった三日月。▼海岸近くの家。棟上げを終えて海に出てみれば、磯鴫が遊んでいる。家を持つ身の安堵と、鳥のように旅する自由の身とを思う。

鴇　三秋

朱鷺・桃花鳥

頭の後ろにはっきりとした冠羽があり、風切羽や翼の裏、尾羽は鴇色と呼ばれる独特の淡い赤色を帯びる。かつては全国の山間の水田や渓流、森林に生息していたが、日本での野生のトキは絶滅した。現在では、新潟県佐渡市にある「佐渡トキ保護センター」で、中国から贈られたトキによって人工繁殖が進められている。

カーフェリー朱鷺の孵りし島指呼に　塩田藪柑子
島にして海見えぬ村朱鷺棲める　柳沢仙渡子

▼カーフェリーに乗ると、朱鷺が孵ったという島がすぐそこに近づいてきた。▼朱鷺のすんでいる佐渡市の旧新穂村は、島でありながら海が見えない。

雁　晩秋

雁・かりがね・雁が音・初雁・雁の列・雁の棹・雁行・雁渡る・落雁

雁を仰ぎ、その声を聞きながら悠久の時の流れに思いを馳せる。人間は人間界で暮らしているが、時折そこに、外の世界から消息がもたらされる。晩秋に北方から渡ってくる雁はその一つ。雁は姿よりも声の鳥だった。雁を「かりがね」ともいうが、漢字で書けば「雁が音」、つまり、雁の声。これがやがて雁そのものをあらわすようになる。これは、雁が何よりも「声の鳥」であったことをあらわしている。雁と呼ばれる鳥には、真雁、四十雀雁、白雁、菱喰、大菱喰、酒面雁、灰色雁などがある。なかには「雁が音」という種類もいるのでややこしい。

関連 雁風呂・春の雁・雁帰る→春／雁渡し→42／寒雁→冬

病雁の夜さむに落て旅ね哉　芭蕉
雁の腹見すかす空や船の上　其角
雁がねの竿に成る時猶さびし　去来
雁がねもしづかに聞けばからびずや　越人
小波の如くに雁の遠くなる　阿部みどり女
雁や残るものみな美しき　石田波郷

▼琵琶湖の西岸、堅田での句。▼頭上を飛んでゆく雁の腹がはっきり見える。▼「竿」とは一列に並ぶこと。これに対して、「鉤」は竿が折れ曲がったもの。▼雁の野太い声も、なかなか風流。「からぶ」とは枯れて趣があること。▼大空の果てへと消えてゆく雁。▼作者が出征した時の句。「残るもの」とは、後に残される日本の山河と、そこに生きる人々。

初鴨　仲秋

鴨渡る・鴨来る

射撃手のふとうなだれて戦闘機：戦闘機の射撃手が撃たれて絶命した瞬間。戦時中の作。

渡り鳥である「鴨」は、冬の季語であるが、秋口には、その最初の姿を認めることができる。その年に初めて目にした鴨をさして「初鴨」と呼び、昔から初ものとして慈しむとともに、その到来を待ち望んだ。関連 鴨→冬

遥けさの初鴨の声聞きとむる　皆川盤水

初鴨の十羽はさびしすぎにけり　大嶽青児

▼初鴨の季節。今日、遠くではあったが、確かに初鴨の声を聞いた。▼初鴨の第一陣が渡ってきた。しかし、たった十羽とは寂しすぎる数だ。

尾越の鴨　晩秋

山の尾根を越えることを「尾越」といい、鴨が尾根をすれすれに越えて山の湖にやって来ることから生まれた季語。この頃の鴨は肥え太り、そう高く飛べないため山の尾根を越え来ることからとか、夜が明けきらないので警戒して高く飛ばないなど、諸説がある。関連 鴨→冬

手びさしに見えて尾越の鴨ならん　井桁蒼水

豊年や尾越の鴨の見ゆるとき　森澄雄

▼尾根すれすれにやって来る鴨。手庇で日を遮って見ているが、あれは尾越の鴨にちがいない。▼収穫の秋。作柄はいいようだ。尾根を越えてやって来る鴨も肥えているようで……と見惚れる作者。

鶴来る　晩秋

鶴渡る・田鶴渡る

日本はシベリアで繁殖したツル類の主要な越冬地であるため、冬を前にして鍋鶴、真鶴などが飛来する。鹿児島県出水市荒崎では鍋鶴や真鶴など、山口県周南市八代では鍋鶴が多く飛来する。また、北海道の釧路では留鳥の丹頂鶴が見られる。関連 鶴→冬

和歌の浦に鶴来りしがひんがしへ　高浜虚子

鶴の来るために大空あけて待つ　後藤比奈夫

鶴来るや新藁の香の納屋に満ち　大岳水一路

▼和歌の浦（和歌山市東部の海岸）にやって来た鶴。干潟に潮が満ちると鳴きながら東へ移って行く。▼この大空は鶴のためにあるのだから、鶴よ、早く来いという気持。▼納屋に満ちる新藁の香。稲刈、脱穀がすんだ頃、鶴は忘れずにやって来るのだ。

海猫帰る　仲秋

海猫帰る・残る海猫

春先に繁殖のため日本近海の島に渡ってきた海猫が、越冬の地に帰ることをいう。海岸、河口、港湾などで、猫に似た鳴声をして群れを作っていたものが、日に日に数を減らしてゆくのは、やはりどこか寂しい。関連 海猫渡る→春／海猫→夏

海猫帰る遊女のやうな首のべて　北光星

海猫帰る立待岬潮ぐもり　古賀まり子

仁智栄坊▶明治43年（1910）—平成5年（1993）「京大俳句」に参加。敗戦後、捕虜としてシベリアに抑留された。

▼海猫が揃って帰る。まるで白粉をはたいた遊女のような首を突き出して。▼立待岬（北海道函館市）と、海猫が帰ってたちまち海上が曇るとを掛けている。

秋の金魚　三秋

夏の間は涼気を誘うものとして人気があり、ちやほやされた金魚だが、秋風が立つ頃になると、その存在もいつの間にか遠くなり、話題に上ることも少なくなる。そんな哀れさが滲み出る季語である。関連 金魚→夏

愛されぬ秋の金魚の開放感　大江まり江
椅子ひとつ秋の金魚を見るために　石田郷子

▼買った時はあれほどちやほやされた金魚もほったらかしに。そのほったらかし具合が金魚にとってもありがたい。▼幼児のための椅子が一つ。何かと思えば、背の届かない子がのって、秋の金魚を見るためのもの。

落鮎　仲秋

鮎落つ・下り鮎・錆鮎・渋鮎・秋の鮎

川の上流で夏を過ごした鮎は、秋になると川を下り始める。これが「落鮎」。上流の水が冷たくなるのをいち早く察知して、川を下り始めるのだ。雌は腹に卵を抱え、川を下りながら産卵する。産卵後、親鮎は落命する。卵から孵った稚魚は海まで流され、そこで冬を越し、そして春を迎えると、川を上り始める。落鮎は錆びたように黒ずんでくるので「錆鮎」ともいう。関連 鮎→夏

落鮎や日に日に水のおそろしき　千代女
落ち〱て鮎は木の葉となりにけり　前田普羅
落鮎の串抜きてなほ火の匂ひ　黒田杏子

▼何もかも流し去る非情な水。▼落鮎の果ては木の葉も同然。▼火加減の難しい焼鮎であるが榾火の匂いまでもが美味い。蓼酢が合う。

紅葉鮒　晩秋

源五郎鮒の鰭が、晩秋を迎える頃になるとうっすらと赤みを帯びるところからこの名がある。源五郎鮒は琵琶湖や淀川水系原産だが、現在では、各地の河川や湖で繁殖している。食用になり、甘露煮などにされる。釣り人の間では「篦鮒」の名で知られる。

目に見えて魞ゆるびそむ紅葉鮒　能村登四郎
竹籠の青きに跳ねて紅葉鮒　齋藤美智子

▼「魞」は、河川などで魚を捕らえる装置で、「魞挿す」は春の季語。その魞が傍目にもくたびれた感じになった。そろそろ紅葉鮒のとれる頃だ。▼鰭が赤く色づいた琵琶湖産の源五郎鮒が、竹籠の青とあいまって美しい。

暗がりに檸檬泛かぶは死後の景：まだ見ぬ死後の世界を檸檬に見た。心象風景句。

木の葉山女（このはやまめ） 晩秋

海に降らず、一生を河川の中流以上で過ごす山女。二〇度以下の水温域に生息し、体の色は淡褐色で、背面に多くの小黒点が散在する。晩秋の、木の葉が舞い散る頃の山女ということで、釣り人の間で呼ばれていたこの名が季語となった。

関連 山女（やまめ）→夏

谷風も木の葉山女も甲斐路かな　草間時彦

火の鞭を躱せし木の葉山女かな　大木孝子

▼山腹に沿って山頂へ吹き上げる谷風に木の葉が舞う頃。おとなしくなった木の葉山女も、それはそれで甲斐路（かいじ）の風情である。▼釣ったばかりの木の葉山女を火に近づける。火の鞭（むち）を身を反らして躱（かわ）そうとする山女。

落鰻（おちうなぎ） 三秋

下り鰻（くだりうなぎ）

生後五年から一〇年ほどで成熟した鰻は、九月から十一月頃になると産卵のため川を下り、海に入る。この鰻を「落鰻」という。海に出た後、産卵場に達するまでの過程や産卵場所についてはよくわかっていない。

関連 鰻（うなぎ）→夏

落鰻落ちゆく芦の無尽蔵　石田勝彦

横顔を噺家と知る落鰻　中戸川朝人

▼産卵のため川を下っていく鰻は前途多難。まず、水中に無尽蔵に生える芦（あし）の間を擦（す）り抜けていかねばならない。▼土用を過ぎてさらに脂ののった落鰻を、がつがつ食べている人。見たことのある噺家（はなしか）のようである。

落鯛（おちだい） 晩秋

桜の咲く季節で産卵前の最も鮮やかな体色をした味のよい鯛を「桜鯛」（春）、麦の熟れる六、七月頃で産卵期も終わって体色がくすみ、味が最も落ちる鯛を「麦藁鯛（むぎわらだい）」（夏）と呼ぶ。同様に、十月頃の外海に出ていく鯛を「落鯛」といい、産卵を終えた鯛なのでやはり味は落ちる。

落鯛や豊予水道上り潮　吉田鐵四郎

鯛落ちて美しかりし島の松　武藤紀子

▼産卵後に体力を養った鯛は外海へ出ていく。豊予（ほうよ）水道（大分・愛媛県間の海域）の急流も、今は上げ潮、乗り時である。▼落鯛の頃の松はしっとり落ち着いて、島影も相まって美しい。

江鮭（あめのうお） 仲秋

鯇魚（あめのうお）・雨魚（あめのうお）・あめご・甘子（あまご）・琵琶鱒（びわます）

サケ科の淡水魚。天然のものは琵琶湖だけに分布することから「琵琶鱒」ともいう。移殖により、諏訪（すわ）湖、中禅寺（ちゅうぜんじ）湖などにも見られ、秋、雨後の増水した川を、産卵のために遡上する。雨の後によくとれるところから、この名がある。

江鮭まづ妹が目にうつくしき　松瀬青々

三谷昭（みたにあきら）▶明治44年（1911）—昭和53年（1978）現代俳句協会初代会長。『現代の秀句』ほか評論多数。

一宿の淡海に近し江鮭　森澄雄

▼捕らえた江鮭を妹（妻）に差し出す。その妹の目の中に映って濡れている様子を詠む。▼琵琶湖のごく近いところに一軒の宿があって、作者は食膳に上がった江鮭を賞でている。

鰍（かじか）

三秋　川鰍・石伏・石斑魚

その分類については現在のところはっきりしていない。小型のハゼ類とともに、鮴、鈍甲と呼ばれることもある。川底の小石に張りつくようにして生息するところから「石伏」の名がある。産卵は春から初夏にかけてだが、「鰍」という漢字から、秋の季語に定められたという。美味な魚であり、金沢の郷土料理「鮴料理」には、この魚を用いることがある。

鰍突きまぶしその臀充実す　加藤楸邨

石取れば水さゝにごる鰍かな　岡田夏生

▼「鰍突き」の突き出した大きな臀をおもしろがっている作者。▼渓流の石をずらして鰍をとる。いったん水は少し濁るが、また透明な水に戻る。

黄顙魚（ぎぎ）

三秋　きばち・きぎう・ぎぎゅう

川や湖の岩礁や護岸の石垣の間に生息する。体は細長く、後方は左右に平たい。八本の口髭をもち、背鰭と胸鰭に毒のある棘があり、その胸鰭の棘をすり合わせてギーギーという音を発するところから、この名がある。

ぎゝに手の刺されぬぎゝを泣かしけり　青木月斗

釣り捨てし琵琶湖のぎぎに鳴かれけり　井口秀二

釣りし黄顙魚沼暮るるまで魚籠に泣く　山口満

▼黄顙魚に手を刺され、黄顙魚を地面に放つ。黄顙魚は鰭をこすって鳴くが、刺されたこちらだって泣きたいくらい痛い。▼外道（釣りで、目的外の魚）の黄顙魚を湖畔に捨てたが、今も鳴いている。▼釣り上げて魚籠に入れた黄顙魚が、日が暮れるまでずっと鳴いている。

鰡（ぼら）

仲秋　目白鰡・名吉・いな・洲走・とど

浸透圧調節の能力に突出していて、川と海を自由に行き来できる汽水魚。とくに大きくなったものを「トドのつまり」の語源でもある「とど」と呼ぶ。一八～三〇センチくらいのものを「いな」と呼び、江戸時代、魚河岸の粋な若者が結った平たくつぶした髪形が「いな」の背に似ていたところから「鰡背髷」といった。これが「いなせ」の語源。

鰡の飛ぶ夕潮の真ツ平かな　河東碧梧桐

鰡さげて篠つく雨の野を帰る　飯田龍太

鰡跳ねる河口は潮の鬩ぎ合ひ　杉野昌子

▼飛び上がった鰡が一瞬輝く。静かな夕凪の海面である。▼何匹か釣れたのだろう。雨も激しくなってきたので切りあげ、足早に帰ることに。▼鰡はよく海面を飛ぶ。とくに盛んに飛ぶ夕暮時、

寒凪やはるかな鳥のやうにひとり：寒凪の海辺にぽつんと一人たたずむ。はるかな孤絶感。

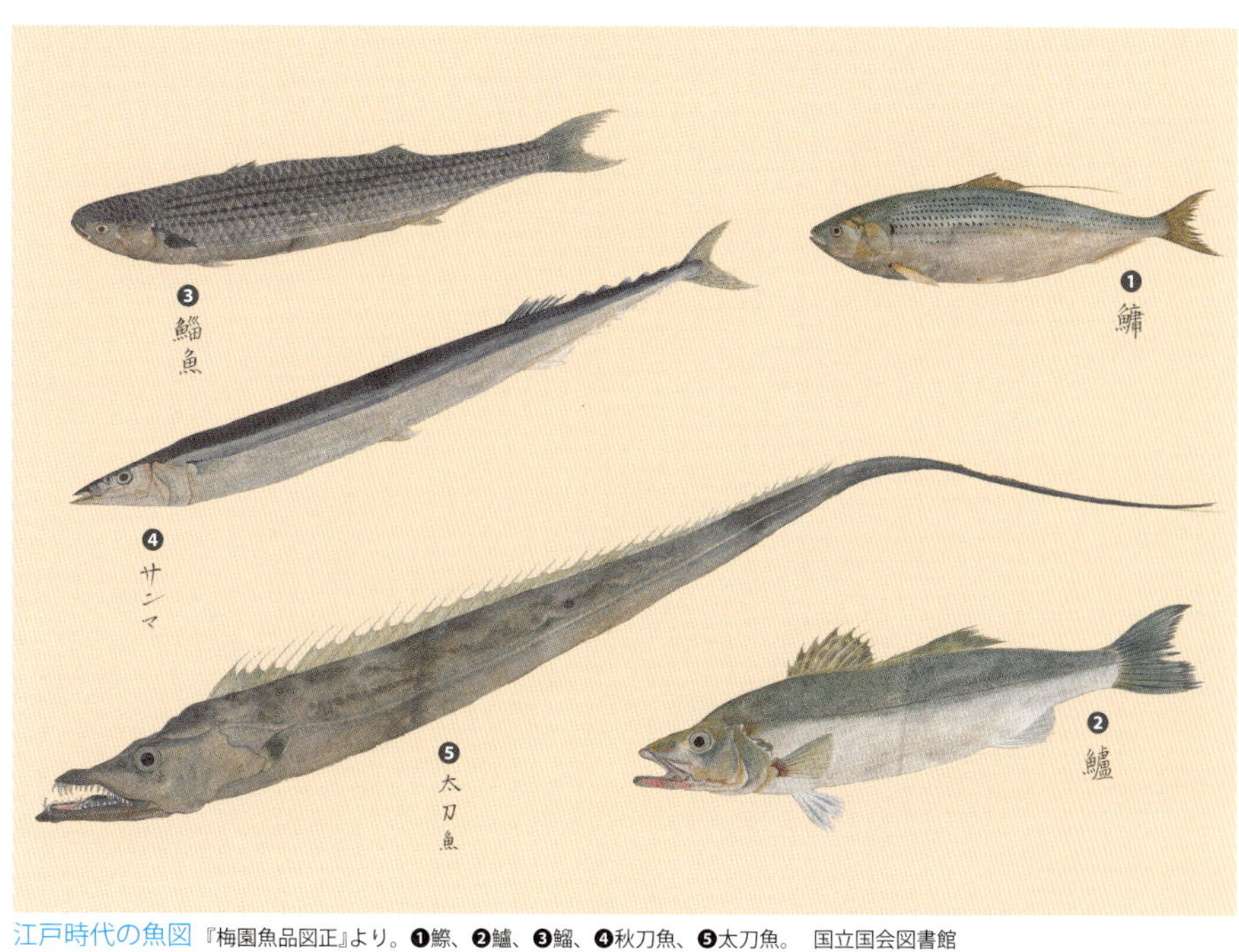

江戸時代の魚図 『梅園魚品図正』より。❶鰶、❷鱸、❸鯔、❹秋刀魚、❺太刀魚。 国立国会図書館

河口は淡水と海水が鬩ぎ合っていることだろう。

鱸

仲秋

せいご・ふっこ・木っ葉・川鱸・海鱸・鱸膾

鱸は夏のうちから盛んにとれるが、秋の鱸が最も風味がよい。脂ののった白身を、氷水で洗膾にしたり塩焼きにしたりする。島根県松江では、宍道湖の鱸を奉書紙でくるむ奉書焼きが有名。成長するにしたがって、セイゴ、フッコ（関西ではハネ）、スズキと、その呼び名が変わる出世魚。スズキと呼んでいいのは二尺（六〇センチ）以上のもの。姿は精悍、性は獰猛。釣りの好対象でもある。春から秋にかけては磯近くの浅い海にいるが、冬は産卵のため外海の深みに移る。これが「落鱸」で冬の季語。

風の間に鱸の膾させにけり　鬼貫

釣上し鱸の巨口玉や吐　蕪村

▼風がやんで舟が出るまでの間、鱸を膾にしてもらっているところ。東海道桑名（三重県）での句。▼みごとな玉でも吐きそうな鱸の大きな口。

鯊

三秋

沙魚・真鯊・黒鯊・赤鯊・ちちぶ・どんこ・ふるせ・鯊日和

おもに、内海や河口にいる真鯊をさす。春に孵化した稚魚は秋には今年鯊に育ち、釣りの格好の獲物となる。料理は何といっても天ぷらがいちばんうまい。隅田川河口の東京湾な

清水径子▶明治44年（1911）―平成17年（2005）師・秋元不死男没後は永田耕衣に師事。「らん」創刊。

どでは、釣れた鯊を舟の中で揚げて食べさせる屋形船もある。

関連 子持鯊↓春／鯊釣↓207

沙魚飛んで船に食たくゆふべかな　才麿

はぜつるや水村山郭酒旗風　嵐雪

▼夕餉の支度にいそしむ船上生活者たち。▼晩唐の詩人、杜牧の七言絶句「江南の春」から、「水村山郭酒旗風」をそっくり借用。水辺の村でも山辺の村でも、酒亭の旗が風に翻っている。江南の春景色を日本の秋景色に移した。

秋鰹　三秋

戻り鰹

鰹は、日本近海を春から秋にかけて回遊する。二月下旬に九州南方海域に出現し、多くは黒潮に乗って太平洋岸を北上。三月下旬に四国、五月から六月には伊豆、房総沖、さらには三陸沖へ移動して、十月頃に今度は南下を始める。この時期の鰹を「秋鰹」と呼び、まったりと脂がのって、初夏のものとはまた趣が異なる。関連 鰹↓夏

あぶな絵のひかめつ面や秋鰹　加藤郁乎

見る限り戻り鰹の潮色に　茨木和生

▼春画に描かれる、時に恍惚としたひかめっ面（しかめっ面）の女性と、脂ののった秋鰹のうまさを引っかけて、江戸っ子の鰹好きを詠む。▼秋の海の色を眺めつつ、そろそろ戻り鰹の季節となったことを知る。

秋鯖　三秋

単に「鯖」といえば夏の季語。春から夏にかけて近海で産卵した鯖は、その後、餌を食べながら北上する。九月から十月頃には身もしまり、脂がのった状態となり、風味は格段に上がる。これが「秋鯖」。関連 鯖↓夏

秋鯖や上司罵るために酔ふ　草間時彦

秋鯖の全身青く売られけり　嶋田麻紀

▼秋鯖が好物なのだろう、酒もすすむ。酒の力を借りれば、日頃の上司への鬱憤も晴らせる。▼まるで秋天を映したかのような全身真っ青な鯖が売られている。

秋鰺　三秋

単に「鰺」といえば夏の季語だが、秋のこの時期、脂がのってきて旨味が増す鰺を「秋鰺」という。とくに九月頃の三陸沖のものは美味である。関連 鰺↓夏

秋鰺に遊行寺通り早日暮れ　長谷川かな女

遠く見て秋鰺ならむ舟屋に干す　宮津昭彦

▼遊行寺通りとは神奈川県藤沢市内の清浄光寺（遊行寺）のある通りのことか。湘南の海でとれた秋鰺を夕食用に求めた作者。秋の日暮れは日一日と早くなる。▼舟屋の低い屋根に魚が干してある。遠くから見ても秋鰺とわかる魚が。

好日やわけても杉の空澄む日：鎌倉の建長寺を称えた句。澄みきった杉木立の空。

鰶（このしろ）

初秋

小鰭・つなし・しんこ

鮨種の小鰭で知られる。背中は青緑、腹側は銀白色の魚。成長するにしたがって、呼び名が変わる出世魚。関東では、幼魚を新子、七センチから一〇センチを小鰭、一五センチ以上を鰶と呼び、関西ではツナシと呼ぶ。

鍛冶の火に鰶焼くと見て過ぎつ　山口誓子

鰶も桶に長かり通り雨　榎本好宏

▼鍛冶師が使っているコークスで、昼餉のために鰶を炙るのを脇で見る作者。▼通り雨の早さに対し、鰶を酢の桶に浸す時間が長いと懸念しているのだろうか。

鰯（いわし）

三秋

弱魚・真鰯・鰯干す

日常の食卓に欠かせないほか、家畜の飼料や魚油の採取、肥料など、用途の広い鰯。真鰯、潤目鰯、片口鰯（「鯷」）の三種類をもって「鰯」と呼ぶ。刺身、塩焼き、煮付けなど、さまざまに食され、稚魚は、ちりめんじゃこや煮干しとなる。また、脂の焼ける強烈な臭いから魔除けになるといわれ、節分には、鬼を家へ入れないよう、鰯の頭と柊の葉を玄関先に下げる風習がある。関連 目刺→春／鰯雲→29／鰯引く→206／柊挿す・潤目鰯→冬

汲みこぼれしは海へ流れて初鰯　今瀬剛一

真鰯の真青な背に無頼あり　鳥居三朗

▼大量にとれ出した鰯。なかにはぞんざいな扱いで海へ戻っていくものもいて。▼青光りする真鰯の背を「無頼」と見て、たくましく生命感あふれる姿だと詠む。

鯷（ひしこ）

三秋

しこ・鯷鰯・片口鰯・縮緬鰯・小鰯

片口鰯の別名。片口鰯の名は、上顎だけしかないように見えることから。「海の牧草」と呼ばれるように、一生を通して多くの魚の餌となる。大衆魚として口に入り、また、鰹釣りの生きた餌にもなる。ちなみに、鯷鰯は東京方言である。塩漬けにしたものが鯷漬。関連 鯷漬→180

ひや〱と売れぬ鯷の夕栄す　尾崎紅葉

手づかみに量る小鰯浦日和　森田五月

▼曳き売りの売る鯷。小魚で料理の手間がかかるため売れ残るのか。折しも夕焼で鯷が光って見える。▼小さな鰯は手づかみに限る。もたもたしていたんじゃ鮮度が落ちる。港も賑わう秋の一日。

太刀魚（たちうお）

仲秋

たちの魚・帯魚・たち

体は薄く、平たく細長い。鱗がなく、生きている時はやや青みがかった銀色に輝くが、死後は灰色がかった銀色となる。姿が太刀に似ていることと、餌を狙い、鰭を波打たせて立ち泳ぎをするという説から、この名がある。

石塚友二▶明治39年（1906）—昭和61年（1986）波郷より「鶴」を継承。横光利一に師事、私小説作家でもあった。

八月の銀を伸べたり太刀の魚　石塚友二

太刀魚を競りて千本売り尽くす　辻田克巳

▼幅広で薄い太刀魚は、まるで銀を叩き延ばしたかのように初秋の光の中にある。▼太刀魚を競りにかけて売った。まるで太刀を千本売り尽くした気分。

秋刀魚（さんま）　晩秋

秋の味覚の一つ。七輪やガスで焼いて食べるが、秋刀魚を焼く時、大事なのは煙。秋刀魚から火に滴り落ちる脂の上げる油煙を浴び、燻されてこそ秋刀魚はうまくなる。焼くとはいうけれど、簡単な燻製にしているわけだ。秋刀魚は北太平洋の回遊魚。プランクトンの豊富な暖流と寒流の潮目に乗って移動する。日本付近の太平洋では、春から夏にかけて稚魚は成長しながら北上し、秋になると、脂ののった成魚が産卵しながら南下する。これを待ち構えて、各地で秋刀魚漁が行なわれる。

秋刀魚食ふ月夜の柚子を捥いできて　加藤楸邨

牟婁の江のどこもが秋刀魚秋刀魚なる　谷口智行

天が下秋刀魚煙らせゐたりけり　小寺敬子

▼月の光の中から捥いできた柚子をかけて食す。▼南下する秋刀魚は脂が抜け干物に最適。活気づく熊野の浦々。▼秋天の下、もくもくと豪勢に煙を立てている。

鮭（さけ）　仲秋

しゃけ・秋味・鼻曲り鮭

銀鮭、紅鮭などサケ類の総称。成魚は産卵のため、秋から冬にかけて、生まれた河川を遡上する。「鼻曲り」の名のとおり、上顎が突き出して鉤形に曲がり、歯も強大となった雄数匹が一匹の雌を競り合う。つがいとなった雌雄は、流れが速く川底が砂礫質のところを選んで産卵行動に入る。産卵を終えると、雌雄ともに体力を消耗しきって死ぬ。

関連　鮭打→206／乾鮭・塩鮭→冬

鮭のぼる古瀬や霧のなほまとふ　水原秋桜子

墨染を脱ぐべき上り鮭となる　平畑静塔

▼古里である瀬に戻ってきた鮭。その川に霧が発生して、鮭の上る姿を覆っている。▼墨染の僧衣のようだった鮭も、産卵で帰ってくる時は婚姻色に。

尾花蛸（をばなだこ）　仲秋

蛸の種類の名ではなく、芒が花穂（尾花）をつける頃にとれる蛸をさす。日本近海には多種の蛸が生息するが、だいたい産卵は夏から秋にかけて。つまり、尾花蛸は産卵後とあって、味がかなり落ちる。どこか風流な響きであるが、同時に秋の寂しさも感じさせてくれる。

夕闇の鍋に入るゝや尾花蛸　松瀬青々

三寒の四温を待てる机かな：寒い日が続く机辺。四温の一日が来るのを待っている。

海に沿ふ一筋の町尾花蛸　沢木欣一

尾花蛸月又痩せて来たりけり　西村和子

▼「夕闇の鍋」というのだから、とれたてを海岸近くで茹でているのだろう。▼山が近くまで迫る海岸線に、長くのびる港町。やや味が落ちる尾花蛸は、どこか寂しげな港町と響き合う。▼美味ならざる尾花蛸であるが痩せゆく月への感慨にふさわしい。

花咲蟹（はなさきがに）　晩秋

名前に「蟹」とはあるが、鱈場蟹（たらばがに）と同じく、生物学上はヤドカリ類に分類される。甲羅や脚は鋭い突起で覆われ、脚は太く短い。浅い海に生息する。「花咲」の名は、根室半島の別名である花咲半島にちなむとも、茹（ゆ）でた時に花が咲いたように赤くなるからともいわれる。

関連　鱈場蟹（たらばがに）・ずわい蟹（がに）↓冬

花咲蟹茹でて真紅を越えにけり　吉田紫乃

雪夜思ふ花咲蟹の濃き脂肪　小檜山繁子

▼茹で上がった蟹のその色彩といったら、真っ赤どころか鮮紅色。▼棘（とげ）だらけの殻を割ると、雪夜のような真っ白な身。それにしてもねっとりと濃厚な味だ。

花咲蟹

秋の蛍（あきのほたる）　初秋

秋蛍（あきほたる）・残る蛍（のこるほたる）・病蛍（やみほたる）

初夏に源氏蛍（げんじぼたる）が姿を見せたあと、それに半月ほど遅れて、源氏蛍より小形の平家蛍（へいけぼたる）が発生する。この平家蛍の、いわば残党を、「秋の蛍」と呼んでいる。八月の立秋あたりまで細々と生き延び、秋風が吹く中で目にする蛍は、どこか淋（さび）しげである。「病蛍」は力なく飛ぶ蛍のことをいう。

関連　蛍（ほたる）↓夏

草深く秋の蛍の落ちやまず　相生垣瓜人

篁の奥へおくへと秋蛍　藤原照子

▼恋を得た蛍が秋草の茂みの中へ、次から次へと降りてゆく。「落ちやまず」から、まだたくさんの蛍が残っていることがわかる。▼篁（たかむら）（竹藪（たけやぶ））の奥に何かが待っているのか、憑（つ）かれたように飛んでいく蛍を目で追う。

名句鑑賞

たましひのたとへば秋のほたるかな　飯田蛇笏

前書に「芥川龍之介（あくたがわりゅうのすけ）氏の長逝（ちょうせい）を深悼（しんとう）す」とある。昭和二年（一九二七）七月二十四日未明、芥川は自死した。俳句も片手間で終わらせることなく、虚子（きょし）の指導のもと、洗練された完成度の高い句を残している。蛇笏とも書簡の往復があったと「飯田蛇笏」（『大川の水追憶本所（ほんじょ）両国（りょうごく）』所収）という随筆中で言及している。作者蛇笏は、季節はずれの秋の蛍に、まるで芥川の魂が彷徨（さまよ）い出てきたと思った。その、力なく尾を引く光は、声を失うまでに淡く、かつ痛々しいほどにあわれであった。〔中原〕

石川桂郎（いしかわけいろう）▶明治42年（1909）―昭和50年（1975）「風土」主宰。波郷、横光利一に師事。小説や随筆も多い。

秋の蚊（あきのか）　三秋

別れ蚊・残る蚊・蚊の名残

まだ暑さが残る初秋、蚊もまだまだ出没する。昼間、戸外で活動する藪蚊の一種であるヒトスジシマカや、夜間、屋内で活動するアカイエカなどである。だが、秋も深まるにつれ、力なく飛ぶようになる。 関連 蚊→夏

秋の蚊を幻住庵の主とす　後藤比奈夫
耳もとに大音響の秋の蚊ぞ　岸田稚魚
秋の蚊のその一命をつむぐこゑ　山上樹実雄

▼秋の蚊のよぎるのを見て草庵の主であった芭蕉を偲ぶ。▼いなくなったと思っていた蚊が生き残っていて、耳もとで大きな音をたてて驚かす。▼死に損なったようなかそけき鳴声。この微細な音で命をつないでいる。

溢蚊（あぶれか）　仲秋

哀れ蚊・八月蚊

夏の間は手足にしつこくまといつき、耳もとをさんざん騒がせていた蚊も、秋本番の頃になると、さすがに元気に飛び回ることもなくなり、刺す力もすっかり衰えている。このような最盛期を過ぎた蚊をいう。 関連 蚊→夏

溢れ蚊に厠いぶせきとまり哉　寺田寅彦
溢れなばゆふべに死する蚊なりけり　加藤郁乎
哀れ蚊の逃れ上手の夜なりけり　小泉もとじ

▼厠の壁に、もう刺す力もない蚊が止まっている。刺さないとはわかっていても、どこか鬱陶しい。▼昨夜とっくに死んでしまっているはずの蚊が、こうしてまだ弱々しく生きている。▼力もないのに、人に打たれてゆるりとうまく逃げるのは、蚊の習性か。

秋の蠅（あきのはえ）　三秋

残る蠅

秋に目にする蠅のこと。単に「蠅」といえば夏の季語である。夏の全盛の頃に比べると、秋風とともに数もだんだんと減り、飛び方や、壁を這う姿にも力なさが滲み出てくる。 関連 蠅→夏

薬つぎし猪口なめて居ぬ秋の蠅　杉田久女
わがからだぬくしとどまる秋の蠅　山口誓子
残る蠅夕日に馬を曳き出せば　山本洋子

▼人間の薬と知ってのことか。めっきり衰えた秋の蠅にも効くかもしれぬ。▼敏捷さも失せてきた秋の蠅が、作者の体の温かさを慕い、とまる。▼曳き出された馬に蠅が弱々しくまとわりつく。秋の夕日のシルエット。

秋の蜂（あきのはち）　三秋

秋から冬にかけて、蜂の数は激減する。繁殖期に現れる雄蜂は女王蜂と交尾後、秋口になると姿を消し、雀蜂、足長蜂の働き蜂も、冬が訪れる前にいなくなる。蜜蜂の働き蜂は女

烏賊噛めば隠岐や吹雪と暮るゝらん：島根疎開中に詠んだ句。はるかに吹雪く隠岐を思う。

王蜂とともに越冬するが、秋が深まると巣に群がる動きも鈍く、どこかはかない。関連 蜂→春

二階に漱石一階に子規秋の蜂　金子兜太
金剛峯寺より金色の秋の蜂　綾部仁喜
光り来るものはと見れば秋の蜂　茨木和生

▼夏目漱石の家に間借りした正岡子規。主が二階に住み、一階に子規。連日、子規のもとへ俳人たちが押しかけ賑わう、その喧噪を秋の蜂になぞらえている。▼高野山(和歌山県)にある真言宗総本山金剛峯寺。金剛の金、金秋の金、そして蜂も秋日に照らされ金色だと言外に。▼日差しの中を光り来る命の粒。それは一時の生気を得た秋の蜂。

秋の蝶　三秋

秋蝶・老蝶

ある特定の種ではなく、秋に目にする蝶全般をさす。ふつう蝶は春から初夏にかけて成虫となるが、なかには一年に二世代が出現するものがあり(これを二化という)、秋に見るこれらの蝶を「秋の蝶」という。挵蝶、蜆蝶など地味な色合いのものが多い。関連 蝶→春

身に欠陥あるため秋の蝶疾駆　永田耕衣
秋蝶の驚きやすきつばさかな　原石鼎
秋蝶や寒きかたへと吹かれゆく　那須辰造

▼あの秋蝶が激しく飛び回るのは、体のどこかに異状を感じてか。▼淋しげな孤蝶にしてどこか必死の姿態とその翅使い。▼風によって、心理的に、寒い方向、冬に近い方向へ吹かれていくと感じている作者。

秋の蟬　初秋

秋蟬・残る蟬

特定の種の蟬をさすものではなく、秋を迎えて衰えゆく夏の蟬をさす言葉。「蜩」「つくつく法師」はもともと秋の季語なので、「秋の蟬」には含まれない。秋風が吹く頃になると、夏の間あれほどうるさく鳴いていた蟬の声も、いつの間にかまばらとなっていることに気づく。そして、その鳴声もどこか物淋しく聞こえる。関連 蟬→夏

天と地の天まだ勝る秋の蟬　守屋明俊
秋蟬のなきしづみたる雲の中　飯田蛇笏
残蟬もなほ正調を存しけり　相生垣瓜人

▼広やかな高原なのだろう、地より天の方が広いのだから。どこかで秋の蟬が鳴いている。▼あれほど鳴き誇っていた蟬だが、今では思い出したかのように鳴く寂しげな鳴声が雲の中から聞こえてくる。▼秋の蟬の中にも、夏と同じような正調な鳴き方をしているものも。

蜩　初秋

かなかな・日暮

蜩は、薄明の蟬。明け方に鳴き、夕暮に鳴く。名は「日を暮れさせる蟬」の意。カナカナと鳴く声から「かなかな」とも

石橋秀野▶明治42年(1909)―昭和22年(1947)山本健吉夫人。「鶴」を代表する女流俳人として活躍。

いう。梅雨の頃から鳴き始めるが、音色に秋の淋しさを感じて、つくつく法師とともに、秋の季語としてきた。

関連 蟬↓夏

蜩のおどろき啼くや朝ぼらけ　蕪村
ひぐらしや明るき方へ鳴きうつり　暁台
蜩や天竜へなほ山一重　百合山羽公
かなかなや母よりのぼる灸の煙　飴山實

▼「朝ぼらけ」は夜が明け白む頃。曙の後。▼こちらは夕暮の蜩。▼天竜川へ、もうひと山越えようというところ。▼灸を据えている老母。哀愁とおかしみがある。

つくつく法師

初秋

法師蟬・つくつくし・寒蟬

八月も半ばを過ぎた頃、その特徴のある鳴声を、午後から日没ぐらいまで、よく耳にする。「ジー」で始まり、「ツクツクホーシ、ツクツクホーシ」と何回も繰り返した後、「ウイヨース」ときて、最後に「ジー……」と鳴き終わる。鳴声から「つくつく法師」「つくつくし」などの名がある。人の気配に敏感で警戒心が強く、動きがすばやいため、捕まえにくい。

関連 蟬↓夏

鳴き立ててつく〳〵法師死ぬる日ぞ　夏目漱石
凭れゐる木につくつくし来て鳴きぬ　橋閒石
法師蟬しみ〴〵耳のうしろかな　川端茅舎
五百羅漢を囃す五百の法師蟬　林翔

▼賑やかに鳴き通したつくつく法師にも、そろそろ死期が迫っている。▼まさか自分が凭れている木にやって来て鳴こうとは。▼耳のうしろに間近に聞こえくるような声ゆえ、深く心に染み入る。▼五百羅漢一人一人の格好を囃すには、五百匹の法師蟬が必要と、ユーモラスに考える。

蜻蛉

三秋

とんぼう・あきつ・蜻蜓・やんま・蜻蛉・鬼やんま・銀やんま・塩辛蜻蛉

蜻蛉は秋を象徴する昆虫。夏のうちから飛び回るのに秋の季語としているのは、その姿が、秋の澄んだ青空や爽やかな風によく似合うからだ。古くは「あきつ」（秋津）とも呼んだ。日本を「秋津島」というのは、「秋津の飛び交う実り豊かな島」という意味。また、カゲロウという虫は別にいるが、かつては蜻蛉も「かげろふ」（輝くもの）と呼ばれた。どちらも翅がきらめくところから。よく見かける塩辛蜻蛉、大きく精悍なやんまなど、種類が多い。赤蜻蛉はほかの蜻蛉にやや遅れて現われ、群れ飛ぶ。すべてに共通しているのは、一本の棒のような胴体と自由自在に動く四枚の翅。なお、糸蜻蛉、川蜻蛉（鉄漿蜻蛉）は夏の季語。

関連 蜻蛉生る・糸蜻蛉・川蜻蛉↓夏

蜻蜓やとりつきかねし草の上　芭蕉
蜻蛉や日は入りながら鳰のうみ　惟然
静かなる水や蜻蛉の尾に打つも　太祇
行く水におのが影追ふ蜻蛉かな　千代女
蜻蛉の外は動かず沼の昼　正岡子規

鉾うごき出す遠景に東山：祇園会の一句。京都は古郷の郷里である。

とどまればあたりにふゆる蜻蛉かな　中村汀女
蜻蛉行くうしろ姿の大きさよ　中村草田男

▼草の葉が揺れて、止まろうにも止まれない。▼夕映えの空を飛ぶ蜻蛉。「鳰（にお）のうみ」は琵琶湖（びわこ）。▼蜻蛉の尾が触れるたび、かすかな微笑で応える水。あまりにかすかなので、誰にも気づかれず忘れられていく。▼水も進み、影も進み、蜻蛉も進む。▼蜻蛉のほかには動くものが見当たらない静かな沼の昼。▼歩いているうちは遠巻きにしていた蜻蛉が、立ち止まると、近寄ってくる。▼飛んで行く蜻蛉の後ろ姿の大きさにはっとした。

赤蜻蛉（あかとんぼ）
三秋

赤卒（あかえんば）・秋茜（あきあかね）・のしめ

「赤蜻蛉」とは種の名ではなく、赤い蜻蛉をさしていう言葉。おもにトンボ科アカネ属の総称で、ふつう「赤蜻蛉」と呼ぶ蜻蛉の大方は、秋茜である。秋に産卵し、越冬した卵は初夏に孵（かえ）り、気温の低い高地へと移る。そして涼風が吹き始める頃になると群れで低地へと降り、また産卵が始まる。ただし夏茜（なつあかね）は、夏の間も低地で過ごす。

挙げる杖の先きついと来る赤蜻蛉　高浜虚子
人ゐても人ゐなくても赤とんぼ　深見けん二

赤蜻蛉

赤とんぼじっとしたまま明日どうする　渥美清

▼物の先端を好む赤蜻蛉、人間を怖がるふうもなく、杖を挙げれば先端に止まる。これでは振り下ろせないではないか、という心。▼屈託なく振る舞う赤蜻蛉。▼じっとしてはいるが長考している風情でもない。いったい明日はどうするというのだ。赤蜻蛉と、この俺。

蜉蝣（かげろう）
初秋

かぎろう・正雪蜻蛉（しょうせつとんぼ）・紋蜉蝣（もんかげろう）

細長い体で翅（はね）は透明、長い尾をもつ。交尾後、産卵してわずか数時間で命を落とす。この成虫の命のはかなさからこの名がある。幼虫は水中で生活し、数十回の脱皮を経て羽化する。幼虫は水中で、また、

蜉蝣

名句鑑賞

赤とんぼとまればいよゝ四辺澄み　星野立子

自然が少なくなったといわれる都会でも、赤とんぼの姿はよく目にする。その言葉の響き自体、どこかレトロな風合いに染まっていて、耳にするたびに目を細めてしまい、誰もが少年少女時代を振り返ってしまうのかもしれない。青空の下、石の上か、枝先にでも止まったのだろう。もともと秋の一日なので空気は澄んでいるのだが、赤とんぼが止まったことで、よりいっそう透き通ってゆくようだ。そして、背負うようにある空がますます高くなる。［中原］

村山古郷（むらやまこきょう）▶明治42年（1909）―昭和61年（1986）素琴、波郷に師事。『明治俳壇史』など俳句史研究の好著が多い。

虫　虫の音に耳を傾ける人々。歌川広重「東都名所　道灌山虫聞之図」（江戸時代）　山口県立萩美術館・浦上記念館

羽化した成虫も水面で、魚類の格好の餌となるため、渓流釣りの餌として、またフライ・フィッシングの疑似餌、毛鉤のモデルにもなっている。草蜉蝣や薄翅蜉蝣は別種の昆虫。

生れたるかげろふの身の置きどころ　後藤比奈夫
命短かき蜉蝣の翅脈透く　津田清子
鏡の面蜉蝣の居て落着かず　岡本眸

▼生まれたばかりの蜉蝣への思いは自身の身の置きどころにまで及ぶ。▼手にとってみれば、か弱そうな翅にもびっしりと翅脈がある。短い命なのに、かくも精緻にできているとは。▼鏡に止まっている蜉蝣。短い命を映しているのか、こんなところでぐずぐずしていてはと気が気でない。

虫　三秋

鳴く虫・虫鳴く・虫の声・虫の音・虫時雨・虫すだく・昼の虫

「虫」といえば、その声を愛でる秋の虫のこと。とくに夜に鳴く虫をいう。ことさら「虫の声」「虫の音」といわなくとも、その鳴く声をさす。虫たちの声は秋の夜長になくてはならないものの一つ。蟋蟀、鈴虫、松虫、邯鄲、草雲雀、鉦叩、螽蟖、馬追、轡虫などがいる。「虫時雨」とは、たくさんの虫が一斉に鳴いている声が、時雨の降る音のように聞こえることをいう。また、「虫すだく」の「すだく」は、集まって鳴くの意。

関連　昆虫採集→夏／虫売・虫籠→189／冬の虫→冬

行水の捨どころなきむしのこゑ　鬼貫
虫の音や夜更けてしづむ石の中　園女

持ち古りし念珠と秋の扇かな：柏葉は十二歳で得度。のちに多摩宝性院住職となった。

其中に金鈴をふる虫一つ　高浜虚子
鳴く虫のたゞしく置ける間なりけり　久保田万太郎
森暗く入るべくもなし虫時雨　鈴木花蓑

▼あちこちですだく虫の声。▼夜更け、石の間でまだかすかに鳴いている虫。▼あまたの虫の中に美しい声の虫がいる。その声に耳を澄ましているところ。▼何という虫だろうか。規則的に正しく置かれるその声の間を愉しんでいるのだ。▼真っ暗な森から虫時雨。人を拒んでいるかのようだ。

残る虫（のこるむし）

晩秋　すがる虫

秋が深まり、冬を目前にした時期になっても鳴いている虫のこと。秋たけなわの頃は、あれほど闇を狭しと鳴いていたのに、今では細々と声を上げている。盛りが過ぎて衰え始めることを意味する「尽(末枯)る」から派生した「すがる虫」という言い方もある。

残る虫しづかに窯を休めあり　水原秋桜子
のこる虫汲みかへて茶の匂ひなき　石橋秀野
残る虫聞きゐて命一つなり　秋光泉児

▼晩秋、残った虫が、かつて盛んだった窯の仕事を哀れむかのように鳴いている。自身に重ね、滅びゆく身と知って。▼残る虫を聞きながら茶を淹れ替えるのだが、出がらしのようで香りもしない。▼やっと鳴いている虫の命も一つ、それを聞いている作者の命も一つ。

竈馬（いとど）

三秋　かまどうま・おかま蟋蟀・いいぎり

褐色の体に長い触角をもち、翅はもたない。それを補うかのように、跳躍力の非常に強い後脚で跳ぶ。古い日本家屋の竈の周辺でよく見られ、背中の形や長い横顔、その跳躍力が馬を連想させたことから、この名がある。

竈馬

妻なしの夜を重ねむいとどかな　吉田鴻司
品川過ぎいとど舞ひ込む終電車　松崎鉄之介

▼妻が数日留守にしただけなのだが、すでに寂しさを募らせる。おまえも独りかと竈馬に問うような気持。▼どうしてこんな終電車に、どこまで行くつもりだ、今夜はもう帰れないぞ、と作者。

蟋蟀（こおろぎ／こほろぎ）

三秋　ちちろ・つづれさせ・えんま蟋蟀・三角蟋蟀

立秋を過ぎた頃から鳴き出す「虫」の中で、ごく一般的なもの。体形は円筒形もしくは紡錘形で、色は黒や茶色のものが多い。成虫の翅にはヤスリ状の発音器や共鳴室があり、発音器をこすり合わせて鳴く。日本でごくふつうに見られる代表的な

田島柏葉▶明治33年（1900）―昭和30年（1955）龍雨、梓月に師事。その道統を守るも不慮の事故に遭い急逝。

コオロギで、草地や畑にすみ、コロコロコロリーと鳴き顔が閻魔大王に似ているとされるところからその名を持つエンマコオロギや、よく人家に入り込み、リイリイリイリイと鳴くツヅレサセ、草原や畑にすみ、リッリッリッリッと四、五音ずつ短く鳴くミツカドコオロギなど、その種類は多い。なお、日本の古典文学で「きりぎりす」といえば、蟋蟀のこと。

酔うてこほろぎと寝てゐたよ　種田山頭火
蟋蟀が深き地中を覗き込む　山口誓子
こほろぎや眼は見はれども闇は闇　鈴木真砂女
凡にしてもつとも親しつづれさせ　森澄雄

▼旅寝の一夜、いつものように酔いからさめてみれば、親しげに鳴くこおろぎ。▼虚無の暗黒を覗きこむ哲学者のような蟋蟀の姿。▼こおろぎが鳴く。どこにいるのかと眼を凝らして見るが、闇はさらに闇のまま。▼何といっても、つづれさせこおろぎの音が、平凡だが、親しみ深い。

蟋蟀　エンマコオロギ。

鈴虫

初秋

金鐘児・月鈴子

体色は黒褐色か暗褐色。古くは松虫を鈴虫と呼んでいたが、その松虫よりも小ぶりである。芒などの草が茂ったところに生息し、夜になると下草の隙間などで鳴き始める。翅を垂直に立てて左右に細かく震わせ、「リーン、リーン」と鈴を打ち振ったような音色を奏でる。平安時代からその声が貴族の間で愛され、虫籠で飼われたが、江戸時代には庶民の間にも広まり、虫売りが登場した。関連 虫売り→189

鈴虫のいつか遠のく眠りかな　阿部みどり女
鈴虫とひとりの闇を頒ち合ふ　野見山ひふみ
鈴虫の鈴を奪へるほどの風　加古宗也

▼あれほど激しい鈴虫の声もだんだん遠のき、やがて眠りに落ちる。▼自分だけの闇かと思えば、鈴虫が確かな存在として鳴いている。▼突然の風に鈴虫が鳴きやんだ。「鈴を奪う風」と詠んだ、ウイットに富んだ表現。

鈴虫

松虫（まつむし）　初秋

金琵琶・ちんちろ・ちんちろりん

草原や河原などに生息し、「チンチロリン、チンチロリン」と澄みわたった声で鳴く。八月半ば過ぎから十月下旬頃まで、その声を耳にする。体色は淡褐色、後肢が長く、鈴虫よりもやや大きい。江戸時代から、鈴虫と同じく声を賞でるために好まれたが、鈴虫と違って飼育は難しい。

松虫におもてもわかぬ人と居り　水原秋桜子

松虫といふ美しき虫飼はれ　後藤夜半

▼松虫の声にふと立ち止まると、また一人、立ち止まる人。暗がりで顔もわからぬ人としばし聴きいる。▼姿より、松虫という名の響き、その鳴声こそ美しき。

松虫

邯鄲

邯鄲（かんたん）　初秋

秋の鳴く虫の一つ。体長一センチあまりの小さな虫だが、長い触角がある。秋の初め、リューリューとはかなげな声で鳴く。「邯鄲」という風雅な名前は、中国の故事「邯鄲の夢」から。人生は「一炊の夢」と教える。邯鄲は趙の国の都だった河北省南部の町の名前。

こときれてなほ邯鄲のうすみどり　富安風生

邯鄲をすこし濡れたる手摺ごし　星野恒彦

▼みずみずしい邯鄲の骸。▼にわか雨が上がって邯鄲が鳴き始めた。その声を手摺にもたれて聞いている。

草雲雀（くさひばり）　初秋

朝鈴・金雲雀

全体的に薄い褐色で、後脚には黒い斑紋がある。低い樹の上にすみ、八月も半ばを過ぎると、フィリリリと鈴を振り鳴らすような透き通った声で鳴き始める。雲雀の鳴声にどこか相通じることから、その名がある。関西では、明け方に鳴くことから「朝鈴」という。

野にあればどこかが痛し草雲雀　中村苑子

鬼太鼓の済みたる闇のきんひばり　佐怒賀正美

▼刺草のような棘のある草が刺す意か、それとも、市井に暮らす人間の軟弱さをいうのか。▼鬼太鼓が止み、静寂に戻って気がつく虫の音。あの美しい声は金雲雀にちがいない。

川上梨屋▶明治34年（1901）—昭和49年（1974）龍雨門。のちに梓月、万太郎に師事。鰻職人を生業とした。

鉦叩（かねたたき）　初秋

褐色の体をし、生け垣など低めの木の上にすむが、時には室内に迷いこむこともある。雄は体長の五分の一ほどの小さな翅をもち、「チンチンチン」と鉦を叩くように鳴く。八月下旬から鳴き始め、ほかの秋の虫がいなくなる初冬まで鳴き続けることもある。

誰がために生くる月日ぞ鉦叩　　桂信子
後夜覚めて耳に棲みつくかねたたき　　千代田葛彦
黒塗りの昭和史があり鉦叩　　矢島渚男
鉦叩ねむりの中ですこし死ぬ　　正木ゆう子

▼問い質しの措辞に、鉦叩の玄妙な鳴き声が響く。▼「後夜」は、夜半から朝にかけての時間帯。昨夜の鉦叩の声がまだ残っているという。▼「黒塗り」とは、当局に不都合とされた記述が墨で塗りつぶされたこと。その闇に葬られた史実に、鉦叩は今なお鎮魂歌を送っている。▼生きているから目覚める。眠りから覚めなければ、死に少しだけ近づくというニュアンスか、鉦叩よ、死なないようにとの警鐘か。

鉦叩

螽蟖（きりぎりす）　初秋

機織（はたおり）・機織虫（はたおりむし）・ぎす

秋の夜、鳴く虫の一つ。姿は蝗虫に似ているが、体より長い優雅な髭がある。鳴声はチョンギース、あるいはその逆のギーッチョン。古くは、螽蟖といえば蟋蟀のこと。では螽蟖はといえば、「機織」と呼んだ。鳴声が機を織る音に似ているからである。近世の句で「きりぎりす」とあるのはほとんど蟋蟀のことである。

螽蟖

むざんやな甲の下のきりぎりす　　芭蕉
灰汁桶の雫やみけりきりぎりす　　凡兆
きりぎりすなくや夜寒の芋俵　　許六
草の葉や足の折れたるきりぎりす　　荷兮
きりぎりす時を刻みて限りなし　　中村草田男
きり〴〵す雲を湛へし甕揺るゝ　　飴山實

▼木曽義仲軍に敗れた斎藤実盛。その甲の下から蟋蟀の声が聞こえる。『おくのほそ道』加賀小松（石川県）での句。▼蟋蟀の声がやけに聞こえると思ったら、灰汁桶の雫がいつの間にか止まっていた。▼『小倉百人一首』に載る藤原良経の歌「きりぎりす鳴くや霜夜のさ筵に衣片敷きひとりかも寝ん」の「さ筵」を「芋俵」に変えた。これも蟋蟀。▼草の葉にのっているというのだから、これは今の

獅子舞や海の彼方の安房上総：近景の獅子舞と遠景の房総半島。映画的手法が生きている。

螽蟖。蟋蟀は地面にいるもの。▼きりぎりすの声とともに果てしなく刻まれてゆく時間。▼甕に張った水に揺れながら映る雲。

馬追（うまおい） 初秋

すいっちょ・すいと

秋の夜、鳴く虫の一つ。スイッチョと鳴くその声が、馬子が馬を追う声に似ているところから、名づけられた。緑色の大きな翅、体長の倍を超す長い髭。姿も美しく、歌人・長塚節の歌に「馬追虫の髭のそよろに来る秋はまなこを閉ぢて想ひ見るべし」とある。

すいつちよの髭ふりて夜のふかむらし　加藤楸邨

▼夜の深みで静かにそよぐ馬追の髭。

馬追

轡虫（くつわむし） 初秋

がちゃがちゃ

体長は五〇ミリから六〇ミリと大きく、体高もかなりあり、体色は緑、茶色の二種がある。八月中旬から九月にかけ、暗がりでガチャガチャと耳障りな声で鳴く。この音が、手綱をつけるため馬の口に含ませる金具の「轡」の音に似ているので、この名がついた。

轡虫

くつわ虫のメカニズムの辺を行き過ぎぬ　中村草田男

森を出て会ふ灯はまぶしくつわ虫　石田波郷

▼まるで機械仕掛けのように鳴く、その「メカニズム」のすぐ近くを通っているのだ。▼轡虫の声と別れて真っ暗な森を出れば、かくも世の中は光にあふれている。

螇蚸（ばった） 三秋

蟿螽（はたはた）・きちきち・殿様（とのさま）ばった

殿様バッタは、草原、空き地などでよく見かける代表的なバッタ。精霊バッタは、精霊会（旧盆）の頃に姿を見せるところからこの名がある。その雄は跳ぶ時に前後の翅を合わせてキチキチという音を出すところから「キチキチバッタ」、雌は「ハタオリバッタ」の名がある。たいてい雄より雌のほうが大きく、発達した後脚をもち、体長の数十倍もの距離をジャンプする。

名句鑑賞

しづかなる力満ちゆき螇蚸とぶ　加藤楸邨

それはまるで機械仕掛けの玩具を見ているようである。たとえば、発条が巻かれてゆき、極限に達した時、ためこまれた力は解き放たれ、一気にはじける。跳ぶ前の螇蚸の全身そして後肢は、跳ぶためにすでに筋肉の収縮が始まり、頂点に達している。コンマ何秒かの世界をハイスピードカメラで細かく描写したかのようだ。長い闘病生活からやっとのこと立ち直った作者が、自分に重ね合わせて詠んだ句ともいわれる。見事に一瞬を切り取った句である。［中原］

五所平之助（ごしょへいのすけ）▶明治35年（1902）—昭和56年（1981）映画監督。俳号は五所亭。「春燈」や「いとう句会」で活躍。

螇蚸

バッタ追いぬ男をひきとめるように　池田澄子
きちきちといはねばとべぬあはれなり　富安風生
はたはたに蹴られて風のたなごころ　秋元不死男

▼追いかけると少し先に跳び、追いつくとまた逃げるバッタの様子を、惚れ(ほ)られて女に追われる男の姿にたとえた。▼跳ぶ時にキチキチと音を出さねばならぬ哀れ。無音なら子らに見つかることもないものを。▼中空を蹴る姿を、あたかも風の手のひらを蹴るかのように表現し、温かみを出した。

蝗(いなご)

初秋

螽(いなご)・稲子(いなご)・蝗捕り(いなごとり)・蝗串(いなごぐし)

体長三センチほどの小型のバッタ。幼虫、成虫ともに稲の葉や茎を食い荒らす害虫として嫌われてきた。その一方、かつては大事なタンパク源ともされてきた。現在でも東北地方や信州などでは佃煮(つくだに)にして食べる。

先へ先へ行くや螽の草うつり　樗堂
ふみ外づす蝗の顔の見ゆるかな　高浜虚子
蝗熬る炉のかぐはしき門過ぎぬ　西島麦南
一筋の浮き藁に乗る蝗かな　吉岡桂六

▼草原を歩いてゆくと、人の気配に驚いた蝗が先へ先へと跳ぶ。

蝗

不孝者みんな泣きけり葱坊主：「母急逝」の前書。母の死を前に打ちひしがれる子供たち。

蝗が草の葉を登っているのではない。▼蝗が草の葉から足を踏み外した。みっともないところを見られてしまい、素知らぬ顔の蝗。▼蝗を熬る香りが、門の外まで流れてくる。▼水に落ちて藁にすがる蝗。

稲虫　三秋

稲子麿

個別の虫の名ではない。数千年以上にわたる日本の稲作文化において、その収穫を左右する害虫の総称である。蝗、浮塵子、亀虫等々、その数は多く、手間をかけて育てた稲の収穫がこれらの虫の食害でふいになってしまう。

稲虫を憎し憎しと闇の中　宇多喜代子
稲虫のむつつりとをる筑波かな　大石悦子
捨てられし木枕にゐて稲子麿　茨木和夫

▼稲の害虫である稲虫を「憎し」とつぶやく。田を作っている人ならではの実感。▼稲虫の無愛想な貌を見つつ、筑波嶺（茨城県の筑波山）の近いことを知る。▼この「稲子麿」はキチキチバッタか。近くのぼろ夜具がすみか。

浮塵子　三秋

糠蠅・泡虫・実盛虫

稲の害虫の一つ。体長五ミリくらいと小さく、かつて「雲霞」「雲蚊」と称されたように、群れをなして飛び、草の上で跳びはねる。その口吻を稲などの茎、葉に突き刺し、汁を吸って組織を破壊する。稲の縞葉枯病などのウイルスを媒介して、被害を大きくすることもある。

浮塵子来て鼓打つなり夜の障子　石塚友二
浮塵子とぶ楽器をみがく青年に　皆川盤水

▼カツンカツンと夜の障子にぶつかってくる浮塵子を、風流にも鼓になぞらえた。▼磨くのは金管楽器だろうか。磨くその青年の周りを、鬱陶しく浮塵子が舞う。

横這　三秋

大横這・棲黒横這・よこぶよ

体長は数ミリから一センチくらい。体色は緑、黄、青、黄緑とさまざまである。幅広く大きな頭部をもち、短い糸状の触角がある。体はくさび形をしたものが多く、よく跳躍する。植物の汁を吸い、稲などの農作物に害をなす。横に歩行するため、この名がある。

よこ這ひの行間それて踏み込まる　阿部筲人
燈火によこぶよ多し浪の音　籾山梓月

▼横這がどこからともなく家の中に入り込んできて、本に止まる。思わず目が逸れ、読んでいる行がわからなくなる。▼燈火を見れば、火蛾に混じって横這が集まってくる。波音は、田の脇を流れる清流の音だろうか。

龍岡晋▶明治37年（1904）—昭和58年（1983）俳優、演出家で文学座社長。俳句は万太郎に師事。

蟷螂（かまきり） 三秋

蟷螂（とうろう）・鎌切（かまきり）・斧虫（おのむし）・いぼむしり・いぼじり

鋭い複眼、強靭な顎、前脚の鎌。蟷螂は、ほかの昆虫の狩りをする肉食の昆虫。いわば昆虫の世界の狩人である。交尾中に、雄が雌に食われてしまうこともある。逆三角形の近未来的な顔立ちは、非情であるとともに思索的。俳句では、「蟷螂」を「トウロウ」と音読みにすることもある。体にできたイボを蟷螂に食わせると消えるという言い伝えから、「いぼむしり」「いぼじり」の名がある。関連 蟷螂生る（とうろううまる）→夏／蟷螂枯る（とうろうかる）→冬

蟷螂や露ひきこぼす萩の枝　北枝
かりかりと蟷螂蜂の皃を食む　山口誓子
かまきりの貧しき天衣ひろげたり　佐藤鬼房
めんどりにして蟷螂をふりまはす　飴山實

▼鎌を枝にかけたか、蟷螂が萩の枝を引くと露がこぼれた。「ひきこぼす」が蟷螂の姿をいきいきと描き出す。俳句の成否を決めるのは、しばしば一個の動詞。▼「皃（かお）」を食べる「かりかり」という音がすさまじい。▼蟷螂が怒りに翅（はね）を広げるさま。みすぼらしくも愛（いと）おしい。▼おてんばな雌鶏の嘴（くちばし）にかかった蟷螂。

螻蛄鳴く（けらなく） 三秋

おけら鳴く

螻蛄は蟋蟀（こおろぎ）の仲間であるが、地上にいる蟋蟀とは違い、地中に掘った巣穴で生活する。雄の前翅（ぜんし）には、鳴くための複雑な発音器官があり、巣穴に共鳴させて鳴声を増幅させる。秋の夜、地中から「ジー……」という音が聞こえるのはそれである。雌もかすかに鳴く。これが蚯蚓（みみず）の鳴声だと信じられて、「蚯蚓鳴く」という季語が生まれたという説がある。「螻蛄」は夏の季語。関連 螻蛄（けら）→夏

螻蛄鳴くや薬が誘ふわが眠り　楠本憲吉
螻蛄鳴くや詩は呪術にはじまりし　原　裕
癒ゆる日の遠のくごとし螻蛄のこゑ　下村ひろし

▼睡眠の妨げにもなりかねない螻蛄の声だが、そろそろ眠剤が効いてきた。▼詩歌というものは、神秘的な力を借りようとする呪術にその源があるといいながら、「螻蛄鳴くや」で少々茶化しているようだ。▼なかなか治る様子のない病。螻蛄の鳴声は、それを肯定・助長するかのよう。

蚯蚓鳴く（みみずなく） 三秋

「蚯蚓鳴く」といえば、秋の静けさを感じる。鳴きもしない蚯蚓の鳴声が聞こえるのは、辺りが静まりかえっている時に限る。その静けさに耐えかねて蚯蚓が鳴いているような気がする。そこで、「蚯蚓鳴く」というと、逆に辺りの静けさが浮かび上がるわけだ。蚯蚓は鳴かない。それなのに「蚯蚓鳴く」というのは、「亀鳴く」（春）、「蓑虫（みのむし）鳴く」（秋）などと同じく、空想的な季語の一つ。螻蛄の鳴声を蚯蚓の鳴声と聞き誤ったものとする説明もあるが、これは合理的な解釈にすぎない。

戒名は真砂女でよろし紫木蓮：波乱の恋に生きた俳人の矜持（きょうじ）。紫木蓮がふさわしい。

関連 蚯蚓→夏

里の子や蚯蚓の唄に笛を吹く　一茶

蚯蚓鳴く六波羅蜜寺しんのやみ　川端茅舎

蚯蚓鳴く女の呼吸が耳に来て　右城暮石

▼里の子供が笛を吹いている。あれは蚯蚓の唄に合わせているのだ。▼京都の六波羅蜜寺は六道の辻の近く。かつて平清盛一門の邸宅があったところ。その濃密な闇のどこかで蚯蚓が鳴いている。▼寝返りを打った女か、囁きに来た女か、はたまた添い寝を所望する女か。静寂の中に聞く蚯蚓の声と女の呼吸。

【地虫鳴く】

三秋　すくもむし

秋、夜の帳が降りると、地中から「ジー……ジー」という断続的な声が聞こえてくる。これを「地虫鳴く」という。地虫とは、地中で生活する虫のこと。金亀虫、兜虫、鍬形虫などの幼虫に発音器官はないことから、螻蛄の鳴声と混同されたといわれる。

古墳また古墳地虫の鳴けるかな　武内千賀詩

休漁日のかわく舟底地虫鳴く　吉田陽代

▼古墳には、古墳にしかいない地虫が訳知り顔で鳴いているのだと断定する。▼浜に曳き上げられた漁船。「かわく舟底」とあるから、ずっと海に出ていない船であろうか。覗くと何やら虫の鳴く音がする。

【蓑虫】

三秋　鬼の子・鬼の捨子・父乞虫・みなし子・親無子・木樵虫・蓑虫鳴く

ミノガの幼虫。木の枝などから垂らした糸の先に寝袋のようなものを編んで、その中で暮らす。その寝袋には小枝や枯葉がついていて蓑に似ているので、この名がある。昔の人は蓑虫を鬼の子(捨て子)と考えた。『枕草子』には次のようにある。蓑虫は鬼の子で、鬼は蓑虫が自分に似て恐ろしい心を持っていると思い、粗末な衣を着せ、秋風の吹く頃に迎えに来ると言って逃げてしまった。そうとは知らぬ蓑虫は秋風の吹く頃になると、「ちちよ、ちちよ」と、はかなげに鳴くのである。

蓑虫の音を聞に来よ艸の庵　芭蕉

蓑虫の父よと鳴きて母もなし　高浜虚子

蓑虫のはるけくも地に着かむとす　山口誓子

我等の世蓑虫鳴かずなりにけり　加藤楸邨

▼わが庵の蓑虫の声を聞き、行く秋の寂しさを味わおう。友人たちへの招待の一句。▼生死や離別の憐れを象徴する蓑虫であるが、虚子はこの作の前年母を亡くしている。▼長い長い蓑虫の糸。▼今の時代の人間たちの耳には、蓑虫の声は聞こえなくなってしまった。

【茶立虫】

三秋　茶柱虫・小豆洗い・隠座頭

微小なものが多く、柔らかい体をしているのが特徴。室内で

鈴木真砂女▶明治39年(1906)―平成15年(2003)銀座の小料理屋「卯波」主人。順風ではなかった境涯の哀歓を詠んだ。

障子などに止まり、お茶を点てるのに似た音を出す習性から、チャタテムシの名がある。そんなところが俳人には好んで詠まれる。また、その音が豆を洗う音にも似ているところから、「小豆洗い」の名もある。

有明や虫も寝あきて茶を立てる　一茶

安心のいちにちあらぬ茶立虫　上田五千石

▼月を残して明るくなってきた。かそけき音をたてる虫がいるが、きっと寝飽きて茶を点てているのだろう、と洒落る。▼一日ですら心安らかな日がない。いつもカサコソと茶立虫がそばで鳴いているようで。

放屁虫（へひりむし）

三秋

へこき虫・へっぴり虫・亀虫・三井寺ごみむし

ミイデラゴミムシのこと。驚いたり、敵に出合ったりすると、腹部先端から刺激臭のあるガスを「ブスッ」という音とともに噴出するところから、この名がある。これが皮膚に触れると、痕が火傷のようになることがある。水田や河原など湿った土地に生息し、成虫は夜間に昆虫などを捕食する。

放屁虫あとしざりにも歩むかな　高野素十

紋どころ左右に正しく放屁虫　森田峠

どこにでもゐる老人と放屁虫　亀田虎童子

▼後ずさりになるのは身に危険を感じた時。一発臭いのをお見舞いするぞという警告でもある。▼へこき虫つまり、放屁虫を真面目に写生したところが面白い。▼人前かまわず屁を放る人のことを嘲って放屁虫、屁放虫と呼ぶ。そんな老人はどこにでもいるとは作者の自嘲か。

菊吸虫（きくすいむし）

三秋

菊吸・菊吸天牛

菊の害虫である。蓬、菊類の茎を一五ミリほど輪状に食べ、その噛み傷跡に産卵。この噛み傷の上部はやがて枯れてしまう。卵は約一〇日で孵化。幼虫はしおれた茎の中に潜り込み、根のほうへ孔道を開けて食べ進む。

わが旦暮菊吸虫のありやなし　飯島晴子

菊吸虫の嚙疵鍵を失ひぬ　星野紗一

菊吸と菊の陶酔はじまりぬ　大木孝子

▼菊吸虫のごときものが、私の煩悶たる日々に棲めるや否や。▼菊吸虫の噛み疵を見ての動揺か、鍵をなくしたという。▼菊吸虫に噛まれる菊と噛む菊吸虫の双方ともがうっとりとしているのでは、という推理。

栗虫（くりむし）

晩秋

栗のしぎ虫

栗の実を害する虫の総称で、おもにクリシギゾウムシの幼虫をさす。成虫は、生長途中の毬の上から果実に産卵する。孵化した幼虫は栗の実を内側から食べ、実の中で成育するため、外から見ただけではその害を発見することができない。成育すると殻から出て土中で蛹になる。関連 栗→63

雁啼くやひとつ机に兄いもと：一つの机に睦ぶ兄妹。雁の声が哀切に響く。

栗虫の麻呂と謂へるが出できたり　大石悦子
栗を出て行き所なき栗の虫　江中真弓

▼栗の中以外に世間を知らない栗虫を、やんごとなき人にたとえて「麻呂」と呼んだ。困ったものじゃ、という感じか。▼そうはいうものの、栗を出て来ても行くあてがない。やはり栗の中にいさせてもらおう。

芋虫（いもむし）　三秋

とこよむし・柚子坊（ゆずぼう）

円筒形の体をした、蝶（ちょう）や蛾（が）の幼虫のこと。触角は短く、毛がない。もともとは芋類の葉を食べるスズメガ科の幼虫をいった。かつて日本人の食生活で、芋は穀物に次いで重要な作物であった。そのため、これに害をなす虫は農作において忌み嫌われ、この名が残った。また、「柚子坊」は、柑橘（かんきつ）類の葉を食べる揚羽蝶（あげはちょう）の幼虫のことである。

芋虫の地を進みゐる捨身かな　吉田汀史
芋虫のまはり明るく進みをり　小澤實

▼食草から離れて地面を歩くとは「捨身」以外の何ものでもないと考える。▼色の明るさもさることながら、真剣に歩む姿を微笑（ほほえ）ましく思う作者。

菜虫（なむし）　晩秋

青虫（あおむし）

緑色の小型の青虫で、長毛をもたない。大根や白菜などが葉を広げ始める頃になると、これらを盛んに食べるが、種類によって食べる植物がほぼ決まっている。狭い意味では、キャベツの葉を食い荒らす紋白蝶の幼虫をさす。

嫌はれて太つてみせる菜虫かな　ふけとしこ
食べし葉の色そのままの菜虫かな　小畑柚流

▼油断をすると、食べ尽くして葉脈だけにしてしまう菜虫。嫌えば嫌うほど過食する人のように肥える。▼菜虫が葉陰にいると見つからないのは、食べた葉と同じ色をしているから。まるで擬態をしているよう。

蜂の仔（はちのこ）　晩秋

地蜂焼（じばちやき）・蜂の子飯（はちのこめし）

長野県などで食用となる地蜂（クロスズメバチ類）の幼虫のこと。秋、掘り起こした巣から幼虫を取り出し、それをフライパンでから煎りして塩をふったり、甘辛く煮つけて食べる。煮つけたものを炊きたての飯に混ぜるのが「蜂の子飯」である。

関連　蜂（はち）→春

高原光地蜂焼く火のおとろへず　飯田蛇笏
無理強ひに蜂の子飯をもてなされ　手塚茂夫

▼秋の日があまねく高原にゆきわたる一日。地蜂の巣を焼く、煙攻めの光景。草木の枯れも手伝って火は衰えない。▼「さあどうぞ」と言われても、見た目からはどうも箸がつけにくい蜂の子飯。

安住敦（あずみあつし）▶明治40年（1907）―昭和63年（1988）久保田万太郎を擁し「春燈」創刊。のち継承、主宰。

秋蚕（あきご）　仲秋

秋蚕・初秋蚕・晩秋蚕・秋蚕棚

養蚕では、蚕を年に四回、多い時では五回飼う。この中で、七月下旬頃から晩秋にかけて飼うものを秋蚕と呼ぶ。夏蚕・秋蚕は、春蚕（「蚕」参照）に比べ、飼育日数が短いことから、量、質ともに劣る。秋蚕の中でも、前半期（九月下旬くらいまで）のものを「初秋蚕」、後半のものを「晩秋蚕」という。

関連　蚕→春

繭に入る秋蚕未来をうたがはず　木下夕爾

而して晩秋蚕に到りたる　高野素十

▼繭籠る秋蚕は、眠りから覚めると蛾になって飛び出す「未来」があると、信じて疑っていない。▼「而して」に養蚕農家の一年の思いがこもる。もう晩秋蚕の時期とは。

われから　三秋

藻に住む虫・藻の虫

ワレカラは端脚目ワレカラ科に属する甲殻類だが、俳句で「われから」というと、貝の殻、海老のようなものとか諸説があり、実体は不明。藻にすんで鳴くという。『古今和歌集』にある藤原直子の「海人の刈る藻に住む虫のわれからと音をこそ泣かめ世をば恨みじ」の恋歌以降、多く用いられている。

われからの鳴く藻をゆらす浦の風　松本可南

われからの声と言ひ張る嫗かな　辻田克巳

▼入江に強い風が吹いて、われからの鳴く藻を煽っている。▼何の音かと問えば、われからの声だと言い張って譲らない嫗。

生活
行事

花火（はなび）

初秋

揚花火・仕掛花火

花火には「揚花火」と「手花火」があるが、ただ「花火」といえば揚花火のことである。現在では花火は一年中打ち上げられるが、歳時記では初秋の季語。天の川や月などと同じく、澄んだ秋の夜空のものだからである。ただし、両国の川開きなど、夏の行事にともなう夏の花火もある。一方、線香花火などの手花火は、夕涼みの慰みとして、晩夏の季語である。

関連 手花火→夏

夜は秋のけしき全き花火かな　白雄
星一つ残して落る花火かな　抱一
暗く暑く大群集と花火待つ　西東三鬼
金龍のだらりと消えし花火かな　川端茅舎
花火見しきのふの石に座りけり　蘭草慶子

▼夜になれば、疑いようもなく秋。▼火の粉が落ち尽くした夜空に星が一つ。▼花火を待つ間、むんむんと高まる群衆の熱気。▼仕掛け花火の勇壮な金龍がだらりと消えていく。▼辺りはがらんとしている。

踊（をどり）

初秋

盆踊・ながし・踊子・盆唄

俳句では、「踊」といえば盆踊り、「踊子」といえば盆踊りの踊り子のことをいう。先祖の霊を慰め、送るために、この世の者が集って歌い踊り、または練り歩くもの。それぞれの地域に伝わった歌や振りがあり、土地の来歴や武勇伝、社会風刺や土地に伝わる悲恋物語など、哀愁に満ちた口説唄（物語唄）を延々と続ける。現在、大きな観光行事として賑わう徳島県の阿波踊や富山県の風の盆、岐阜県の郡上おどりなども、もとはそれぞれの土地に伝わった盆踊りであった。

関連 阿波踊→223／風の盆→225

てのひらをかへせばすゝむ踊かな　阿波野青畝
盆は皆に逢ふて踊つて一夜きり　大野林火
づか〱と来て踊子にさゝやける　高野素十
盆唄に山の大きさ唄はるる　村越化石
踊るなり風にそよげる稲のごと　谷口智行

▼一歩さがって三歩進む。これに手足の振りをつけて進む。▼祖霊とまみえるのも、この世の「皆」に逢うのも一夜のこと。やがて盆唄が消え、秋風が吹き始める。▼来たのが誰なのか、何を囁いたのか。いかようにもとれる句。▼何かいわくのある山か。盆踊りの口説きに、大きな山のことが唄われる。▼盆踊とは田の神や祖霊へのいとおしみの表現でもある。

休暇明け（きゅうかあけ）

初秋

休暇果つ・二学期

九月、多くの学校では長い夏休みが終わり、二学期が始まる。生徒たちは夏休みの出来事を話し合ったり、宿題の自由研究の成果を披露したりして、教室は賑やか。北国では、二学期

こほろぎのこの一徹の貌を見よ：こおろぎの見事な面構え。作者の自画像かもしれない。

を早めに始め、かわりに冬休みを長くとる学校もある。

友死すと掲示してあり休暇明　上村占魚
黒板のつくづく黒き休暇明　片山由美子
ふりいでし雨の水輪よ休暇果つ　木下夕爾

関連 夏休→夏

▼小説一篇ほどの出来事が、べたついた感情を排して語られている。▼休みの間、使われなかった黒板。その黒が二学期への気持を引き締める。▼夏が終わると雨の景色も変わる。夏休みも終わりの感慨あふれた句。

月見

【月見】 仲秋

観月・月祭る・月の座・月の宴・月の宿・月の主・月の客・片見月・片月見

旧暦八月十五日の名月を愛でること。芒を生け、団子、芋、野の生り物などを供え、月を観賞する。また、月のもと、能の会や歌会、句会を開いたりする。客を招く側が「月の主」、招かれる側が「月の客」。もともとは古代中国の農耕儀礼であったものが、平安時代に定着したという。旧暦八月十五日の「中秋の名月」を見て、旧暦九月十三日の「後の月」を賞するのが日本独特の月見。「中秋の名月」のみを見るのを「片見月」または「片月見」という。

関連 月→29／名月→33／後の月→37

人並に畳の上の月見哉　一茶
一本の芒が強し月まつる　馬場移公子
月祀る青びかりして扇状地　廣瀬町子

▼人並み嫌いの一茶が、人並みに月見をしている。「畳の上」での月見への自嘲だろう。▼茎の直線、穂の曲線。それがくっきりとしている。▼月下の扇状地。「青びかり」は扇状地全体を照

名句鑑賞

こんなよい月を一人で見て寝る　尾崎放哉

自由律俳句で知られる作者の大正十四年(一九二五)の作。この句のキーワードは「一人で」。「一人」で生きることを選んで家を出て一人となったというのに、なんだか人恋しさが漂っている。「こんなよい月」という直截な表現も、だれかへの語りかけのように伝わる。この作者は、「咳をしても一人」「墓のうらに廻る」などよく知られた短い句があるが、掲句も覚えやすい句だ。〔宇多〕

山口青邨▶明治25年(1892)—昭和63年(1988)「夏草」主宰。虚子に師事。鉱山学者。故郷・みちのくを詠んだ句も多い。

らす凄まじいほどの月光。

運動会　三秋

体育祭

体育の日前後の九月末から十月にかけて、学校や企業、地域の団体などでは運動会を催すところが多い。天高く、朝夕の秋気が辺りに満ちる頃、競技に興じる歓声が聞こえてくる。近年は、入試準備の時期と重なるため、春に行なう学校も増えたが、歳時記では、学校の二大行事として、「遠足」は春の、「運動会」は秋の季語としている。

運動会の少年ヨードチンキ塗る　加藤かけい
天が下運動会をくりひろげ　清崎敏郎
他人の如く運動会の妻踊る　富田直治

▼かつて赤チンとヨードチンキは、なくてはならぬ万能傷薬であった。▼天高く、大気の澄んだよい季節だ。運動会はかくあるべし、そう思う。▼オヤッ、あれってうちのおかあさんなの？　そんな不思議な感じ。

芋煮会　晩秋

芋煮

山形県発祥の野外行事。里芋が主役であることからついた名。河原に設えた竈に大鍋を据え、里芋、茸、野菜、こんにゃく、肉などを煮て食べて、豊穣の秋を喜び合う。秋の収穫祭であり、野遊びである。関連 芋→98

芋煮会寺の大鍋借りて来ぬ　細谷鳩舎
初めより傾く鍋や芋煮会　森田峠
婆ひとり芋煮の鍋の火を守る　細谷喨々

▼寺にはなんでもあるのだ。▼格好の石を運んできて造った竈。こちらに石を足せば、あちらがグラリ。▼いつしか火の守りは婆さんの担当となる。

茸狩　晩秋

茸狩・松茸狩・茸採り・茸籠・茸山

赤松山や、楢林、橅林などに入って、松茸やシメジ、ナラタケ、マイタケ、ネズミアシなどのさまざまな茸を採ること。茸はネヤともシロともいわれるところにかたまって出ており、松茸採りの名人はシロを熟知している。この時期、多くの山は縄が張られて「止め山」となり、一般の入山は禁止されるところが多い。関連 茸→127

背を当てて立ち木に憩ふ茸狩　右城暮石
歯を欠きて念力欠如茸狩　大石悦子
山神の賽は削り木茸狩　茨木和生

▼登り降りの激しい茸山。疲れると松の木に背を当てて休む。▼歯を食いしばるという言葉があるが、歯を欠いていては茸狩も困難。▼茸山に入る時の山の神へのお礼参り(賽)。簡単な削り木を供えるだけでよい。

紅葉狩　晩秋

紅葉見・観楓・紅葉酒・紅葉舟・紅葉茶屋

美しい紅葉を観賞するため、紅葉の名所に出かけること。春の花見のような華やかさはないが、赤や黄に彩られた山や渓谷を見ていると、しみじみと秋を惜しむ気持がつのってくる。紅葉を眺めるために乗る舟が「紅葉舟」、紅葉を眺めながら一服する茶屋が「紅葉茶屋」。紅葉を焚いて温めた酒が「紅葉酒」で、『和漢朗詠集』にも載る白居易の詩「林間に酒を煖めて紅葉を焼く　石上に詩を題して緑苔を掃ふ」にちなむ言葉。

関連 紅葉→68

紅葉見や用意かしこき傘二本　蕪村

水音と即かず離れず紅葉狩　後藤比奈夫

紅葉酒九鬼水軍の裔と酌む　岸本砂郷

▼天候の変化に対応してのことか。「二本」がにくい。▼渓谷の紅葉。「即かず離れず」の水音とのいい関係。▼豪快な相手との酒席。花見酒ではこうはいかない。

美術展覧会　三秋

美術の秋・二科展・日展・院展・帝展

「美術の秋」には、院展、二科展、日展などの伝統のある美術展をはじめとするさまざまな美術展覧会が各地で開催される。美術愛好者にとっては、楽しみな季節である。

帝展見秋ただなかの学徒かな　飯田蛇笏

雨の二科女の首へまつすぐに　秋元不死男

二科展や荒樫の幹葉にもまれ　宮坂静生

日展を巡りて最後までひとり　西村和子

▼「帝展」は昭和二十一年以降「日展」と改称。この学徒はその後、兵となったのだろうか。▼この「女の首」は描かれた女か、彫刻の女か。意中の作品まで脇見をせずに進む。▼荒樫の木は戸外の景色か、絵の中の風景か。▼一人で最後までじっくりと見て歩くのもいい。

夜学　三秋

夜学生・夜学子・夜間学校

昼間は働いているなど、諸事情から昼間の学校に通えない人のために開かれた、夜間の定時制高校や夜間中学、または夜間の学習をいう。秋が学問の好時節であるところから、秋の季語になっている。近年では、受験のために遅くまで塾や予備校で勉強する学生のほうが多くなり、そのような学習をさす意味で使われることもある。

音もなく星の燃えゐる夜学かな　橋本鶏二

ややありて遠き夜学の灯も消えぬ　谷野予志

夜学子にあるとき暗き廊下かな　高柳重信

▼テレビも携帯電話もない時代。静かな夜に向学の志が燃えている。▼校舎にともる灯を感懐をもって見ていると、やがてその明かりも消えた。▼教室の明るさと廊下の暗さ。何か重いものを秘めて通学しているのか。

遠藤梧逸▶明治26年（1893）—平成元年（1989）「みちのく」主宰。虚子に師事。故郷岩手俳壇の発展に尽力。

夜なべ 晩秋

よなべ・夜業・夜仕事

秋の夜、昼間できなかった仕事をすること。農家の土間で、籾摺り(夜庭)や藁仕事などを行なった。かつては八朔(旧暦八月一日)または秋彼岸から夜なべを始めるという決め事があり、電灯のなかった頃には、月明かりの下での作業だった。工場や会社の夜業や、主婦が夜、繕い物をするのも夜なべ。由来は「夜延べ」が転訛したとか、夜食に雑炊などの夜鍋をとることからなど、諸説ある。夜なべは秋に限ったことではないが、秋を惜しむ気分があるところから、秋の季語となった。 関連 八朔→11／秋彼岸→12

打ちつけし指の痛さや憂き夜なべ　森川暁水

夜なべせる老妻糸を切る歯あり　皆吉爽雨

深夜業指針が赤き灯に震ふ　岡本圭岳

▼薄暗い中での仕事。作者が表具師であったことを思えば、この痛さがいかにつらいかがわかる。▼縫い物をしていて糸切り歯でプチンと糸を切る老いた妻。糸切り歯とは犬歯のこと。▼工場の薄明かりの中、ブルブルと小刻みに震える指示装置の針。臨場感のある句。

秋袷 中秋

後の袷・秋の袷

旧暦九月一日から着る袷のこと。単衣から「秋の袷(後の袷)」へと替える。和服を着ていた時代には、どの季節の何日からは何を着る、という約束事が、ごく自然に実行されていた。現実の暑さ寒さより、暦の日柄のほうを大事にし、新しい季節を迎えることへの心用意がそうさせていた。 関連 春袷→春／袷・単衣→夏

つつましや秋の袷の膝頭　前田普羅

喪主といふ妻の終の座秋袷　岡本眸

数あるはかなし遺品の秋袷　秦夕美

▼和服の立ち居にその人の行儀の現われるのが「膝頭」。廃れつつある季語ではあるが、廃れたのは「秋の袷」ではなく「つつましや」だろう。▼夫を喪い、喪主として気丈に振る舞わねばならぬ妻の終の立場。▼遺された着物が多ければ多いほど、一枚一枚への思いが深い。

名句鑑賞

一日の旅をたのしむ秋袷　高橋淡路女

作者は明治二十三年(一八九〇)生まれ。洋装というものが浸透していなかった頃の女性にとって、季節に応じた着物を着分けることは、暮らしのなかの暦であり歳事であった。女性が自由気ままに旅ができるという時代ではなかった頃のこと、秋袷に手を通す時季の「一日の旅」はどれほど楽しかっただろう。もしかしたら、旅用に仕立てた袷だったかもしれない。平明な言葉で、秋袷の季節の楽しい旅の気分を言い尽くしている。 [宇多]

噂やピアノの上の薄埃：虚子邸にあった立子のピアノ。しばらく使っていなかった。

秋日傘（あきひがさ）

初秋

秋になってもさす日傘のこと。日傘は夏のものだが、秋になっても、厳しい日射しの下では日傘は手放せない。夏の日傘と違い、どこかはかなげで寂しげな雰囲気も伴う。関連 日傘→夏

たたむとき翼めくなり秋日傘　片山由美子

波音や抱けばつめたき秋日傘　井上弘美

▼秋は小鳥の季節。からっとした秋の日を浴びてきた日傘をたたむ。翼をたたむ鳥のように。▼秋の日は暮れるのが早く、暮れると同時に気温も下がる。波ははるかなるものを運び、また連れ去っていく。

新米

新米（しんまい）

三秋

今年米（ことしまい）・早稲の飯（わせのめし）・古米（こまい）

その秋に収穫されたばかりの、みずみずしく香り高い米である。初秋八月には早場米の産地から新米の便りが届き始め、晩秋十月には全国的に出回る。新米は水分が多いので水を少なめにして炊く。昔の人々にとって新米は、この一年飢えずに暮らしてゆけるという安心の証でもあった。現代では、この感覚は薄れながらも、「新米」「今年米」という季語の安らかな響きに残っている。新米が出始めると、去年の米は古米となる。

新米の其一粒の光かな　高浜虚子

どの家も新米積みて炉火燃えて　高野素十

新米といふよろこびのかすかなり　飯田龍太

美しき俵となりぬ今年米　遠藤韮城

▼お釜の蓋を取ると、湯気の中からつやつやと光るご飯が現われる。田園の秋の日射しの香りもする。▼無事、稲刈を終えた農家の家の中。▼掌をこぼれる新米。さらさらと喜びの音をたてて。▼今年藁で編んだ今年米の俵。

夜食（やしょく）

三秋

夜食とる・夜食時（やしょくどき）

夜長の秋、農村では夕食後に、屋内の藁仕事や糸紡ぎなど、夜なべを行なう。かつては、八朔（旧暦八月一日）または秋彼

しまむらはじめ
島村元▶明治 26 年（1893）—大正 12 年（1923）虚子門。清新繊細な写生句で注目されたが夭折。

岸から夜なべを始めるという、暦の上での決め事があり、その折に食する雑炊などの軽食を「夜鍋」と呼んだ。これが一般に伝わり、「夜食」となった。現在では、夕食後にとる食事一般をさす。関連 八朔↓11／秋彼岸↓12

ほゝばれるかほを見あひて夜食かな　森川暁水
末子が食べし小鯛の裏を母夜食　中村草田男
夜食粥在所の冷えは膝よりす　石橋秀野
夜食欲る一人に厨灯しけり　稲畑汀子
路地裏に額を集め夜食人　棚山波朗

▼遅くまで夜業に励む人々が共に食べる姿に連帯感がにじむ。▼日々繁忙の母のささやかな夜食。子供たちはぐっすり眠っている。▼「在所」はどこと特定せず、読者それぞれの思い描くところでよい。▼厨(台所)の片隅で夜食を用意する。秋の灯がやけに明るい。▼遅くなってしまった。まず、ここらで何か食っていこうよ。

枝豆　三秋

月見豆

青いままの大豆。熟さないうちに株ごと刈り取って湯がいて食べる。莢から飛び出す豆の粒のみずみずしい緑はまさしく秋の緑。十三夜の月に供えるところから、「月見豆」という別名もある。関連 大豆↓106

枝豆や三寸飛んで口に入る　正岡子規
枝豆や舞子の顔に月上る　高浜虚子

▼枝豆の莢をつまんでは、自分の口めがけて飛ばしているところ。▼枝豆が出された宴席。美しい舞子の顔を月の光が上っていく。

むかご飯　晩秋

零余子飯・ぬかご飯

山芋や長芋などの葉の付け根に生ずる、指先くらいの大きさの肉芽を「零余子」といい、芋に似た味がする。これを皮のついたまま、薄い塩味で炊き込んだのが「むかご飯」。野趣に富んだ味が楽しめる。かつては飯の量を増やす糧飯であったのだろう。関連 零余子↓100

老人の日の自祝かなむかご飯　及川貞
こぼしつつむかご飯くふ子供かな　岡安迷子
ぬかご飯水辺の母は踞んでいた　塩野谷仁

▼老いた自分を、老いた自分が祝っている。それも「むかご飯」で。▼とにかく「飯くふ子供」は元気。▼水辺に踞んでいた母。表情の見えない母。なぜか悲しい。

栗飯　仲秋

栗強飯

皮をむき、渋皮をとった新栗を炊き込んだ飯。炊き込まずに、茹でた栗を飯に混ぜたり、糯米の強飯にすることもある。栗の色と香りが食欲をそそり、松茸飯やむかご飯などと同じく、秋を満喫させてくれる。関連 栗↓63

年経れば忌もなつかしや栗飯も　河野静雲
栗飯やいささか金のあるは佳し　金尾梅の門

方丈の大庇より春の蝶：竜安寺石庭での作。大きな庇から駘蕩たる蝶が姿を現わした。

長兄は二歳の仏栗ごはん　成田千空

▼悲しいだけの忌日が懐かしいものになる。これも時間の恩恵。▼「いささか」に微妙な味わいがある。栗飯に見合った額だろう。▼二歳で亡くなった兄。会ったこともない兄。栗飯を供えるたび、兄のことを思う。

松茸飯（まつたけめし）　仲秋

きのこ飯（めし）

松茸を、醤油や酒などで調えた米に炊き込んだ飯。香りを生かすため、炊き上がったばかりの飯に松茸を散らして蒸らす方法もある。松茸が高価になった現在でも、松茸飯であれば家族全員の口にも入る。それもまた、松茸を前にしたやりくりの一つ。関連 松茸（まつたけ）↓128

有之哉松茸飯に豆腐汁　坂本四方太

取敢へず松茸飯を焚くとせん　高浜虚子

平凡な日々のある日のきのこ飯　日野草城

▼「これ、このとおり」を「これあるかな（有之哉）」と漢文で簡潔に表現した句。いつの時代にも、松茸飯に豆腐汁。作者は明治期の人。▼焼き松茸か土瓶蒸（どびんむ）しかと思いあぐね、まずは「取敢（とりあ）へず」。▼平凡のよさ、非凡のよさ。ケのよさ、ハレのよさ。そんなことを思わせる。

とんぶり　仲秋

帚草（ほうきぐさ）（帚木（ははきぎ））の実を脱穀して茹（ゆ）でたもの。その形状から畑のキャビアと呼ばれ、酢の物や納豆に混ぜて食する。ハタハタの卵の「ぶりこ」に似るところから、唐ぶりこ、とんぶりと転（てん）訛（か）したとか。秋田、山形の特産。

茂吉好みしとんぶりなればわれら食ふ　藤木るい

▼歌人斎藤茂吉に、帚草の実を食べたい、とうたった歌がある。ふるさと山形をしのばせる懐かしい味。さればわれらも。

橡餅（とちもち）　晩秋

栃餅（とちもち）・橡の餅（とちのもち）・橡団子（とちだんご）・橡麺（とちめん）・橡粥（とちがゆ）

灰汁（あく）を抜いた橡の実を混ぜて搗（つ）いた餅。灰汁抜きがやっかいで、熊野（和歌山県）の山中で見た時は、藁（わら）製の大袋（叺（かます））に入れ、小流れにつけて十日、さらに多くの工程を経て、餅になるまで一か月以上かかると聞いた。米と粉との割合は、『料理指南抄』（元禄二年）に「餅米一升とちの粉三合」とある。橡餅は今では嗜好品（しこうひん）だが、かつては命を繋（つな）ぐ救荒食品であった。関連 橡（とち）の実（み）↓77

橡餅

高野素十（たかのすじゅう）▶明治26年（1893）―昭和51年（1976）「四S」の一人。客観写生を追求、俳句の固有性を最もよくく体現した。

橡餅や山を出でゆく山の音　古賀まり子

橡餅を搗く伝来の臼出して　里川水章

▼山中で風や雨の音を聞きながら育つ橡。実がなり、実が餅になり、里に出てゆく。▼「伝来の臼」は、ひょっとして橡と同じ山に育った木で作られた木臼かも。

柚餅子（ゆべし）　晩秋

柚子（ゆず）で作った菓子。柚子の実の上部を切って果肉を取り出し、その中に米粉または小麦粉、砂糖、味噌、胡桃（くるみ）を、柚子の果汁や刻んだ皮とともに詰め、蒸して乾燥させたもの。また、この風味を模して餅状に仕上げた菓子のことも「柚餅子」と呼ぶ。関連 柚子（ゆず）→66

丹精の柚餅子を一顆たまはりぬ　吉岡桂六

藁苞の藁つややかな柚餅子かな　茨木和生

▼柚餅子一顆（いっか）を作り上げるまでの手間ときたら、まさに「丹精」こめてとしかいいようがない。▼蒸した柚子を粗い藁苞（わらづと）でくるみ、干す。

柚餅子

柚味噌（ゆみそ）　晩秋

ゆずみそ・柚釜（ゆがま）

柚子（ゆず）の搾（しぼ）り汁やすりおろした皮、刻んだ皮などを入れた練り味噌。酒の肴（さかな）に好まれる。「柚釜」は、柚子の実の上部を切って果肉を取り出し、その中に柚子の果汁と味噌を入れて火にかけたもの。関連 柚子（ゆず）→66

柚味噌にさら〳〵まゐる茶漬かな　高浜虚子

▼茶漬けの碗（わん）に、柚味噌をそえてサラサラと流し込む。これぞ季節のご馳走（ちそう）。

吊し柿（つるしがき）　晩秋

甘干（あまぼし）・吊（つ）り柿（がき）・干柿（ほしがき）

渋柿の皮を蔕（へた）を残してむき、縄に吊るして干したもの。晩秋、農家の軒下に連なる柿の朱色は豊かな実りの色である。日や風を受けて二十日ばかりすると、甘みが凝縮し、表面に白い粉が吹き出す。砂糖が稀少だった時代には貴重な甘味源であった。むいた皮も干して沢庵漬（たくあんづけ）の糠（ぬか）に混ぜると、ほのかな甘さを醸（かも）す。関連 柿（かき）→62

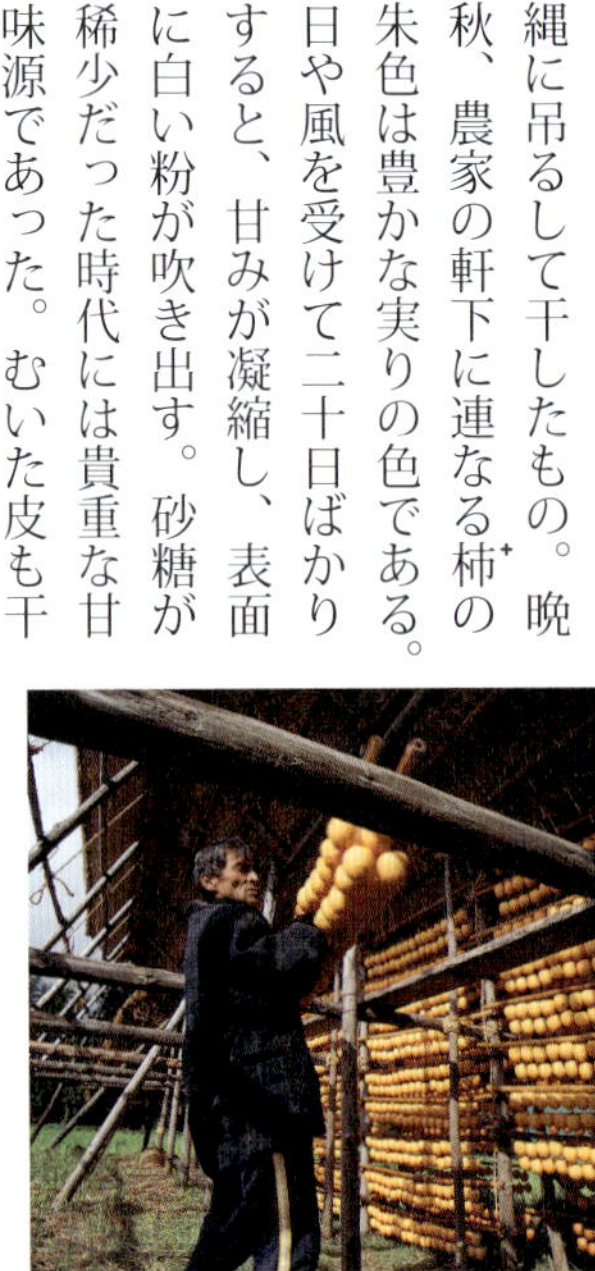
吊し柿

吊柿鳥に顎なき夕べかな　飯島晴子

干柿の暖簾が黒く甘くなる　山口誓子

干柿の緞帳山に対しけり　百合山羽公

龍玉を蔵し主は寿：虚子庵を訪れた際の一句。師の長寿を言祝（ことほ）ぐ。

▼時に鳥にやられるが、この鳥はさほどの悪さはしていない様子。▼竿にずらりと並べ干された光景は、まさに暖簾。黒みがかると甘くなる。▼さらに高く干すと緞帳のようになる。山にも引けをとらないほど立派。

菊膾（きくなます）　晩秋

食用菊の花を茹でて三杯酢で和えた料理。食用菊はシャキシャキとして香り高く、甘みもあり、甘菊ともいう。山形の「もってのほか」、新潟の「おもいのほか」などが有名。色は黄や赤紫。乾燥菊もある。
関連 菊→94

ただ二字で呼ぶ妻のあり菊膾　平畑静塔

東京をふるさととして菊膾　鈴木真砂女

▼長年連れ添っている妻の名が二字なのだろう。何々と呼ぶだけで片づく。それとも「オイ」だろうか。▼長く住まうだけではない、よい思い出のいっぱいある所が「ふるさと」。

浅漬（あさづけ）　晩秋

浅漬大根

胡瓜や茄子などの野菜を、糠や薄塩あるいは調味液で短時日漬けたもの。発酵させないので野菜の色も損なわれず、見た目も食欲を増す。大根を麹で漬けた「浅漬大根」は「べったら漬」と呼ばれ、東京では十月にべったら市が立つ。

浅漬やお初天神抜けてきて　森響雨

▼大阪・曽根崎の露天神社、通称お初天神は歓楽街の中にある。秋の夜、飲んだ後に決まって寄る店の浅漬がうまい。

氷頭膾（ひずなます）　仲秋

鮭の頭部の半透明の軟骨を「氷頭」という。氷頭を薄く切り、酢に浸けて臭みを抜いた後、大根おろしで和えた料理が「氷頭膾」。北海道や東北の鮭のとれる地域の郷土料理で、酒の肴に珍重される。
関連 鮭→150

氷頭膾

氷頭膾前歯応へて呉れにけり　草間時彦

氷頭膾どこぞ殴打の味したり　中原道夫

▼こりこりと噛む好物の氷頭膾。食通で知られた作者の老境の感慨を詠ったもの。▼鮭の漁法に、遡上する鮭の頭を棍棒で殴る鮭打がある。氷頭膾に、殴られた名残の味がするという。

鮞（はららご）　仲秋

はらこ・筋子・すずこ・いくら・鮞飯

「はららご」は胎の子、つまり産卵前の卵のことで、魚卵一般にいうが、季語としては鮭の卵をさす。卵がぎっしり詰まった鮭の卵巣を水に浸け、薄皮を剝ぐと卵がほぐれる。それを塩漬けや醤油漬けにしたものが「いくら」。橙黄色に輝き、美

大橋桜坡子▶明治28年（1895）―昭和46年（1971）「雨月」主宰。「ホトトギス」「山茶花」同人。大阪俳壇の発展に貢献。

しく、また美味である。関連 鮭→150

俎に熟れ鮞のなだれけり　長野多禰子

▼とれたての鮭の大きな腹に刃を入れると、成熟した鮞が俎にあふれ出る。豪快ななかに一抹の哀れが。

鯷漬（ひしこづけ）　仲秋

鯷（片口鰯）を塩漬けにしたもの。江戸時代の歳時記にも載る保存食で、軽く炙って食べる。また、北陸地方では鯖の糠漬けを「へしこ漬」と呼ぶ。軽く炙るか、薄く削いで生のまま食べてもうまい。関連 鯷→149

鮓桶の古きを用ひしこ漬　松瀬青々

▼ありあわせの古くなった鮓桶に鯷を漬ける。鯷漬は気取らない庶民の食べ物。

裂膾（さきなます）　三秋

裂鰯

新鮮な鰯を酢でしめた料理。「裂」とは、刃物を用いず指で魚をひらくこと。鰯の頭を落とし、尾に向かって骨に沿って指でしごくと、スイーッと骨と身が離れる。これを水でよく洗い、酢味噌などで和える。関連 鰯→149

節黒き指のすばやく裂鱠　川崎展宏

裂き方で味きまりけり裂膾　鷹羽狩行

▼鰯を裂くのに慣れた人の指。これはうまいに決まっている。▼一にも二にも裂き方が大事。

からすみ　晩秋

鱲子

鯔の卵巣を塩漬けして固め、乾燥させた珍味。薄く切って酒肴にする。唐（中国）の墨に似たその形から「唐墨」といい、「其状鱲の如し」というところから「鱲」の字を当てて「鱲子」とも書く。長崎の特産品。関連 鯔→146

からすみや酒ならなくに白飯に　林原耒井

からすみの鼈甲色を押し戴く　大石悦子

からすみの昼を灯しておりにけり　五島高資

▼からすみで白飯を食べる。なんと贅沢なことかと思い、うまそうだと羨ましくなる。▼何しろ高価。塊のままでも、薄く切っても、どこまでも鼈甲色。▼薄暗い室内で昼から明かりを灯してチビリチビリか。

衣被（きぬかつぎ）　初秋

里芋の小芋を皮のまま蒸したもの。指でつまむと、むくつけき皮が破れて白い肌の小芋がつるりと滑り出る。中秋の名月（芋名月）の料理の一つ。湯がくのもいいが、蒸すほうがはるかにうまい。衣を被いて顔を隠した女性になぞらえた「キヌカヅキ」という優雅な名が、いつの間にか「キヌカツギ」になった。関連 名月→33／芋→98

蛍籠ともりそむれば見ゆるなり：いかにも夜半らしい、平明かつ余情のある写生句。

衣被昔男は妬みけり　阿波野青畝
顔ぶれのもう幾年や衣被　辻田克巳
悉く全集にあり衣被　田中裕明

▼周囲からその才を嫉妬された「昔男」こと在原業平。その業平が妬むほど立派な衣被。▼名月の夜の語らい。気が置けない仲間たちとの長き月日に「衣被」が相応しい。▼取り合わせの句。ことごとく全集にあるという円満の相と食卓の衣被が遥かから響き合う。

とろろ汁

晩秋

薯蕷汁・とろろ・麦とろ・とろろ飯

✦自然薯や長芋などをすりおろし、さらに擂り鉢ですって作ったとろろに、だし汁を加え、薄く味付けをしたもの。米飯にかけたものを「とろろ飯」、麦飯にかけたものを「麦とろ」という。そもそもは飯の量を増やすための糧飯の一種で、粘りが少ない麦飯を繋ぐ工夫の産物だったらしい。味がよく栄養価も高いことから、薯の太る秋のご馳走となった。東海道の宿駅丸子(鞠子)宿(静岡県)のとろろ汁は、芭蕉の句「梅若菜まりこの宿のとろろ汁」に詠まれ、歌川広重の浮世絵などに描かれる、東海道の名物だった。

関連 自然薯→100

妻老いて母の如しやとろろ汁　成田千空
ざざ降りのまだおとろへずとろろ飯　鷲谷七菜子
人間にうわの空ありとろろ汁　清水哲男

▼男性にとって理想の妻とは、こんな妻か。あゝとろろ汁よき哉。▼ざざ降りもまんざらではないような、そんな気分。▼嚙まなくてもスルスルと咽喉を下るとろろ汁。あのスルスルこそ「うわの空」の心地。

新蕎麦

晩秋

走り蕎麦・秋蕎麦・初蕎麦

通常、蕎麦は種を蒔いて三か月で収穫する。春蒔きを夏に、夏蒔きを秋(十月から十一月にかけて)に収穫するが、秋蕎麦の中でも少し早めに市場に出る早生りの蕎麦を、「新蕎麦」「走り蕎麦」などといい、珍重する。新蕎麦は、やや緑色を帯び、風味も鮮烈である。江戸中期に出た四時堂其諺の季寄せ『滑稽雑談』によると、「蕎麦は七月に種を下して、八、九月に実る。しかれども、未熟なり。この時において、関東北越などには、その茎にあるものを振り落し、あるいは焙炉にて乾して、磨りて麺とす。ことのほか風味よろし。これを新蕎麦と称し……」とあり、上方より関東で好まれたようだ。

関連 蕎麦掻→冬

新蕎麦や熊野へつづく吉野山　許六
酒のあらたならんよりは蕎麦のあらたなれ　正岡子規

名句鑑賞

今生のいまが倖せ衣被　鈴木真砂女

日々の暮らしは、とりたてて「ああ、今生の幸せだなぁ」という感慨を述べるいとまなどなく、過ぎてゆく。そんなある日、作者はふっと、生きてきた過去の諸々を思い、今在ることや、平穏な気持を、幸せだと思った。それが事々しいものではなく、小さな呟きであるということを教えてくれるのが、素朴な「衣被」。〔宇多〕

後藤夜半▶明治28年(1895)―昭和51年(1976)「諷詠」主宰。虚子に師事。弟は能楽師の後藤得三と喜多実。

新蕎麦や山から風が下りてくる　森下草城子

▼蕎麦は荒れた土地にも育つ。山がちの地域で暮らす人にとって、貴重な食料だったはず。▼酒好きなら「蕎麦のあらたならんよりは」となるか。▼ひとしおの秋風を感じつつの新蕎麦。

新豆腐（しんどうふ）　晩秋

収穫されたばかりの大豆で作った豆腐のこと。新米、新酒、新蕎麦などと同じく、秋の収穫を待って製したものには、新鮮な味覚以上に、豊穣を喜ぶ気持がみなぎっている。今は輸入大豆で作られた豆腐がほとんどで、国産の新大豆を使った新豆腐は少なくなった。

僧堂の飯の白さよ新豆腐　水原秋桜子
はからずも雨の蘇州の新豆腐　加藤楸邨
新豆腐固まりかけてゐるところ　長谷川櫂

▼この白い飯と豆腐。それも新豆腐。なんという贅沢。▼豆腐のふるさとは中国。「はからずも」であれば、その喜びは格別だろう。▼今の今、液体が固体になろうとしている。そんな臨場感の伝わる句。

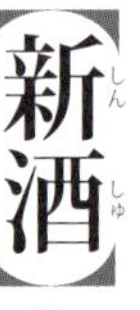

新酒（しんしゅ）　晩秋

今年酒・早稲酒・新走り・利酒・聞酒・新酒糟

新米で醸された酒。「新走り」ともいう。酒の醸造が寒造り（晩冬）になってからは、晩秋に新酒が造られることはめったになくなったが、現在も晩秋の季語。これは、新米をもって醸すからであり、秋の収穫の喜びと直結した季語だからである。新酒に対する季語が「古酒」である。

よく飲まば価はとらじ今年酒　太祇
肘張りて新酒をかばふかに飲むよ　中村草田男
新走その一掬の一引を　稲畑汀子

▼飲みっぷりがよければ、お代は要らない。▼酒好きの男をからかっているのだ。▼「一引」とは新酒の初搾り。一掬いして、さあ、召し上がれ。

新酒　京都・伏見。

濁り酒　晩秋

どぶろく・どびろく・醪

通称「どぶろく」。発酵した醪を漉していない日本酒。糟が残っているために白く濁り、清酒より甘みがあり、素朴な香りがする。昭和初期までは自由に売り買いされていたようだが、現在は許可なく製造や販売を行なうと酒税法違反に問われる。江戸時代の歳時記『改正月令博物筌』に「酴醾漉」として「これは唐土の名なり。酒の黄色に濁りたるをいふ」とある。

味噌可なり菜漬妙なり濁り酒　坂本四方太

藁の栓してみちのくの濁酒　山口青邨

ささなみの国の濁酒酔ひやすし　赤尾兜子

▼高級な酒肴では、せっかくの濁酒がまずくなる。味噌や菜漬けが一番。▼陸奥なればこそ、濁酒なればこその藁の栓が素朴な感興をそそる。▼「ささなみの国」とは近江だが、今の滋賀県の濁酒とはやや趣が異なる。

古酒　晩秋

ふるざけ

新酒ができても残っている、前の年に醸された酒のこと。酒の味を保つため、小満（五月二十一日頃）の頃に、六〇度くらいに火入れ（加熱）するが、この火入れの後の酒を「古酒」という。

古酒旨し水琴窟の音を聞きて　阿波野青畝

▼火入れをした古酒は芳醇な味と香りが保たれている。水琴窟の音を聞きながら飲む古酒の味は格別。

温め酒　晩秋

ぬくめ酒

旧暦九月九日の重陽の節句に温めた酒を飲むと、病にかからず、冬を無事に過ごせるという。そろそろ秋冷えが身にしみる頃ゆえ、冷たいものは体によくないという教えでもある。「温め酒」は、冬の季語である「熱燗」とは異なるので、実作の際は注意すること。関連 熱燗→冬

いつの世も流離は暗し温め酒　福田甲子雄

かくて吾も離郷のひとり温め酒　中村与謝男

火美し酒美しやあたためむ　山口青邨

▼故国を離れるせつなさ。一盞の別れは「温め酒」で。▼送る側もつらく、送られる側もつらい。▼火があって酒がある。火が恋しくなる時節、何もかもが美しい。

葡萄酒醸す　仲秋

葡萄酒製す・葡萄酒作る・ワイン作る

その秋にとれた葡萄の実を桶や樽で発酵させ、醸造すること。圧縮機で葡萄を潰して果汁を搾り、酵母を加えて発酵させ、漉して澱を除き、瓶に詰める。葡萄の種類や製法の違いで、赤、白と異なった酒ができる。かつては桶に入れた葡萄の房

川端茅舎▶明治30年（1897）—昭和16年（1941）病のため画業を断念。虚子をして「花鳥諷詠真骨頂漢」と言わしめた。

を足で潰していたという。「葡萄酒」は江戸時代の歳時記にも載り、里葡萄よりも山葡萄のほうが勝るとある。近年、フランス政府の決めた出荷解禁日、十一月の第三木曜日、午前零時に売り出す新酒、ボージョレー・ヌーヴォーが人気である。

胸乳あらはに採りし葡萄を醸すなり　松瀬青々

甕たのし葡萄の美酒がわき澄める　杉田久女

関連　葡萄→61

▼作業中の様子。この「胸乳あらは」は、たぶん男。いや、葡萄酒だから女だったかもしれない。▼作る工程を楽しむ作者。家庭用に甕で作る。

猿酒(さるざけ)

三秋　ましら酒

猿が木の洞や岩の窪みなどに蓄えておいた山葡萄、通草、柿などが熟して発酵し、甘みのある酒になったもの。それを偶然、樵や猟師が見つけて飲んだものという。俳諧的でおもしろい季語である。

猿酒は夜毎の月に澄みぬらん　佐藤紅緑

直会として猿酒を賜りぬ　前川菁道

▼夜毎月下に発酵し澄んでゆく猿酒。深山の霊薬である。▼秋祭の後の直会(供え物の神酒や神饌を下げて飲食すること)で、まことしやかに「猿酒」と書いたご神饌のお下がりをありがたくいただいたのである。

秋の灯(あきのひ)

三秋　秋灯・秋ともし

同じ家にともる灯であっても、春夏秋冬それぞれに、異なった雰囲気をまとう。春の灯(春灯)がどこか艶冶であるのに比べ、秋の灯は、澄みきった深い懐かしさを感じさせる。「灯火親しむ」というとおり、秋の灯の下での読書や団欒の風景には、ほかの季節にない、静かな趣がある。

秋燈を明うせよ秋燈を明うせよ　星野立子

傷んだる辞書を抱きあげ秋燈下　川崎展宏

秋灯かくも短き詩を愛し　寺井谷子

▼「部屋を明るくせよ」という命令形とは少し違う。心の奥のほうからの声で、心の奥に命じているよう。▼長く使ってきた辞書なのだろう。余人にはわからない傷の来歴を愛おしんでいる。▼俳句という語はどこにもないのに、誰もが「かくも短き詩」とは俳句だと思ってしまう。

灯火親しむ(とうかしたしむ)

三秋　灯火親し・灯火の秋・灯下親し

中唐の文人韓愈の「符読書城南」詩の一節「灯火稍く親しむべく、簡編巻舒すべし」が出典。秋の夜は灯火の下で読書に励むとよいというものだが、「読書の秋」なども、ここを出自とするものか。「灯下親し」は誤用だが、実感はある。

且つ忘れ且つ読む灯火亦親し　相生垣瓜人

糸瓜忌や一燈を守る志：「糸瓜忌」は子規の忌日。鼠骨とともに子規顕彰に貢献。

灯火親し声かけて子の部屋に入る　細川加賀

▼読んだことをすぐ忘れる。ゆえにまた読む。ゆえに灯火も亦親しいのである。無碍の老境。▼子には子の世界があり、すでに一人親しむべき灯火をもつ。父親の複雑な思いに触れる。

秋の蚊帳（あきのかや）　三秋

蚊帳の名残・蚊帳の別れ・九月蚊帳

冷房や網戸などのなかった時代、蚊の襲来から逃れて安眠できるのは、蚊帳の中だけだった。秋になって蚊帳を片づけようと思っても、まだ蚊が残っていて、なかなか手放せない、そんな蚊帳への思いを「蚊帳の名残」「蚊帳の別れ」と美しくいい、夏への惜別の情をあらわす。いよいよ秋になり蚊帳と別れると、「秋も夜長」の時候になる。関連 蚊帳→夏

次の間の燈のさしてゐる秋の蚊帳　大野林火
ふるさとの暗き灯に吊る秋の蚊帳　桂信子
老いぬれば蚊帳の別れも惜しまれて　富安風生
吊ればすぐ風来る蚊帳のわかれかな　鈴木真砂女

▼次の間の明かりが射し込むが、蚊帳の目をくぐった明かりは弱々しい。▼ふるさとの仄暗き一室。蚊の名残りと蚊帳の名残りと。▼蚊帳の別れは季節との別れ。老いた今、蚊帳と別れるのさえ寂しい。▼蚊帳に吹いてくるのは秋の風。しみじみとゆく夏への思いを募らせる。

秋扇（あきおうぎ／あきあふぎ）　初秋

扇置く・捨て扇・秋の団扇

夏の必携品であった扇を、秋になっても残暑の続くうちは使う。時に置き忘れられたり（「扇置く」）、捨て置かれたり（「捨て扇」）もする。そんな扇のこと。それが団扇の場合は「秋の団扇」という。扇にも団扇にも一抹のわびしさが感じられる。関連 扇→夏

衣紋ぬくくせまだぬけず秋扇　久保田万太郎
秋扇あだに使ひて美しき　田畑美穂女
この疲れただごとでなし秋団扇　稲垣きくの

▼着物の襟を抜く癖がまだ抜けない。粋な人だったのだろう。▼さほどの思いももたずに使った扇。衰退の美しさ。▼「ただごと」ならぬ夏の疲れ。これは怖い。

秋簾（あきすだれ）　仲秋

簾の名残・簾名残・簾外す

夏の間、座敷の間仕切りや日除けに用いた簾が、秋になってもそのままなのを、こう呼ぶ。夏の間の汚れや、糸かがりのほつれなどが目立ち、なんとなく侘びしい。暑かった夏への愛惜が感じられる。関連 簾→夏

駅前のいまも種屋の秋簾　廣瀬直人
その下の掃いてありたる秋簾　大木あまり
絵の浮ぶ秋の簾を遺しけり　田中裕明

柴田宵曲（しばたしょうきょく）▶明治30年（1897）—昭和41年（1966）古俳諧の研究や、子規や漱石にまつわる随筆も評価が高い。

▼あたかも眼前の景色のように見える「種屋の秋簾」だ。▼秋簾の下がっている軒下あたりか。平凡な小景が美世界を呈している。▼遺品となった、絵を施した簾。その絵も、絵を見ている目も、透明で美しい。

障子貼る（しょうじはる）　仲秋

障子の貼替（しょうじのはりかえ）・障子洗う（しょうじあらう）

夏の間外しておいた障子や古びた障子を貼り替えること。古い紙を剝ぎ、桟だけにして洗い（「障子洗う」）、よく乾かして、新しい障子紙を、継ぎ目に埃がたまらないように下から上へと貼っていく。貼り終えた後、全体に霧を吹くと、障子紙がピンと張る。貼り替えると、部屋が明るくなる。冬支度の一つだが、水を使うので、秋の深まる前に終えてしまいたい。

関連　障子→冬

障子はる影もろともに老いにけり　西島麦南
大寺に障子はる日の猫子猫　三好達治
貼り替へて障子に桟のなきところ　河野静雲

▼白い紙に映る影は鏡より残酷。▼猫は障子の大敵。大寺であれば障子の枚数も多い。▼取っ組み合いの兄弟喧嘩でもして、桟を壊してしまったのだろうか。

障子襖を入れる（しょうじふすまをいれる）　仲秋

障子入れる（しょうじいれる）・襖入れる（ふすまいれる）

夏の間外しておいた障子や襖を入れること。葭戸や簾を、障子や襖に入れ替えると、部屋の様相が一変する。句作の際には「障子入れる」「襖入れる」として用いるほうがよいだろう。

関連　襖外す→春／障子・襖→冬

襖入るる仏間に近きところより　浦歌子

▼どこから入れてもいいようなものだが、やはりご先祖への思いが先立つ。

松手入（まつていれ）　晩秋

夏の間に伸びた庭木の手入れをすること。手入れをするのは、松の木とは限らないが、松に最も手がかかるので、庭全体の手入れを「松手入」という。緑色を失った松の古葉を取り除くと、たくましく伸びた新葉が目立つようになり、空が透けて見える。

松手入したたか池へ切り落とし　野村喜舟
切りし枝ふわりと落とす松手入　右城暮石
きら〳〵と松葉が落ちる松手入　星野立子

▼池に乗り出しているのは松の木か。何の木であっても、池に落とすより方法がない。▼切った枝が「ふわり」と落ちてくる。この「ふわり」こそが植木職人の心映え。▼松葉の匂いが届くようだ。「落ちる」よりも「きらきら」のほうに、落ちている松葉の一本一本が見える。

火恋し（ひこい） 晩秋

炭火恋し・炉火恋し・火鉢欲し・炬燵欲し

冬を間近にして、夜更けなどに肌寒さを覚える頃、炉や炬燵などの火の暖かさが恋しく思われること。そろそろ冬支度の時期を迎える。

火恋し雨の宿りも宇陀の奥　上田五千石

火の恋し漁火ひとつなき夜は　浅井陽子

▼宇陀は奈良県宇陀市南部、宇陀山地一帯。▼揺曳する孤愁。漁火のない晩秋の海ゆえいっそう火の暖かさが恋しい。

秋の炉（あきのろ） 晩秋

秋炉

十月から十一月に移る頃、秋の寒さが身にしみて感じられるようになり、火が恋しくなる。ことに北海道や東北の山間地などでは、冬の到来を待たずに囲炉裏などを使い始めるところが多い。関連 炉→冬

煙るがまま燃ゆるがままの秋炉かな　高野素十

秋の炉の自在かぐろき山廬かな　鷹羽狩行

▼薪に湿り気でも残っていたか。火の始めはとかく燻る。▼煤けた「自在」（囲炉裏の上に鍋などを吊るすための鉤）に歳月が偲ばれる。この句の「山廬」は山梨県内にあった飯田蛇笏の住まいの庵号。背後に冷気が迫る。

風炉の名残（ふろのなごり） 晩秋

風炉名残・名残の茶

茶の湯では、夏の間は夏季用の炉である風炉に釜をかけて湯を沸かすが、風炉は、旧暦十月の亥の日の炉開きの前には片づけられる。風炉の季節が終わるのを惜しんで催される茶会を、「風炉の名残」という。茶事における侘びの名残の趣向といえよう。しまわれる風炉に深秋の情を重ねる。

関連 風炉茶→夏／炉開→冬

一杓に湯気の白さよ風炉名残　井沢正江

▼ひと杓の湯気の白さが深秋を象徴し、行く秋の情ともしっとりとなじみ合う。中七の切字「よ」が、親しみを導く。

冬支度（ふゆじたく） 晩秋

冬用意

間近に迫ってきた冬の寒さに対するさまざまな準備をさす。雪囲いや、薪・石油などの燃料準備、各種暖房器具の整備、目貼なども必要となろう。漬物の仕込みや、冬物衣服の入れ替えも含む。何かと心忙しく感じる。

筆頭にあかぎれ膏や冬用意　水原秋桜子

納屋のもの取り出してあり冬支度　上村占魚

▼冬用意の筆頭に、あかぎれ軟膏。さして重要でないものを大仰に挙げ、ユーモアを導いた。▼納屋から取り出したのは、火鉢か、ストーブか。読者の想像を誘うのも、一つの詩法。

佐藤念腹（さとうねんぷく）▶明治 31 年（1898）―昭和 54 年（1979）虚子門。ブラジル日系移民。移民俳人による「木陰」を創刊。

秋場所（あきばしょ）
仲秋

九月場所（くがつばしょ）

日本相撲協会が主催する大相撲の秋の本場所。年六場所の本場所のうち、九月に東京・両国の国技館で行なわれる興行。夏巡業を経た心身充実の力士たちが、本領を発揮する。

秋場所の跳ね太鼓雨やんでをり　堀口星眠

関連 相撲（すもう）→220

▼秋場所の頃には雨も多い。が、その雨もやんだ。隅田川（すみだがわ）の川風に乗り、跳（は）ね太鼓が秋場所を景気づける。

盆狂言（ぼんきょうげん）
初秋

盆芝居（ぼんしばい）・名残狂言（なごりきょうげん）・秋狂言（あききょうげん）

盆の頃に上演される歌舞伎（かぶき）狂言のこと。客席や廊下に盆提灯（ぼんぢょうちん）を灯（とも）し、出し物も怪談物や仏事を題材にしたものが選ばれる。大立者は出演せず、中堅以下による興行を打つ。「名残狂言」は九月に入って行なわれる歌舞伎興行のこと。十一月が年度替わりだったことからいう。

盆狂言父の遺（のこ）せし人とかな　森響雨

▼父が遺した人とは母か、それとも。亡き父のことを語らいながら狂言を観る。それも盆の供養の一つ。

地芝居（じしばい）
晩秋

村芝居（むらしばい）・地狂言（じきょうげん）・村歌舞伎（むらかぶき）・農村歌舞伎（のうそんかぶき）

秋の収穫が終わった後、村の有志で行なう芝居のこと。その地に伝わる芝居を演じたり、時には旅回りの一座が興行することもある。農山村の娯楽の一つであった。

地芝居

地芝居のはねたる潮の香なりけり　細川加賀

地芝居の大きな声の黒子かな　池田和子

▼旅路で行きあったものか。海辺の芝居小屋を出ると、強い潮の香が昂（たか）ぶった心を現実に引き戻す。▼素人の演じる芝居だろうか、後見（こうけん）の黒子の声も大きくなる。

海螺廻し（ばいまわし）
晩秋

海贏廻し（ばいまわし）・海贏打（ばいうち）・ばい独楽（ごま）・べい独楽（ごま）・勝海螺（かちばい）・負海螺（まけばい）

海螺貝で作った独楽を廻し合い、相手の独楽を弾（はじ）き倒した方を勝ちとする遊び。田螺（たにし）より大きく厚い海螺の殻を半分に切り、中に蠟（ろう）や鉛を詰めて威力ある独楽を作るのに子らは腐心した。昔は重陽（ちょうよう）の日の遊びだったという。

家々のはざまの海や海贏廻し　富安風生

案山子翁あち見こち見や芋嵐：芋畑を守る案山子（かがし）。嵐にあおられ右に左に揺れている。

海蠃打てる童の帯のゆるみをり　山口誓子

▼狭い路地での一景か。近接した家々のその間から清澄な海が見える。▼江戸時代には大人も海螺打ちに興じたという。熱中するあまり帯の緩みにも頓着しない童が微笑ましい。

虫売（むしうり）　三秋

虫屋

野に鳴く虫を捕らえて売り歩く商いのこと。鈴虫、轡虫、松虫など、鳴声のよい秋の虫を虫籠に入れて、虫の音をきく機会の少ない町の人に売る。店舗で売るところもある。

関連 虫→156

虫売の売る虫籠のベトナム製　茨木和生

▼売られていたのはどんな虫だったのか。籠のほうが目立つ。

虫籠（むしかご）　三秋

むしご・むしこ

昆虫採集の虫を入れる簡単なものから、賞玩用の鈴虫、松虫、邯鄲、轡虫などといった鳴声を愛でる虫を入れる瀟洒なものまで、さまざま。竹籤を美しく細工し、塗りを施し房をつけた屋形のものなどは、虫を愛でるにふさわしい風情を醸し出す。秋の季語としての虫は、姿を見せずに鳴くその声を珍重するが、虫籠の虫は、姿を見せて鳴く。関連 虫→156

虫籠に朱の二筋や昼の窓　原石鼎

虫籠に虫ゐる軽さゐぬ軽さ　西村和子

▼「朱の二筋」とは虫籠にあしらわれた色糸か。虫の声の響かぬ昼ゆえ、虫より糸の色が目立ったのだ。▼目方の軽さではなく、籠で鳴く虫の存在を思っての句。

秋渇き（あきがわき）　三秋

暑かった夏に落ちていた食欲が、秋になって回復してくることをいう。もともと食欲がある人が秋にますます食欲旺盛になる「食欲の秋」とは異なる。同音の「秋乾き」は、晴天の続く秋の天候をいう。

畦に来ていつまでひとり秋渇き　廣瀬直人

秋渇き鳥は高きに虫は地に　小島健

眼光のその人にきし秋渇き　中西夕紀

▼ようやく畦に立つ元気が出てきたというのに、いつまで「ひとり」でここにいるのだ、という独白があるようだ。▼天地が秋の気を帯び始めた。▼眼光といえば炯々。この人もどうやら回復したようだ。

秋思（しゅうし）　三秋

秋懐・傷秋・秋愁・秋あわれ・秋さびし

秋になったことから生じる物思いのこと。「もののあはれ」という日本人固有の情感は、秋にこそしみじみと心に迫る。「春愁」が、春の甘美で物憂い気分の中に醸し出されるのに対し、「秋思」は、思索的背景を持つ。「秋懐」は「秋思」と同じ意。「傷

阿波野青畝▶明治32年（1899）—平成4年（1992）「かつらぎ」主宰。「四S」の一人。作風は俳諧味を帯び自在。

秋」は、秋になったことを傷む心である。関連 春愁→春

山々の藍かさねたる秋思かな　廣瀬直人
百畳を拭く学僧の秋思かな　那須淳男
青年阿修羅眉ひそめをる秋思かな　二谷絢子

▼大気が澄み、山々の稜線が際やかに顕つ。藍を重ねる山容の宜しさ。▼広い講堂を拭き清めている作務の学僧。爽涼の気が百畳の間に満ちあふれる。▼興福寺の阿修羅像の表情に、自らの秋思を重ねているのだろう。

【秋耕】（しゅうこう）　三秋

稲の裏作のために、稲刈がすんだ田を耕すこと。また、秋に種を蒔く野菜のために畑を耕すこと。春の「耕」ほどに弾んだ気持はないが、日暮れの早い秋の作業には、これから迎える厳しい季節への気構えが感じられる。秋耕の後、秋の種蒔きをすませると、田畑から人影がなくなり、いよいよ秋も深まってくる。関連 耕→春

秋耕や流るゝ如き鍬使ひ　西山泊雲
父と子の形同じく秋耕す　西東三鬼
秋耕の終りの鍬は土撫づる　能村登四郎
秋耕す山の名知らで山に住み　林 翔

▼鍬のくせ、土の性質を知り尽くした人の、無駄のない仕事ぶりである。▼口もきかず鍬をふるう父子の連帯感が伝わってくる。▼今年の仕事はこれでおしまいだよ、という気持。「土撫づる」に、なんともいえない情愛がこもる。▼「灯台下暗し」でもないが、そこに住む農民にとって山の名などは関係ないのだ。

【八月大名】（はちがつだいみょう）　初秋

田植えが終わり、田草取りもすむと、あとは強い日の光とほどほどの雨と風があれば、秋の収穫までとりたてて大きな作業がない。まるで大名のようにゆっくりできる。その期間が旧暦八月にあたるので、こう呼ぶ。農閑期にあたる二月も公然と休める期間で、二月、八月には農繁期にできなかった結婚式や法事を行なったり湯治に出かけたりする。農作業が機械化され、農繁期の仕事の効率がよくなった今、この言葉が使われることはなくなった。

八月大名ぼたもちのやうな嫁　辻田克巳
八月大名根来の膳を出してくる　大石悦子

▼「ぼたもち」のような嫁とは、なんだか楽しくなりそうな予感のする嫁さんだ。▼平素は使わない根来塗の漆器の膳を出してくる。なにしろ「大名」なのだから。

【添水】（そうず）　三秋

僧都・ばったんこ・添水唐臼

実った五穀を、鳥獣の害から守るための仕掛け。竹筒の中央を支点にして片方に水が溜まるようにし、その重さでシーソーのように跳ねた竹筒がもう一方の下に置いた石や鉄板を

大試験今終りたる比叡かな：大試験を終えたばかりの学生達に悠然とそびえる比叡山。

叩き、その音で鳥獣を追い払う。一種の鹿威しである。鉦を打つ僧に見立てて「僧都」ともいい、その音から「ばったんこ」とも呼ぶ。この原理を米を搗く唐臼として用いたものを「添水唐臼」という。

ぎいと鳴る三つの添水の遅速かな　河東碧梧桐
風雨やむ寺山裏の添水かな　飯田蛇笏
二つ目を聞けばたしかにばつたんこ　茨木和生

▼三つのギイとバタンの音が少しずつずれて聞こえる。▼風雨の激しい時には聞こえなかった添水の音が聞こえ始めた。▼一つ目は、何だろうと思ったが、二つ目を聞けば、ああ、アレかと納得する。

【案山子】　三秋

かかし・かがせ・おどし・捨案山子・遠案山子

熟れた稲を鳥や獣から守るため、さまざまな工夫がある。その代表が案山子。竹や棒を組み、藁で肉づけし、衣服や笠や帽子をかぶせた人形。これを田んぼに立てて、四六時中、人が田を守っているように見せかけて鳥獣を近寄らせない。人の姿をしているが、あれは田の神の仮の姿とみてもいい。「かがし」とも「かかし」ともいうが、その源は、臭いをかがせるの「かがせ」。鳥獣の羽毛や肉を焼き焦がして悪臭をたて、彼らを追い払った。のちに中国から案山子が伝わると、これを「かがし」と呼んだのである。

棒の手のおなじさまなるかがしかな　丈草
物の音ひとりたふるる案山子かな　凡兆
水落て細脛高きかがし哉　蕪村

▼一本の棒が横に通してある。▼案山子がばたんと倒れた。その響きが秋らしい。▼稲刈を前に水を落とした田んぼ。

【鳴子】　三秋

引板・引板・鳴子縄・鳴子守

稲穂をついばむ雀を追い払うための仕掛け。板に数本の竹筒を下げ、張り巡らした縄にぶら下げ、雀の襲来に応じて縄を引き、カラカラと音を放って追い払う。番をする人を「鳴子守」という。『万葉集』にも詠まれている。

引かで鳴る夜の鳴子の淋しさよ　夏目漱石
落柿舎をいづれば鳴子うしろより　岸風三楼
鳴子縄たはむれに引くひとり旅　中村苑子

▼風が鳴らしたか、闇夜にカラカラと鳴る鳴子。静寂の深さが思われる。▼京都嵯峨野の落柿舎は芭蕉の門人去来の別荘。鳴子の音のみを耳にしてここを辞す。▼あれば引いてみたくなる。これも一人旅の楽しみ。

【鳥威】　三秋

威銃

稲をはじめとする農作物を荒らす鳥を追い払うための仕掛け。きらきら光る銀色のテープを張り渡したり、鳥が恐れるという目玉を描いた風船を吊るしたり、鳴子や威銃で音をたてた

五十嵐播水▶明治32年（1899）—平成12年（2000）「九年母」主宰。「ホトトギス」同人。101歳の長寿を全うした。

りして、鳥どもを驚かす。

鳥威し簡単にして旅に立つ　高野素十

鳥威す各種の壜を吊したり　相生垣瓜人

▼簡単なところが鳥威らしい。▼現代なら壜（びん）の代わりにペットボトルといったところ。

鹿火屋（かびや）　三秋

鹿火屋守（かびやもり）

田畑を荒らす鹿（しか）や猪（いのしし）などの害獣を追い払うため、火を焚（た）いたり、獣毛などの臭気を出すものを燃やしたり、大きな音をたてたりする。この作業を管理するための小屋を「鹿火屋」といい、小屋の番人として出向く人を「鹿火屋守」という。山里に建つ粗末な小屋が、秋の侘（わ）びしさをつのらせる。

屋根石の共に古びし鹿火屋かな　阿波野青畝

▼使われなくなった鹿火屋。屋根にのせた石までもが古びてきた。

猪垣（ししがき）　三秋

鹿垣（ししがき）・猪垣（いがき）

猪（いのしし）や鹿（しか）などの獣から田畑の作物を守るために、張り巡らす垣。相手が猪なら「猪垣」、鹿なら「鹿垣」と書いて、どちらも「ししがき」と読む。「しし」とは肉のことであり、食肉にする猪や鹿を「しし」と呼んだ。猪は突進するばかりで低い障害物も飛び越えられないと侮られているので、猪垣はおかしくらい低い。

名句鑑賞

淋しさにまた銅鑼打つや鹿火屋守　原石鼎

明治末年から大正にかけて、奈良県東吉野に住み、句集『花影（かえい）』を残した原石鼎の代表の一句。ひとりで小屋にいる淋（さび）しさをまぎらわせるために、銅鑼（どら）を打つ。その音がますます淋しさをつのらせる。今も、当地の田畑には猪（いのしし）や鹿（しか）が出没して作物を荒らす。芋の一個が村人の大事な食糧であった昔日、獣被害がどれほどに深刻であったかを思いやる。そんな現実を、語らずして残した、格調の高い句である。［宇多］

鹿垣や奈良もはしなる雑司町　吉住白鳳子

猪垣の上植林の大斜面　茨木和生

▼雑司町（ぞうしちょう）は奈良市内、東大寺のある一帯。田畑に鹿よけの垣が巡らしてある。▼そんな斜面にも猪がやって来て里の田畑を荒らす昨今である。

稲刈（いねかり）　仲秋

稲刈（いねか）る・田刈（たかり）・秋田刈（あきたか）る・小田刈（おだか）る・稲刈鎌（いねかりがま）・稲刈機（いねかりき）・刈稲（かりいね）・収穫（しゅうかく）

稲が黄金色に熟れると、晴天の日に刈り取る。稲作の締めくくりの仕事だが、農家の半年間の苦労が報われる時であり、収穫の喜びの時でもある。稲刈の前には稲を乾かすために田の水を落とす。かつては、田植えと同じく近隣で協力してひと株ずつ鎌で刈り取ったものだが、現在は稲刈機ですませる。刈り取った稲は稲架（はさ）に掛けて天日干しにするか、乾燥機で乾かす。歳時記の秋の部には稲刈関連の季語が並ぶが、どれもかぐわしい稲の香りのするものばかり。関連 刈田（かりた）→51／稲（いね）→102

紫は水に映らず花菖蒲：不思議と水には映らない菖蒲の花の色。

稲刈

よの中は稲かる頃か草の庵　芭蕉
稲かれば小草に秋の日の当る　蕪村
老一人門田刈るなる月夜かな　百童
立山に初雪降れり稲を刈る　前田普羅
刈る程に山風のたつ晩稲かな　飯田蛇笏

▼新米を贈られた時の句。草庵に籠っているうちに、いつの間にか、こんなに時が過ぎてしまった。▼好天の続く稲刈の頃。▼昼間のうちに稲を刈りきれず、日が暮れて月夜になった。▼立山(富山県)の頂が雪で白く染まる頃。▼秋も終わりの晩稲刈。

稲干す

仲秋

稲掛・架稲・稲塚

刈り取った稲を日や風に干して、稲扱きに備える。稲穂を垂らすようにして稲架に掛けたり、棒を支柱にして稲で巻くように掛けたり、ところによって異なる。

かけ稲やあらひあげたる鍬の数　白雄
稲架けて天の展けし平家村　右城暮石

▼秋の作業があらかた片づくまでに幾本の鍬を使うことか。よく働いてくれたと語りかける。▼平家村の大方は峡深いところにある。展けた空がひとしお明るい。

稲架

仲秋

はざ・稲木・稲城・田母木

刈り取った稲の束を干すために、畦などに設ける木組みのこ

高浜年尾▶明治33年(1900)—昭和54年(1979) 父・虚子より「ホトトギス」を継承、伝統を遵守し後進を多く育てた。

と。支柱の杭を立て、横に丸太を渡した井桁形（菱形）に高く干すもの、横に長く作るもの、立ち木を利用して作るもの、一本の棒杭に稲束を縛りつけるものなど、地域によって形はいろいろである。

稲架の上に乳房ならびに故郷の山　富安風生

空稲架に老人が立つそれが兄　大牧広

風踏んで稲架納めをり木曾の人　宮田正和

▼山が二つ、乳房のように並んでいる。誰にとっても懐かしい、稲架のある風景。▼故郷の老いた兄。稲架と兄へのせつない思い。▼稲架を納める頃、木曽（長野県）の山々から秋の風が静かに吹き来る。

稲架

鎌祝

仲秋　鎌納め・鎌あげ・刈上げ

稲刈がすんだところで、鎌を清めて神棚や床の間に飾り、供え物をして農事の無事に感謝をし、祝宴を催す。ところによって呼び名もその方法も異なるが、この日の主役が「鎌」であるところは共通している。稲扱き、籾摺りがこのあとの作業として残っている。

菩提寺の僧も加はり鎌祝ひ　本宮哲郎

腰に笛差して来てをる鎌祝　茨木和生

▼古い付き合いの菩提寺の僧も、じっとしていられず特別参加。▼祝いの笛を吹く役か。喜びの気分がよく出ている句。

稲扱

仲秋　稲打・脱穀機・稲埃

稲から籾を落とす作業のこと。かつては、莫蓙に延べた稲穂を叩いて落としたり、千歯扱きで落としたりしていたが、やがて人力の脱穀機を利用するようになる。そのような作業も、コンバインの普及で見ることが少なくなった。

ふくやかな乳に稲扱く力かな　川端茅舎

稲扱きの古き機械を野にさらす　山口誓子

神域を抜け脱穀の遠電源　後藤昌治

▼かつて半裸に近い格好で農作業にあたる女性は珍しくなかった。逞しい女体と労働力がうかがえる。▼かつて活躍した稲扱機もコンバインの登場で野晒しのまま放置されている。▼コンセントを求めて長々とコードが神域を這う。

籾

仲秋　籾干す・籾筵・籾摺・籾殻焼く

稲扱きをして稲の穂から落としたままで、まだ籾殻をつけた状態の籾粒をいう。籾粒は筵（籾筵）に広げて天日に干したあと、臼や籾摺り機で、籾殻と玄米とに分ける籾摺りの作業を行なう。水をはじく籾殻には、中の米をほどよく守る力があるため、長期に保存することができる。

稲妻のゆたかなる夜も寝べきころ：うち続く稲妻。だが、子供たちはもう寝るべき時間。

籾筵たゝむや木の葉選り捨てゝ　西山泊雲
ふるさとや地ごと引きずる籾筵　百合山羽公
夕日にもひと日の疲れ籾筵　友岡子郷
そこそこに辞す籾摺の日なりけり　藤本安騎生

▼筵いっぱいに広げた籾を真ん中に寄せ、筵を畳む。そろそろ木の葉が落ち始める。▼筵を夜露に濡れない場所まで引っ張っていく。故郷はよきものだとしみじみ思う。▼取り入れ時の農作業は限りなく続く。夕刻、人はくたくた、夕日もくたくた。▼この日農家の人は喜ばしくも繁忙極まりなく、埃はむず痒い。よって辞すべし。

籾

豊年（ほうねん）　仲秋

豊作・出来秋・豊の秋

五穀、ことに稲の実りのよいことをいう。春に籾種を下ろしてから、過酷な夏を過ごし、秋の取り入れを迎えるまで、ひたすら「一反四石」を目安とした稲の無事を願い、五風十雨（五日に一度の風と十日に一度の雨）に恵まれるよう祈り、ようやく実りの時を迎える。近年、米の作況への関心が低くなり、「豊年」「豊作」「五穀豊穣」という言葉への思い入れも薄らいできているが、凶作の実情を思うと、豊年のありがたみがわかる。

豊年や汽車の火の粉の美しき　沢木欣一
豊年を呼び交はしゐる山河かな　福田甲子雄
畦の子のこけしに似たり豊の秋　今井つる女

▼汽車がもくもく煙を吐く。「火の粉」は石炭を罐に入れる時のものか、煙に混じる火の粉か。SLの動力も田一面の黄金色もたくましい。▼見わたすかぎりの実りが、四辺の山河に喜びを伝える。▼大人はみな田の中。畦に立つほっぺの赤い子の目が、その姿を追う。

凶作（きょうさく）　仲秋

不作

日照不足や冷害などの天候不順や虫害獣害などで、稲が育たず、収穫不良となることをいう。平年の三割減は「不作」、それ以上が「凶作」。時に収穫皆無の被害に及ぶこともあり、かつては飢饉につながることもあった。

凶作や威しばかりがきらきらす　津田清子
凶作や頭あづけて夜の柱　田中裕明

▼鳥獣を追い払う威の光がむなしい。▼人智人力では如何とも為し難し。ただ柱にもたれ、呆然とする。

新藁（しんわら）　仲秋

今年藁

稲の籾を落とした後に茎が残る。この茎を干したものが新藁。

中村汀女▶明治33年（1900）―昭和63年（1988）「風花」主宰。日常を平明な抒情のうちに詠み、女流俳句の一典型に。

藁しべや根方にまだ青みが残っていることもあり、藁の匂いと日向の匂いの混じった独特の匂いがある。この藁で、縄、筵、草鞋などの藁製品を作る。そのために刈田で藁塚にしたり、納屋や倉庫で保管したりする。藁床、防寒具、厩の敷藁などにふんだんに用いていた頃は貴重であったが、近年は田に藁塚を見ることも稀になり、藁製品を作る技能を持った人も少なくなった。

新藁の香を積み月の村となる　柴田白葉女
奉納の土俵新藁にて囲む　花谷和子
納屋のはちきれるまで詰め今年藁　片山由美子

▼積み上げた新藁の香りが立ちこめる。そんな一村をくまなく照らす月。日々、秋も深まる。▼村の社で奉納相撲が行なわれる。世話方が藁で土俵を作る。その藁が新藁だという一事の背景に広がるこの国の文化。▼時代が移っても藁が大事であることに変わりはない。

藁塚

仲秋

藁にお・藁ぐろ

新藁を蓄えておくために円筒形に積み上げたもの。刈田に心棒を立て、その周縁に刈り株を外にして藁を積み上げる方法が多い。地方によって形も呼び名も異なるが、親しみを感じさせる秋の点景である。

藁塚

藁塚に一つの強き棒挿さる　平畑静塔
藁塚のもたれあふなどああ故郷　佐野まもる

▼即物具象の俳句。藁塚とはこういうものだと断言した句。▼郷愁を誘う藁塚の景が、しみじみ故郷への想いを掻きたてる。

秋収め

晩秋

田仕舞・秋仕舞・秋揚げ

稲刈、脱穀、籾の俵詰めなど、野外での秋の農事一切を終えること。また、それを祝う宴のこと。餅や新穀を田神に供えてまつるところもある。田の片隅で藁屑や朽縄などを集めて燃やす煙が立つ頃、田から人影が消える。

あらためて座る山々秋収　宮津昭彦
檻に飼ふ瓜坊囃し秋収　茨木和生
田仕舞のふりむく顔を遠く見る　桂信子

▼秋の田仕事が終わると、周囲の景色も晩秋から初冬へと変わる。▼親とともに捕らえられた猪の子、瓜坊。さんざん悪さをした瓜坊なのだが、愛らしい。▼満足げに、あるいは名残り惜しげに田仕舞の田を振り返る人の遠景。

夜庭

晩秋

朝庭・大庭・小庭・庭揚げ・夜庭唄

夜、土間で籾摺りの作業をすること。「庭」とは農家の土間のことで、籾摺りをはじめ、俵編み、荒縄や草鞋作りなどの藁仕事を、ここで行なった。土間に筵を敷き、臼を据えて籾摺りをする。各地に囃子歌が残っており、それによると、一人で一石(約一八〇リットル)摺るのが「小庭」、三石摺るのが「大庭」。作業のつらさの残る言葉である。

夜庭するあたりの月のしづか也　松瀬青々
籾の香の湿りてきたる夜庭かな　西村和子
夜庭唄嬶よ乳でももませろと　茨木和生

▼月の光で続ける籾摺り。月は唯一の夜の明かりであった。▼草木に露の下りる頃、土間にも秋の夜の冷えがしのびよる。▼労働のつらさを慰めるのが民謡のそもそも。卑猥なものも多く残っている。

砧（きぬた）　三秋

砧打つ・衣打つ・砧盤・藁砧

麻、葛、藤などの茎皮を裂いて織った布はごわごわして硬いので、柔らかくするためには打たなければならない。打つ道具を「砧」、布を置いて打ち付ける木の台を「砧盤」という。また、打つことで布に艶も出てくる。おもに女性の仕事で、かつては昼夜を問わずトントンという音が聞こえてきたという。李白の「子夜呉歌」に「万戸衣を擣つの声」(どの家からも砧を打つ音が聞こえてきた)とある。砧は布だけでなく、縄や筵にする藁も打った。砧はかなり重く、実際にはたやすい作業ではない。

声すみて北斗にひびく砧哉　芭蕉
日中にどたりばたりと砧哉　一茶
藁砧とんとんと鳴りこつこつと　高野素十

▼星にまで届く砧の音。静かな夜の作業の様子がうかがえる。▼こちらは昼間。「どたりばたり」は布を畳んだり広げたりする音か。▼砧と砧盤と藁が微妙に触れ合っている音。その強弱を擬音であらわしている。

俵編（たわらあみ）　晩秋

藁で編んだ袋が俵。稲刈のあと、籾を落とした藁を用いて編み、米のほか、穀類、芋類、塩、炭なども入れる。昔ながらの編み方で編んだ米俵はまことに精密で、米の粒を洩らすことはない。米であれば、一俵に四斗(約七二リットル)と決まっていた。

人来ればよろこび憩み俵編　肝付素方
生涯に編みし俵の百たらず　今瀬剛一

▼農作業には決まった休憩というものがない。誰かが来たのをきっかけに仕事の手を止める。▼俵を編む技術は親から子へ伝えるほかなかった。今となっては、この百が多いのか、少ないのか、見当がつかない。

新渋（しんしぶ）　仲秋

今年渋・生渋・二番渋・渋取

その年の柿からとった渋のこと。青柿を臼で搗き搾って漉し、

中村草田男▶明治34年(1901)—昭和58年(1983)「萬緑」主宰。虚子門。楸邨、波郷らと「人間探求派」と呼ばれた。

保存して熟成させる。一個でも熟れた柿が混じると渋が腐るという。最初に搾った汁が「一番渋」、その搾り滓に水を加えて搗き、搾ったのが「二番渋」。まだビニールがなかった時代、防腐性や防水性から、漆下地、番傘、合羽、渋紙などに重宝された。 関連 青柿→夏

新渋と貼紙大和郡山　辻田克巳
新渋のふるさとに来て弔問す　岩城久治
煙り出しより風が来て二番渋　今瀬剛一

▼大和（奈良県）は柿の産地。大和郡山のとある日の、とある店の貼り紙。秋だなあと感じるのはこんな時。▼読者は柿の産地をあれこれ挙げて、故郷はどこかと想像する。▼「二番渋」というところに、妙な親しみがある。「煙り出し」は、排気用の窓、煙突。

綿取 三秋

綿摘・綿取る・綿干す

棉は棉花（種子塊）から、綿や木綿糸をとるために栽培する。この棉花を採取するのが「綿取」で、その後、綿と種子に分ける。「むこう大雪、こちらは霰」と歌いながら綿繰り車の柄を回したという。大雪は綿、霰は種子のこと。近年は棉畑もなくなり、綿取りの作業も見られなくなった。 関連 棉の花→夏／棉→109

門畑や下駄はきながら木わた取　樗良
洪水のあとに取るべき綿もなし　正岡子規
綿採りの唄声ありと思ふのみ　中村汀女

▼門前の畑で、下駄ばきで綿取りをしていたことのわかるドキュメントな句。▼棉の木はせいぜい一メートルちょっとの高さ。洪水など、とんでもない。▼どんな綿取り唄だったのやら。

新絹 三秋

今年絹・新機

その年の蚕（春蚕、夏蚕、秋蚕）の繭からとった糸は、秋になって絹に織られる。これを「新絹」という。今年米などに倣って、「今年絹」と呼ぶこともある。「新機」は、新絹を織ること。 関連 蚕飼→春／繭→夏

新絹のしろさ真夜には羽搏かむ　坂巻純子

▼新絹の白さならば、さもありなん。どこか「鶴の恩返し」をも想起させ、想像力の豊かな夢のある作。

竹伐る 仲秋

昔から「竹八月に木六月」といい、竹は秋（旧暦）に伐るものだとされてきた。竹は秋に伸びることから「竹の春」というが、秋、竹林に手入れをしないと、荒れた藪状になってしまう。祖父から「竹林の竹は、番傘をさして通れるほどに伐るのがよい」という、古くからの言い伝えを聞いたことがある。 関連 竹の秋→春／竹の春→86

一日や竹伐る響竹山に　松本たかし
騒ぐ竹この一本を伐らんとす　鈴木六林男
七賢は清談に倦み竹を伐る　有馬朗人

煮凝や親の代よりふしあはせ：家が貧しく、小学卒業後、表具屋に徒弟奉公へ出た。

▼竹を伐る音が天に抜けずに竹山にこもる。そんな終日。▼竹にも個性がある。一本だけ、妙にざわざわする竹がある。▼竹林の七賢（中国の晋代に、七人の賢者が俗世を避けて竹林に隠棲し、清談を楽しんだという話）を踏まえた句。清談も尊いが、竹を伐ることも大事。

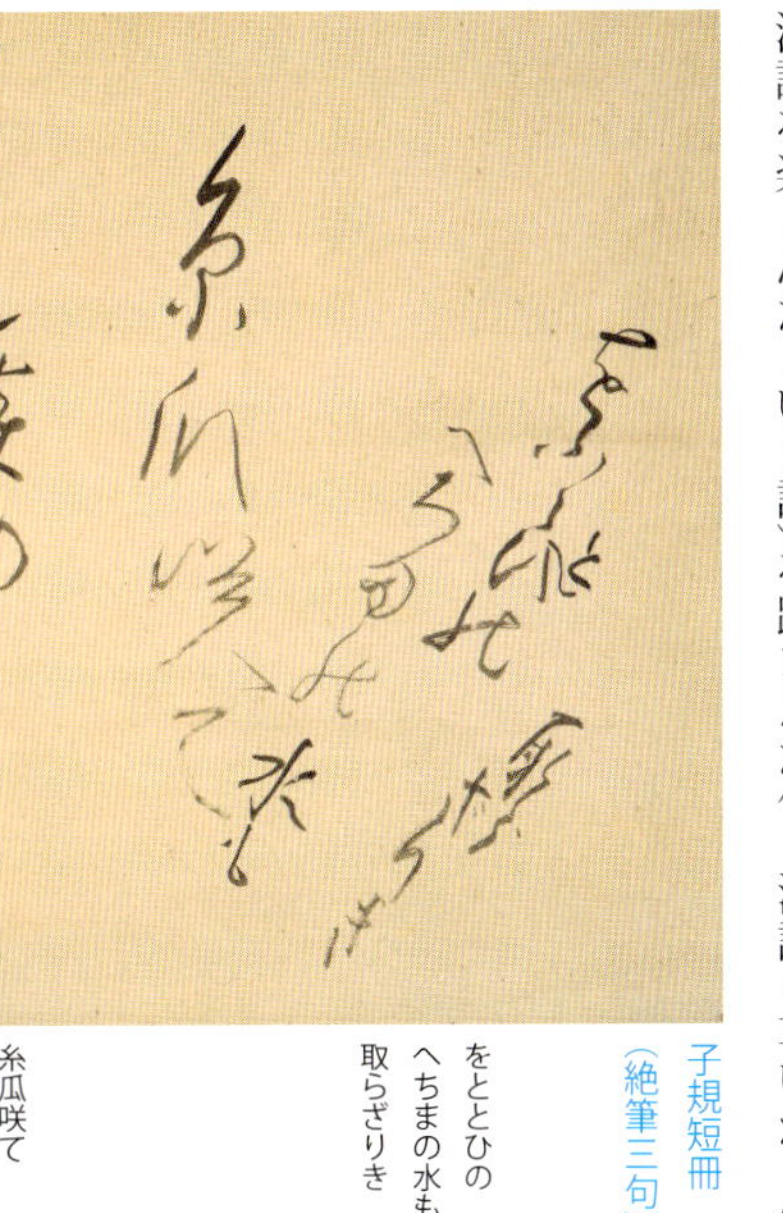

子規短冊（絶筆三句）

をととひのへちまの水も取らざりき

糸瓜咲て痰のつまりし仏かな

痰一斗糸瓜の水も間にあはず

国立国会図書館

糸瓜の水取る 仲秋

糸瓜引く・糸瓜の水

糸瓜の水には去痰、鎮咳の効能があるといわれ、また、化粧水としても用いた。糸瓜の茎を地上三〇センチくらいで切り、その根元側の先を瓶の口に差し込む。すると翌日には、一リットルくらいの水がとれる。言い伝えでは、中秋の名月である旧暦八月十五日にとるのがよいとされている。 関連 糸瓜→97

痰一斗糸瓜の水も間にあはず　正岡子規

たまりたる糸瓜の水に月させり　山口青邨

本郷の崖上の家糸瓜引く　松崎鉄之介

▼喀痰のたびに糸瓜水で咽喉をなだめたが、ついに糸瓜水も間に合わない、という諦めを客観的にとらえた句。子規絶筆三句のうちの一句。命日は九月十九日。▼一夜にたまる水の量はかなりのもの。その水に月の光が射す。▼通りがかりの家だろう。今まで茂っていた糸瓜棚がすっきりとして。

種採 晩秋

家庭で栽培、観賞していた朝顔や鶏頭、コスモス、鳳仙花などの花の種を採取すること。天気の続いた日に採って乾燥させ、袋に入れて花の名前や色を書いておき、保存しておく。

関連 種物→春

森川暁水▶明治 34 年（1901）―昭和 51 年（1976）貧窮の境涯を詠んだ。師・虚子より「昭和の一茶」と評される。

鶏頭の素つ首刎ねて種子をとる　青柳志解樹
子規の鶏頭波郷の芙蓉種採りぬ　大石悦子

▼「素つ首刎ねて」には鶏頭らしい質量感がある。しばし乾燥させて種を採る。▼子規といえば鶏頭を、波郷といえば芙蓉の花を思う作者は、毎年その種を採る。

菜種蒔く　晩秋

菜種は、菜の花の種子。菜の花は、食用や灯火用に重宝された菜種油を採る目的で、古くから栽培されてきた。花の季節が終わると、夏、成熟した莢を刈り取る。これが「菜種刈」で夏の季語。その種を、九月終わりから十月半ば頃までに畑に蒔く。時に苗を移植して、大きく育てたりする。

関連 菜の花→春／菜種刈→夏

よき雨にぬれたる土に菜種蒔く　二宮順子

▼雨を待っていたところ、程よい雨が降ってあがった。耕した畑に菜種を蒔いていく。

大根蒔く　初秋

大根の種を蒔く時期はさまざまだが、秋蒔きの場合、八月下旬から九月上旬に蒔く。畑の土が乾いている時期なので、雨の後などに蒔くとよい。芽が出たら、九月中に二度間引く。幼根がひょろりと出たくらいのものが「中抜き大根」。秋蒔き野菜はほかにも、菜種、芥菜など数多い。

関連 大根・大根引→冬

大根蒔くうしろの山に入る日かな　赤木格堂
裏男体仰ぎ大根早蒔きに　火村卓造
日照雨ぐせつきし山畑大根蒔く　三村純也

▼山が近いと日暮れが早い。とっとっとと日が落ちてゆく。▼男体山（栃木県日光市）の北側とおぼしき所では、南側の麓より秋の深まりが早い。少し早めに種蒔きをしなくては。▼このところ日照雨（通り雨）ばかり。たっぷりと降る雨のほしいところだが、その兆しもない。

牡丹根分　仲秋

牡丹の根分・牡丹の接木・牡丹植う

牡丹を増やす方法の一つで、九月中頃から十月にかけて行なわれる。繁殖力の強い芍薬の根に、じかに牡丹の枝や茎を接ぎ木する方法が一般的だが、自根の中の丈夫な株を根分けすることもある。

関連 牡丹→夏

牡丹根分けして淋しうなりし二本かな　村上鬼城
さびしくて牡丹根分を思ひ立つ　草間時彦
縁談をすゝめ牡丹の根分かな　滝沢伊代次

▼一つが二つに増えるのだから嬉しそうなものだが、別れ別れになる牡丹にしてみれば淋しい。そんなことを思わせるのも秋の情趣か。▼淋しい思いに苛まれる日。華麗に開く牡丹を思い、増やそうと思い立つ。▼何となくこの縁談、まとまるような気がするのだが。

草の戸にかかる稲妻父を待つ：戦時中、妻子を疎開させていた時の一句。父を待ちわびる子。

【薬掘る】

晩秋

薬採る・茜掘る・千振引く・苦参引く

秋、山野に自生する薬草、たとえば葛、茜、苦参、千振、竜胆などを根ごと採取すること。古代の宮廷では野遊びもかねて春秋に行なわれたが、民間では実用先行。小学生の頃、祖母に連れられて千振を引いたことがある。湯の中で千回振ってもまだ苦いので「千振」と書くのだと教えてくれた。「引く」は引き抜くこと。

山深く薬を掘りに行きしといふ　佐藤紅緑
萱原の日にうづもれて薬掘る　木村蕪城
青き海見ては薬草掘りにけり　松本旭
鹿どもか薬採らんと行けば鳴く　石井露月

▼佐藤紅緑は正岡子規門の俳人にして小説家。薬掘りに出かけた人は、もしかしたら紅緑の友人の石井露月か。▼秋日の萱原での寡黙な作業。▼時々顔を上げては秋空の下に広がる晩秋の海に目をやる薬掘りの所作。▼露月も子規の門下にして、本業は医者。胃弱の患者には千振を、下痢には現の証拠をと、自家採取の薬を勧めたにちがいない。

【葛掘る】

晩秋

葛根掘る・葛引く

食用の葛粉や薬用の葛根湯の原料となる葛の根を掘ること。葛の葉のやや黄ばんだ頃、山に入って、大きな根をもっていそうな蔓を探しておき、目印をつけておいたものを晩秋に掘り出す。人の腕ほどの太さのものもあり、長いものは一メートルを超す。 関連　葛→113

葛根掘る独りの根気仕事よと　茨木和生

▼葛根掘りは経験がものをいう。どこに太い葛根があるか、下見をしておく。掘り始めると根気仕事。

【豆引く】

仲秋

大豆引く・小豆引く・緑豆引く・豇豆引く

稲刈の頃になると、田植え時に畦などに植えた豆が堅く実る。豆の葉や茎から緑色が失せると、根ごと引き抜いて熟した豆をとる。 関連　豆植う→夏

風北に変り豆引働きぬ　石井露月
小豆引く言葉少き一日かな　細見綾子
日の暮れに降り出す雨や小豆引く　福永法弘

▼だんだん秋も深くなると、風が北から吹くようになってくる。作者は秋田の人。▼一人きりか、あるいは共同作業かはわからぬが、秋の一日を寡黙に過ごす。▼とうとう降り出した。大急ぎで豆を引いておかねば。

【大豆干す】

仲秋

豆干す・小豆干す・豆稲架・豆叩く・大豆打つ・豆打つ・豆筵・大豆殻・豆殻

実った大豆を引き抜いて干した後、棒で叩いて莢から豆を取り出す。豆を筵に広げて干し、さらに乾かす。この過程にお

深川正一郎▶明治35年（1902）―昭和62年（1987）「冬扇」主宰。「ホトトギス」同人会長を務めた。『虚子全集』を編纂。

ける「豆打つ」や「豆筵」、また、豆を取り出した後の「豆殻」なども季語である。

森の端に陽を延べ老婆大豆打つ　佐藤鬼房
杉山の影の来やすき小豆干す　大峯あきら
光る瀬のひびきひねもす豆を干す　鍵和田秞子

関連 大豆→106

▼宿命のように豆を打つ老婆。森に隣る場で筵に座り、幾年豆を打ってきたことか。▼作者は奈良の吉野在住。そここに及ぶ山の影の様子は、暦代わり、時計代わり、天気予報代わりだ。▼瀬川の近くでの句。やむことのない瀬の響きが、永劫を思わせる。

大豆干す

【牛蒡引く】
三秋
牛蒡掘る

春播きの牛蒡は、晩秋に収穫する。細長い根が折れないように、長い鍬を使って掘り上げる。あくは強いが、肉質は柔らかで香りが高く、その歯触りも好まれる。

長々しき牛蒡掘りをり練馬野は　村山古郷
牛蒡掘り大きな穴を遺しけり　藤井青咲

▼関東ローム層の練馬野（東京都）は見事な牛蒡を産出する。「長々しき」はその地への賛辞でもある。▼掘り出すのに難渋したのであろう。その掘り跡も太く深い。

【胡麻刈る】
仲秋
胡麻干す・胡麻打つ・胡麻殻・胡麻叩く・胡麻筵

夏、白あるいは薄紫色の可憐な花をつけた胡麻は、初秋から仲秋にかけて熟す。下部の蒴から種が落ちるようになったら刈り取り、よく乾かした後、筵の上で叩いて種をとる。

婆の座のしかとありけり胡麻叩　村沢夏風
長生きをしきりに詫びて胡麻叩く　小原啄葉

関連 胡麻→107

▼胡麻は屋敷に近い畑に作ることが多い。胡麻作りを年寄りに任せることが多いためであろう。▼長生きして厄介をかけることが申し訳ない、と年寄りはひたすら胡麻叩きに精を出す。

【萩刈る】
晩秋
萩刈

花の終わった後の萩は、翌年の発芽をよくするために、株の根元から刈り取る。刈り取った萩は乾燥させ、小屋の屋根を葺いたり垣根を結んだりする。名園の萩の袖垣は風情がある。

墓守の萩刈つてゐる日和かな　佐藤まさ子

関連 萩→59

▼「萩の寺」と呼ばれている寺であろう。晩秋の晴れた日、作務の一つの萩刈に、墓守も駆り出される。

鶴わたる大群のいま大環に：鹿児島での作。大きな環となってゆく鍋鶴の大群。

木賊刈る（とくさかる）　仲秋

杉菜・土筆などと同属の木賊を刈ること。「砥草」とも書くように、珪酸を多く含む茎は塩湯で煮て乾燥させ、木材や骨の研磨剤に用いる。茎の充実する秋に刈り取る。

碑の西に鎌過ちぬ木賊刈　矢田挿雲

▼碑の周囲に植え込まれた木賊を刈る。堅い茎に手を滑らせて、鎌が碑表をかすめたのだ。

萱刈る（かやかる）　仲秋

萱(茅)は、チガヤ、スゲ、ススキの総称。その多くは屋根を葺くために用いられ、そのほか簾にも編まれる。刈った萱を束ね、野原に立てて干していた。秋の晴れた日の光景が懐かしい。現在では、萱葺きの民家も一部の地域にしか残っていない。

関連 萱→112

萱馬にあひ萱牛にあひにけり　橋本鶏二

萱負うて束ね髪濃き山処女　星野麦丘人

▼萱の束を背にのせた馬に出合ったかと思うと、同じく牛にも出合う。村をあげての萱刈の日。▼長い髪を束ねた少女も、萱を背に山から下りてくる。萱刈は一家あげての作業である。

蘆刈（あしかり）　晩秋

蘆刈る・葦刈る・刈蘆・蘆舟

晩秋から冬にかけて、川辺や原野の蘆を刈ること、またその人。古くから和歌や俳諧に好んで詠まれた。背丈を越す蘆の束を担いだり、湖や川辺では舟に積んで運んだりする、その風情もまたよい。近年、河川の改修などで蘆原が少なくなったのが惜しまれる。蘆は簾や簀に編まれる。

関連 蘆の花→113／枯蘆→冬

津の国の減りゆく蘆を刈りにけり　後藤夜半

人の世に木賊も蘆も刈らで老ゆ　相生垣瓜人

葦刈のほのぼのと葦隠れかな　八木林之助

▼摂津国(大阪府)の淀川の鵜殿は、良質の蘆を産することで有名。その津の国の衰退する蘆刈を惜しんだもの。▼木賊刈とも蘆刈とも無縁の生涯だったことを、惜しむ気持がないではない。▼背丈を越す蘆原に分け入って蘆を刈る。晩秋の光に輝く蘆原に、蘆刈る人の気配がいつまでも感じられる。

蘆火（あしび）　晩秋

「蘆火」については二説ある。一つは、川辺に生えた蘆を刈る人たちが暖をとるために蘆を焚いた、その火のことだとする説。もう一つは、貧しい家で焚きものに使った蘆のことだという説で、古来、和歌に詠まれてきた。似た季語に「蘆焼く」

皆吉爽雨（みなよしそうう）▶明治35年(1902)―昭和58年(1983)「雪解」主宰。客観写生を旨とし、次第に作品は枯淡を帯びていった。

があるが、これは春に蘆を焼く行事で、春の季語。

淋しさに耐ふる蘆火をつくりけり　富安風生
蘆火してしばし孤独を忘れをる　竹下しづの女
蘆原を焼払ひたる水とびとび　松本たかし

▼辺りに人声はなく、風の音ばかりが身にしみる。▼蘆刈の仕事は一人か二人。火の賑わいが、淋しさを忘れさせる。▼あちらで焚いてこちらでも焚く。その都度、水をかけて消してゆく。残るのは窪みの水。

草泊（くさどまり）　仲秋

草山

牧畜や家畜の冬季の飼料となる草を刈るために、草原に仮小屋を建て、寝泊まりすること。かつては若者たちの楽しみの場でもあったという。

くれなゐの星を間近に草泊　野見山朱鳥

▼空の星が紅に見える。天地の間が近くなり、天がおおらかに迫ってくる。

桑括る（くわくくる）　晩秋

括り桑

初霜が来ると、畑の桑の葉は黒ずんできて枯れ始める。その頃、桑は刈り込まれて低木状になり、たくさんの枝を広げている。その枝を、雪や風で折れるのを防ぐため、ひとまとめにして縄で括る。

関連　桑・桑摘む→春

名句鑑賞

うつくしき芦火一つや暮の原　阿波野青畝

昭和六年（一九三一）の作。当時は、まだ蘆刈や蘆火を見ることがめずらしくはなかったのだろう。蘆で頬や首が傷つかないように、また、晩秋の川風の冷たさを避けるために、頬かむりをして蘆を刈る。濡れた衣服を乾かすために蘆の切れ端を重ねて火を焚く。それを遠くから眺めている作者には、その詳細はわからない。暮れの早くなった蘆原に、蘆火がぼっとひとつ浮く。幽玄の世界を繰り広げたような夕景である。［宇多］

桑括り家の裏側よく見ゆる　滝沢伊予次

▼裏畑は一面の桑畑だった所。葉を落とした桑を括ると、家の裏側がよく見え、遠くの山々も見えた。

蔓たぐり（つるたぐり）　晩秋

蔓切・蔓引

瓜や豆など、収穫が終わると葉や蔓が枯れてくる。その枯れ蔓を手繰り、引き抜くこと。引き抜かれた枯葉の中に小さな瓜の実が残っていたりするのを目にすると、いよいよ今年の収穫が終わったことを実感する。

蔓たぐりして周防灘ひきよせし　橋本鶏二
蔓たぐり蔓積み上げて終りけり　宮津昭彦
蔓たぐりしてゐるらしき音のなか　石田郷子

▼海の見える畑で、根をエイッと引き抜く。その力で海がぐっと近くなる。▼この即物具象のなんと明快なこと。▼作者は蔓たぐりの音の中にいる。たとえば、蔓の触れ合う音、作業する人の足音、

空を渡る風の音、遠くで鳴く懸巣鳥の声など。

牧閉す

仲秋　馬下げ

飼い主から預かり、牧場で夏の初めから秋の終わりまで過ごした牛や馬を、それぞれの飼い主に戻し、牧場を閉鎖すること。牛馬の姿が消え、山々が紅葉すると、やがて冬がやってくる。

関連 牧開き→春

素朴赤城の風の牧なりすでに閉づ　及川貞

▼赤城山の夏の風を受けて牧で過ごしていた牛馬は、もういなくなってしまっている。

晩秋　囮番・囮守・囮籠・媒鳥

かつて用いられていた小鳥狩りの一つ。鳴声や姿で仲間の鳥を呼び寄せ、捕獲する。鳥獣保護法により、現在では一般に行なわれることはない。

囮籠丹波は霧の中に掛く　米澤吾亦紅

はたはたとあはれたかぶる囮籠　栗生純夫

▼丹波は霧の深い山間。囮についても丹波の流儀があったはず。▼籠の中で囮の役をする鳥が、気配を察しているらしい。「はたはた」は羽音だろうが、「あはれ」を誘う言葉のようでもある。

鳩吹く

初秋　鳩笛

両の掌を合わせて指を組み、親指と親指の間から息を吹き込むと、ホウホウと山鳩の鳴声のようなこもった音が出る。これを「鳩吹く」「鳩笛」という。山で猟をする人同士の合図に使ったとも、山鳩を誘い込む音だとも、子供の遊びだともいう。おそらくどれも本当なのだろう。

鳩吹や己が拳のあはれなる　松根東洋城

鳩吹いて禁煙の口なぐさめる　清水基吉

鳩吹くや石段森に入るところ　山本洋子

▼鳩吹をしようと、ごつごつの掌を合わせる。鳴ったのか、鳴らなかったのか。▼つらい禁煙。あれをしてみたり、これをしてみたり。▼石段を上り、これから森へ入ってゆく、その時に、鳩吹が聞こえる。

下り簗

仲秋

春に河川を遡上する魚を捕る「上り簗」に対して、秋、産卵を終えた魚や孵化した稚魚など、河口へ下る魚をとるために設けた仕掛けを「下り簗」という。木や竹で組んだ堰を設けて川の流れを狭め、魚を追い込み捕獲する。とれる魚はいろいろ。古歌にも「雨はるる名残の川の下り簗濁れる水に魚ぞ落ちそふ」（藤原為家『夫木和歌抄』）と詠われている。

関連 上り簗→春／簗→夏

芝不器男▶明治 36 年 (1903)―昭和 5 年 (1930) 短い生涯のうちに「情懐の写生」と称される珠玉の作品を遺した。

紅葉から先かかりけり下り簗　一茶
山河ここに集り来り下り簗　高浜虚子
水よりも水音いそぐ下り簗　若井新一

▼川に散り込んだ紅葉。この仕掛けが秋のものであることをあらわす表現。▼山河への深い思い。山河の紡いできた永い時間が感じられる。▼次々と川水が落ちてくる。簗のそばでは、一切の音が水音に消される。

崩れ簗　晩秋

川を遡る魚を捕る仕掛けが「上り簗」、川を下る魚を捕るのが「下り簗」。それらの簗が漁期の役目を終え、古びて破損してきたものを「崩れ簗」という。つねに川瀬の流れにさらされている簗の杭や簀が傷んでいるさまは、ものさびて感じられる。

関連 簗→夏

日のありしところに月や崩れ簗　小原啄葉

▼朝夕の日と月の巡りで一日が過ぎ、一年が過ぎる。新しかった簗も朽ちた。歳月を思う。

鮭打　晩秋

鮭小屋・鮭番

産卵のために上流の浅瀬に遡上した鮭を、浅瀬に張った網などに囲い込み、暴れる鮭の頭を魚揆という棒で一打する漁法（鈴木牧之『北越雪譜』）。北海道の石狩川や北日本の日本海側の川で行なわれていた。

関連 鮭→150

鮭番の朝餉の鮭の部厚さよ　草間時彦
家を継ぎ父の鮭打棒も継ぐ　小原啄葉
鮭小屋へ鮭のにほひの靴を脱ぐ　岡田史乃

▼鮭番は、鮭の到来や密漁者を見張る人。朝食にありついて皿の鮭に目をやれば、うちの朝餉の鮭の倍はあるではないか。▼年季の入った鮭打ち棒。家の重みに加わる「棒」の重み。▼この靴の匂いは仕事をする人のものだ。この靴にも重みが感じられる。

鮭打

鰯引く　三秋

鰯網・小鰯引く

地引き網を用いた、鰯の漁獲法の一つ。群れをなして泳ぐ鰯を仕掛けた網で捕獲し、村じゅう総出で浜に引き揚げる。空を鰯雲が覆う晩秋の鰯漁の光景は、四囲を海に恵まれた魚食の国の至福を思わせる。

関連 鰯→149

崩潰の家を出て引く鰯かな　松浦為王
鰯引く腰にねばりのあるかぎり　鈴木真砂女
右に佐渡左に能登や鰯汲む　伊藤柏翠

▼「崩潰」は、家屋の崩れか、家族の崩れか。たぶん後者。▼膝をや

寒鴉嘴あけてやがて鳴く：嘴を開けてから声が出るまでのしばらくの間。

や折り、腰を据えて網を引く。浜に生きる女の姿。▼大きな景色と小さな鰯。日本海側の某地での句とはわかるが、場所にとらわれないほうがいい。

根釣(ねづり)

晩秋

根魚(ねうお)・根魚釣(ねうおづり)・岸釣(きしづり)

水温が下がる季節に、岩根(海底などの岩礁(がんしょう)のある所)に潜む魚(根魚)を釣ること。「根魚」とは、ひと所に留(とど)まる魚で、たとえば眼張(めばる)、笠子(かさご)など。短い秋の日を受けて、釣り糸を垂らしている光景は、秋ならではのもの。

月の出の根釣の一人かへるなり　波多野爽波

岸釣の夕波の糸となりにけり　長谷川春草

▼短い夕暮が、あっという間に夜になる。▼釣果を目的とした釣りではなさそう。この白色透明の「糸」の光が淡くなったか。秋の日は短い。

鯊釣(はぜつり)

三秋

鯊舟(はぜぶね)・鯊(はぜ)の竿(さお)・鯊(はぜ)の潮(しお)

鯊は、秋、浅瀬の海や岸壁近く、河口などでよく釣れる。初心者でも簡単な仕掛けで釣れるので、休日などの手軽な行楽として親しまれ、ことに東京湾の鯊釣りは人気がある。古句に「袴(はかま)着てはぜ釣男非番哉(かな)」とあり、侍が非番の寸暇を袴のまま鯊釣りに出向いた様子が偲(しの)ばれる。釣れた鯊は天ぷらや佃(つくだ)煮(に)にする。関連 鯊(はぜ)→147

鯊釣や鼻をごめきて百とよむ　太祇

鯊つりの見返る空や本願寺　永井荷風

鯊釣つて東京湾に親しめり　大串章

▼釣果上々の様子。鼻をひくひくさせながら、ざっと数えて百というところか。▼こちらもたぶんいい結果だったのだろう。句の世界が、小さな鯊から大きな空へ広がってゆく。▼眺めるだけの海とは違う親しみ方だ。

烏賊干す(いかほす)

三秋

烏賊洗い(いかあらい)・烏賊裂(いかさき)・烏賊襖(いかぶすま)

烏賊を洗い(「烏賊洗い」)、腹を割いて臓物や目を取り除き(「烏賊裂」)、干す、この一連の作業をいう。風と秋日を受けて烏賊が並べ干されているさまを「烏賊襖」という。日本近海には約一七〇種の烏賊が生息し、漁期は種類や地域によって異なるが、スルメイカ漁の最盛期は秋。

烏賊干す

干烏賊に島の日照雨のいくたびも　清崎敏郎

烏賊哀れ干されて海の方を向く　保坂リエ

▼烏賊漁が盛んな島。降ったりやんだりの雨に、干した烏賊が気にかかる。▼烏賊がつい先ほどまで生きていて泳いでいた海の辺に干され、潮風を受けている。

星野立子(ほしのたつこ)▶明治36年(1903)—昭和59年(1984)「玉藻」主宰。虚子の次女。やわらかな心で素直に詠んだ写生句が魅力。

七夕（たなばた）　初秋

棚機・七夕祭・星祭・星祭る・星合・星の恋・七夕竹・七夕雨

旧暦七月七日の夜。この夜、天上の「織女」（織姫）と「牽牛」（彦星）は、天の川を渡って、年に一度の逢瀬を楽しむ。この夜、雨が降れば、天の川が増水して二人は逢えない。この二人の逢瀬を、「星合」「星の恋」ともいう。織姫は天の川の北岸、琴座のベガ（織女星）、牽牛は南岸の鷲座のアルタイル（牽牛星）である。二人は舟で天の川を渡って逢うとも、鵲が羽を連ねた「鵲の橋」を渡って逢うともいう。地上では、星の恋の成就を祈り、また、裁縫や習字がうまくなるよう願って、短冊を「七夕竹」に飾るなど、七夕の祭が行なわれる。この七夕祭は日本と中国の行事が合体してできあがった。一つは、古代日本の夏越の祓（旧暦六月末日）から続く禊の行事。これに、中国から伝わった七夕伝説と、裁縫の上達を願う「乞巧奠」の風習が重なった。関連 天の川→38

七夕や秋を定むる夜のはじめ　芭蕉
星合や瞽女も願ひの糸とらん　嵐雪
涼しさは七夕竹の夜露かな　一茶
七夕や男の髪も漆黒に　中村草田男
七夕竹惜命の文字隠れなし　石田波郷
荒梅雨のその荒星が祭らるる　相生垣瓜人

▼立秋の頃、巡ってきた旧暦の七夕。秋の始まりの夜というのだ。▼盲目の芸人、瞽女も芸の上達を願っているのだろうか。▼七夕竹に夜露。青々としていかにも涼しげ。▼男の髪も黒く艶めく。▼結核療養所に入院中の一句。「惜命」と書かれた短冊が七夕竹にかかっている。▼こちらは太陽暦の七夕。

名句鑑賞

星の竹ねむのごとくにねむりをり　阿波野青畝

満天の星空のもと、七夕竹が眠っている。天上の世界では織姫と彦星が出会い、地上では大人も子供も寝静まる頃。合歓の木のように葉を畳み、穂先をやや、うな垂れて。この一本の竹の寝姿、まこと麗しい。［長谷川］

硯洗（すずりあらい）　初秋

硯洗う・机洗う

七夕の前日に、平素使っている硯や筆を洗う行事。手習いの上達を願ってのことで、寺子屋では机も洗っていた。現在も、京都の北野神社では、これにまつわる祭事として、七月七日に御手洗祭を行なっている。

硯洗ふ墨あをあをと流れけり　橋本多佳子
いにしへの硯洗ふや月さしぬ　加藤楸邨
硯洗ふ妻居ぬ水をひびかせて　石田波郷

▼これは青墨ではなく黒い墨だろう。流水で洗い流している墨色の美しさ。▼由緒ある品か。質のいい石硯なのだろう。愛蔵の硯が月光に輝く。▼妻不在の家に潺々たる水音が心に響く。

岳更けて銀河激流となりにけり：真っ暗な山岳で仰ぐ銀河のすさまじさ。

梶の葉　初秋

梶の七葉・梶葉の歌・梶葉売

七夕の夜には、七枚の梶の葉に歌を書いて星に手向ける。なぜ梶の葉かといえば、天の川を渡る舟からの連想。七枚なのは七夕の「七」に合わせたもの。梶はクワ科の落葉高木。葉の形も桑に似て掌状。

梶の葉を朗詠集のしをり哉　蕪村
梶の葉の歌をしやぶりて這ふ子かな　一茶
手をとつてかゝする梶の広葉かな　高浜虚子
梶の葉の文字瑞々と書かれけり　橋本多佳子

▼『和漢朗詠集』は平安時代半ば、藤原公任が朗詠用に選んだ漢詩と和歌の詞華集。▼赤ん坊には梶の葉もおしゃぶり。▼幼子の手をとり梶の広葉に歌を書かせて星に手向ける。織女星の異名は梶の葉姫。▼緑の葉に残る、瑞々しい墨の跡。

中元　初秋

お中元・中元贈答・盆礼・盆見舞・中元売出

中元はそもそも、中国の道教に基づく三元（正月十五日が上元、七月十五日が中元、十月十五日が下元）の一つで、贖罪の日であったが、のちに仏教の盂蘭盆会と結びつき、祖霊崇拝の日となった。これが日本では盆礼（盆の贈物）を行なう習俗となり、いつしか現今のような贈答本位の儀礼的な風習になった。贈答時期は、東日本では七月初旬頃から中旬頃まで、西日本では一か月遅れで、八月初旬頃から中旬頃までとされる。

盆礼に忍び来しにも似たるかな　高浜虚子
中元や老受付へこころざし　富安風生
中元団扇のみ新しき老の居間　中村汀女

関連　歳暮 祝→冬

▼つまり、ひっそりと来たということ。▼いつも受付で世話になっている老婦人か。妙にこの「老」が気になる。▼今年の団扇が、こまごまある居間のあれこれの中で、格別の新しさを保っている。

盆用意　初秋

盆を前にして、先祖の霊を祀るための用意をすることをいう。盆棚を作り、そこに供える盆花や盆菓子を買い揃え、料理を作る。また、墓参りに備え、墓周辺の草取りや掃除などを行なう。正月を迎えるための「年用意」にあたる。

蜂の巣をさわがせてをる盆用意　飴山實

▼軒の蜂の巣だろう。家中の盆用意に、蜂も落ち着かない。

草市　初秋

草の市・盆市・盆の市・手向の市

盆に必要な品を売る露天市のことをいう。かつては旧暦七月十二日の午後から十三日の朝まで市が立ち、門火に焚く苧殻や、魂棚に供える蓮の葉、草花の類、灯籠、索麺、茄子、ささげなどを商っていた。昨今では、日を決めることなく、ま

福田蓼汀▶明治38年（1905）—昭和63年（1988）「山火」主宰。各地の山々を踏破、「山岳俳句」の第一人者。

た、生花店や生鮮食料品店などでも売っている。

草市で買ふやはかなきものばかり　眞鍋呉夫
身うちみな仏になりて草の市　中勘助
水かけしものに雨来る草の市　深見けん二

▼仏のためのものだからと思いながらも、どれもみな、はかなく、せつない。▼草市で買う一つ一つが、仏となった身内を思い出させる。▼売り物の草花だろうか、水を注いだところに雨。露天市の臨場感が伝わる。

盆（ぼん）　初秋

盂蘭盆会（うらぼんえ）・盂蘭盆（うらぼん）・盆祭（ぼんまつり）・新盆（にいぼん）・初盆（はつぼん）・盆過（ぼんすぎ）・魂祭（たままつり）・棚経（たなぎょう）・盆棚（ぼんだな）・魂棚（たまだな）・盆花（ぼんばな）・盆休（ぼんやすみ）

八月十五日（旧暦七月十五日）を中心に、先祖の霊をもてなす行事。「盂蘭盆」「魂祭」ともいう。十三日の宵に迎え火を焚いて霊を迎えてから、十六日の宵に送り火を焚いて霊を送り出すまで、一連の行事がある。盆棚を作って茄子の馬や蓮の飯などを供え、棚経を唱える。墓参りをする。人が亡くなって初めて迎える盆が「新盆」（初盆）である。古代の日本には、一年の初めの初春の満月の日と、一年の折り返し点である初秋の満月の日に、先祖を祀る先祖祭があった。初春の先祖祭が正月、初秋の先祖祭が盆の起源である。今も「盆、正月」と並べていうのは、このためである。初秋の先祖祭は新月から満月まで続く一大行事だった。これが現在でも、夏越の祓、七夕、盆という一連の行事として残っている。夏越の祓と七夕は、盆を前に水辺で身を清める禊の行事だった。この三つの行事は本来一つの行事である。六世紀半ば以降、仏教と暦（太陰太陽暦、旧暦）が相次いで伝わると、初秋の先祖祭は旧暦七月十五日（満月）の盆となる。これが明治時代初めまで続いた。明治六年（一八七三）に太陽暦に切り替わると、東京周辺などでは真夏の太陽暦七月十五日に盆を営むようになった。しかし現在では、ほとんどの地域で、旧暦七月十五日に近い太陽暦八月十五日（初秋）に、「月遅れの盆」を営んでいる。「盆休」といえば、八月十五日前後の休暇のことである。

数ならぬ身となおもひそ玉祭り　芭蕉
玉棚の奥なつかしや親の顔　去来
目に見えぬもののいそがし玉祭　乙由
信心の母にしたがふ盆會かな　飯田蛇笏
魂棚にすずしき風を祭りけり　平井照敏
風吹いて山々盆に入りにけり　石田勝彦
階下よりふとんを運ぶ盆の家　岩城久治

▼尼寿貞への哀悼の一句。取るに足らない我が身だったなどと思わないでくれの意。寿貞は芭蕉の内縁の妻であったともいわれている。▼今は亡き両親の面影を精霊棚の奥にありありと感じることができるのだ。▼目には見えないが、精霊たちも慌ただしく盆を過ごしていることだろう。▼おのずから母に従うのだ。▼盆の到来を風が告げる。▼初秋のさやけき風を祭る。▼日常の中の非日常。こうした行為も盆ならではのこと。

わが胸を浸し夏潮いま高し：海と一体になり、自らの青春もまた最高潮にあるかのよう。

盆　長崎の茂木港を見下ろす玉台寺の迎え盆。

池内友次郎（いけのうちともじろう）▶明治 39 年（1906）—平成 3 年（1991）虚子の次男。音楽家らしく清新な句風。渡仏中の作も多い。

生身魂（いきみたま） 初秋

生御魂・生身玉・生見玉・生盆

老人は、盆には「生身の魂」として先祖の霊とともに饗応にあずかる。これが「生身魂」。やがて本物の祖霊となるものとして、生きているうちから祀っておくわけだ。祀る側は神妙にしていても、祀られる当の老人たちは嬉しくもあるが、こそばゆくもある。

生霊酒のさがらぬ祖父かな　其角
燈籠にならでめでたし生身魂　支考
生身玉やがて我等も菰の上　一茶

▼酒豪の生身魂。▼魂迎えの灯籠を建てられるにはまだ早い。皮肉な口ぶりだが、長寿のお祝いの一句。▼人間誰しも、いつかは魂となって魂棚に敷いた真菰の筵の上に祀られる。

迎火（むかえび） 初秋

魂迎・門火

盆の初めの八月十三日の宵、先祖の霊を迎えるために、家の前で焚く火のこと。先祖の霊が迷わず家にたどり着けるように、苧殻や藁を焚いて、懐かしい門口を照らしておくのである。先祖の眠る墓から家まで、先祖の霊がたどる道を「盆路」というが、盆路に沿って点々と焚くこともある。七月十五日を盆とする地方では、七月十三日に迎え火を焚く。

飯過や涼みがてらの魂迎　一茶
うつしみの裸に焚ける門火哉　篠原鳳作

▼晩飯の後、涼みがてらに迎え火を焚きに出る。ざっくばらんな魂迎えの様子。▼この世はまだまだ暑さが残る頃。あかあかと火に照らされる裸。

苧殻（おがら） 初秋

皮を剝いだ麻の茎を干したもの。「苧」とは麻のことである。これを「茄子の馬」の脚にしたり、迎え火や送り火を焚いたりする。

子をつれて夜風のさやぐをがら買ふ　大野林火

▼初秋の夜風。幼い子供を連れているのだろう。

茄子の馬（なすのうま） 初秋

茄子の牛・瓜の馬・瓜の牛・迎馬・送馬

盆に、先祖の霊があの世とこの世を行き来する時の乗物。茄子や瓜に苧殻の脚をつけ、馬や牛に見立てる。曲がったものは馬に、まっすぐなものは角をつけて牛にする。魂棚に供え、迎え火や送り火のほとりに置く。先祖の霊は家に来る時は足の速い馬に乗り、あの世へ帰る時は遅い牛に乗ると伝える地方もある。

さし汐や茄子の馬の流れよる　一茶
おもかげや二つ傾く瓜の馬　石田波郷
父ははを連れて兄来る茄子の牛　安住敦

夢に舞ふ能美しや冬籠：宝生流能役者の名家に生まれるが、病弱のため能を断念。

▼満ち潮に寄り合っては流れていく茄子の馬。灯籠とともに海や川へ流して先祖を送る。▼亡くなった誰かの面影を心に思い浮かべているところ。目の前には瓜の馬が二つ傾いている。「おもかげ」は心の中の情景、「二つ傾く瓜の馬」は現実の景。このような句は「おもかげや」でしっかりと切って読む。▼あの世からのはるかな道を、年老いた父母だけではたどることができないのだ。

灯籠（とうろう）　初秋

盆灯籠・盆提灯・白灯籠・絵灯籠・花灯籠・高灯籠・揚灯籠・廻灯籠・切子灯籠・切子・切籠・灯籠市・灯籠見物

盆の夜にともす灯籠のこと。「盆灯籠」「盆提灯」ともいう。盆棚の前に供えることもあれば、墓前に高く掲げることもある。白地の「白灯籠」、絵を描いた「絵灯籠」、蓮華の形の「花灯籠」、竿の先に吊るして立てる「高灯籠」「揚灯籠」、隅を切り落として切子形にし、長い白紙を垂らした「切子灯籠」（切子、切籠とも）などがある。美濃紙に草花の絵を描いた岐阜提灯も盆提灯の一つ。

遠く見るとうろも露のひとつ哉　寥松
燈籠をともしにまゐる手燭かな　芝不器男
盆提灯たたみてしばし膝の上　小原啄葉
磯風がとゞいて切子ちらめける　飴山實

▼はるかに見える灯籠の灯が、露のようにはかなく感じられるというのだ。▼灯籠をともしに暗がりをゆくところ。「手燭」は持ち歩き用に柄がついている燭台のこと。▼安堵の中にある寂寞たる心情。しばしその余韻は膝の上に。▼磯風に切子灯籠の灯がちらちらと煽られている。

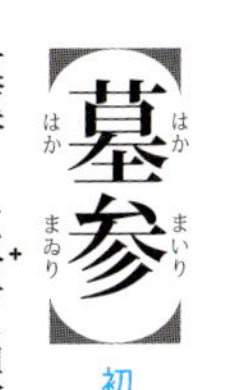

墓参（はかまいり）　初秋

墓参・墓詣・展墓・盆路・墓掃除・墓洗う

墓参りは盆に限らず行なわれるが、盆の墓参りに限って秋の季語とする。盆休みで帰省した縁戚の人などが供花を手に墓参りをする姿も、盆ならではのもの。盆用意として、墓への道の草刈りや清掃をすること。また、その道を「盆路」といい、精霊が通る道といわれている。

ふるさとの色町とほる墓参かな　皆吉爽雨
墓洗ふみとりの頃のしぐさ出て　能村登四郎
生身より熱き肌の墓洗ふ　鷹羽狩行

▼墓もこの世なら色町もこの世。幼子など連れていると、つい「前を向いてさっさと歩きなさい」と言ってしまう。▼優しさとはこのような心情だろうと思われる「しぐさ」だ。▼まるで生きている人に接するように墓石に触れている。盆の頃、昼間の日射しはまだ強い。

施餓鬼（せがき）　初秋

施餓鬼会・施餓鬼寺・施餓鬼壇・川施餓鬼・海施餓鬼・舟施餓鬼

供養されることなく餓鬼道に苦しんでいる無縁亡者を弔う法会で、「施餓鬼会」ともいう。施餓鬼壇を設け、幡を立て、供物を供えて経をあげる。川の水死者を弔うのが「川施餓鬼」、

松本たかし▶明治39年（1906）―昭和31年（1956）「笛」主宰。虚子門。茅舎は「生来の芸術上の貴公子」と評した。

湖や海に舟を出して弔うのが「海施餓鬼」や「舟施餓鬼」。餓鬼道をさまようことなく、穏やかに仏になれよという思いをこめた法会である。

竹林の深きところに施餓鬼かな　松瀬青々
鳥けものまはりに遊び川施餓鬼　桂信子
百千の経木きらめく海施餓鬼　三好潤子

▼この竹林の奥まったところは亡者にも居心地のよいところなのだろう。▼鳥や獣の目に、人間のしていることはどう映っただろう。▼海に流した経木(経文・法名を記した細長く薄い板)。波間にきらきら光りつつ、いつしか消える。

送り火（おくりび）

初秋　魂送（たまおくり）

盆の最終日である八月十六日の宵、先祖の霊を再びあの世へ送るために、家の前で焚く火のこと。祖霊が迷うことなくあの世へたどり着けるように、苧殻や藁を焚いて、道を照らすのである。京都の大文字はその大がかりなもの。七月十五日を盆とする地方では、七月十六日に送り火を焚く。

送火の山へのぼるや家の数　丈草
いとせめて送火明く焚きにけり　長谷川零余子

▼山の上で送り火を焚くのだろう。家の数だけの火が山を登ってゆく。▼先祖の霊に何もしてやれないが、せめて帰り道で迷わないように、という心遣い。

灯籠流（とうろうながし）

初秋　流灯（りゅうとう）・流灯会（りゅうとうえ）・精霊流（しょうりょうながし）

盆の送り火の宵、火を灯した灯籠を川に浮かべて流す。海や湖に流すこともある。水に揺らめく灯籠の火影とともに先祖の霊はあの世へ帰ってゆく。いわば水の上の送り火である。終戦記念日でもある八月十五日の宵に行なうところもある。

灯籠流

流燈や一つにはかにさかのぼる　飯田蛇笏
灯籠のよるべなき身のながれけり　久保田万太郎

▼風にあおられたか、急に川上へと流れる灯籠。▼「よるべ」は「寄る辺」。流灯にはとりすがるべき岸辺もない。人もまた同じ。

八朔の祝（はっさくのいわい／はつさくのいはひ）

仲秋

旧暦八月朔日（一日）に行なわれた行事。徳川家康が江戸城に入った日を記念した武家の祝日が、明治以降は、稲の実りを祈念する日として残った。団子や餅で豊作の予祝を行なった

鳥のうちの鷹に生れし汝かな：孤高の鷹。鷹を多く詠んだことから「鷹の鶏二」と呼ばれた。

りする。

八朔に酢のききすぎる膾かな　許六

関連 八朔↓11

八朔の口上はなからとちりたる　大石悦子

▼祝いの膳に膾が出た。残暑の折柄、酢を強めにしたのだろう。
▼豊穣を祈る村の行事。かしこまった空気が和む素朴なひと齣。

毛見

仲秋

検見・毛見の日・毛見の衆・毛見の賄い・坪刈

江戸時代、旧暦八月、年貢徴収の目安とするために、役人（毛見の衆）が、刈る前の田に来て稲の作柄を検分することをいう。近年、これに該当するのが「坪刈」。一坪の稲から全体の収穫高を算出することで、歩刈ともいう。

どやどやと毛見来る宿や鶏の鳴く　石井露月

毛見衆の膝に親しき穂の重み　松倉ゆずる

▼毛見衆は大勢であった様子。それにしても、なぜ鶏が鳴いたのか。
▼農民も大変だったが、役人も大変だった。今年はどうやら豊作のようだ。

原爆の日

初秋

原爆忌・広島忌・長崎忌・爆心地

昭和二十年（一九四五）八月六日、広島にウランを用いた最初の原子爆弾が、同九日には長崎にプルトニウムを用いたものが投下され、未曾有の惨害をもたらした。この両日の犠牲者を慰霊し、反核、世界平和を祈念する行事が、広島、長崎を中心に、各地で行なわれる。この季語に限っては、情趣を味わうという気分で用いるべきではないだろう。歳月が過ぎ去るにつれて、悲惨な体験を語ることのできる人たちも少なくなり、肉声のこもった句をみることも稀になった。

関連 三月十日↓春／沖縄忌↓夏

原爆の日の拡声器沖へ向く　西東三鬼

舌やれば口辺鹹し原爆忌　伊丹三樹彦

子を抱いて川に泳ぐや原爆忌　林徹

ひろしま忌空を残して人かはる　小原啄葉

▼ただただ空しい。大声が返ってこない空しさ。▼自身の肉体に感じる苦々しい思い。▼作者は広島在住。人々の命運を見てきた川への思い。▼移りゆく世代と変わらぬ広島の空。あの日を忘れることはない。

終戦記念日

初秋

終戦の日・敗戦の日・八月十五日・敗戦忌

昭和二十年（一九四五）八月十五日。日本がポツダム宣言を受

名句鑑賞

彎曲し火傷し爆心地のマラソン　金子兜太

かつて長崎の爆心地に住んだことのある作者の、被爆地への思いを、「彎曲」「火傷」という言葉で表現した句。この心象の引き出した別々の言葉を繋ぐようにマラソン走者が現われる。走者の苦痛をともなう彎曲した姿勢、火傷でひりひりするようなその表情。抽象的な言葉の連なりが、走るという力強い景として見えてくる。［宇多］

橋本鶏二▶明治40年（1907）—平成2年（1990）「年輪」主宰。虚子に師事。写生を信奉、独特の美意識をもつ。

諸、無条件降伏した日。多くの犠牲者を出した第二次世界大戦が、終戦の詔勅をもって終結した。国民がこれを知ったのは、正午に放送された昭和天皇の玉音放送によってである。毎年この日には、戦没者を慰霊する集会が催される。

終戦日妻子入れむと風呂洗ふ　秋元不死男
太陽の丸く真上に終戦日　桂信子
正座してわれの八月十五日　齊藤美規
敗戦忌海恋ふ貝を身につけて　山本つぼみ

関連　三月十日↓春／沖縄忌↓夏

▼安堵の中で妻子を風呂に入れる、この何ほどでもないことがいかに嬉しいことか。▼敗戦を知った正午の玉音放送。真上に照りつける慰霊の日の丸。▼戦時下に青春期を過ごした人が、鎮魂の心をこめて「正座して」、この日を過ごす。▼「敗戦忌」は俳句にのみ通ずる言葉。海に散った人を恋うように、貝のアクセサリーを身につける。

【震災忌】　初秋

震災記念日・防災の日

大正十二年(一九二三)九月一日午前一一時五八分、関東地方一帯をマグニチュード七・八の大地震が襲った。震源地は相模湾北西部。この震災による犠牲者は、死者・行方不明者を合わせ一〇万五〇〇〇人余、火を使う昼時であったために被害が拡大した。この九月一日を、震災の犠牲者を悼む日とし、防災の広報活動の日としている。避難者が集中し、数多くの犠牲者が出た東京都墨田区横網町公園に建つ東京都慰霊堂(旧震災記念堂)では、慰霊祭が催される。

十二時に十二時打ちぬ震災忌　遠藤梧逸
わが知れる阿鼻叫喚や震災忌　京極杞陽
天皇は那須に座しぬ震災忌　藤田湘子
雲ひとつなき東京の震災忌　尾池和夫

関連　東日本震災忌↓春／関西震災忌↓冬

▼日付だけでなく、時間までもが記憶にとどまる。▼当時十五歳であった作者は、祖母、父母、弟妹を喪った。この句は、被災後三十五年たって作られたもの。▼那須御用邸(栃木県那須町)から犠牲者の慰霊と世の平和を祈って下さる天皇陛下。▼作者は地球物理学を専攻する学者。その目で眺めた東京の空。

【敬老の日】　仲秋

老人の日・敬老日

九月の第三月曜日。敬老精神を養い、福祉への関心を高めようという日。高齢者を祝ったり施設への慰問など、各種行事が行なわれる。昭和二十二年(一九四七)九月十五日に福島県下で始まった「としよりの日」が前身。昭和四十一年に国民の祝日に制定された。

おのが名に振り仮名つけて敬老日　長谷川双魚
敬老日とは煮小豆をこと〱と　及川貞
高々と老人の日の夜の雲　寺井谷子

▼号は双魚、本名は謙三。振りがなをつけられた名はどちらか。

いちまいの朴の落葉のありしあと：落葉を詠んだ句が多く、「落葉リリシズム」と評された。

▼老人にふさわしい一日とは、こんな一日だろう。▼これぞ敬老の心根。年を重ねた者への尊崇の思いは、この静かな時間にしか見えてはこない。

秋分の日（しゅうぶんのひ）　仲秋

秋季皇霊祭

国民の祝日。九月二十三日頃。秋の彼岸の中日にあたり、祖先を敬い、故人を偲ぶ日。先祖の墓参りをする。かつての秋季皇霊祭にあたり、宮中では、天皇が歴代の皇霊を祀る。

関連　春分の日↓春／秋分・秋彼岸↓12

秋分の日の天窓を開け放つ　前田攝子

▼秋分の日の頃にはようやく秋らしい陽気となる。青く澄んだ空へ天窓を開く爽快感を詠ったもの。

重陽（ちょうよう）　晩秋

重九・菊の節句・九日の節句・おくにち

旧暦九月九日の節句。五節句（ほかは一月の人日、三月の上巳、五月の端午、七月の七夕）の一つで、菊の花で邪気を払う日。陰陽道で陽の高位とされる「九」が月と日に重なるこの日を「重陽」といい、めでたさの極致とする。折から菊の咲く時季であることから、重陽の宴を催し、菊花を観賞し、菊の酒を飲み、蒸し栗を食べ、長寿を願って菊花にかぶせた綿の露で体を拭う「菊の被綿（着綿）」を行なった。宮中ではこの日に、薬玉を茱萸袋（薬玉、茱萸袋ともに邪気を払うための飾り）に掛け替える。民間ではこの日を「御九日」と呼び、秋祭などを行なう。ことに農村では、「九」のつく九、十九、二十九を秋の豊穣を祝う日とした。この日から酒を「温め酒」にするなど、大きな季節の節目の日である。

関連　菊↓94

朝露や菊の節句は町中も　太祇

重陽や海の青きを見に登る　野村喜舟

重陽や椀の蒔絵のことぐし　長谷川かな女

重陽の椀に菊味噌溶きくるる　山内節子

▼前夜、菊にかぶせておいた綿が朝しっとり濡れて。貴族の行事が町衆に浸透し「町中も」となった。▼秋が深まり大気の澄みわたる頃。海の青さも際立ってくる。▼特別な日にしか出さぬ、特別で上等な椀なのだろう。▼食用菊を味噌に漬けた山形の郷土料理「菊味噌」を溶き、重陽を祝うのである。

高きに登る（たかきにのぼる）　晩秋

登高

旧暦九月九日に小高い山に登り、災難除けのために茱萸（山椒のこと）を酒に入れて飲む風習があった。菊の酒を飲む日だともいう。ただの行楽や山登りとは異なる。もともとは古代中国の重陽の行事。厄除けのためといわれているが、年長者を敬う習俗だともいう。

悠々たる思ひ高きに登りけり　安藤橡面坊

砂利山を高きへ登るこころかな　草間時彦

酒持たず高きに登る高きは佳し　藤田湘子

長谷川素逝▶明治40年（1907）―昭和21年（1946）虚子に師事。戦地で罹患。療養生活の中、静謐な句をのこした。

▼思い煩うことをやめて、「高きに登る」という悠然とした思いに浸る。▼ちょっとの高さであっても、視界は異なる。▼ほんとうは酒があったほうがいいのだけれど。そのほうが「高きは佳し」が倍加するのだけれど。

菊の酒

菊の酒

晩秋

菊酒・菊花の酒

菊の花びらを浮かべた酒。旧暦九月九日の重陽の節句に、不老長寿を祈って飲む。菊は不老長寿をもたらす薬草とされた。

草の戸の用意をかしや菊の酒　太祇

▼質素な自宅で飲む華やかな菊の酒。

名句鑑賞

白妙の菊の枕を縫ひ上げし　杉田久女

この菊枕は、作者が、恩師である高浜虚子の長寿を祈って縫ったもの。この句の前後には、たとえば「菊干すや東籬の菊も摘み添へて」「ちなみぬふ陶淵明の菊枕」など、いそいそと菊を摘み、喜々として縫った様子がうかがえる句が残っている。ところがこの句は、いつ、誰のために縫ったなどの事情を抜け出たところで、清楚な輝きを放っている。「白妙」が白羽二重の純白をあらわすだけでなく、「菊枕」の枕詞のごとく、いきいきとしているからだろう。〔宇多〕

菊枕

晩秋

菊の枕

陰干しした菊の花を詰めた枕。邪気を払うといわれる。また俗に、頭痛や眼病に効くともいわれ、用いる菊は野菊がよいともいう。実用というより、古来、伝えられている菊の霊性を重んじたもの。実際には、よくよく乾かした菊で作らないと、匂いが気になる。

菊枕南山の壽をさづからむ　松尾いはほ

野に摘みし菊も少しや菊枕　橋本鶏二

菊枕はづしたるとき匂ひけり　大石悦子

▼「南山の寿」とは、中国最古の詩集『詩経』にある言葉。人の長寿を祝う語。▼やはり野菊がよいというのは本当のよう。▼頭をもたげたとたんに枕からぷんぷんと鼻腔にくるあの匂い。いいのだか、どうなのだか。

秋風の日本に平家物語：「秋風の日本」に『平家物語』の無常が響きわたる。

後の雛

仲秋

秋の雛・菊雛

旧暦九月九日の重陽の節句に飾る雛のこと。三月三日の雛祭のように秋にも雛を飾る風習で、大阪の堺、三重県の伊勢、徳島県、静岡県の伊豆などで行なわれていた。ただし、飾るのは夫婦雛のみ。また、八朔の日(旧暦八月朔日)に、瓜に目鼻をつけて雛飾りをする風習も、西日本で広く行なわれていた。これを「八朔雛」といい、この八朔雛は川に流すという。「後の雛」にも穢れを払う意味があったのだろう。

関連　雛祭→春／八朔→11

後の雛芒も活けてありにけり　内藤鳴雪

椎の葉の盛物多し後の雛　尾崎紅葉

退院の妻後の雛飾りけり　茨木和生

▼芒とあることから、秋の行事とわかる句。▼小さな椎の葉にあれこれ食べ物を盛る、野趣に富んだ雛飾り。明治期にはまだ「後の雛」が行なわれていたのである。▼妻の快癒を祈り病の穢れを払うべく飾る秋の雛である。

菊人形

晩秋

菊師・菊花展

菊の花や葉で人形の衣装を飾り、物語の場面などを再現して見せるもの。その歴史は江戸時代に遡る。現在は福井県越前市の「たけふ菊人形」、福島県二本松市の「二本松の菊人形」、山形県南陽市の「南陽の菊まつり」などが有名。あわせて「菊花展」が開かれ、自慢の菊の出来栄えを競う。「菊師」は菊人形を作る人。

関連　菊→94

菊人形見て過ぎし世に遊びけり　百合山羽公

菊人形武士の匂ふはあはれなり　鈴木鷹夫

▼菊人形による名場面を見ていると、いつしか自分もその中の一人に。▼緋縅の鎧には紅い小菊が鏤めてあるのだろう。馥郁と香ることの武士ゆえのあわれさ。

赤い羽根

晩秋

愛の羽根

昭和二十二年(一九四七)に始まった共同募金の一つ。社会福祉法に基づき、十月一日から三か月間、街頭や町内会、企業などで募金を集める。寄付者には「赤い羽根」が渡されるところから、赤い羽根共同募金と呼ばれる。

赤い羽根つけてどこへも行かぬ母　加倉井秋を

駅頭の雨滝なせり愛の羽根　水原秋桜子

若ければ胸高く挿す愛の羽根　池田秀水

▼家の中にいるならつける必要などないのに、と思いながらも、「どこへも行かぬ母」の心境もなんとなくわかる。▼滝のような土砂降りの雨。募金を呼びかける人も作者も、ともに駅構内から外を見ているのだろう。▼どのあたりにつければいいのか、意外とむずかしい。

京極杞陽▶明治41年(1908)—昭和56年(1981)虚子門。但馬豊岡藩十四代当主にあたり、当地にて「木兎」復刊、主宰。

体育の日（たいいくのひ）　晩秋

十月の第二月曜日。スポーツに親しみ、健康な心身の養成を目的とし、各地で運動会などが催される。東京オリンピック開会式の昭和三十九年（一九六四）十月十日を記念して、昭和四十一年に国民の祝日に制定されたが、平成十二年（二〇〇〇）の法改正によって、この日となった。

体育の日なり青竹踏むとせむ　草間時彦
体育の日を耳立てて兎たち　辻田克巳

▼あれこれある健康法の一つが青竹踏み。敢然と思いたつのだが三日も続けば上々。▼学校で飼育している兎か。いつもより騒々しいぞ、と耳を立てている。

相撲（すもう・すまふ）　初秋

相撲節会・宮相撲・草相撲・角力・すまい

日本の国技とされている格闘技。現在の大相撲は六場所（初場所、春場所、夏場所、七月場所、秋場所、九州場所）の興行を行なっている。相撲の歴史は古く、『古事記』『日本書紀』にも記述があり、神意や吉凶を占う神事であったが、聖武天皇の代に各地から相撲人（力士）を集めて相撲節会が行なわれて以降、宮中の儀式となった。これが旧暦七月に行なわれたことから、秋の季語となった。現在も、農村の秋祭などに社寺の境内で子供が相撲をとる行事が残っている。競技としての性格が強くなったのは明治以降。明治四十二年（一九〇九）に、東京の本所回向院境内に旧国技館が完成して以来、今日の相撲が定着した。六場所もそれぞれ季語となっている。

関連 春場所→春／夏場所・七月場所→夏／秋場所→188／九州場所→冬／初場所→新年

やはらかに人分け行くや勝角力　几董
山里は巌を祀りて相撲かな　矢島渚男
八百長のひとつや二つ草相撲　亀田虎童子

▼いかにも勝ち力士らしい様子。負けていたらこうはいかない。▼巌を神と崇めてきた山里。相撲の原点をみる思いだ。▼幼い子が大きい子に勝つという不自然。本当はいけないのだが、まあいいか。

文化の日（ぶんかのひ・ぶんくわのひ）　晩秋

文化祭・明治節

十一月三日。「自由と平和を愛し、文化をすすめる」ことを趣旨として、日本国憲法の公布日を記念して国民の祝日に制定された。文化勲章の授与式や文化庁の芸術祭などが、この日を中心に実施される。戦前の「明治節」にあたる。

文化の日誰も癒えよと言ひ去りぬ　石田波郷
焼そばに撓ふ紙皿文化祭　奈良文夫

▼休みの日、見舞い客が次々と訪れる。癒える望みのない病人に、誰もが、快くなって、と言って帰る。同月二十一日（昭和四十四年）、波郷没。▼文化祭の模擬店。焼そばの紙皿は熱のためにしなしなと撓う。

蜥蜴かなし尾の断面も縞をもつ：蜥蜴の切れた尾っぽ。作者らしい理知的な抒情句。

秋祭（あきまつり）

三秋

在祭・村祭

秋に行なわれる祭のこと。春祭の趣旨が、農事のすこやかな開始と、その年の豊作を祈るところにあるのに対し、秋祭は収穫への感謝を本意とする。新穀を村の社の祭神に供え、自分たちも共に食する、農村を主体とした祭である。付随して豊年踊りが奉納されたり、地芝居が開催されたりして、村中が賑わう。都市の秋祭は収穫の実感はないが、山車を引いたり、神輿を出したりして、また別の賑わいがある。

関連　春祭→春／祭→夏

年よりが四五人酔へり秋祭　前田普羅

漁夫の手に綿菓子の棒秋祭　西東三鬼

老人に石のつらなる秋祭　桂信子

▼隠居たちが別格に扱われるのが祭の日。ついつい飲みすぎてしまったようで。▼漁師と綿菓子。この不似合いも祭の華。▼「年寄り」というのと「老人」というのでは、何かが違う。老人の後ろ姿の見える句。

佞武多（ねぶた）

初秋

ねぷた祭・ねむた流し・跳人・ねぶた衆

青森県津軽地方で行なわれる旧暦七月七日の七夕行事。武者人形、金魚、扇、鬼、鳥、獣などの形に、竹と紙で大きな張り子を組んで、極彩色で描き、中に灯をともしたものを屋台に載せ、担ぎ手がこれを担ぎ、太鼓や笛、跳人（踊り手）などの一団が町を練り歩くもの。農作業中の睡魔を払おうとした「眠流し」に由来するらしい。青森方面では「ねぶた」といい、八月二日から七日まで、弘前方面では「ねぷた」といい、八月一日から七日まで続けられる。勇壮で華やかな祭で、仙台の七夕、秋田の竿灯とともに、東北の三大祭の一つとして、観光客にも人気がある。

ねぶた来る闇の記憶の無尽蔵　黒田杏子

月の出やはねとの鈴の鳴り急ぐ　吉田鴻司

出陣の前しかと飲みねぷた衆　藤田枕流

▼闇に浮かびあがる佞武多に、あれこれと記憶が湧いてくる。時間の奥を見る思い。▼佞武多の跳人の気持。月の出が、いよいよ始まるよ、との合図のようだ。▼まさに出陣の心地。「やるぞォ」と意気盛んな男たち。

名句鑑賞

今生を燃えよと鬼の佞武多来る　成田千空

津軽に生まれ、津軽に生きてきた人々に脈々と流れてきた地の疼きが一気に噴出したような佞武多の夜。生きているいま、今生こそを存分に生きろよ、と佞武多の鬼が迫ってくる。鬼の発する「燃えよ」の激しい語気が、読む者の身にまで伝わってくるような句。作者は生まれも育ちも津軽の人。永く住んだ五所川原には、立派な佞武多がある。この地の人の声、地の声を根底に据えた句を多く残し、平成十九年（二〇〇七）、津軽に没した。［宇多］

中島斌雄▶明治41年（1908）—昭和63年（1988）「麦」主宰。一時句作を離れるも人間探求派に影響を受け再開。

竿灯

竿灯（かんとう）
初秋

七夕の祓の行事である「ねぶり流し」の一種として江戸時代に起源をもつ秋田市の伝統行事。現在は八月三日から四日間。大きなもので四十六個の提灯を掲げた高さ十二メートル、重さ五十キロの竹竿を若衆が代わる代わる平手、額、肩、腰などで支える妙技を披露する。

竿燈を額に漢身を反らす　加藤耕子

竿燈のたわたわとはたおぼおぼと　西村和子

▼「漢」は「おとこ」と読む。額に据えた竿燈を倒さないよう、身を反らしバランスを保つ妙。▼竿は右へ左へたわたわと撓い、支える人はおぼおぼと危なっかしい。実感を伝える擬態語の妙。

秋遍路（あきへんろ）
三秋

空海ゆかりの四国八十八か所の札所を巡る遍路は、主として春に行なわれるが、天候の安定した秋に出かける人も多く、これを「秋遍路」という。日暮の早い山道を急ぐ遍路の姿はあわれ深い。 関連 遍路→春

めをとともさにあらずとも秋遍路　森田峠

とこしへの秋の遍路となり給ふ　田部谷紫

▼夫婦のようだが、よく見るとそうでもなさそうだ。秋も深まった遍路道を行く二人。▼親しい人を亡くした悲しみを、遍路に出かけたのだと思うことで慰藉しようというのだ。

解夏（げげ）
初秋

解夏・夏明き・夏の終・夏書納・送行

旧暦七月十五日。夏安居の終わること。安居とは一定期間、僧が籠って修行すること。夏安居の始まりは四月十六日で、この間に筆写する経が「夏書」。安居が解け、僧が各地に別れてゆくことを「送行」という。 関連 安居→夏

をしみなく痩せたまひけり解夏の僧　田中王城

▼外出することもなく籠っての安居の修行。その間に痩せた僧に、

いささかの敬意をもって驚いている。

六斎念仏（ろくさいねんぶつ）　初秋
六斎

中世初頭に、空也上人が疫病救済のために始めたという踊躍念仏。もとは六斎日（八日、十四日、十五日、二十三日、二十九日、晦日）に行なわれたが、しだいに芸能化した。比較的、原形を伝える「念仏六斎」と、より芸能性を加えた「芸能六斎」に分かれて伝承されている。壬生寺、吉祥院天満宮、梅之宮神社、千本閻魔堂など、京都市内の社寺で、八月に開催される。

六斎の揃うてきたるあしのうら　西野文代

▼六斎講中の人々が、揃いの浴衣で鉦や太鼓を鳴らしつつ踊ると、白足袋がひときわ印象的。

六道参（ろくどうまいり）　初秋
迎鐘

京都市東山区の六道珍皇寺で行なわれる、盆の精霊迎えの行事。寺の門前が平安時代の葬送の地、鳥辺山への入口にあたることから、六道の辻と呼ばれ、冥界と現世との境目と信じられてきた。寺には閻魔像とともに小野篁の像が祀られていて、篁が冥府に通ったとされる井戸もある。八月七日から十日の間、境内には盆花を売る店が並び、迎え鐘を撞くための多くの参詣者で賑わう。

金輪際わりこむ婆や迎鐘　川端茅舎

▼期間中は一日中、迎え鐘を撞く人が長蛇の列をつくる。そこに割り込む婆の迫力。鐘の音は冥土まで届くという。

阿波踊（あわおどり）　初秋

徳島市周辺の盆踊り。八月十二日から四日間、連を組んだ踊り手が、三味線、鉦、笛、太鼓の囃子にのって、市中を踊りの渦に巻き込む。観光客も大勢参加する、奔放で身の浮き浮きする踊り。いまや日本を代表する大規模な盆踊りとなったが、祖形は阿波の精霊踊り。

十万の下駄の歯音や阿波おどり　橋本夢道

阿波踊らしく踊れてをらずとも　稲畑汀子

▼踊り手の下駄の音で、大勢の踊り来るさまをあらわした句。作者の故郷は徳島。▼見物に出かけ、どうぞと誘われて踊る。「踊れてをらずとも」わくわくする。

被昇天祭（ひしょうてんさい）　初秋
聖母祭

八月十五日は、聖母マリアが生涯の終わりに神に召されて天に昇ったとする教義にもとづくカトリックの記念日。信者にとっては復活祭、クリスマスなどと並ぶ大切な日であり、教会ではミサが行なわれ、フランス、イタリアなどカトリック

田畑美穂女▶明治42年（1909）—平成13年（2001）「ホトトギス」同人。製薬会社社長。自在で大らかな写生句。

教国では祝日となる。

被昇天そののちの聖母露に濡れ　阿波野青畝

▼聖母被昇天の日は、日本では送り盆、また終戦記念日でもある。朝露が目立つのもこの頃から。

大文字（だいもんじ）

初秋

大文字の火・妙法の火・船形の火・鳥居形の火・五山送り火・施火

京都では八月十六日、盆の最後の宵に、東山の如意ヶ岳（銀閣寺の裏山）の西峰、大文字山で、大の字をかたどった送り火を焚く。山腹に大の字に火床を並べ、合図を待って一斉に点火する。この大文字が最もよく見えるのは京都御所。その御所の池に反射したかのように西の大北山（金閣寺の裏山）で焚かれるのが左大文字。このほか、「妙」（松ヶ崎西山の万灯籠山）、「法」（松ヶ崎東山の大黒天山）、「船形」（西賀茂の船山）、「鳥居形」（嵯峨の曼荼羅山）が次々にともる。これが「五山の送り火」と呼ばれるもの。大文字がすむと、京都の町は一気に秋の気配が深まる。

山の端に残る暑さや大文字　宋屋

大もじや左にくらき比えの山　蝶夢

▼夜空に黒く浮かぶ山々。その空との境が山の端。▼大文字山に向かうと、そのずっと左の暗がりにひときわ高く比叡山が聳える。

吉田火祭

名句鑑賞

大文字やあふみの空もたゞならね　蕪村

京の東山は近江との境をなす山地。大文字はその一峰の如意ヶ岳で焚かれるのだが、京の夜空ばかりではなく、近江の夜空もあかあかと照らしているにちがいないというのだ。「たゞならね」は、ただごとではないの意。［長谷川］

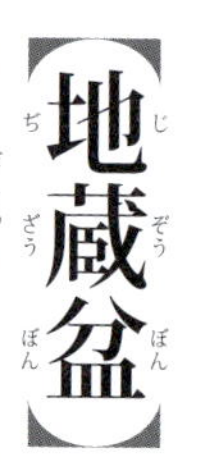

地蔵盆（じぞうぼん）

初秋

地蔵会・地蔵祭・地蔵詣

地蔵菩薩の縁日にあたる八月二十四日に行なわれる会式のこと。一般には、町辻の石地蔵にさまざまな飾り付けをし、香花や団子、菓子などを供え、集い来る児童を中心とした祭を行なうことをいう。おもに京都、近畿地方で盛んである。

地蔵会や縄垣したる黍の径　西山泊雲

興ざめの一と雨なりし地蔵盆　波多野爽波

あたらしき下駄のうれしき地蔵盆　岸風三楼

花茣蓙に母の眼鏡が置いてある：さっきまで母が居た花茣蓙。静かに眼鏡だけが置いてある。

▼連れ立った子らがお地蔵さんまで畑中の近道を急ぐ。秋の生り物の育つ折から、縄を張り、侵入を防ぐ。▼子らの楽しみを非情な雨が叩く。▼この日のために新調された下駄。嬉しい、嬉しい。

吉田火祭　初秋

火祭・火伏祭

富士山の登山口である山梨県富士吉田市の北口本宮富士浅間神社と諏訪神社の祭礼。火祭は八月二十六日の夜に行なわれる。富士山をかたどった御影と大神輿が御旅所まで巡行すると、沿道に立ち並んだ大松明に一斉に火が点けられ、町中が火の海のようになる。

火祭の夜空に富士の大いさよ　伊藤柏翠

▼大松明が夜空を焦がす。目を凝らすと、雄大な富士の山容が間近に迫っているのに気づく。

風の盆　初秋

おわら祭・八尾の廻り盆

富山市八尾町で行なわれる盆の行事で、毎年九月一日から三日間行なわれる。三味線、尺八、胡弓、太鼓などの調べと、哀愁に満ちた越中おわら節で、浴衣に菅笠をかぶった町の人々が夜を徹して踊る。祖霊を祀る行事が、いつしか「風」を鎮め豊作を祈願する行事となって、現在に至る。素朴でしっとりした踊りが、昨今では観光客で大賑わいの行事となった。「おわら節」は囃子詞だった「おおわらい（大笑い）」が「おわら」になったなど諸説ある。

風の盆男踊りの黒づくめ　菖蒲あや

胡弓ひく手首の太き風の盆　舘岡沙緻

この小さき町へ町へと風の盆　稲畑汀子

▼そもそもはこの土地の先祖のための踊り。踊っている黒ずくめの人は、その子孫たち。▼踊りの風景の細部に目をとめた句。三句とも、この踊りを知らない人が読んでもわかる句だ。▼静かな町が観光客で膨れあがる。「この」に実感がこもる。

芝神明祭　仲秋

だらだら祭・生姜市

東京都港区芝大門の芝大神宮の祭礼。祭神は伊勢神宮と同じ天照大神と豊受大神。江戸時代までは芝神明宮と呼ばれ、「関東のお伊勢さま」として信仰を集めた。九月十一日から二十一日まで続くので、「だらだら祭」と称され、境内や参道には「生姜市」が立って賑わった。

だら〳〵とだら〳〵まつり秋淋し　久保田万太郎

花街の昼湯が開いて生姜市　菖蒲あや

▼「芝に住めば」の前書のある句。祭を見やる作者の所在なさ、物淋しさが感じられる。▼界隈はかつての花街。生姜市の頃の銭湯もどこか艶っぽい。

加倉井秋を▶明治42年（1909）—昭和63年（1988）「冬草」主宰。風生に師事。「若葉」編集長を務めた。

八幡放生会（やわたほうじょうえ）　仲秋

放生会・男山祭・放ち鳥

京都府八幡市の石清水八幡宮で、九月十五日に行なわれる放生会。貞観五年(八六三)に宇佐八幡宮にならって始まったといわれる。殺生を戒める純粋な仏教儀礼で、未明に三基の鳳輦が五百余名の神人を従え、松明と提灯の灯りを頼りに山頂の本殿を出発するなど、厳粛、華麗な祭典の後、魚や鳥が放たれる。賀茂祭(葵祭)、春日祭(奈良市の春日大社の祭事)とともに、三大勅祭の一つ。葵祭を北祭というのに対し、南祭と呼ばれる。

放生会終へたる水面あかりかな　木内彰志

▼神社のある男山の麓を流れる川に魚が放たれる。「水面あかり」は放たれた命の、安らぎのあかりである。

鹿の角切（しかのつのきり）　晩秋

角伐り

奈良の春日大社の鹿の角を切る神事で、寛文十一年(一六七一)から行なわれている。奈良公園一帯には、春日大社の神鹿とされ、国の天然記念物に指定されている多数の鹿がいるが、秋の交尾期になると牡鹿が猛々しくなり、人に危害を加えたり樹木を荒らしたりする。そこで毎年十月、この神事が行なわれる。鹿寄せの人が鹿を春日鹿苑に集め、勢子と呼ばれる狩り出す役の人が角切り場へ追い込んで縄をかけ、神官が角を切る。切り取った角は神前に供える。

鹿疾走角伐りの縄首に掛け　右城暮石

角切られたる鹿今宵如何に寝る　津田清子

角切られ夢から醒めし如くをり　江川虹村

関連　落し角→春／袋角→夏／鹿→130

▼動画のように鹿が走る。勢子の投げた縄を首に掛けたまま、走る走る。▼昨日まで隆々と頭にあったものがなくなっているのだもの。▼鹿にしてみれば勢子も神官も、怖い人にしか見えないはず。解放された後、ほっとしてうずくまっている鹿にゴメンネと言いたくなる。

太秦の牛祭（うずまさのうしまつり）　晩秋

牛祭・摩多羅神

京都市右京区太秦の広隆寺に伝わる、厄除け、五穀豊穣を祈る祭。十月十日の夜に行なわれてきたが、現在は中断されている。摩多羅神に扮した男が、赤鬼・青鬼の四天王を従えて牛に乗って境内に入り、祖師堂前で祭文を読みあげる。祭文は恵心僧都(源信)の作といわれるが、読み終わるのに一時間もかかるなど、おおらかで滑稽味があるところから、奇祭とされている。

大牛を恐るゝ児あり牛祭　五十嵐播水

▼松明に照らされて間近く見る牛も、少々稚拙な面を掛けた摩多羅神も、子供の眼には異様で不思議。

手をあげて足をはこべば阿波踊：阿波踊といえばこの句。思わず踊りたくなる。

【御命講】晩秋

御影講・御会式・万灯・日蓮忌

日蓮宗の開祖、日蓮聖人の忌日である十月十三日に営まれる法要。日蓮聖人は弘安五年（一二八二）のこの日、六十一歳で入滅。全国各地の日蓮宗関係の寺院で行なわれる。入滅の地である東京・池上の本門寺御会式が知られている。

日だまりに菊百鉢や御命講　清水基吉
万灯は星を仰ぎて待てば来る　古舘曹人
お会式が近し空地の竹の束　藤田湘子

▼この百鉢の菊も、この日の人出に静かな色を添えている。▼古来、人は「星を仰ぎて」何かを待った。「待てば来る」と信じて待った。▼お会式に用いる竹らしい。何だかあたりがそわそわとしてきた。

【菊供養】晩秋

東京・浅草の浅草寺の行事。中国の菊慈童の故事を踏まえて、明治三十一年（一八九八）、九月九日の重陽の節句に始まり、戦後は十月十八日となった。参詣者は菊を仏前に供え、代わりに、すでに供えられている菊を持ち帰る。これを干して枕の下に敷き、無病息災を願う。

膝に置く供養の菊のかろさかな　岡本眸

▼心静かに供養の順を待つ。膝にのせた菊の軽さに、このゆかしい行事のあわれが感じられる。

【べったら市】晩秋

浅漬市・夷子講市

十月十九日と二十日の二日間にわたり、東京・日本橋の宝田恵比寿神社から大伝馬町界隈で開かれるべったら漬を売る市のこと。「べったら」とは、浅漬沢庵に麴がべったりとついているところからの名。もともとは二十日の夷子講（神無月に神さまの留守を守る夷子様〔竈神〕を祀る秋祭）のための魚菜を売る市だったが、べったら漬が人気を呼んだことから、「べったら市」の名が生じたという。

あらぬ方にべつたら市の月ゆたか　横山白虹
べつたら市青女房の髪匂ふ　村山古郷
風さらふべつたら市の麴の香　井上康明

▼街中の市ゆえ、月のことなど忘れていた。それだけに「あんなところに月が」と感動したのだ。▼「青女房」とは、宮中の新米の女官のこと。それをべったら市にもってきたおかしさ。▼麴の匂いも秋風に乗って。

【時代祭】晩秋

平安祭

京都市左京区にある平安神宮の例祭、神幸祭で、毎年十月二十二日に行なわれる。平安遷都一一〇〇年を記念して、明治二十八年（一八九五）に始まった。約二千人が、ほぼ二キロ

岸風三楼▶明治43年（1910）―昭和57年（1982）風生に師事、「若葉」編集長を務めた。のち「春嶺」創刊、主宰。

にわたって連ねる時代風俗行列は、風俗や衣装の変遷を、明治時代から平安時代へと遡りながら表現する。京都の紅葉が見頃になる時季でもあり、数多くの観光客で賑わう。葵祭や祇園会とともに、京都の三大祭の一つとして知られる。

殿の時代祭の笙の笛　菖蒲あや
答案を抱へて時代祭かな　井上弘美

▼明治から時代を遡り、最後が延暦(桓武天皇の代)。さすが千年の古都。▼作者は教師か。生徒の答案も大事だが、祭も見たい。つい行列の流れる方向へ足が向く。

鞍馬の火祭
晩秋

鞍馬祭・火祭

京都市左京区鞍馬の由岐神社の祭礼。十月二十二日の夜、各家の門口に篝火が焚かれ、午後六時から締め込み姿の氏子たちが大小の松明を担ぎ、「サイレイヤ、サイリョウ」と掛け声をかけながら街道を練り歩く。午後九時には鞍馬寺の仁王門の石段下におよそ二〇〇本の松明が参集。火の粉が舞い上がるなか、注連縄が切られると、氏子たちは二基の神輿を担いで石段を下りてくる。勇壮な火祭で、天慶三年(九四〇)、内裏の祭神を北方の鎮めとして勧請した時、里人が松明と篝火で迎えたという故事に倣う。京都三大奇祭の一つ。

火祭や鞍馬の町は坂がかり　鈴木真砂女
火祭のゐさらひ美しき漢かな　橋本榮治

▼鞍馬街道はかつての鯖街道でもあり、ゆるやかな坂道。その坂道に炎があふれる。▼「ゐさらひ」は尻の意の古語。松明は大中小とあり、少年から大人まで、すべて締め込み姿に長襦袢を羽織った、独特の姿で担ぐ。

去来忌
晩秋

旧暦九月十日は、蕉門の俳人、向井去来の忌日。去来は慶安四年(一六五一)、長崎の儒医の子に生まれ、三十四歳で蕉門に入る。作風は実直で格調が高い。名利を求めない篤実な人柄で、芭蕉が戯れに「西三十三国の誹諧奉行」と呼ぶほど信頼が厚かった。嵯峨野(京都市右京区)に落柿舎を結び、芭蕉の指導の下、凡兆とともに蕉門最高の撰集『猿蓑』をまとめる。『去来抄』は芭蕉の俳論を伝える著作として貴重。去来の墓は真如堂(京都市左京区)にあるが、落柿舎の北の墓地にも遺髪を納めた小さな塚がある。

凡そ天下に去来程の小さき墓に参りけり　高浜虚子
去来忌や誰が匂ひして仮枕　高橋睦郎

▼上五の大仰な字余りが、墓の思いがけない小ささを引き立て、去来の人柄を偲ばせる。▼芭蕉をはじめ、落柿舎に泊まった誰彼を懐かしむ気分である。

子規忌
仲秋

糸瓜忌・獺祭忌

九月十九日。俳人、正岡子規の忌日。子規は、慶応三年

あきうどの弟ひとり西鶴忌：自分の代わりに家業を継いでくれた弟への思い。

（一八六七）、現在の愛媛県松山市に生まれた。十七歳で上京、大学予備門で夏目漱石と出会う。この頃から和歌と俳句を始める。二十二歳で喀血し、血を吐くまで鳴くという子規になぞらえ、子規と号した。二十五歳の時、新聞『日本』に『獺祭書屋俳話』の連載を始め、大学を中退して日本新聞社に入社。以来、旺盛な文芸活動を展開し、明治の俳句と短歌の改革者の一人にして日本語の改革者となった。現代まで続く新しい日本語の文体は、子規の病床における口述筆記から生まれ、親友の漱石に受け継がれる。明治三十五年（一九〇二）九月十九日午前一時、脊椎カリエスによる衰弱のため死去。享年三十五。

草花を皆句に作り子規忌かな　野村喜舟
月並句供へて糸瓜忌を修す　右城暮石
誰彼も死んで淋しや獺祭忌　村上鬼城

▼子規忌に集う人々が、子規が愛した草花を詠み、供養の一句にする。▼月並調を排した子規であったが、敢えて月並句を供える作者の矜持と子規への親愛。▼歯が欠けるように亡くなる、子規ゆかりの人々。

【蛇笏忌】

仲秋　山廬忌

十月三日。俳人、飯田蛇笏の忌日。蛇笏は、明治十八年（一八八五）に現在の山梨県笛吹市に生まれ、昭和三十七年（一九六二）に七十七歳で死去。明治末期から大正期の「ホトトギス」で活躍、大正六年（一九一七）に「雲母」の主宰となる。以来、「雲母」は多くの門下を輩出した。スケールの大きな自然詠と、博大な情の句を多々残している。句集に『山廬集』『霊芝』『椿花集』など。「芋の露連山影を正しうす」「くろがねの秋の風鈴鳴りにけり」など、大正俳句の高峰をなす句を残している。

蛇笏忌の水の辺をゆく水をみて　柴田白葉女
蛇笏忌の田に出て月のしづくあび　福田甲子雄
山廬忌の秋は竹伐るこだまより　西島麦南

▼水の流れは歳月の流れ。しみじみ過ぎてゆく時を思う。▼滴るような月の光。稲を刈った後の田だろう。▼四方を山に囲まれた村。竹を伐る音の響きが山腹の主の不在を思わせる。「山廬」は蛇笏の居宅の号。

名句鑑賞

蛇笏忌の空屈強の山ばかり　飯田龍太

「極寒のちりもとどめず巌ふすま」「冬瀧のきけば相つぐこだまかな」など、蛇笏の「山」は、たやすく人を容れない強さをもって聳え立つ。子息であった作者にとっての蛇笏が、父親を超えた大きな存在であったことが伝わる句であり、深く父を恋う気持を秘めた句でもある。蛇笏忌が近づくと、秋色を濃くした甲斐（山梨県）の山々が山稜をくっきりとさせる。蛇笏の句を思い出させ、「蛇笏忌」の頃の山容を彷彿とさせる句だ。［宇多］

西本一都▶明治38年（1905）―平成3年（1991）「白魚火」主宰。風生に師事。逓信省に務め、各地を転々とした。

写真協力者一覧（五十音順、本文掲載順に頁数を表記）

相澤弘
137、138、139、140（下）、141

青山富士夫
122

朝倉秀之
64（上）、78（上）

植松国雄
102、112（下）、119（上）、123（上）、162（上）

おくやまひさし
61、66、76（上）、76（下・左）、77、79（上）、81（下）、83（上・下）、85（下）、88（上・左）、90（右）、94（上・上、下）、95、97（左）、98、99（右）、100、104、107（上・左、下）、109（上）、118（左）、128、155（上）、157、158（上）、159、160、161、162（下）

熊谷元一／熊谷元一写真童画館
177、195、202

佐藤秀明
30、53、63、97（右）、101、105（下）、124（上）、171、175、178（下）、193、194、206、207

竹前朗
40、99（左）、196

中村英俊
58、59、76（下・右）、78（下）、79（下）、80（上・右）、85（上）、88（上・右）、89（下）、91（下）、92（右）、93（上）、108（下）、109（下）、126（下）、127

野呂希一
46、118（右・下）

芳賀ライブラリー
　門山隆　222
　木村敬司 188、
　芳賀日出男 211、224

広瀬雅敏
64（下）、67、71（下・下）、91（上）、94（上・下）、113、117（上・右）、126（上・右）

牧野貞之
112（上）、131

増村征夫
62、70、73（下）、81（上・右）、82、83（上・上）、83（下）、84、89（上）、90（左）、103、108（上）、114、115、116、117（上・左、下）、118（右・上）、119（下）、120、121、124（下）、125、126（上・左）、129

水野克比古
7、20、182、218

※公共施設（美術館、図書館、博物館等）および寺社所蔵の写真・図版についてはキャプションに掲載した。
※小学館所蔵または提供先記載不要のものについては掲載しなかった。

付録

季語と季節

日本の季節を知る大事な目安は、立春に始まり大寒に終わる二十四節気である。二十四節気は旧暦時代に使われていたため、月の運行にもとづくものと勘違いしている人が多いが、太陽の一年の周期を二十四等分したものである。

二十四節気の柱となるのは、夏至と冬至、春分と秋分。この四つの節気はそれぞれ、夏と冬、春と秋の真ん中に位置している。次に、四季それぞれの始まりが立春、立夏、立秋、立冬である。この四つを境にして、日本の季節は春・夏・秋・冬に分かれる。

この合計八つの節気が二十四節気の基本である。この八節気の間に、それぞれ二つずつ節気が入る。これが二十四節気全体の構造である。

この二十四節気はもともと中国で考えられたものだが、旧暦とともに日本に伝わった。なぜ旧暦時代に二十四節気が必

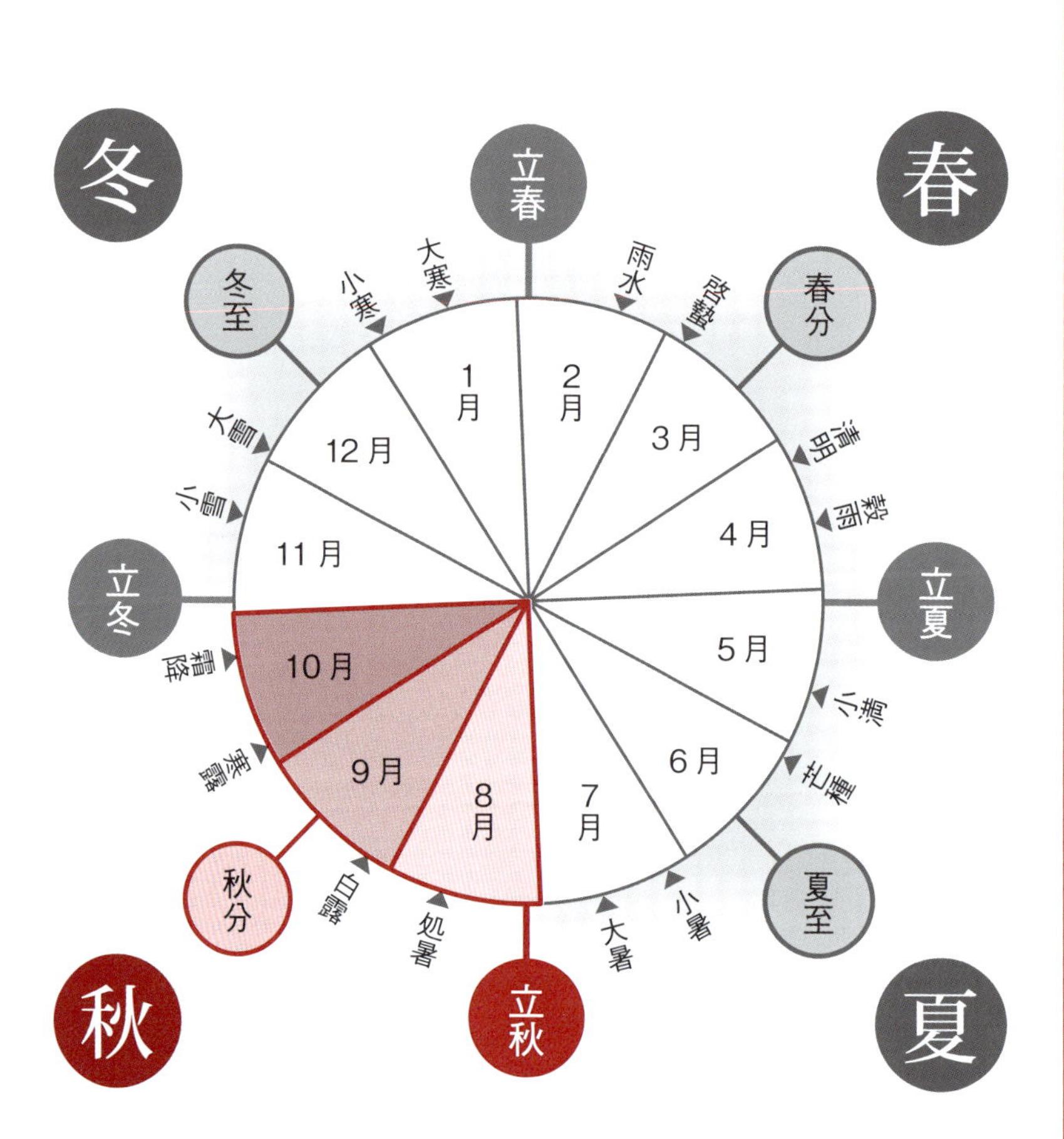

要だったのだろうか。

　月の満ち欠けをもとにした旧暦の一年十二か月は、太陽の一年の周期より十日ほど短く、このずれを調整するために、旧暦では、二、三年おきに閏月を入れて、一年を十三か月にしていた。その結果、年によって旧暦の月は季節と大幅にずれてしまうので、旧暦の月だけでは季節がわからない。そこで、旧暦時代には二十四節気を併用して季節の目安にしていた。

　一方、太陽暦（新暦）の月は太陽に基づいている。明治時代に太陽暦を採用してから二十四節気は不要になったはずだが、季節の区分けを知るためには、やはりなくてはならないものなのであり、大切な季語となっている。

　この二十四節気それぞれを三分したものが七十二候であり、その日本での解釈となる「獺(かわうそ)魚(うお)を祭る」「魚(うお)氷(ひ)に上(のぼ)る」などは、季語としてもよく使われている。［長谷川］

季節	気節	二十四節気	日取り（頃）	七十二候	日取り（頃）	七十二候
秋・初秋	七月節	立秋(りっしゅう)	8月8日	初候	8月8日〜12日	涼風(りょうふう)至(いた)る
				次候	8月13日〜17日	白露(はくろ)降(くだ)る
				末候	8月18日〜22日	寒蟬(かんせん)鳴(な)く
	七月中	処暑(しょしょ)	8月23日	初候	8月23日〜27日	鷹乃(たかすなわ)ち鳥(とり)を祭(まつ)る
				次候	8月28日〜9月1日	天地(てんち)始(はじ)めて粛(しゅく)す
				末候	9月2日〜7日	禾乃(しょうすなわ)ち登(のぼ)る
仲秋	八月節	白露(はくろ)	9月8日	初候	9月8日〜12日	鴻雁(こうがん)来(きた)る
				次候	9月13日〜17日	玄鳥(げんちょう)帰(かえ)る
				末候	9月18日〜22日	羣鳥(ぐんちょう)羞(しゅう)を養(やしな)ふ
	八月中	秋分(しゅうぶん)	9月23日	初候	9月23日〜27日	雷乃(かみなりすなわ)ち声(こえ)を収(おさ)む
				次候	9月28日〜10月2日	蟄虫(ちっちゅう)戸(と)を坏(ふさ)ぐ
				末候	10月3日〜7日	水(みず)始(はじ)めて涸(か)る
晩秋	九月節	寒露(かんろ)	10月8日	初候	10月8日〜12日	鴻雁来賓(こうがんらいひん)す
				次候	10月13日〜17日	雀(すずめ)大水(たいすい)に入(い)り蛤(こはまぐり)と為(な)る
				末候	10月18日〜22日	菊(きく)に黄花(こうか)有(あ)り
	九月中	霜降(そうこう)	10月23日	初候	10月23日〜27日	豺乃(やまいぬすなわ)ち獣(けもの)を祭(まつ)る
				次候	10月28日〜11月1日	草木(そうもく)黄落(こうらく)す
				末候	11月2日〜6日	蟄虫(ちっちゅう)咸(みな)俯(ふ)す

五十音順 秋の全季語索引

- 本書に収録した見出し季語および傍題、季語解説文中で取り上げた季語を収録した。
- 配列は現代仮名遣いによる五十音順とした。
- 色文字は見出し季語を示す。重要季語は、季語の後に★を付した。
- 部分けは、時＝時候、天＝天文、地＝地理、植＝植物、動＝動物、生＝生活、行＝行事をあらわす。
- 季語解説文中で触れたものについては、解説のある季語名を〔　〕内に示した。

あ

い

き

く

す

て

と

な

に

ぬ

ね

の

は

む

め

も

13日　加舎白雄（かやしらお）　寛政3年（1791）
24日　池西言水（いけにしごんすい）　享保7年（1722）
30日　野々口立圃（ののぐちりゅうほ）　寛文9年（1669）

10月

2日　橋本鶏二（はしもとけいじ）　平成2年（1990）
　　原裕（はらゆたか）　平成11年（1999）
3日　飯田蛇笏（いいだだこつ）　昭和37年（1962）〔山廬忌（さんろき）〕→229
4日　高野素十（たかのすじゅう）　昭和51年（1976）〔金風忌（きんぷうき）〕
10日　長谷川素逝（はせがわそせい）　昭和21年（1946）
11日　種田山頭火（たねださんとうか）　昭和15年（1940）〔耕畝忌（こうほき）〕
13日　攝津幸彦（せっつゆきひこ）　平成8年（1996）
17日　篠原梵（しのはらぼん）　昭和50年（1975）
18日　波多野爽波（はたのそうは）　平成3年（1991）
22日　百合山羽公（ゆりやまうこう）　平成3年（1991）
　　高木晴子（たかぎはるこ）　平成12年（2000）
26日　高浜年尾（たかはまとしお）　昭和54年（1979）
27日　角川源義（かどかわげんよし）　昭和50年（1975）〔秋燕忌（しゅうえんき）〕
28日　松根東洋城（まつねとうようじょう）　昭和39年（1964）〔城雲忌（じょううんき）・城翁忌（じょうおうき）〕
31日　大橋桜坡子（おおはしおうはし）　昭和46年（1971）

21日　大野林火　昭和57年（1982）

25日　永田耕衣　平成9年（1997）

26日　島村元　大正12年（1923）

29日　後藤夜半　昭和51年（1976）〔底紅忌〕

旧暦8月

2日　上島鬼貫　元文3年（1738）

8日　荒木田守武（連歌師）　天文18年（1549）

9日　炭太祇　明和8年（1771）〔不夜庵忌〕

10日　井原西鶴　元禄6年（1693）

15日　山口素堂　享保元年（1716）

20日　藤原定家（歌人）　仁治2年（1241）

23日　一遍（時宗開祖）　正応2年（1289）〔遊行忌〕

25日　山本荷兮　享保元年（1716）

26日　森川許六　正徳5年（1715）

9月

1日　富田木歩　大正12年（1923）

　　　伊藤柏翠　平成11年（1999）

2日　篠原温亭　大正15年（1926）

　　　上田五千石　平成9年（1997）〔田園忌・畦秋忌〕

3日　折口信夫（歌人・国文学者）　昭和28年（1953）〔迢空忌〕

6日　細見綾子　平成9年（1997）

10日　阿部みどり女　昭和55年（1980）

11日　平畑静塔　平成9年（1997）

15日　西山泊雲　昭和19年（1944）

17日　若山牧水（歌人）　昭和3年（1928）

　　　篠原鳳作　昭和11年（1936）

　　　村上鬼城　昭和13年（1938）

18日　石井露月　昭和3年（1928）〔山人忌・南瓜忌〕

19日　正岡子規　明治35年（1902）〔獺祭忌・糸瓜忌〕→228

20日　軽部烏頭子　昭和38年（1963）

　　　中村汀女　昭和63年（1988）

22日　長谷川かな女　昭和44年（1969）〔竜胆忌〕

23日　岡井省二　平成13年（2001）

26日　石橋秀野　昭和22年（1947）

旧暦9月

7日　大島蓼太　天明7年（1787）

8日　千代女　安永4年（1775）〔千代尼忌・素園忌〕

10日　向井去来　宝永元年（1704）→228

11日……池上本門寺御会式（～13日）東京都大田区　百数十の万灯練り行列が練り歩く。

12日……芭蕉祭　三重県伊賀市　松尾芭蕉の忌日を修し、全国俳句大会などが行なわれる。

14日……伊勢神御衣祭（伊勢神宮）三重県伊勢市　内宮正宮と荒祭宮に絹と麻の神御衣を奉る。

15日……粟田祭（粟田神社）京都市　1000年以上の歴史を持つ粟田神社大祭。

石上祭（～16日／石上神宮）奈良県天理市　鳳輦、子供神輿、甲冑武者の行列。

16日……新宮の御船祭（熊野速玉大社）和歌山県新宮市　熊野川での9隻の早船競漕。

17日……靖国神社秋季大祭（～20日／靖国神社）東京都千代田区　秋の例大祭。

宝之市（住吉大社）大阪市　着飾った市女五人が五穀を入れた升を神前に供える。

18日……菊供養（浅草寺）東京都台東区　→227
第3土曜…川越祭（～翌日曜）埼玉県川越市　江戸天下祭を今に再現する山車曳き。

第3日曜…城南祭（城南宮）京都市　3基の神輿が、提灯と松明の明かりの中還御する。

野宮の斎宮行列（野宮神社）京都市　往時の斎王群行を再現、嵐山で禊をする。

19日……べったら市（～20日／宝田恵比寿神社）東京都中央区　→227
恵美須祭（～20日／京都ゑびす神社）京都市　生間流包丁式の奉納がある。

20日……誓文払（冠者殿社）京都市　商売人が商売上ついた嘘を祓い清めてもらう。

22日……時代祭（平安神宮）京都市　→227
鞍馬の火祭（由岐神社）京都市　→228
法隆寺夢殿秘仏開扉（～11月23日）奈良県斑鳩町　秘仏救世観音の厨子の開扉。

24日……秋の大神祭（大神神社）奈良県桜井市　氏子の子供たちによる太鼓台が多数繰り出す。

25日……天満の流鏑馬（大阪天満宮）大阪市　狩装束を着た本駆者が駆けながら的を打ち破る。

忌日一覧

●月ごと（旧暦と太陽暦）の配列とした。
●忌日、姓名（雅号）、職業（俳諧師・俳人である場合は省略）、没年の順に掲載した。
●本文中に立項したものは頁数を示した。

旧暦7月

5日　栄西（臨済宗開祖）　建保三年（1215）
30日　宗祇（連歌師）　文亀二年（1502）

8月

1日　村山古郷　昭和61年（1986）
3日　竹下しづの女　昭和26年（1951）
5日　中村草田男　昭和58年（1983）〔炎熱忌〕
8日　前田普羅　昭和29年（1954）〔立秋忌〕
9日　右城暮石　平成7年（1995）
13日　渡辺水巴　昭和21年（1946）
18日　寒川鼠骨　昭和29年（1954）
森澄雄　平成22年（2010）

延生の夜祭り（～24日／城興寺）栃木県芳賀町　本尊・地蔵尊の開帳が行なわれる。

25日前後……亀戸天神祭　東京都江東区　神輿と曳太鼓が町内を巡幸する。

25日……鳴無神社御神幸お舟遊び　高知県須崎市　三隻の船に神輿を乗せ、船渡御。

26日……吉田火祭（～27日／北口本宮冨士浅間神社）山梨県富士吉田市　→225

9月

1日……鹿島祭（～2日／鹿島神宮）茨城県鹿嶋市　神輿出御の道筋が照らされ、提灯祭とも。

おわら風の盆（～3日）富山市　風の盆→225

八朔牛突き大会　島根県隠岐の島町　引き分けなしで勝敗が決まるまで闘う。

2日……気比祭（～15日／気比神宮）福井県敦賀市　等身大の武者人形の山車が練り歩く。

11日……芝神明祭（～21日／芝大神宮）東京都港区　→225

12日……筥崎宮放生会（～18日）福岡市　海山の幸に感謝を捧げる祭。

13日……野口念仏（～15日／教信寺）兵庫県加古川市　教信沙弥の遺徳を偲ぶ念仏法要。

14日……鶴岡祭（～16日／鶴岡八幡宮）神奈川県鎌倉市　鶴岡八幡宮の例大祭。流鏑馬も。

15日……石清水祭（石清水八幡宮）京都府八幡市　八幡放生会→226

中旬……夫婦岩大注連縄張神事　三重県伊勢市　長さ35メートルの大縄の張り替え。

18日……豊国神社祭（～19日）京都市　献茶祭のほか、舞楽奉納も行なわれる。

第3月曜前の土曜……岸和田だんじり祭（～日曜／岸城神社）大阪府岸和田市　勇壮な祭。

第3土・日曜……遠野まつり　岩手県遠野市　遠野の各種郷土芸能を披露。

19日頃の日曜……生子神社泣き相撲　栃木県鹿沼市　幼児を頭上高く抱き上げて取組ませる。

21日……太宰府祭（～25日／太宰府天満宮）福岡県太宰府市　平安朝の衣装に身を包み行列。

22日……川内大綱引　鹿児島県薩摩川内市　長さ365メールの大綱を引き合う。

26日……日前国懸祭（日前神宮・国懸神宮）和歌山市　2社の例祭。五穀豊穣を祈る。

御船神事（～27日／穂高神社）長野県安曇野市　山車をぶつけ合う勇壮な祭。

27日……吉野神宮秋の大祭（吉野神宮）奈良県吉野町　浦安の舞、餅撒きなどが行なわれる。

29日……恵那神社例大祭（恵那文楽奉納）岐阜県中津川市　淡路島から伝来した3人遣いの文楽。

最終土曜…孔子祭（釈奠／長崎孔子廟）長崎市　孔子の誕生日を祝い、中国獅子舞、竜踊り等。

旧8月15日……糸満大綱引　沖縄県糸満市　南北に分かれ180メートルの大綱を引き合う。

10月

1日……たけふ菊人形（～11月初旬）福井県越前市　60年以上続く菊人形の展示。

北野瑞饋祭（～5日／北野天満宮）京都市　ずいきなどで飾られたずいき御輿の巡幸。

体育の日の前の土・日曜……大津祭（天孫神社）大津市　13基の曳山から厄除けの品が撒かれる。

7日……長崎くんち（～9日／諏訪神社）長崎市　唐子獅子踊や船を模した山車・唐人船など。

上中旬…鹿の角切（土日を入れて計3日間／春日大社）奈良市　→226

9日……秋の高山祭（～10日／桜山八幡宮）岐阜県高山市　屋台と人形からくり奉納。

金刀比羅宮例大祭（～11日）香川県琴平町　最も賑わうのは10日夜の「おさがり」。

宇佐放生会（～11日／宇佐神宮）大分県宇佐市　隼人の霊を鎮め、蛤と蜷を放生する。

秋の行事一覧

- 日本のおもな行事を月順に掲載し、簡単な説明を加えた。
- 本文中に立項したものは頁数を示した。
- 日程は変更となる場合があるので、注意されたい。

8月

1日……弘前ねぷたまつり（～7日）青森県弘前市　佞武多→221
2日……青森ねぶた祭（～7日）青森市　佞武多→221
3日……秋田竿灯まつり（～6日）秋田市　竿灯→222
4日……五所川原立佞武多（～8日）青森県五所川原市　青森三大佞武多の一つ。

　　北野祭（北野天満宮）京都市　北野天神例大祭。夏野菜を奉納し感謝の祈りを捧げる。

5日……山形花笠まつり（～7日）山形市　花笠を手に花笠太鼓の音にのせて踊り歩く。

6日……仙台七夕まつり（～8日）仙台市　巨大で華麗な七夕飾り「笹飾り」が飾られる。

7日……御嶽山御神火祭　長野県御嶽山　10万本の願い事を書いた護摩木を焚き上げる火祭。

　　六道参（～10日／珍皇寺）京都市　→223
　　数方庭祭（～13日／忌宮神社）山口県下関市　切籠、小・中・大の幟が鬼石を巡る。

6・7日頃の日曜……佃祭（3日間／住吉神社）東京都中央区　船渡御と、八角神輿の巡幸。

第1土・日曜…石取祭（桑名祭／春日神社）三重県桑名市　日本一やかましい祭といわれる。

9日……清水寺千日詣（～16日）京都市　千日分のご利益があるという。夜間特別拝観も。

12日…阿波おどり（～15日）徳島市　阿波踊→223
14日…戸隠祭（～18日／戸隠神社）長野市　中社、奥社、宝光社、火之御子社の例祭。

　　中元万灯籠（～15日／春日大社）奈良市　境内にある三千余基の灯籠がともる。

中旬……玉取祭（旧暦7月14日に近い日曜／厳島神社）広島県廿日市市　宝珠を奪い合う裸祭。

15日…深川八幡祭（前後4日間／深川八幡神社）東京都江東区　江戸三大祭の一つ。

　　南部の火祭り　山梨県南部町　「百八たい」が富士川両岸で焚かれる。

　　三島祭（～17日／三嶋大社）静岡県三島市　三嶋大社の例祭。浦安舞、人長舞の奉納。

　　薪寺の虫干（曝涼／～16日／酬恩庵一休寺）京都府京田辺市　観音三十三身の公開。

　　長崎精霊流し　長崎市　約三千余隻の精霊船を流し、故人の供養をする。

16日…西馬音内盆踊（～18日）秋田県羽後町　「彦左頭巾」で顔を覆って踊り歩く。

　　鬼来迎（広済寺）千葉県横芝光町　因果応報、勧善懲悪を説く地獄劇。

　　大文字（京都東山の如意ヶ岳）京都市　→224
旧盆明け…エイサー（～週末）沖縄全島　魂迎え、魂送りの行事。太鼓を持ち、踊り歩く。

17日…船幸祭（建部大社）大津市　大神輿を瀬田の唐橋で船に乗せ、瀬田川を巡幸。

19日…花輪ばやし（～20日／幸稲荷神社）秋田県鹿角市　囃子方の屋台を曳き、練り歩く。

20日…大覚寺万灯会（宵弘法）京都市　大沢池の中央で丸太を組んで燃やす嵯峨の送り火。

23日…六地蔵巡り（地蔵盆／～24日／地蔵寺ほか）京都市　地蔵盆→224
　　千灯供養（～24日／化野念仏寺）京都市　石仏・石塔に蠟燭を供え無縁仏を供養する。

　　元興寺地蔵盆万灯供養（～24日）奈良市　祈願文を墨書した皿に火を点して供える。

へ

ほ

ま

み

む

ふ

ひ

に

ぬ

ね

の

は

と

な

そ

た

ち

つ

て

す

せ

さ

し

糸蜻蛉（いととんぼ）……夏・動
犬ふぐり（いぬ）……春・植
亥の子（いこ）……冬・生
藺の花（いはな）……夏・植
茨の花（いばらはな）……夏・植
今川焼（いまがわやき）……冬・生
芋植う（いもう）……春・生
蠑螈（いもり）……夏・動
伊予柑（いよかん）……春・植
海豚（いるか）……冬・動
岩鏡（いわかがみ）……夏・植
岩煙草（いわたばこ）……夏・植
岩燕（いわつばめ）……春・動
岩魚（いわな）……夏・動

う

鵜（う）……夏・動
植木市（うえきいち）……春・生
植田（うえた）……夏・地
魚島（うおじま）……春・動
魚氷に上る（うおひのぼ）……春・時
鵜飼（うかい）……夏・生
萍（うきくさ）……夏・植
萍生ひ初む（うきくさおそ）……春・植
浮巣（うきす）……夏・動
浮人形（うきにんぎょう）……夏・生
鶯（うぐいす）……春・動
鶯音を入る（うぐいすねい）……夏・動
鶯笛（うぐいすぶえ）……春・生
鶯餅（うぐいすもち）……春・生
海髪（うご）……春・植
五加木（うこぎ）……春・植
兎（うさぎ）……冬・動
兎狩（うさぎがり）……冬・生
蛆（うじ）……夏・動
牛蛙（うしがえる）……夏・動
牛冷す（うしひや）……夏・生
雨水（うすい）……春・時
薄翅蜉蝣（うすばかげろう）……夏・動
埋火（うずみび）……冬・生
羅（うすもの）……夏・生
薄氷（うすらい）……春・地
鷽（うそ）……春・動
鷽替（うそかえ）……新年・生

歌会始（うたかいはじめ）……新年・生
打水（うちみず）……夏・生
団扇（うちわ）……夏・生
団扇撒（うちわまき）……夏・生
卯月（うづき）……夏・時
空蟬（うつせみ）……夏・動
靫草（うつぼぐさ）……夏・植
独活（うど）……春・植
優曇華（うどんげ）……夏・動
鰻（うなぎ）……夏・動
卯波（うなみ）……夏・地
雲丹（うに）……春・動
卯の花（うはな）……夏・植
卯の花腐し（うはなくたし）……夏・天
苜蓿（うまごやし）……春・植
馬下げる（うまさ）……冬・生
馬の子（うまこ）……春・動
海雀（うみすずめ）……冬・動
海猫（うみねこ）……夏・動
海猫渡る（うみねこわた）……春・動
海の日（うみひ）……夏・生
海開き（うみびら）……夏・生
海酸漿（うみほおずき）……夏・動
梅（うめ）……春・植
梅酒（うめしゅ）……夏・生
梅干（うめぼし）……夏・生
梅見（うめみ）……春・生
麗か（うらら）……春・時
瓜（うり）……夏・植
瓜漬（うりづけ）……夏・生
瓜の花（うりはな）……夏・植
瓜番（うりばん）……夏・生
瓜揉（うりもみ）……夏・生
潤目鰯（うるめいわし）……冬・動
雲海（うんかい）……夏・天

え

えごの花（はな）……夏・植
絵双六（えすごろく）……新年・生
枝打（えだうち）……冬・生
江戸山王祭（えどさんのうまつり）……夏・生
金雀枝（えにしだ）……夏・植
恵比須講（えびすこう）……冬・生
海老根（えびね）……春・植

恵方詣（えほうまいり）……新年・生
衣紋竹（えもんだけ）……夏・生
会陽（えよう）……新年・生
魞挿す（えりさ）……春・生
襟巻（えりまき）……冬・生
円座（えんざ）……夏・生
槐の花（えんじゅはな）……夏・植
炎暑（えんしょ）……夏・時
遠足（えんそく）……春・生
炎昼（えんちゅう）……夏・時
炎天（えんてん）……夏・天
豌豆（えんどう）……夏・植
えんぶり……新年・生

お

老鶯（おいうぐいす）……夏・動
花魁草（おいらんそう）……夏・植
扇（おうぎ）……夏・生
黄金週間（おうごんしゅうかん）……春・生
黄蜀葵（おうしょっき）……夏・植
楝の花（おうちはな）……夏・植
桜桃忌（おうとうき）……夏・生
黄梅（おうばい）……春・植
狼（おおかみ）……冬・動
車前の花（おおばこはな）……夏・植
大服（おおぶく）……新年・生
大晦日（おおみそか）……冬・時
大山蓮華（おおやまれんげ）……夏・植
大瑠璃（おおるり）……夏・動
翁草（おきなぐさ）……春・植
沖膾（おきなます）……夏・生
沖縄忌（おきなわき）……夏・生
御行（おぎょう）……新年・植
送り梅雨（おくづゆ）……夏・天
白朮詣（おけらまいり）……新年・生
起し絵（おこえ）……夏・生
虎魚（おこぜ）……夏・動
御降り（おさが）……新年・天
含羞草（おじぎそう）……夏・植
押しくら饅頭（おまんじゅう）……冬・生
鴛鴦（おしどり）……冬・動
遅桜（おそざくら）……春・植
苧環の花（おだまきはな）……春・植
お玉杓子（たまじゃくし）……春・動

落鱚（おちぎす）……冬・動
落葉（おちば）……冬・植
おでん……冬・生
落し角（おとづの）……春・動
落し文（おとぶみ）……夏・動
踊子草（おどりこそう）……夏・植
踊念仏（おどりねんぶつ）……春・生
鬼打木（おにうちぎ）……新年・生
鬼やらひ（おに）……冬・生
斧仕舞（おのじまい）……冬・生
お花畑（はなばたけ）……夏・地
帯解（おびとき）……冬・生
御火焚（おほたき）……冬・生
朧（おぼろ）……春・天
朧月（おぼろづき）……春・天
お水取（みずとり）……春・生
御身拭（おみぬぐい）……春・生
御神渡（おみわたり）……冬・地
沢瀉（おもだか）……夏・植
泳ぎ（およ）……夏・生
織初（おりぞめ）……新年・生
女正月（おんなしょうがつ）……新年・時
御柱祭（おんばしらさい）……夏・生

か

蚊（か）……夏・動
蛾（が）……夏・動
カーネーション……夏・植
ガーベラ……夏・植
蚕（かいこ）……春・動
海水浴（かいすいよく）……夏・生
買初（かいぞめ）……新年・生
開帳（かいちょう）……春・生
鳰（かいつぶり）……冬・動
海棠（かいどう）……春・植
外套（がいとう）……冬・生
貝焼（かいやき）……冬・生
貝寄風（かいよせ）……春・天
傀儡師（かいらいし）……新年・生
懐炉（かいろ）……冬・生
楓の花（かえではな）……春・植
楓の芽（かえでめ）……春・植
帰り花（かえばな）……冬・植
貌鳥（かおどり）……春・動

五十音順 春・夏・冬／新年の見出し季語総索引

●本書の「春」「夏」「冬／新年」巻に収録予定の見出し季語を収録した。

●配列は現代仮名遣いによる五十音順とした。

●色文字は重要季語を示す。

●各季語の季節と部分けを示した。部分けは、時＝時候、天＝天文、地＝地理、植＝植物、動＝動物、生＝生活と行事をあらわす。

あ

い

校正　中山英子
編集協力　兼古和昌
高橋由佳
編集　矢野文子
制作　望月公栄
制作企画　直居裕子
資材　坂野弘明
宣伝　浦城朋子
販売　奥村浩一（以上、小学館）

読んでわかる俳句
日本の歳時記　秋

2014年5月28日　初版第1刷　発行

編著　宇多喜代子
西村和子
中原道夫
片山由美子
長谷川櫂

編集　株式会社　小学館

発行者　蔵敏則

発行所　株式会社　小学館
〒101-8001
東京都千代田区一ツ橋2-3-1
編集　03-3230-5118
販売　03-5281-3555

印刷所　日本写真印刷株式会社

製本所　牧製本印刷株式会社

ISBN 978-4-09-388344-3